生命

——刘一龙科幻电影文学剧本集

刘一龙 著

CFP
中国电影出版社

图书在版编目（CIP）数据

生命：刘一龙科幻电影文学剧本集 / 刘一龙著 . -- 北京：中国电影出版社，2023.3
ISBN 978-7-106-05474-8

Ⅰ . ①生… Ⅱ . ①刘… Ⅲ . ①电影文学剧本—作品集—中国—当代 Ⅳ . ① I235.1

中国国家版本馆 CIP 数据核字（2023）第 014951 号

责任编辑：纵华跃
封面设计：创意源文化艺术
责任校对：林　娜
责任印制：赵匡京

出版发行　中国电影出版社（北京北三环东路号）　邮编：100013
电话：64296664（总编室）　64216278（发行部）
64296742（读者服务部）　E-mail:cfpbjb@126.com
经　　销　新华书店
印　　刷　中国电影出版社印刷厂
版　　次　2023 年 3 月第 1 版　2023 年 3 月北京第 1 次印刷
开　　本　710mm×1000mm　1/16
印　　张　25.25
字　　数　348 千字
定　　价　88.00 元

刘一龙先生的作品有一种古朴醇厚的味道，又是科幻题材，两者结合后，形成了一种独特的风格。悉知先生对文学创作有极大的热情，很高兴看到越来越多的作品得以出版。

王晋康

2022年8月3日

号 角（代序）

躲在最黑暗、最寒冷的深渊里的史前遗老——一只恐龙，受到灯塔上警报器，或是说现代文明的召唤，穿越了亿万年的时空，来到现代，对着这个世界发出了惊天动地的嘶鸣。这是科幻小说《浓雾号角》所描绘的场景。科幻文艺多像引领我们这个辉煌时代的号角，它以缜密奇丽的构思，恢宏浩大的场面，无边无际的想象力，宣扬着，歌颂着，某种程度上甚至可以说引领着这个飞速发展的世界。有资料表明，现代文明的一大支柱人造卫星的诞生，就是受到科幻小说的启发。早在人造卫星上天前，科幻小说大师凡尔纳的《从地球到月球》、克拉克的《太空序曲》等科幻小说就准确地叙述了人造卫星的原理、运行，其栩栩如生的描述简直就是当今空间站的翻版，所以地球同步卫星轨道也称为克拉克轨道。而现在的基因工程、试管婴儿等谁又敢说不是受到雪莱的《弗兰肯斯坦》的启示呢？我们如今五彩缤纷的文明生活，其实就是凡尔纳的《21 世纪巴黎》的再现。而科幻影视，更是因为其独特的视觉效果，强烈的感染力，成了科幻文艺的扛鼎门类。但凡文艺作品，比如现实主义的，不可以过于信马由缰，以至于有信口开河之嫌。而玄幻类的，虽说可以满口跑火车，却又因离现实太远，主要目的只能是娱乐。所以老祖宗传下的文学艺术门类，总有这样那样的限制和或多或少的不足之处。唯有科幻文艺，摆脱了一切条条框框的羁绊，可以在了无际涯的时间和空间中纵横驰骋，如同震撼天地的号角，展示着这个光彩的世界，号召无数人为之前仆后继，摇旗呐喊。

许多亿年以后，如果人类还没有被星体相撞、太阳毁灭，或是自己鼓捣出的原子弹、夸克弹，或者什么终极武器之类送到极乐世界去的话，很难想象，人类社会能发展到怎样的高度，但有一点是可以肯定的。凡事总有尽头，但是，科幻文艺却例外。它的发展无止无休，永远不会到顶，因为，想象力无限。

我爱上科幻小说的原因说来好笑。在小学三年级时，正是对一切懵懵懂懂的时候，我就知道，人总是要死的，那些长生不老、起死回生之类全是骗人的鬼话，直到现在我还为我在狗大年纪就知道了这么“深奥”的道理而得意。人死了多可怕啊！什么父母姐妹，理想未来，整个世界全没了。既然人非死不可，哪怕能知道奇妙无比的未来世界是什么样子的也好啊！就这样我爱上了科普科幻。《十万个为什么》《小灵通漫游未来》，带“科”的就看。一个三年级小学生可想而知能认识几个字，生字我自有办法，唬嘛！除了哪边大念哪边，还自创了一套“唬字法门”，或者干脆乱唬一气，反正又不是说瞎话。以至于落下念白字的毛病，结婚之后还常要妻子——一个严谨的语文和英语老师——进行启蒙教育。谁都无法计算，有多少人在科幻文艺的引领下踏上了科学的道路，献身于辉煌的人类事业。其实科幻文艺还有一个功能，那就是给失意者以慰藉。这个世界总不能人人顺风顺水。我们知道，美国的科幻文学、科幻影视无论数量质量都居世界首位，当然有正面的原因，还有就是，那里远非所有人的天堂，许多失意的，贫困的，受欺凌的，只能把虚幻中的英雄当成精神支柱。这就有了天马行空式的超人、蜘蛛侠。就像贝多芬的命运交响曲，其实是在重压下爆发出的呐喊。科幻文学的祖师爷凡尔纳，著作等身，粉丝无数，其作品有许多都拍成了电影，可很少有人知道，他活得并不顺心。他晚年被侄子打成了瘸子。这对谁都会是永远的痛。可他并没有沉沦，而是把痛苦埋在心底，将光明播向世界。所以，科幻文艺，尤其是科幻影视，给幼小的心灵插上远航的翅膀，给探路者以灵感，给殉道者以勇气，给落荒者以慰藉。科幻文艺，以她独特的魅力，永远照亮着这个世界！

很自然地，我读了许多科幻著作，有凡尔纳、克拉克、阿西莫夫、哈里·哈里森、大卫·赫尔等人的作品，还有中国老一代科幻作家刘兴诗、童恩正、叶永烈等，稍后时代的王晋康、刘慈欣等作家的作品。科幻文学作品里那些恢宏奇丽的构思，波澜壮阔的场面，每每使我神魂颠倒，留连忘返，于是便尝试写些豆腐块。再后来无可救药地爱上了科幻电影，写了科幻电影剧本《和平之路》，不想被《电影文学》杂志青睐。再后来就是钻墙打洞，玩猫耍狗，天文地理，算命占卜，难听点就是狗揽八泡屎，其结果可想而知。好歹也混个“高级职称”，封号刘大拿，所谓眼高手低，志大才疏是也。我从年轻时就立誓要把认识、感受融入几个剧本内。可这么爱来爱去，不觉就混到了暮年，这才慌了神，现在不写还要等到什么时候，于是便有了这个剧本集。这些年虽说没有笔耕，但并没有间断看书，有了不少积累，写起来还算是左右逢源，得心应手。写作中我深感写科幻作品可不是件容易活儿：要有相当的科幻和各种学科知识的积累，仅仅是搜罗的、杜撰的几个科学名词的堆砌，会使作品不伦不类，不会有长久的生命力；还要有一定的文学功底，不然会把科幻写成了科普，也不会太吸引读者。这几个剧本之中，《涅槃》和《永恒之梦》早年写了半拉，这次是修改；其余三篇虽有构思，但未动笔，这次算是新写。本来是欲将《涅槃》《故乡》《太阳之子》作为生命三部曲，快写好才感觉《涅槃》和另两部无论情节和人物都不好衔接，尤其是《涅槃》中的人物，都让我在剧本中整死了，勉强写成三部曲，似有蛇足之嫌，所以就让《涅槃》独立成篇吧。可是此篇过于沉重，本打算再写一篇喜剧《重生》让英雄们活过来，闹出一系列笑话，这样和上篇一悲一喜，相得益彰。可我连写数篇，有些江郎才尽，也感觉写作实在是个催命的行当，我好不容易活到这把年纪，还想多活几年呢。

这几个剧本融入了我毕生的感受和爱恨情仇。我将它们视为自己的孩子。我喜欢警察，在《永恒之梦》中，男主角江东其实就是幻想中的自己。江东深爱着既柔情似水又坚定顽强的警察妻子，最后为妻子献出了一切。此篇和另几篇后来都在国家版权局登记了版权。《故乡》叙述了散落在外星的地球生命返回地球家园的故事，告诫人们只有一个地球。写《太阳之子》的主要目的是讲述宇宙——当然主要是生命——发展的生生不息。此篇和上篇《故乡》共同诠释了生命艰难曲折却又顽强地向前发展这样一个主题。要展示这么宏大的主题，非要广阔的空间和超长的时间跨度不可，而这样一来容易使作品变得空洞，我感觉这点解决得还较好。其实我最喜欢的一篇还是《涅槃》。此篇在我年轻时就写成了。我的家族在解放前饱受战乱的摧残，战争与和平这些话题长久地在心头萦绕。我欲跟着一个朋友学占卜（一窥这号人这辈子干的事情），朋友说：“我对占卜的体会是，谁都靠不住，只有靠自己，等到自己都靠不住的时候，靠谁都玩完了。”这句话我思索了很久。一个人在自我毁灭中得到新生的灵光一闪，这就是《涅槃》的最初灵感。其实科幻作家对未来大都不看好，那些核大战毁灭人类的科幻作品就是明证。早年有一个海归理论物理学家赵展岳，“文革”时在深山老林中对未来有一番思考，成文题目称《理性的思辨》。其目光之犀利，思想之缜密，令人敬佩。我只是对赵老夫子其中一句话不敢苟同。他说，等都有了核武器，大家都不愿玉石俱焚。这里想和老夫子商榷，你是如何判断出人们都不愿玉石俱焚的？依我看愿意玉石俱焚的大有人在，人首先总要活在眼下。一种武器，包括核武器，生产出来早晚要摊在人类自身头上。君不见好战者如同斗成了光腚的乌眼鸡，宁可两败俱伤，也不愿都好活着，哪管地球在人类的倒行逆施下已经发了疯。更有一批永远长不大的孩子如同牵线木偶，在利益集团的操弄下呼风唤雨，上蹿下跳，大有非让人类灭亡才能安心之势。与爱因斯坦齐名的霍金老夫子如今已驾鹤西去，正在深邃的时空里穿行，兴许是在寻找宇宙的终极理论吧。他曾断言人类还只有二百年的寿数。这应该作为人类的警钟！军事科学的发展在过去的一百年简直是地下天上，再过两个百年能发展到什么高度无法想象。难道人类非要到《涅槃》里所描述的那种世界末日的时刻才能醒悟吗！其实未来是属于未来人的，他们要上天堂还是下地狱只能由他们自己，现在无论什么人都不能替他们做主，我们只能是奔走呼号，但愿能唤起那些狂人的良知，但愿能感动上帝。从这点说，《涅槃》有深刻的现实意义。将来倘若人类果真被自身的发展所毁灭了，我们的在天之灵也能问心无愧地说：毕竟，我们努力过。

扯得太远了，就此打住吧。最后要感谢一代科幻泰斗王晋康老师在百忙中为拙作推荐。我认识王老还是早在 1997 年的成都科幻大会上，那时王老已是享誉科幻界的大师级人物。他的作品以奇丽、缜密、科学性、哲理性强而著称。我第一次读王老的大作是他获特等奖的《天火》——一篇描写量子世界的登峰之作，以后便成了他的铁杆读者。再次相见已是在2020年的首钢科幻大会上，王老已是科普作家协会的副理事长，领军中国的科幻科普事业，以洋洋几十部大作成为一代宗师。大会还为他的作品开了研讨会。会上我斗胆向王老提出想写一个科幻剧本集，请他作序，没想他欣然应允。拙作杀青时听身边人员说他因年事已高，已不再为人作序推荐等，但还是仔细看过拙作并写了推荐，其知遇之情和对中国科幻事业的拳拳之心可见一斑。在这里祝愿王老健康长寿，继续领军中国的科幻科普事业。一并感谢资深影视人何超群经理以专业的眼光为我提出修改意见并亲自认真修改。当然拙作定还会有许多不足之处，敬请读者不吝赐教。

最后要感谢我的妻子陈钦兰老师，一个桃李天下的教师，抱着恨铁不成钢的心情，为最后一个学生批改作业，以免作品刚出家门就遭人痴笑。

让我们永远吹响科幻文艺的号角，让它永恒的魅力永远照耀地球的每一个角落，让这个世界因科幻文艺而更加五彩缤纷，光耀宇宙！

刘一龙

2022 年 8 月 26 日

目录

生命（上）：故乡

01

主要人物

安娜　公主，环星人形象代表，精通天文。她预见了园环星的灭亡，发现了地球，并引导了到地球故乡避难的壮举。

莱特　安娜男友，园环王宫佣人，为了环星人的未来最后和安娜共同牺牲在毁灭的园环星上。

国王　一个无甚主见、心地善良的国君，关键时刻却能当机立断，最后领导着飞船飞向地球故乡。

王后　善良、亲民又有主见，一心一意地辅佐着国王。

王刚　男，火星考察队队长，机警睿智，率领考察队在火星发现：火星其实也有着辉煌的过去，地球就是火星人的故乡。

伊丽　王刚前女友，阴差阳错，王刚和罗丝成婚，因而和王刚成了死敌，在共同的考察探险中尽释前嫌。

牛壮壮　女，考察队副队长，电脑专家，伊丽的密友。

大卫　男，驾驶员，共同的探险生活使其爱上了伊丽。

罗丝　王刚妻子，地球航天总指挥，地球人形象代表。

主题音乐《故乡》第一乐章《序曲 · 故乡诗画》

一条小溪在心中流淌，
穿过儿时如梦的时光。
两座小山担在我肩膀，
漫山遍野处处花香。
金色的原野承载着希望，
天高地宽任我翱翔。
浩瀚的大海无羁无绊，
江深海阔泛舟荡漾。
啊……故乡是一首优美的小诗，
行行写满壮丽的华章。
啊……故乡是一幅水墨画卷，
笔笔画出古今的沧桑。

序 幕

一片星云在快速坍缩。星云中心一片混沌之中闪射出了耀眼的光芒。一轮新生的太阳透过尘埃喷薄而出，照彻整个环宇。太阳四周浓厚的星云在飞快地旋转，逐渐浓缩成八大行星，小行星带，柯伊伯带，奥而特云，在第三颗行星地球上，岩浆汹涌澎湃。岩浆凝固，又下起了倾盆大雨，电闪雷鸣之中众多火流星撞向地面，大地满目疮痍，沧海横流。

阳光普照，地面五彩斑斓，天空彩云飞舞，海洋里，无数小生灵在活动着。一片洪荒的大地上终于有了些许绿色。一颗巨大的小行星撞到地球上，地壳裂开，火红的岩浆涌出，一大团物质形成月球，还有无数碎片飞向太阳系各个行星上甚至外太空。

地球表面已经郁郁葱葱，飞禽走兽成群，一派欣欣向荣。

解说："现代科学证明，地球诞生之日，是一个没有生命的世界，由于地球表面温度适宜，有水、空气等各种条件，经过长期的物理化学作用，最终形成了古细菌，它是地球一切生命的祖先，现在地球上所有的动植物、微生物都是从这些古细菌进化而来。

"太阳系诞生初期，行星的轨道很不稳定，一颗巨大的行星撞到了地球上，使许多物质飞向了太空。其中一大团物质聚集成了月球，还有许多碎片飞到了太阳系各处甚至外太空。黏附在碎片上的古细菌有着极强的生命力，碰到环境合适的星球就会繁殖进化出众多的生命形式。可以毫不夸张地说，地球，是宇宙中许多生命的故乡。"

地球，大海蔚蓝，山河秀丽，一片勃勃生机之中推出片名：故乡。

（字幕） 环星所在的太阳系　为方便观众，本片已将环星语翻译成地球语。

1　这是一个双星系统。两个相距不远的太阳都放射着耀眼的白光，每个太阳周围伸出无数条狂蛇样的等离子体，歪七扭八地互相缠绕着，扭动着，翻滚着。

这个太阳系也有不少行星在绕转，最内侧是一个巨行星，沿着一条“8”字形的轨道穿行于两个太阳之间。行星表面岩浆的海洋不停地翻着狂浪，打着旋涡。两个火红的圆盘可怕地占据了大半个天空，你争我抢不停地交换着位置。

(字幕)环星　　一、失踪疑云

2　日　这是太阳系外围的一颗行星，我们故事的主角，环星球。由于疯狂的旋转使它形成了中空的环状，它的一面永远向着太阳，(这个星球上的任意一点没有白天黑夜的概念，要么是白天，要么是夜晚或黄昏)称阳面，在阳面中心孔的边缘，两个太阳在头顶散发着无穷的魅力，地面上形同地狱，连石头缝中都向外蹿着火苗。狂风夹着石块，沙土向深不可测的中心孔吹去。在此星球的阴面，则是一番别样的夜景，大地一片冰封，到处立着冰柱、冰蘑菇，巨大的冰虫在冰原上纵横驰骋，不时撞倒冰柱，发出隆隆巨响。中心孔附近，已经离子化的热风有如无数道七色彩虹，雷鸣般从地下冲向天空。天上绚丽的极光不停地舞动着，变换着色彩，照亮了冰封的大地。

3　在此星球向阳的外缘地带，则是一派生机盎然。太阳无力地躺在天边，阳光懒懒地照向圆环边缘高耸连绵的环形山峰，从峰顶上空越过无数条彩绸般的彩虹逐渐溶化到阳光里。巨大的阳面生物喜阳兽，和阴面生物冰虫在峰顶上永不休止地争斗着，冰虫不时将阴坡上的冰块积雪蹬下冰壁，而喜阳兽也不时将山顶的巨石岩屑蹬落到山崖下，发出隆隆的响声。阳面山脚下高大的蘑菇树上，长着巨大脚蹼的大脚鹿在悠闲地吃着树叶，天空中，巨大的多头鸟在懒懒地滑翔，大树下，长得像个大车轮子，一边一个脑袋的车轮兽不停地滚来滚去，这真是一种多快好省的运动方式，只是它们能神奇地在滚动时始终保持脑袋眼睛向前而不至于晕头转向，却是地球人无法理解的了。

4　从平原地带再向内侧，是大片的沼泽。傻大黑粗的巨兽躺在泥潭里，不时抬起头怒吼几声，以吓退来犯的其他生物。再向里去，便是风沙肆虐，无边无际的沙漠了。

5　一座高耸入云的独峰上，仙气氤氲，巨大的圣石散发着神秘莫测的光芒，山脚下无数环星人面向圣石顶礼膜拜，大多数人除了清一色金发，其他长相与地球人倒也别无二致。

一片黑云飘来，罩住了仙山和参拜的人，恐怖之声大作，黑云中电光闪闪，惨叫声声。终于一切趋于平静，黑云褪去，可是山顶的圣石却不见了！参拜的人魂飞魄散，四下奔逃。

□ 环星的国都

6　日（以上说过，没有特别注明的都是白日地带）国都祥和宁静，街道上长满了青草，各种有着透明顶篷的车辆贴在草上方滑行。人行道旁的树上，各种奇形怪状的环星鸟喋喋不休地叫着，唱着，它们有的像长着翅膀的八爪鱼，有的像半透明的水母，还有的干脆就是个长着尖嘴的大气球，在天空飘来飘去。人行道上，金发飘逸的环星人牵着抱着长相奇特的宠物悠闲地散着步，其间也有些没有人形的外星人在兜售着商品。半透明的小精灵不时落在行人肩上，故弄玄虚地说教着。街道两旁的建筑更是千奇百怪，有的像巨大无比的车轮兽、多头鸟；有的像浮在半空，用粗链子拴在地面的古船；还有的实在说不上像什么，就是乱七八糟的一大堆石头。天上各种各样的扑翼机懒洋洋地扇动着翅膀，多头鸟将丑陋的脑袋伸到机舱里讨要着食物，得到打赏后几个脑袋却不可理喻地一齐争抢食物。这真是一个疯子在他最疯狂的梦里也见不到的世外桃源。

□ 王宫内外

7　日　城市中心的小山上，矗立着高大宏伟、古堡一样的王宫，两个身穿武士服装的机器人把着大门，盘查着入内的人。

8　金碧辉煌的大厅内，各色人等来去匆匆。在一间会议室内，地球人样的，八爪鱼样的，大蜥蜴样的，各种各样的外星人在开会。大家一齐哇里哇啦怪叫着，唾沫星横飞，将桌子捶得咚咚响，地球人样的国王昏了头，被随从扶下位子。

9　安娜公主的卧室，这是一个在幽静角落里的小房间，布置得高雅温馨。室内无人，约六七岁的小王子哈里悄悄溜到一个柜子前，用各种方法尝试打开柜子，他使劲拉，不行，又用指纹，还不行，他终于用意念打开了柜子，柜子里有几个网球般大小晶莹剔透的蛋，他高兴地拿出蛋在地上滚来滚去，模样滑稽可笑的外星狗也跑来叼起一个蛋凑热闹。

10　安娜公主的天文台兼书房，王宫的顶楼，有一个小小的天文台，室内中心是一架天文望远镜，还有一个大大的环星星球仪发出淡淡的光晕，角落里有一排摆满书籍的书架。金发披肩、粉靥娇红、约十八九岁的安娜正在书架前看书报，她快速地浏览着，看一份扔一份，将书报扔得遍地都是。她看累了，站起身伸个懒腰，默念着什么。房顶不见了，室内的一切沐浴在斜斜的阳光里，远山朦胧，山顶天空的彩链有如长发魔女的满头金发在狂乱地飞舞。近处，整个城市万千气象尽收眼底，公主看着风景，活动着腿脚，好不惬意。

美丽端庄的王后头戴王冠，身穿拖地长袍走进房间："娜娜，你怎么又把书报到处乱扔，你这么大了，一点也不省心，老要我替你收拾书房。"

安娜："收拾什么，都扔了，我把内容都装进肚子里了。"

王后："净瞎吹，和你爹地一个样，我来考考你，（从地下拣起一份报纸）这是前天的《星球日报》，头版头条说的是什么？"

安娜："噢，那是父王的讲话，（学着父王的腔调）'臣民们，我们环星风调雨顺，气候宜人，又因本王室兢兢业业治理国家，人民安居乐业，幸福安康，以至于环星女人生得貌美如花，不料这引起了外星人的嫉妒，要求我们要出口美女。简直是一派胡言！为此王室要求，凡貌美者不得到处招摇，以免被外星人掳去，损失我们宝贵的美女资源，违者罚款一百环星币。'哈哈，我这脸蛋出去了要罚多少钱呢，这个老阿爸真是老糊涂了，就这还能上头版头条，真是不知羞耻。"

王后正色地："怎么说你爸呢，他是国王，罚你干几天苦力你就知道什么叫国王了。这不算，这是你爸讲话，又是头版头条，你当然记得，换一个，这是哪家小报，第二版最下的一条消息是什么？"

安娜唱歌一般："一不知名女子在光天化日之下，不知廉耻地将蛋下在了大街上，此等伤风败俗的……"

王后赶忙打断："好了好了，一个女孩子看这些乱七八糟的东西干什么。你的专业学得怎么样了？"

王后拿起一本书，上有环星的图样，写有“环星物理学”，她翻了几页：“第5页上说的是什么？”

安娜：“噢，我们环星的数据，外径两万一千环星里，内孔直径一千八百环星里，距我们两个太阳的平均距离为三亿环星里……”

王后将女儿拉到自己怀里，慈爱地看着，抚摸着，安娜作陶醉状，王后：“你什么时候变得这么聪明了，真是妈妈的骄傲，你弟弟能和你一样聪明好学该有多好，哎，你弟弟呢？”

安娜：“刚才还在这里玩呢，坏了，他一定去干坏事了。”她赶忙起身，袅袅婷婷向外走去。

11　安娜卧室，小王子哈里还在和狗狗一起滚蛋玩，安娜快步走近，勃然大怒，一脚将狗狗踢了老远，又给弟弟屁股上赏了几巴掌，弟弟哇哇大哭起来。

王后赶紧走来，安抚着儿子对安娜说：“你不好好领弟弟玩，还要打他，刚才还夸你来着。不哭不哭，咱不跟她玩了。”

安娜气咻咻地：“他把我下的蛋都玩坏了，我还要用这些蛋孵孩子呢。”

国王不知何时来到室内，愠怒地：“瞧你教育的孩子，一个个都长本事了。”

侍女亚莎慌里慌张撞进：“报报报告。”

国王沉下脸：“嗯”。

12　侍女退到门外，国王也跟了出去。

侍女惊慌地：“圣石，圣石不见了。”

国王：“什么什么，胡说！那么大一块石头还能飞了？”

(字幕)火星　　二、火星初探

□ 火星表面

13　日　一艘小飞艇贴着火星荒凉寂静的表面飞行，它飞过红色的荒漠，飞过黑色的熔岩荒原，越过高高的奥林匹亚山，飞到深陷的水手谷上空。大裂谷像一条巨疤，向两边伸展到目力不及之处，向下则是宽窄不等，幽不可测的深谷。小飞艇飞到峡谷内，曲曲折折沿着谷底飞行。

14 机舱内，两边怪石龇牙咧嘴扑面而来，上方是直接天际的悬崖峭壁，女物理学家伊丽教授不时捂住眼惊叫着，驾驶员大卫极力稳住方向舵。

王刚（考察队长）：“大卫，你小心点，别把我们全报销了。”

大卫：“你放心，王队，哎，刚才仪器还指示这地方放射线超标呢，现在又正常了。”

王队：“那就走慢些，仔细看着仪器。”

飞艇速度慢了下来，忽然放射线测量仪的表针大幅度跳动。

大卫高兴地：“就这里就这里。”

15 飞艇落在谷底一块巨石上，三人身穿宇航服走下飞艇，四下看着，这里的峡谷特别宽，边缘也不太陡。

王队：我们今天两手空空也做不了什么，这地方离基地也不太远了吧，咱们先回去，明天把勘探车开过来，就从那边斜坡下来，把这里好好探察一番，说不准这下边还有个大铀矿呢。

16 三人走入飞艇。

伊丽：“看着仪表变动。”

飞艇飞起不太高仪表读数便低了下去，

王队：“噢，怪不得那么多的卫星、火星车都没发现这个地方，卫星飞得太高，火星车又开不进来，我们是首次发现，有命名权呢。看样子这地方的放射性物质，和我们所熟知的铀呀钋呀什么的有所不同。”

大卫：“那我们到这里是不是有损健康啊？”

伊丽：“就你活得仔细，我们的宇航服都是抗辐射的，保证死不了。”

□ 火星科考基地

17 傍晚 飞艇飞到一个透明顶的半圆形建筑旁落下，驶入气密室，三人来到基地内摘下头盔，透过不太大的圆顶，能看到几颗闪亮的星星、不停变幻着的血色晚霞，和紫色的、朦朦胧胧的火星落日。穹顶下布置得紧凑而温馨，一幢小楼，空地栽满了蔬菜和花草。

王队："终于又呼吸到新鲜空气了。"

女副队长牛壮壮，一女队员、一男队员三人迎上前，牛队和王队握着手。

牛队："这次出去有什么收获？"

王队："收获不小，明天准备大干一场。"

18　夜　伊丽教授的卧室，室内空间狭小，除了电脑桌、书籍、床之外几乎没有其他东西。伊丽在电脑前操作着，外边响起敲门声。

伊丽："请进，有事吗？"

王队推门进来："我想和你商量一下明天的工作安排。"

伊丽抵触地："这是我的私人空间，有事明天到办公室谈。"

王队："丽丽，你还是不肯原谅我，你说要我怎么做你才肯原谅我呢？"

伊丽："太容易了，你现在就和我结婚，过去的事一笔勾销。"

王队嗫嚅着："她们，她们都很爱我，那样的事我做不出来。"

伊丽："那你说怎么原谅。我从认识你那天起到现在，就听你说了这一句人话，放心吧，不会有人当第三者，好好领着老婆孩子过日子吧。"

王队："你老是独身，我和罗丝心里一辈子都会内疚的。"

伊丽："这和你有关系吗，请你出去，顺便说一句，丽丽不是你叫的。"

王队悻悻退了出去。

伊丽心烦意乱地推开电脑，倒到床上。

□ 伊丽回忆　(字幕)　地球

19　晚　餐厅内一个餐桌旁，王刚队长、伊丽、罗丝在座。

伊丽搂着罗丝的肩膀说着悄悄话："这次你和刚子带队到火星考察用不了多长时间，等你们回来后我就和刚子结婚。"

罗丝举杯："是吗，那太好了，来，预祝我们考察成功，预祝你们双喜临门，早生贵子。"

三人举杯一饮而尽。

王刚："罗丝，你也该找个人管管自己了，老像个疯丫头一样到处乱跑要到什么时候？"

罗丝：“我情愿当个老姑娘，两个人过多累呀，要像买萝卜白菜一样挑人，还要谈恋爱，结婚，哎哟，想想我都头大。”

王刚幽幽地：“说得也是，多一个人就多一份牵挂，现在科技这么发达，也不能保证航天百分之百的安全。”

伊丽正色地：“不许再说，我会一直等你到天荒地老！”

□ (字幕)数月后

19　日　火箭发射场旁的一块荒地，王刚沮丧地坐在一块石头上。

伊丽找来：“你们考察队都回来好几天了，怎么不给我打电话，罗丝也不愿见我，你们到底怎么啦……你倒是说话呀。”

王刚吞吞吐吐地：“我们，我们已经那个了。”

伊丽一阵昏眩，站立不稳，王刚赶紧抱住她：“丽丽，丽丽。”伊丽轻轻推开了王刚。

□ 现实

伊丽躺在床上满脸泪水。

□ 初探惊奇

20　途中　次日晨，外挂有各种探矿设备的勘探车驶出气密门，驶向荒野。勘探车爬上高高的沙丘，越过大片的乱石滩，跃过深深的沟壑，来到昨日看到的陡坡处，它伸出四只钢爪支撑着，小心地向谷底爬去。

21　昨日飞艇落下地点，上午　勘探车停下伸出一个探头。

22　车内，王队、伊丽、牛队围着显示屏看着，屏上显示着地下的情况。

王队：“这样看不出什么名堂，还是下去挖点土化验吧。”

23　三人搬着仪器下了车，大卫操作着挖掘臂挖着土，伊丽和副队取土样在仪器上分析着，王队长在周围收集着岩石样品，不觉已到中午，小而红的太阳挂在天上。

伊丽报告着分析结果：“这地方的土壤成分和火星其他地方的土壤成分都差不多，奇怪，放射源在哪呢。”

王队：“那就用钻探机钻深些再查。”

勘探车展开袖珍钻机向地下钻去，几人将提取出的岩心排在地上，伊丽挑出几段岩心仔细看着。

伊丽兴奋地：“快帮我把这几段岩心搬上车，我要用质谱仪检查一下。”

王队过来将岩心搬上车。

24　车内，伊丽将岩心放在仪器下，仪器放射出淡紫色的光晕罩住了岩心，上方的各色指示灯闪烁着，屏幕上显出一行字：“未知动物的骨骼化石”。伊丽激动地一蹦老高，头撞在车顶上，她捂着脑袋跳下车。

伊丽高兴得语无伦次：“化石，化石，发现了，发现了。”

大家跑上车又看了一遍这才相信，一起击掌、拥抱、流泪。

王队：“火星从来没发现过生命迹象，这是震撼世界的大发现，咱们这次要流芳千古了。”

□ 字幕　地球

25　航天控制大厅里，巨幅显示屏上显示着勘探现场，坐在总指挥位置的罗丝和大家一起站起欢呼，几个同事围住罗丝。

一同事：“罗总指挥，你老公这次可替你长脸了，你要请客。”

罗丝高兴得喜泪盈眶：“请客请客，赶快把这个重大发现向全世界公布，这是人类第一次在火星上发现动物化石，对于研究火星历史，开发火星有着特别重大的意义。”

字幕　环星　　三、危机初现

□ 环星的大型天文台

26　日　在环星圆环边缘的环球山系中间，有一座高耸的平顶山，四周是刀劈斧凿般的悬崖峭壁，从山顶向阳面看去，植物丰茂的平原向远方延伸，目力依稀可及之处，是沙漠的边缘。向阴面看去，是莽莽冰原，天上极光在舞动，冰塔林中冰虫在驰骋，一只冰虫扒着峭壁跃跃欲试。山顶部边缘的巨石上有一幢楼房，楼旁边是暴露在外的高大的天文望远镜，还有一些说不上名字的天文仪器，坦荡的山顶布满了无数天线。

27　控制室内，安娜公主在观察着面前的立体空间显示器，各种五颜六色的线条闪烁着、扭动着，令人眼花缭乱，她做着手势。

28　室外，山顶的天线一齐随着她的手势动作着。

29　控制室内，老台长：“娜娜，快歇歇吧，你都干了一整天了，你要累坏了，你那国王爹怪罪下来我们可担待不起。”

安娜：“老台长，我没事，我发现一个信号，不像是天然的，就是抓来抓去抓不住它，我要一歇着，它说不准就从眼皮底下溜走了。我还想干出点成绩来找爹地妈咪邀功呢。”

一同事：“多好的国王，就这么一个女儿也舍得送到这么苦的地方，有这样的国王真是我们臣民的福气。”

安娜困得眼皮直打架，她极力坚持着，不时调整着仪器观察着，突然响起了嘀嘀声，面前显示出几个字：“地球人向环星人问好”。安娜睡意全无，跳起来欢呼着。

□ 王宫内外

30　王宫大门口，几大群游行的人举着标语牌向大门口集中，一个牌子上画着两个像大蜥蜥蜴一样的东西用后腿站在地上，前腿在打着架，上写：“丑陋的地球人只会打架。”另一个牌子上画着一个奇丑如鸵鸟一般的生物正在下蛋，另一个用翅膀替它挡着头脸，上写：“地球人很害羞，所以他们的蛋一定比我们的蛋大。”一群拿着照相机、摄影机（当然在我们看来是滑稽可笑的机器）的记者围住了身着王服的王后，侍女亚莎跟在她身旁。

游行者一齐叫着：“我们要见公主，我们要问问公主是怎样发现外星人的。”

王后为难地：“她胆子小，你们这个阵势把她吓坏了，不知道藏到哪去了，我也没有办法。”

记者甲：“圣石消失闹得全国人心惶惶，皇室调查得怎么样了？公主聪慧过人，为什么不能让她调查这个案件？”

王后：“圣石消失事件暂时还没有结果，公主年纪太小了，哪能担负得了这么艰巨的任务。”

记者乙："那什么时间才能有结果？我们等不及了，我们要向国王请愿。"

门口一片乱哄哄，精明能干的王后全失了主意。

31　王宫后一片幽深的回廊石柱中，灰头土脸的公主安娜一手提着裙子正在躲藏着，她听了听，外边隐约传来："我们要进去找公主，我们要和公主亲一亲。"

公主欲再向里躲，不料裙子被什么东西挂住了，她懊恼地低头看挂破的地方，抬头又碰到了石头，正六神无主之时，不妨背后有人一把将她抱起，公主拼命挣扎，叫着："放开我，放开我。"

32　莱特简单朴素的家，那人抱着安娜来到室内放下，得意地笑起来，是一个英俊潇洒的小伙子，安娜转过身，一阵惊喜，扑上来挥起小拳头一阵乱打："好你个莱特，吓死我了，打死你，打死你！"

莱特："哎哟真舒服。"他抓住安娜双手，二人亲热地坐在沙发上："你怎么会在这里？"

公主："我不是发现了地球人吗，那帮记者非要和我合影拥抱，还要闯到皇宫里来和我亲亲，我正躲藏着呢。"

莱特："我都替你想好对策了，过来小安娜。"

从里间东倒西歪出来一个机器丑女人，尖嘴猴腮满口大黄牙："主人，悉听吩咐。"

莱特："你就是她的替身，她就是你的姐姐，明白吗？"

小安娜："明白，安娜姐姐，咱们亲一个。"龇出大黄牙做拥抱状。

公主吓得直向莱特身后躲："和他亲，和他亲。"

莱特连忙伸手挡住小安娜："哎，不是和我们亲，你听大门口那么多人要和你亲一个呢，快去吧。"

小安娜歪歪斜斜向外走去，二人抱在一起大笑着，公主："这回有好戏看了。"

33　王宫大门口，一堆人还在缠着王后。

小安娜东歪西倒走来："我就是公主，不是有人要提问题吗？"

小安娜用手指做了一个"过来"的表示，一个记者还真的不知趣地凑上前来，冷不防小安娜龇出大黄牙抱着他就啃，记者惊叫着挣脱，抹着满脸哈喇子夺路而逃。

小安娜哈哈大笑："你激动什么，噢，我是太有魅力了，下一个。"

记者们四下逃散，游行的人也哄笑着散去，只剩下侍女和王后。

小安娜龇出满嘴大黄牙：“母后，你是公主的妈咪，也就是我的妈咪，咱们亲一个。”

王后如躲瘟疫般向王宫里逃去，小安娜追上来抱着就啃。侍女赶忙去扳小安娜胳膊，哪里能扳得动？

侍女惊恐地大喊着：“来人哪！”

34　莱特家，莱特母亲从门外进来，看到公主惊恐地欲下跪，公主赶紧扶起她。

公主：“奶妈，和我还要这么客套啊。”

莱特母：“你是尊贵之身，怎么能到我们下人住的地方来，别弄脏了你的衣服。”

莱特：“妈咪，她就是我的女朋友。”

莱特母惊慌地：“你你，你好大胆，我们都是下人，怎么能高攀公主呢。”

公主搂着莱特母的脖子撒娇：“哎呀奶妈，人哪分什么高低贵贱，我王爸王妈从没有认为自己有多高贵，我妈咪都同意我俩的事了，我从小就是你带大的，你就答应我们吧。”

莱特母：“莱特，王后真答应你们了？”

莱特点点头。

莱特母老泪纵横：“那我还能说什么呢，我怎么会有这么好的命啊。”

公主帮莱特母擦着泪，公主：“奶妈，你为王室辛辛苦苦服务了几十年，我就是皇室送给你的礼物啊。”

35　大门内，站着两个五大三粗的武士，可怜的小安娜躺在地上，胳膊掉了一只，电线头在打火冒烟。

小安娜不停地嗲声嗲气表白着：“妈咪我爱你……”

王后气恼地擦着脸，侍女使劲踢着小安娜，公主和莱特来到近前。

王后：“这一定又是你们瞎折腾出来的东西。”

莱特：“我想用她来给安娜解围呢。”

王后：“她倒是解围了，你们看我一脸臭哈喇子现在还没干呢。”

36　议事厅内，国王衣冠楚楚正襟危坐，议员们却懒散地或躺或坐在前边，有的在嗑着瓜子，有的在玩着宠物，还有的伸出大脚丫子晃悠着，更有甚者袒胸露乳仰面八叉瘫在躺椅上。

国王狠拍一下惊堂木，气恼地指着他们：“你你你那是什么样子，你们是国会议员，也不怕丢人，要让记者拍了照片，还不让臣民们笑掉大牙，快把衣服给我穿好。”

那位仁兄穿好衣服，各议员赶忙擦净桌子，收起宠物坐好。

国王清清嗓子：“那就接着上次的议题议吧。”

师爷骨瘦如柴似巫师，颠三倒四地：“上次我说什么了，噢，对了，圣石是镇国之宝，它不见了必然人心浮动，举国人心惶惶。我早就提议立万丈山，建宫殿庙宇，将圣石供奉起来，你们偏不信，圣石受了冷落飞走了，上天降罪苍生，我等是自作自受。我重提旧议，赶快建万丈山，迎圣石归来，才能保一方平安。”

一肉墩似的议员：“我也早就说过，圣石不在了，可能是自然原因引起，和神灵没有关系。”

有些议员大喊着：“建万丈山。”

有些议员则大喊着：“不能建万丈山。”

国王又捂起了脑袋。师爷：“别起哄别起哄。国王，上次没建成万丈山，都是因为王后极力反对，女人参政，举国不宁啊，国王，你可不能坏了先王的规矩啊。”

国王沉下脸，使劲拍了一下惊堂木：“放肆！别倚老卖老以为我治不了你。”

师爷赶忙磕头：“老臣是一片真心，苍天可鉴，国王可要三思啊。”

国王头痛欲裂，无力地摆摆手：“都下去吧。”

37　国王寝宫，王后懊恼地正对着镜子仔细擦着脸，国王气冲冲地走进。

国王：“都是你，要不是你阻拦，万丈山也建成了，现在圣石丢了，怨声载道，你看怎么办。”

王后：“跟你说多少遍了，圣石丢了和建不建万丈山没有关系，咱们环星并不富裕，那样折腾会把国力都耗尽的，你真是木头脑袋死不开窍，就这本事还当国王呢。”

国王大怒：“你敢羞辱我，信不信我能休了你！”

王后好气好笑：“休了我，就你那能耐干得了国王？你想想哪次遇事不是我替你出主意，没有我你干不了三天就得让人哄下台。”

国王一下子打了蔫，嗓门也低了八度：“那你说什么原因，难道圣石能凭空蒸发不成，那总要有个办法不能等死啊。”

王后也打了蔫：“这这这……”

地点同上，王后、安娜公主和莱特坐在一起。

安娜："妈咪，我们想和你说个事，圣石丢失怎么也查不出结果，我总感觉历史上可能出现过这样的事情。我听说在遥远的地方有一个长生不老的民族，他们应该能记得历史上的事，我想去拜访一下，沿途再做些考察，或许能找到些线索。

王后："那地方那么远，让妈怎么能放心呢？你们是妈的全部希望，离了你们让妈怎么活呢？"

莱特："没事的？，我们驾飞艇去，很快就能回来，你放心吧。"

安娜抱住王后："妈，现在国家遇到这么大的困难，这时候再不出力还要等到啥时候呢，你放心吧，女儿不会让你失望的。"

王后抚摸着女儿的面庞泪眼婆娑："真是妈的好女儿，妈有你这样的女儿真感到骄傲，那你们就去吧，回头再和你爸说一声，路上可要小心啊。"

□ 路途中

38　环星淡紫色的天空，一艘小飞艇在翱翔，下方依次闪过连绵的高山，弧形的平原，了无边际的沙海。

莱特画外音："咱们环星漂亮吧。"

安娜画外音："漂亮极了。"

莱特："我还要带你去看更震撼的，咱们星球的中心孔你知道吧，孔里边你去过吗？"

安娜："妈呀，那谁敢去。"

莱特："我就去过，那次我学习开飞艇，来到中心孔上空，我冒死也想看看里边到底是什么样的，结果从一边进去从另一边完好无损地飞了出来。里边那才叫壮观。"

安娜："听你这么一说，我倒是情愿搭上性命看一眼。"

莱特："哪能呢，我怎么舍得让你跟着我去冒险，走里边安全着呢。"

飞艇飞向浩瀚的沙海。

□ 中心孔内外

39　飞艇来到中心孔上方，但见下方的沙子碎石像浑浊的河水一样，一起移动到中心孔的边缘向无底深渊滚落。飞艇笔直地向下飞入中心孔内部，只见四周沙石如无比巨大的瀑布从天而降。

到了中段位置则更惊险刺激，从阳面落下的沙石撞上从阴面落下的夹着冰雪的巨石，火花四溅，发出闷雷般的声响，蒸汽挟着水，冰块、碎石疯狂地旋转着，中间却是空的，如同台风中心的风眼。

40 暗 飞艇内，透明的舷窗上不时溅上几滴水珠，四周是飞速旋转、通天连地的幕墙，莱特稳稳地把着舵，安娜靠在他身上浑身发抖，面色苍白，可还是直直地向外看着。

莱特："我推测中心孔两边的物质都向中间滚落，停留在中间，又被离心力甩向四壁内部，渐渐回到外缘，再回到中心孔处，完成了一个循环，只是不知要经过多少万年时间。要害怕就闭上眼。"

安娜："看，吓死也要看！"

41 飞艇来到靠近阴面的地段，这里又是另一番景象，光线已很暗，四周急速下坠的冰块闪烁着七彩荧光，连接着天地，落英缤纷，飞红流碧。

42 飞艇终于飞出中心孔，在无数条扭动的彩虹中向上飞升，彩虹化为漫天绚丽的极光，飞艇在如梦似幻的极光中飞行。

安娜抱着莱特的脸热吻着："谢谢你，谢谢你，能看到这么壮丽的景色，不枉此生了。"

莱特："我敢保证，整个环星，不，是整个宇宙，只有咱们两人看到了这么惊心动魄的场面，咱们是宇宙中最幸福的人了。"

□ 不死国

43 小飞艇降落在山脚下的一片草丛里，二人走下飞艇，莱特默念口诀，让飞艇隐了身。

莱特："看导航图不死国就在这里，我们走走看。"

44 不死国人的战场，二人来到近前，许多不死国人在打仗，这些人像硕大无朋、多了几条腿的八爪鱼，他们有的用触手勒住对方的腿，有的扯掉对方的触手，还有的用触手卷着刀向对方刺去。神奇的是被刺的地方立马完好如初，被扯到地上的触手转眼消失不见了，在原来断的地方又长出了新的触手。二人正看得神魂颠倒，冷不防一个不死人将他们从身后用触须卷到一起。

不死人四片嘴开合着："咕噜叽里哈以呼噜。"

安娜赶紧用没被触手缠住的手按了腰间的翻译器，这下听清了："你们是什么人？"

莱特："我们也是环星人，想请教你们大王几个问题。"

不死人："那好吧，我领你们去见大王。"

那人腆着大肚子，几条小短腿划动着，领着二人走去。

45　大王所在的硕大的山洞，里边放着简陋的床和几样歪七扭八的看似生活用具的东西，几个侍从站在大王身边，大王是一个更加高大的八爪鱼。

领路人将二人带到大王跟前："大王，这两个人要向你讨教问题。"

大王圆形的巨眼变成了 W 型，身上灰不溜秋的皮肤也变成了鲜红色，他用一个触须卷起二人送到面前，那可怕的巨眼和四瓣嘴唇占了大部分画面，让人心惊胆寒。二人浑身颤抖着。

大王说话简直像一千头公牛在叫："哎哎，丑陋的虫虫，你们怎么浑身发抖啊，你们的牙齿怎么在打架呀，你们放心，我不会杀你们的，我特喜欢乐于求教的人。当然了，对那些让我不高兴的虫虫有些小例外。有什么问题就问吧，我乐意效劳。"

莱特："那我先问，你们外面那些人为什么老在打架，还打不死人呢？"

大王："哎哎，这个问题嘛，是这样，在开天辟地的时候我们就出世了，不生不死，可是人活着太痛苦了，太累了，死了有多好哇，一了百了，再也没有这么多烦恼，所以我们每天都在想办法怎么才能杀死自己，哎哎，这样回答能不能使你满意呢。下一个问题。"

安娜："很好，你们现在有地震呀、山崩地裂呀这些事吗？"

大王："哎哎，还真有，前些时候倒了几座山，压住了几个弟兄，他们多幸运啊，怎么我碰不上呢，整天当这个大王，烦死了。"

安娜："这样的事你们历史上常有吗？"

大王："许多年前，到底多少年，我也记不清了，反正就是许多许多年前吧，就有一次，也有过许多许多次了，哎哎，每有一次，我们才能死上几个人，总有一天，我们的人会死光的吧，那时候多好啊，哎哎，还有什么问题吗？”

安娜：“哎哎，没有了，能放我们走了吧？”

大王：“放你们走，哪有那么容易，哎哎，你们要想出怎么让我们死的办法才能放你们走。”

安娜转了转眼珠：“哎哎，有了，最近就要山崩地裂，你们就找一座最高最大的山住在下边，这样山倒了不是把你们全压死了吗？”

大王：“哎哎，这倒是个好办法，哎哎，你们可以走了。”

大王放下二人，二人拼命忍住笑走出山洞。

46 山洞口，二人终于忍不住笑弯了腰，安娜拧了拧自己的脸，又拧了拧莱特的脸。

安娜：“哎哎，这不会是在做梦吧。人间真是无奇不有，我哪怕是变成条臭虫子呢也不想死，也要整天和你黏糊在一起，哈哈。”

莱特：“哎哎，别想入非非了，眼下还不知怎么过去呢。”

安娜再也笑不出来了：“是啊，我觉得我们是要大难临头了。”

47 停飞艇处，二人走近，飞艇现了形，二人登上飞艇。

48 归途中，飞艇沿着山脚下狭长的平原飞行，飞到一个山口的上方，下方的河流曲折蜿蜒。

安娜：“快停住，下降一些。”

莱特将飞艇停住又下降到能看清河面的地方，但见上下游的河水齐向中间流，冲到一起激起滔天狂浪，涌出地面，淹没了大片的陆地。

安娜看傻了眼：“天哪，这是怎么回事啊！平时热风从阳面吹向阴面的冰原，融化的冰水流向阳面，滋润着平原，可现在平原的水怎么会倒流回去，造成这么可怕的现象？”

莱特：“快回去向父王母后报告。”

安娜：“你把我送回天文台，我要在那里好好想一下，你自己回去，马上向父王报告，可别再没完没了地扯皮了，赶快集中全国的科学家研究对策。”

□ 天文台内外

49　傍晚，飞艇停在小楼前的空地上，安娜下了飞艇向小楼跑去。

50　控制室，里边有各种控制设备，安娜来回走动着。窗外火光闪闪，传来隆隆巨响，光亮中一座山头崩塌了。安娜下定了决心，她打开了一个总开关，各种指示灯及墙上的大屏幕亮了起来，室内闪起幽幽的绿光，照得安娜的脸如同女巫。大屏幕上显示着星系图形，安娜用手比画着，屏幕上的星系变化着，她默念口诀，左手向上托起。

51　室外，从楼顶升起一个光球到了平顶山的上方。

52　室内，安娜将右手向下猛地一劈。

53　室外，光球突然爆发出了强烈的蓝光，照在天线上，天线将光聚成巨大的光柱，劈云裂雾，射向浩瀚的宇宙。

（字幕）火星　　四、远古奇遇

□ 火星科考基地

54　日　标本室，桌子上放着几块动植物的化石。王队、副队、伊丽及几个考察队员在座。

王队："这几趟总算又挖点东西回来，尤其是几块植物化石算是大收获，人也累坏了，最近看样子是弄不到什么东西了，歇歇吧，正好研究这几块化石。"

伊丽："靠这几块化石来研究未免也太少了吧。"

牛队："那总比没有强多了，聊胜于无嘛，这里不比地球，恐怕永远也不会有地球那么多的化石供研究。再说现在研究方法多了，不一定非要太多的化石。听说过全景互动这种研究方法吗？在地球上可火了，各行各业都在用，连破案都用上了。听说过前些时几个罪犯在别人睡觉的时候，盗窃此人脑子里银行卡密码的神奇案件吗？本来没有任何证据，警察偷偷将几个嫌疑人玩游戏的头盔换成了全景互动的头盔，嘿，你别说还真把案子破了。伊丽教授，全景互动在考古上用得也不少吧。"

王队向伊丽使着眼色。

伊丽，仇人相见，格外眼红，乌眼鸡似的：“贼眉鼠眼看我干什么，我偏要说。”眉色飞舞地：“太好用了，许多古时候的场景都正确地重现了出来。”

副队：“那你说怎么实施呢？”

伊丽：“你是电脑专家，这还要问我？说就说，该露不露，心里难受。要把有关的化石数据、考古资料、地质资料一同输入电脑，再找几个专家，戴上脑电感应头盔，电脑会根据现有资料虚构出场景，再和人脑产生互动，电脑不断地根据人脑的思考修正模拟的场景，人又根据模拟的场景产生新的思考，最后的模拟就会高度地重现当时的现实。当然了，参加互动的人要是考古专家，有男有女，互相熟悉，最好再有些感情瓜葛，才能合乎人类社会的实际情况……咦，你不会是编着套让我钻吧，让我和姓王的一起干这事？打死我也不干！他还没坑死我？”

牛队：“那你说还有谁呢，这里就你们两个男女专家。你不是说吗，要有男有女，还要有点瓜葛，合乎你说的条件的一对儿还真难找呢。”

王队：“我刚才使眼色不让你说，你偏要逞能，请君入瓮那个典故怎么说来着，你自己钻到坛子里还说什么呢。”

伊丽：“姓王的，你老婆就是总指挥，这事当然是她安排的，你也应该知道。你们怕我不来，合伙瞒着我，我死也不和你共事，看你们怎么着。”

王队：“我老婆再是总指挥，她是领导，不一定什么事都请示我，我要知道了我才不和你在一起干事呢，母老虎。”

伊丽：“说我什么，你再说一遍！”她举起巴掌。

王队抓住伊丽双手，对着她的脸大叫着：“母老虎母老虎母老虎，你能怎么着！”

伊丽：“呸！”她吐了王队一脸唾沫。

王队怒极而乐，放下伊丽的手去擦脸：“好好，我好男不和女斗。”

牛队正色地：“伊丽教授，你以为这里是地球，你想干就干，不想干就撂挑子，你知道飞船来一趟要花多少钱，你既然来了可就由不得你了。那是谁呀（学伊丽）：‘我要去看火星的壮丽景色，我要去把姓王的骂个狗血喷头。’现在让你和他在一起，好把他骂个狗血喷头，怎么又不干了呢，你们说不准还能整出点什么事呢，那我们可就看不见了，你们说是不是啊。”

大家一起阴阳怪气地："是啊是啊，伊丽教授，我们什么都看不见。"

伊丽恨不得找地缝钻进去："我，我算是栽到你们这帮人手里了。"

牛队拿出两顶布满电极的帽子，一顶戴在王队头上，一顶戴在伊丽头上，学座山雕："老九，别耍小孩子脾气，戴上戴上。"

□ 全景互动　　远古的火星

55　中午，骄阳如火，天空乌烟瘴气，远远近近的火山冒着黑烟，地面乌水横流，一片洪荒。一片长着稀疏怪草的荒漠中，王队长和伊丽未穿宇航服，衣衫褴褛，满脸是汗，外露的皮肤上起着水泡，在砾石中深一脚浅一脚地向前走着，走在前面的王队长停下脚步扶着伊丽。

伊丽甩开他的搀扶："我死也不要你扶，别假惺惺猫哭耗子。"

前方有一片稀疏低矮的小树林。

王队："那就再坚持一下，前方有片小树林，咱们到了那里歇歇脚。"

伊丽再也走不动了，蹲在地上大口喘着，王队扶起她，这次她倒是没有拒绝，二人搀扶着艰难地向前走着。

56　小树林，二人终于挪到树林边，倒在地上大口喘息着。一棵小树上长着鲜红色的如杏子大小的果子，伊丽连滚带爬过去，急不可耐地摘一个欲向嘴里塞，王队一把将果子打落在地上。

王队："别吃，这种颜色的果子可能有毒。"

伊丽又摘下两个要吃："反正不吃也是饿死。"

王队将伊丽手中的果子夺过，又将树上剩的全摘了吃掉："要死也是我先死，我不会让你死在我前边。(皱着眉头)这果子有毒，毒性还不小。"

他用手指向喉咙里抠着，可怎么也吐不出来，他捂着肚子呻吟着，在地上痛苦地翻滚着。

伊丽手足无措地："天哪，这可怎么办，我真该死，不是我这么想吃，也不会这样。"

王队终于吐了一摊半碎发黑的果子，稍稍好了一些，他喘息着："丽丽，让，让我给，给你说两句话，现在不，不说，可能就没机会了。丽丽，我对不起你，我情愿拿生命来补偿！今天，我就是死了也高兴，我替你换了一命。”

伊丽将王队上半身扶起靠在自己腿上，痛哭着，泪水滴滴落在王队脸上：“别说了别说了，我也不愿欠你一条命，你要真的死了，就让咱们死在一块儿吧。”

他们就这样坐在地上，时间仿佛已经停止。

咚、咚、咚，静寂中出现了越来越大的，令人心惊肉跳的脚步声，一只有如霸王龙一般，只是脑袋奇大的怪兽一路寻找着走来。伊丽让王队斜躺在她身上，眼直勾勾地盯着怪兽。巨头怪兽来到他们身前，伸出两只可笑的小爪子抓挠着伊丽的衣服，舔了她一脸的哈喇子。伊丽浑身剧烈地抖着，巨头兽张开了血盆大口，却不料一只浑身彩虹一般，长着四只脚，一对长爪子的怪兽抓住它的尾巴将它扯了过去。巨头兽被搅了好事，好不气恼，它怒吼一声，和彩虹兽血战起来，彩虹兽的长爪子不停地击打在巨头兽蠢笨的大脑袋上，巨头兽晕头转向，落荒而逃。彩虹兽来到他们身前，伸出巨爪在伊丽身上抚摸着，嘴巴不停地吧嗒着。

伊丽牙齿打着架：“你你你，痛痛快快地把我们吃了吧，别再让我们受折磨了。”

彩虹兽趴在二人身前，用长爪子搂着伊丽，小眼睛盯着她，伊丽抚摸着彩虹兽滑稽可笑的头脸：“你不吃我们是吗，你嫌我们太瘦了是吗。”

彩虹兽将她提起放在背上的几根长刺之间，又抓起王队也放到背上，二人抱着长刺倒也稳当。彩虹兽向远方跑去。沿途各种植物逐渐变得茂盛高大，各种动物穿行其间。

57　下雨了，他们来到一棵只长了一片叶子的大树下，叶子向上张开像一个巨碗，将雨水汇集流向树干，树干在变粗。彩虹兽在一块石头旁趴下来，二人依偎在一起靠在巨伞树干上喘息着，四周生长着奇花异草，树上结着各种浆果，彩虹兽摘了一些杧果样的果子，自己吃着，又递了一些给二人，二人饥不择食地大吃着。

天上淅淅沥沥下着小雨，天地一片苍茫，雨点打在花瓣上像有无数蝴蝶在飞舞，彩虹兽在二人身边趴着打着盹，四周不知何时聚集了各种奇形怪状的动物。这真是一个如天堂般的世界。

王队吃完最后一个果子，抹着嘴，看起来精神好多了：“好吃好吃，又香又甜，这里真像伊甸园，我倒想和你一起永远在这里。”

伊丽靠在王队的肩上：“你真的这样想？刚子，你如实回答我一个问题，你，还爱我吗？”

王队抚摸着伊丽的手：“当然，可是我只能把这些埋藏在心底，人总要对自己做过的事负责任。丽丽，我是个小人，伤害了你这么长时间，我不值得你这样对我，对不起，把我忘了吧。”

伊丽无声地流着泪：“刚子，你知道吗，我，我一直都在爱着你，你刚离开我的时候，我曾想到过死，可是又感觉不能死，我要一死会让你背上多大的枷锁啊，我想试着再爱上别的人，可是心里再也容不下其他人。我有时对你那么凶，你为什么不恨我呢，你要能恨我多好……我真的很羡慕小狗小猫，它们能自由自在地去追求自己的爱，可是人就不能随心所欲。有你今天这些话我就知足了，这些话会温暖我下半生的。”

王队也是泪眼蒙眬：“丽丽，听我一句劝，找一个爱你的人吧，跳出自己狭隘的小圈子，你会发现，世界上值得爱的人多得很。”

伊丽：“我听你的，就试试看吧，不过这已经不重要了，我拥有了这么珍贵的今天，永远都会幸福的。我感觉心里有一个遥远的梦，在梦里也像这里，四季如春，百花盛开，天空一片蔚蓝，草丛里奔跑着许多动物，可是，我更喜欢现在只有我们两个人的世界。”

二人依偎在一起再也无语，雨停了，四周的动植物不停地改变着，有的在变高大，有的在变矮小，花朵不停地改变着颜色和形状，连彩虹兽都在不停地变大。天空蔚蓝，火星的两个卫星一快一慢地飞来，远方的群山不停地改变着高低，大地、河流不停地变化着形态。

伊丽：“你发现没有，周围的一切都在改变着。”

王队：“我也发现了，它们还会根据你的想法改变呢，比如你想，这些花应该再漂亮些才好，花朵的颜色就会更鲜艳些。”

伊丽：“是吗，我们骑上彩虹兽到处看看风景吧。”

58　二人跨上彩虹兽，小动物们紧跟着，在一片清新的大地上飞驰，在无边无际的花海中飞驰，向着远方立地拔天的高山，向着天边五颜六色的彩虹……

59　画外响起一阵掌声，王队伊丽二人回到了现实：他们坐在椅子上，头上戴着感应头盔，眼角挂着泪。

牛队替伊丽擦着泪："哎哟哟哟，小心肝，把王队骂够了吗，只怕现在含到口里都怕化了呢，哈哈……"

伊丽冷不防将副队的胳膊拧到身后使劲向上提："我让你嘴这么损，早晚你老公会把你甩了，让你躲到旮旯里哭鼻子去。"

牛队："哎哟哎哟，痛死我了，快饶命，再也不敢了。"伊丽松开她。

牛队甩着胳膊："这家伙哪来这么大邪乎劲，看来爱情的力量真是太伟大了，哈哈……快说说你们的感受吧。"

王队："感觉好极了，简直就像在仙境里，一切景物都在不停地变化着。"

牛队指着墙壁上的大型显示屏，屏上显示："时间当量，1 小时等于 10 亿年，相似度，80%。"定格的画面是："二人骑在彩虹兽上在无边的绿野花海中奔驰，云蒸霞蔚，美轮美奂。"

牛队："你们模拟的一小时，相当于火星古时候十亿年，当然动植物是在不停地进化了，连火星表面都在不停地改变着，这个 80% 就是说，最后模拟出的场景和火星当时环境基本相似，你们也看到，当时的环境会根据你们的想法改变，这是电脑根据人脑的判断不断地修正着数据，最后就会使模拟和现实高度相似，比起只靠几块化石去重现历史成功率可是要高多了。当然了，彩虹兽是电脑虚拟出来去解救你们的，要不然一开始猛兽就会把你们吃掉，戏就没法唱了。"

伊丽扒着牛队的肩膀巴结地："哎，我们说的话你们都听到了吧。"

牛队："没，没有啊，你们谁要看到听到了什么回去都不准和罗总指挥说，大家听到没有。"

众人七嘴八舌捉弄地："我们什么都没听到，说什么呀。"

伊丽双手捂着脸："哎哟，羞死人了，你们一定什么都看到听到了，下次再也不干这个什么狗屁全景互动了。"

牛队："你要干也不让你再干了，看这个样子，你们再到一起，非要整出点事来，回去罗总指挥非骂死我不可。"

王队装模作样地："咳，咳，你们眼里到底还有没有领导。"

牛队："罪过罪过，怎么把领导都忘了呢，快说正事。"

王队："今天的模拟，是人类第一次知道了火星的历史，火星古代其实和地球古代一样，有空气有水有各种生命，是一个欣欣向荣的世界，可是为什么地球还是这么生机盎然，火星却变成荒漠星球了呢，过去有理论推测，火星也有和地球一样辉煌的古代，有浓厚的空气滋养着万物，但是因为火星太小，留不住大气，当然星球也就死了，我们知道，现在的火星大气是非常稀薄的。但是稍一思考，这种理论就不攻自破，既然留不住大气，那一开始哪来的那么多大气呢？”

伊丽：“还有一种理论认为，火星古代发生过剧烈的撞击，火星水手谷就是撞击的证据，结果把火星大气都撞飞了。这种理论同样有问题。据研究，地球刚形成之日也遭受过巨大的撞击，其中一部分物质撞飞出去后凝聚成了月球，那次撞击为什么没使地球大气损失殆尽呢？可见这种理论也不能使人信服。”

王队：“火星上曾经出现过众多的生命已是毫无疑问的了，所以我们下一步考察目标一是查明火星上是否出现过智慧生命，二是查明为什么一个生机勃勃的星球会走向衰败，我们这次火星考察的目标，就是为人类大规模开发火星做准备，所以必须把火星的前世今生了解清楚，不然就是把火星成功开发了，还是会再次沦为一片荒漠。大家琢磨一下，如何进行下一步考察。”

牛队按了一下按钮，屏幕上二人骑着彩虹兽的画面活动起来，远方的山峰不断变近，牛队：“你们看这是不是奥林匹斯山，只是显得更加高耸，可能经过这么多年的侵蚀，山顶显得更加平坦了。这是不是提示我们，下一步应该到奥林匹斯山去考察。”

王队：“好主意，明天就到奥林匹斯山。”

60　王队的个人空间，桌子上放着罗丝和女儿的合照，还有电脑等，王队躺在床上看着窗外，外面的景色荒凉而单调，他拿出手机。

□ (字幕)　地球

61　罗丝和女儿在高高的摩天轮上，窗外景色尽收眼底，远山巍峨，近处一片郁郁葱葱之中点缀着林立的高楼和爬虫般的车辆。

手机响起，罗丝拿出打开，是王队。罗丝惊喜地：“是你，刚子，在干什么呢，工作进展怎么样了？”

罗丝手机上的王刚：“想你们呢，这次可有大发现，其实火星古代和地球一样也是动植物繁茂的世界。具体情况会整理好材料向地球汇报的，这里先给领导透个底。现在量子超光速通信真好用，再也没有时间延迟了。”

罗丝高兴地：“太好了，这次你要记头功。”

罗丝手机上的王刚：“这都是伊丽的功劳，你这伯乐寻的千里马太能干了，只不过我和伊丽成了生死之交，保不准会把你甩了，哈哈。”

罗丝脸色阴沉下来：“其实我一直愧对伊丽，我随时准备让位。”

罗丝手机上的王刚：“又吃醋了，逗你呢，罗丝，一切都过去了，我心里只有你和孩子，快让玲玲和我说话，想死我了。”

罗丝将手机递给玲玲：“爸爸想你了，快和爸爸说话。”

王刚手机上的玲玲：“爸爸，我也想你了，火星上好玩吗，火星上有大老虎和猫咪狗狗吗？”

玲玲手机上的王刚：“哎——火星上有好多稀奇古怪的动物，还有彩虹兽呢，可漂亮了。”玲玲手机上出现了王刚和伊丽骑着彩虹兽奔驰的画面。

玲玲：“哟，彩虹兽真漂亮，爸爸，你替我捉一头回来，我要骑着它去看沙漠，去到大草原上和马儿赛跑。”

玲玲手机上的王刚：“好，爸爸这就替你去捉彩虹兽，来，亲一个。”

玲玲将手机交给罗丝：“爸爸和伊丽阿姨骑着彩虹兽真神气。妈妈你说，伊丽阿姨会不会把爸爸拐跑，再也回不来了呢？”

罗丝：“哈哈……你这小脑袋里装的都是什么东西。爸爸有妈妈和玲玲，还有这么漂亮的地球，他才不愿意在那个荒凉地方多待呢。”

玲玲：“真的妈妈，你没见伊丽阿姨看爸爸的眼神，色眯眯的，只有妈妈才可以那样看爸爸，别人怎么可以呢？”

罗丝：“不许再胡说，听到没有？快看那边火箭发射了。”

发射场上，高大的火箭在浓烟烈火的烘托下向上飞升，飞升，化作一颗闪亮的流星消失在天空。

□ (字幕)　火星　奥林匹斯山

62　奥林匹斯山，小飞艇围绕着山头飞着，从巨大的火山上空缓缓划过。

63　飞艇落在山顶上，走出戴着透明头盔，穿着轻便宇航服的王队、副队、伊丽、大卫四人。和一般怪石嶙峋的火山顶部不同，此山顶显得平坦得多，圆环状的山顶如同两条巨大的臂膀，在依稀可辨的对面环抱在一起，深不可测的火山口里烟雾缭绕，山顶向外则是缓缓向下倾斜的山坡，一直延伸到一片苍茫、目力不及之处。

王队："这座奥林匹斯山是太阳系最高最大的火山，火山口直径 80 千米，底部直径 600 千米，高 27 千米，有三个珠峰高，所以在这山头上看就是这般超大的模样。"

伊丽心醉神迷地："我们就是在这山脚下骑着彩虹兽飞驰，风在耳边呼呼响，大鸟紧跟在身后翱翔，那真是如诗如画的世界，我真弄不清那时候是梦还是现在是梦了。"

牛队："等火星建设好了，火星人都生活在梦里，只是我们看不到那一天了。"

大卫："我们是火星开发第一人，会写入历史的，人们会给我们塑上像，拍成电影，写进小说，那是多高的荣誉啊，今天苦些累些也值得。"

他们陶醉在美丽的幻想里：百花盛开，群山连绵，大地翠绿，天空蔚蓝。

王队回过神："为了火星的明天，伙计们，干起来。"

伊丽向飞艇上招招手："代比，下来。"

飞艇上摇摇晃晃下来一个人形机器人，伊丽在地面找准一块地方。

伊丽："代比，就从这地方向下挖。"

代比伸出钢爪，挖开山石，火星四溅。顷刻之间便挖出了一小堆岩石沙砾，伊丽挑了一块深褐色的石头仔细观察着。

牛队：有什么好看的，不就是一块石头吗。

伊丽：你懂什么，一边待着去，玩电脑你还行，这星际考古你可差远了。

王队嘟哝着："一个槽上拴不住两头老叫驴。"

伊丽："我是什么人，全球顶尖的星际考古专家，要不然罗丝还会冒着老公被抢走的风险，连哄带骗把我弄来吗，我这次就要让她挤猫尿都找不到地方。"

牛队："想开了就好，有一本书名就是人生难得一放开。"

王队深情依依地看着伊丽，转过脸，远方一片苍茫。

伊丽将手中石头递给代比："代比，仔细分析这块石头。"

代比手捧石头，目中射出两束强光照在石头上，伊丽看着它胸前显示屏上的数据。

伊丽突然高兴地一把抱住代比："代比，你真棒，这次立了大功！"

代比也伸出铁臂抱住伊丽，滑稽地咧着嘴笑着："嘿嘿，主人，我也高兴。"

伊丽："哎哟哎哟，快放开我，你把我挤成肉饼了。"代比放开了伊丽。

伊丽："太好了，太好了，你们知道有什么分析结果吗，这块石头上有古细菌生活过的痕迹！并且和地球古细菌有高度的同源性，就是同一个祖先，结合以前得到的火星化石分析，火星生命其实源于地球，地球，才是火星生命的故乡！"

几人在一起击掌庆贺。

牛队："咱们地球人总算有兄弟姐妹了。"

王队："可是我们还好好的，兄弟姐妹却都成化石了，我们飞到火山口底部再看看，能不能找到他们变成化石的原因。"

64　奥林匹斯火山口底部。小飞艇沿着内壁表面缓缓下降，下方所见：细细的火山灰，浑圆的火山弹，奇形怪状的火山熔岩，黑黝黝的熔岩通到洞口。飞艇在靠近底部的一个平台上降落，几人搬着仪器走出飞艇，山壁上是一个高大而幽深的熔岩山洞，下方一片乌烟瘴气，怪石嶙峋，宽宽窄窄的裂隙里冒着缕缕黄烟，大大小小的熔岩湖里翻腾着火红的岩浆。

王队："这座火山在一亿年前就停止喷发了，但是岩浆活动还是有的，我们就在这里观察吧，再向下就太危险了，我们是这么近距离观察这座火山口的第一批人，这次考察我们创下了许多第一呢。"

众人开始工作，大卫收集着岩石样本，王队用望远镜观察着山底，望远镜所见：千奇百怪的巨石，翻滚沸腾的岩浆。

伊丽将岩沫放在分析仪下，一束光照下来，副队看着显示屏上的数据。

牛队："丽丽快看，这地方岩石的成分和其他地方的还真不一样——丽丽，丽丽呢，（惊慌地）丽丽怎么不见了。"她抬头寻找着，哪里还有伊丽的影子。

众人一齐四下寻找着，对着山洞大喊着："丽丽，丽丽……"

王队六神无主地："你们在附近找着，可别进山洞里去，我，我再仔细想想。"他坐在一块石头上，一缕黄烟在他面前飘动，他的脸渐变得模糊（淡出）。

□ 一组回忆镜头

65　建设中的火星科考基地，到处堆着各种建筑材料。挖掘机在挖着地基，吊车在吊着钢架，一阵特大沙尘暴突然袭来，将人吹倒在地上，材料吹得到处乱飞，人们各自找避风的地方躲藏着，一堆屋面板被吹散了，王队不顾一切地冲过去将屋面板聚拢扎好，一块飞起的铁皮击中了他的头盔，他倒在地上，躲在火星车里的罗丝冲出来，拼力将王队拖进火星车，关好门，调整好气压，将自己和王队漏了气的头盔脱掉，她不停地摇晃着叫着昏过去的王队。

罗丝："刚子，刚子，你醒醒，快醒醒。"

王队终于醒来，极力回忆着："这，这是在哪里，是，是你救了我。"

沙暴肆虐，车窗外更加昏暗，地下胡乱放着空了的饮料瓶和空食品包装袋，二人无力地靠在坐椅上喘息着。

罗丝："都两天了，沙尘暴越来越大，我们的人大概都死光了，吃的喝的都没了，车内的空气越来越坏，气压也越来越低，我们活不了多久了。"

王队："这次到火星建基地，想不到会是这个下场，也许这就是命吧，命该如此。"

罗丝突然抱住王队："刚子，我，我……我们死也做个风流鬼吧。"

二人抱在一起亲吻着，风沙更猛，车内什么也看不清了。

风暴已停，天空清澈，车窗外到处盖着一层厚厚的红色粉沙。车内，罗丝跪在王队面前流着泪。

罗丝："我都干了些什么呀，我是个贱女人，你打死我吧，我回去哪还有脸再见丽丽呀。"

王队抱住罗丝热吻着。

□ (字幕)　地球

66　日　火箭发射基地旁的空地，王队坐在石头上发愣，伊丽找来。

伊丽："你们都回来好几天了，怎么也不给我打电话，罗丝也不愿见我，你们到底是怎么啦。"

王队麻木地："我们……我们已经那个了。"

伊丽一阵昏眩，站立不稳，王队赶紧扶住她，伊丽轻轻推开了王队。

□ 现实

67　王队抹了抹眼角，走向山洞：丽丽，丽丽。

漆黑的山洞吞没了他，黑暗中有个低沉恐怖、含混不清的声音在呼唤着：呜啊呀……

（字幕）　环星　　五、殉道者

68　环球山峰，有几处已经崩塌，冰水从缺口倾泻下来形成了大片的冰原，冻死了不少动植物，冰虫在冰原上追赶着四下逃散的人们。

69　首都，街道上车辆行人稀少，垃圾遍地，行道树有的已枯萎，树下落着死鸟，街道两旁的建筑有些已经倒塌，不少地方设着神像佛龛，周围的人在跪拜着。

□ 王宫内外

70　王宫，一座塔楼已坍塌，大门前的广场上，许多人在请愿，一片乱哄哄。有人在推搡着几个官员模样的人，还有人在打群架。

群众甲大喊着："咱们拼死拼活养着这帮饭桶，现在环星遭了这么大的灾难，这帮人连个说法也没有，今天非要给我们个说法不可！"

群众乙大喊着："早就说要建万丈山把圣石供起来，钱都让这帮家伙中饱私囊了，圣石受了冷落不见了，天降灾祸给我们，我们不得好死，这帮家伙也别想好活，今天咱们就把这王八窝砸了！"

有人拿着棍子冲向前欲砸门窗，一队武士冲出来和群众推搡着，一时剑拔弩张。

71　议会大厅内，议员们还在没完没了地扯着皮。众议员分成了两派，以国师为首的一派和以胖议员为首的另一派，誓不两立地分坐在大厅两边，一个个乌眼鸡似的恨不得你吃了我，我吃了你，国王则看看这边又看看那边，全失了主意。

国师獐头鼠目，盛气凌人："你们封我是国师，遇了事又不听我的，大难临头了又都怪我，你们别叫我国师了，什么事别再问我，爱怎么办就怎么办吧。”

胖议员耐住性子：“你不就是要建万丈山吗，那会把咱们的人力财力都耗尽，百姓怨声载道，又解决不了问题，那日子不是更难过吗，科学的问题应该用科学的方法解决。”

国师：“我也没说不要科学，很多人都在信神灵也没耽误发展科学呀，今天的问题不是科学解决不了吗，不靠神灵又靠谁呢，你张口科学闭口科学，为什么不用科学来解决问题呢，你要能解决了问题我才不愿多管闲事呢。”

胖议员有些理屈词穷：“这这……你整天领着一帮人造谣生事，闹得人心惶惶，大家哪还有心思研究科学。”

国师气得语无伦次：“你你你……”

窗户下，青春靓丽的侍女亚莎提着茶水桶在认真听着。

国王：“我听国师的话有道理，科学和神灵互不冲突嘛，国难当头，老国师你也就别赌气了，说说还有什么好法子。”

国师受宠若惊：“还能有什么好法子，现在就是建万丈山也来不及了，有一个法子保准灵验，就是好久没用过了，国王要恕我无罪老臣才敢说。”

国王：“但说无妨，恕你无罪。”

国师：“这个……可用一妙龄女子祭天，上苍定会念我等心诚，不再降罪苍生。”

国王：“胡说！你以为本王是山民草寇，会相信此等愚昧之事。(又克制地)唉，本王也是急火攻心，老前辈休要动怒，依本王看你这办法就是灵验也没法实现，这年头烧香拜佛者多，愿意牺牲自己的恐怕一个也没有，现在是文明社会了，你总不能让本王像草寇一样去绑个民女来祭天吧。”

胖议员：“别看这老家伙尖嘴猴腮，女儿可漂亮着呢。国师把女儿拉去祭天，上苍一定会高兴的，哈哈……”

国师气得差点没背过气：“拉你女儿去祭天！”

胖议员：“拉你女儿去祭天！”

国王：“哎哟，你们还是国会议员吗？胡闹。”

侍女亚莎款款来到国王面前：“侍女有几句话要说，请国王恩准。”

一议员：“这是国会，一个下人哪有资格说话。”

国王："哎，但说无妨，你们不是没招了吗，就听听百姓的见识也好，亚莎你有话就说吧。"

亚莎："谢国王。恕我偷听了你们的话，老国师，你说用活人祭天，就会感动上苍，不再降罪于民，是不是？"

国师："嗯，是这样。"

亚莎："那要是祭了天，灾祸还没有消除，说明上苍不肯原谅我们，咱们就要靠科学救自己，大家说是不是这个理。"

大家齐声附和着，一议员调侃地："国师那么多追随者，动员一个为国捐躯吧。"

国师嗫嚅着："他们，他们才不干呢，也就是跟着咋咋呼呼。来真的一个也没有，现在绑人又犯法。"

胖议员："那你说那些话有什么用呢，你要去祭天也不敢让你去，就你这副尊容吓着上苍，说不准还会降下更大的灾祸呢。"

亚莎："老国师，那要是祭了天，上苍还继续降罪，说明你的话不对，白白搭了一条命，你就要当众谢罪，领着你的信徒相信科学，大家齐心协力挽救我们环星，这要求不过分吧。"

大家附和着，国王："亚莎的话还真有道理，祭了天要是不顶用，证明你是瞎说，我不办你个妖言惑众，残害百姓的罪也就是了，赔个罪还是应该的吧，你要为民请命啊，要当救世主啊，你刚才那劲头到哪去了呢。"

众人一齐起哄，国师："好，我豁出去了，真要是祭天不成，我这老脸也不要了，当众谢罪。"

亚莎："此话当真？"

国师："一言为定！"

亚莎："那好，你说话要算数。我就是那个祭天女！你准备祭坛吧！"

众人面面相觑，国师也目瞪口呆。

亚莎："怎么，我不够格，我正值妙龄，还算貌美如花吧。"

国王："不行不行，这话也就是说说而已，哪能当真，这都什么时代了，王后也不会同意的。"

72　后宫，王后拉着亚莎仔细看着，仿佛真有人会把她夺去。

王后："不行不行，怎么说也不行，你跟你安娜姐姐学了这么长时间的科学，怎么还信这些歪门邪道。你和安娜是我的两个女儿，你这是要我的命！"

亚莎跪在地下："王后，我有个请求请答应。"

王后："只要不是当祭天女，什么请求都能答应。"

亚莎："我想请您认我做您女儿，过去我因出身卑下，不敢提出这样要求，今天我斗胆提出来，想请王后恩准。"

王后："我早就把你当成女儿了。"

亚莎跪抱着王后的腿哭着："那我就叫您一声妈妈吧，我多想叫妈妈啊，我多长时间没叫过妈妈了，妈妈，您还记得我是怎么来到你身边的吗。"

□ 亚莎回忆

73　一座高高的祭台上，两个身系兽皮的山民架着五花大绑的亚莎，祭台四周点着篝火，许多身系兽皮的山民在疯狂地舞蹈着，一队士兵跑来，和山民们推搡着，山民将亚莎推向干柴堆，拿来火把。

亚莎妈在祭台下惨呼着"女儿，女儿"一头栽倒在地下。

亚莎狂喊着："妈妈，妈妈。"

一架扑翼机落在祭台旁，几个卫士簇拥着王后跳下机舱，山民们拿着刀棍凶狠地围过来，王后举起的胸牌闪着幽幽的寒光。王后大喊着："我是王后，我看谁敢造次！"

山民们恐惧地向后退去。

王后为亚莎解去绳索抚慰着，亚莎扑到妈妈身旁惨呼着。

亚莎："妈妈，妈妈"，可是妈妈再也不会回答她了。

亚莎跪在王后脚下痛哭着："我再也没有亲人了，你就让我在你身边伺候您吧。"

□ 现实

74　王后也流着泪，扶起亚莎："莎莎，我的好女儿，妈怎么舍得让你再送命呢，你是在用刀子扎妈妈的心啊。"

亚莎："我每天都在想着怎样才能报答您的恩情，现在机会来了，大难当前，许多人却被邪咒迷了心智，使得人们不能聚集起力量面对灾难，唯有事实才能使他们清醒，我情愿用生命唤醒他们麻木的灵魂！为了战胜这场灾难，咱们不知要牺牲多少人，妈妈，您就让我当这前仆后继的第一人吧，我死后请妈妈给我立一座塑像，我要当个英雄，我要光宗耀祖，我要看着您和国王领着人民战胜灾难，永远幸福安康！”

王后抱着亚莎，哭得说不出话来。

75 王宫前的广场，临时设的祭台和祭坛。祭坛前国师身着黑色道袍蹦跳作法，众多信徒跪在地上顶礼膜拜。祭台上，亚莎身着洁白的长裙，怀抱环星星球仪，亭亭玉立，端庄圣洁。

台下侍女和安娜扶着王后哭喊着：“莎莎，莎莎。”

亚莎高喊：“苍天啊，我愿用我的血来向上天证明臣民们的赤诚，民女一片忠心，苍天可鉴，请上天收回对下界的惩罚吧。”

亚莎大义凛然地走向柴堆，烈火燃起来，她高举起星球仪大喊：“环星不死，环星人将永存于世上！”

烈焰逐渐吞没了亚莎视死如归的面孔，唯有星球仪放射着奇丽的光辉，照耀着灰蒙蒙的天空。

上天发怒了，大地剧烈地抖动着，房屋纷纷倒塌，地面可怕地裂开，祭坛也倒了一半，信徒们四下逃散。

国师对天哀嚎着：“上苍啊，我们对你的诚意难道还不够吗，我们把最圣洁的少女都献给了你，你还要怎么样呢，你要还嫌我们心不诚，把老朽也收走吧。亚莎姑娘你等着我，老朽陪着你。”

国师用手掌送出一团火，点燃了祭坛，跳入了熊熊烈火中。

苍天垂泪，大雨倾盆，闪电撕开铅灰色的天空，沉雷滚过饱受创伤的大地，洪水涤荡着地面的一切。

76 地震和洪水后的广场，地面有几道触目惊心的裂缝，王宫的墙上也有几道裂纹，到处有洪水的痕迹，却也都打扫得干干净净。王宫大门前立着亚莎的塑像：火焰吞没了她的下半身，她高举闪着七彩光芒的环星球仪作呐喊状。工人们将塑像四周的脚手架运走。广场上站满了人，有人满眼泪水抚摸着塑像。国王，王后，安娜公主站在大门前的台阶上，侍女扶着面容憔悴的王后。

安娜："亚莎用她最宝贵的生命向我们证明，没有什么救世主，要战胜灾难只有靠我们自己。如果我们不努力自救，只想靠天靠地，上苍也不会可怜我们。我们要向亚莎学习，和命运作最后的抗争，世上没有什么能打败环星人，环星，一定会再度辉煌！"

国王："我宣布，从今天亚莎的塑像落成之日起，她就是我们环星人的形象代表，她的光芒将照亮这个星球，她的壮举将激励活着的人和灾难作殊死的搏斗，我代表政府庄严宣誓，我们和人民永远站在一起，团结一致，同心协力，共同应对灾难。我们身上流淌着先祖坚贞不屈的血液，身上背负着整个星球的重托，让我们永远记住亚莎最后留给人们的话，环星不死，环星人将永存于世上！"

□ 一组和灾难抗争的镜头

77　人们在清理着倒塌的房屋，碎砖瓦和垃圾。

人们在农田里清理着淤泥，扶起庄稼。

众多的人在整理着被洪水淹没过的土地，加固着堤坝。

各个建在高山上的天文台，各种规格不同的天文望远镜在探索着太空。

□ 平顶山上的天文台内外

78　部分山崖已坍塌，山脚下的森林不少已枯萎，其中倒毙着许多动物，山上的天文台小楼也出现了裂纹，楼前不大的平地上摆满了各种样式的扑翼机。

79　楼内控制室。坐满了天文专家在开研讨会，安娜公主站在大屏幕前主持会议，学者甲拿出一个闪亮的芯片交给安娜。

学者甲："上次地震我们有了重大发现，这是我们天文台的远程摄像机拍下的一个画面，请大家观看。"

安娜点了一下手心里的芯片，芯片迅速变大成了图形贴在大屏幕上，并显示着：大地在颤抖着，山峰在崩塌，一座最高大的山峰在晃动中四分五裂，山头却向上可怕地升了起来，又落了下去，砸向正在崩裂的山体，火光四射，发出惊天动地的巨响。山头上下了几次，最后径直向上飞去，消失在天空。

大家一齐起身向学者甲祝贺。

安娜："你的发现太重要了，我要向父王为你请功。现在再清楚不过了，这是引力发生了巨变，在极个别的地方瞬间造成了强大的引力旋涡，将山头吸上了太空，就和急流会形成旋涡吸下漂浮物一样，只不过现在是吸到天上。很明显圣石就是这样失踪的。吸走物体毕竟发生的极少，时间很短，又都是在人烟稀少的山区，所以很难及时发现。而更多的时候是因为引力失常造成了地震山崩洪水等灾难。这件事说穿了并不复杂，我本应早发现才是，可是却被妖言迷住了心窍，我的好妹妹为了唤醒人们麻木的心智无畏地走向了烈火，我们代价太大了，不但牺牲了这么好的一个生命，还耽误了那么多宝贵的时间。"

安娜说话哽咽了，她转过身极力控制着情绪。

学者甲安慰着："公主无须自责，你那时年龄尚小，能发现地球生命已经很了不起了，我们比你年长许多，深受国家恩惠，本应该更早发现灾难苗头才是，可是也都鬼迷心窍。我们现在只有同心合力，尽快查清引力失常的原因，以设法应对灾难，才能告慰先驱者的在天之灵。"

安娜："请原谅我的失态，大家就共同献计献策吧。"

学者乙："能造成这么大引力失常的天体，质量一定非常巨大，比如能看见的超巨星和黑洞，黑洞虽然本身看不见，但是它外面的吸积盘是可以看见的，所以也可以间接看见黑洞，显然我们环星周围不存在超巨星和黑洞，一定是有一个质量巨大，又完全看不见的天体，才能迷惑我们这么长时间，这种天体是我们从来不了解的，我们暂且称它为幽灵星吧。"

学者丙："找到它可难了，对了，大质量的物体会放大它背后的星光，我们只要把那些因为自身原因变亮的变星剔除出去，剩下的不明原因变亮的星体里不就应该有所谓的幽灵星了吗。"

安娜："对呀，我怎么没想到这一点呢，我还想这个幽灵星不发射可见光，可是在所有波段总不会都没有一点射电辐射吧，这个天文台有星球最大最好的收发双向射电望远镜，再联合全国的所有望远镜同时观测，我就不信找不到它，让咱们共同努力吧。"

全体学者起立："为了国王，为了公主。"

安娜："为了环星，为了人民。"

80　沙漠里，山顶上，草原中，各种形式的射电望远镜在搜索着天空。

81　平顶山的天文台，控制室内，一排工作人员坐在桌子旁监视着面前的空间显示屏，一操作者的显示屏上出现了一片模糊的光斑。

操作者：“公主，八号地区的射电望远镜基地发来信息，在这片天区有一个未知的射电源，建议我们作进一步观察。”

安娜走向大型控制台，点亮大屏幕，屏幕上的群星中有一片模糊的光形，安娜做着手势。

室外，山顶上密集的天线阵列随着安娜的手势动作着，有的天线已经损坏。

室内，大屏幕上模糊的光影渐渐清晰，一个只有轮廓的物体向四周伸出许多触手，不停地伸缩变化着，如同恶魔在张牙舞爪。

安娜咬牙切齿地：“魔鬼，我终于看到你的嘴脸了。”

操作者一齐站起身欢呼拥抱。

安娜：“下一步目标是，根据它运行的路线，计算出它的轨道，以确定它对环星未来的影响。”

空间显示钟上跳动着时间，安娜在空间显示屏上用手指划着各种线条，书写着复杂的数学公式。

又地震了，楼房抖动着不停塌着灰土，安娜丝毫不为所动，继续计算着。

□ 王宫内外

82　途中，安娜浑浑噩噩，醉酒一般驾着扑翼机，歪歪斜斜，忽上忽下地飞着，下方是满目疮痍的大地：崩裂的山峰，燃烧的森林，泛滥的河水，倒塌的房屋。

83　安娜下了扑翼机，跑到王宫大门前亚莎的塑像旁，塑像前有两个卫士守卫着。安娜抚摸着塑像流着泪。

安娜内心独白：“亚莎妹妹，我该怎么办哪，你帮帮我，帮帮我……”

一卫士有些手足无措，他走入王宫内。

王后快步走下台阶，安娜还在哭着，王后扶住安娜：“娜娜，你怎么啦？”

安娜抱住母后：“妈妈，咱们环星……完了……”

84　后宫，国王、王后、安娜在座，安娜脸上挂着泪痕。

安娜："这个幽灵星就是许多灾难的祸首，我和许多天文学家计算了它的轨道，它不久之后就会和咱们环星相撞，吞掉环星，咱们环星，没有多少日子了。"

国王手足无措地来回走着："上苍啊这可怎么办，怎么会有这样的事，你们别是弄错了吧。"

安娜："不会的，爸爸，我们算了许多遍，每次结果全一样，咱们要赶紧想办法，不然就太晚了。"

王后："我们能有什么办法，我们环星全靠你了，有什么办法你快说吧。"

安娜："咱们只有赶紧想办法移居外星，可是这也困难重重，在我们周围，那些没人居住的行星不是太热太冷就是没有空气，根本没法居住，我们也只好再找找看，有没有条件稍微好一点的星球供我们落脚，凭我们环星人的勇气和智慧，再好好加以改造。再有就是央求有人居住的星球，给我们一席之地，这也很难，别人的家园，怎么会让我们容身呢，可是也只能去碰碰运气了。"

85　飞船发射场，场地上矗立着几艘飞船，不远处站着一排身穿航天服的宇航员，再远处是欢送的人群。国王和王后分别为身穿另一种颜色宇航服的安娜和莱特整理着衣着。

王后满眼含泪："你们这次带队出征，路途艰险，可要多保重啊，我们星球的希望全在你们身上了。"

莱特："妈妈，你放心，我们公主是女神，是福星，她只要挂帅出征，就会无往不胜，逢凶化吉，你等着我们的捷报吧。"

侍女们捧着酒碗和酒坛，国王将酒碗分发给宇航员，接过酒坛为每人斟满酒。

国王："我的勇士们，这碗酒助你们勇气倍增，战胜一切艰难险阻，重振我们环星人的雄风；这碗酒会使你们永远记住自己是环星人，不管到了多远的地方，还会回到自己的家乡。你们是环星最无畏的勇士，你们是环星最后的希望，我预祝你们战胜一切困难，胜利归来，那时我将会亲自为你们接风洗尘，欢迎我们环星的英雄。勇士们，出征！"

国王和勇士们举起酒碗一饮而尽，将酒碗摔碎在地下。号角响起来，欢送的人们挥动起双手，勇士们脸上带着视死如归的面容，迈着坚定整齐的步伐，走向飞船。

飞船相继点火升起，飞向凶险莫测的太空。

（字幕）火星　　六、地下探险

86　日　前述奥林匹斯山火山口底部，熔岩山洞前的平台，一排站着几个穿着太空救援服、戴着头盔的太空救援队员，带着几只机器搜救犬。穿着另一种颜色救援服的马队长，和考察队的王队、牛队、大卫站在队前，王队在介绍着情况。

王队："上次我们考察队员伊丽就是在这里失踪的，当时我们都在埋头干自己的事，没有注意到她，抬头看时她就失踪了，感觉就好像突然蒸发了一样，我们找啊喊啊再也找不到她了，没有办法只好把你们从地球请了来，她是我们的考古专家，离了她我们心急如焚，工作也没法进行下去了，请你们无论如何帮着找到她。"

马队长训话："这里不比地球，随时可能有想不到的危险，大家一定要提高警惕，大家在追踪器上把这里调成起点，每两人一组，我和考察队员们一组，咱们分头行动，一有危险，马上退回，大家分头行动吧。"

87　山洞里　熔岩大厅，一行人走入山洞，打开照明灯，奇形怪状的岩石中有几个洞口，几组人员领着机器狗分别走入几个洞口，马队长和考察队的三人进入一个山洞，机器狗沿途嗅着。

山洞里宽宽窄窄，曲曲折折，地下却有人工雕琢的痕迹，王队示意几人看地下，他用手臂上的摄像机拍照着。

一行人来到一个熔岩大厅里，马队长向上投出一个照明棒，将大厅里照得雪亮，内部空间高大宽敞，气势磅礴，上方悬挂着犬牙交错的熔岩柱，下方则是张牙舞爪的熔岩形成的一幅千姿百态的图画。机器狗到处搜索着。

牛队大喊着："丽丽，丽丽……"

马队长连忙制止她。她的声音在大厅里回荡着，可是清脆的女声却变成了一个低沉可怖，模糊不清的男声："呜啊呀。"

这声音在大厅里恐怖地振荡着，上方落下了尘土碎石，机器狗跑来将马队长向旁边的侧洞里扯，三人也跟了进去。上方的巨石砸了下来，发出隆隆巨响，弥漫的尘雾中，惊现出一幅可怕的景象，平坦的大山洞里，一大群围着树叶兽皮的原始人跪向一个身穿宇航服的人，地面突然晃动起来，火红的岩浆涌入，顷刻便吞没了惊恐万状、四散逃命的原始人。终于一切归于平静。

马队长教训着牛队：“你一个考察队员难道不懂，这样的地方是不能大喊大叫的，这里边物质都非常松软脆弱，会和人的喊叫声形成共振而碎裂脱落，这次没丢了小命算你走运。”

牛队吐着舌头：“妈呀，吓死我了，那刚才出现的画面是怎么回事啊？”

马队长：“那可是你们的事了。”

88 这是一个不大的山洞，里边横七竖八地堆着些人形的骨架，大大的眼眶，龇牙咧嘴，还有一些简陋的石质工具。

王队：“这一定是闷死在这里的火星人，这里不要多动，保持原状，只要少带一些样品回去研究就行。”

三人拿了一些小骨头、石具等装起。

马队：“这里不可久留，快走。”

89 山洞口几人走出。

马队长：“拍拍机器狗的脑袋：米，你嗅到有人吗？”

机器狗：没有，主人，哪怕是一只蚂蚁，不管是活的死的，我都能嗅到。

马队长：那你就把大厅里边的场景重放一下。

机器狗双眼射出红光，化出熔岩大厅里的立体虚像，乌啊哇的恐怖声音之中，崩落的熔岩，火红的岩浆，逃散的人群。

马队长：停，你分析一下这个乌啊哇是什么意思？

机器狗凝神想了一下：“噢，这个发音没有人类语言的结构，所以不是人类语言，但又不是动物发声，应该是另一种智慧生物的发音，含义嘛，好像是非常痛苦时发出的声音。主人，我的结论能使你满意吗？”

马队长：“非常精彩，就是一点用没有。”

机器狗：“谢谢夸奖。”

三组人相继走出，马队长：“有发现吗？”

两组人都摇摇头，最后一组的其中一人：“我们发现这个。”

他拍拍机器狗脑袋：“回放一下。”

机器狗目中射出的红光化成了一条潺潺流水的地下河，原始人在河边嬉戏，随着隆隆的响声，洪水汹涌扑来，悉数卷走了原始人。

王队：“看起来这些画面记录了灾难发生的一刻，可是如何保存到现在放给我们看的呢？”

马队长看着手臂上显示屏显示的图形，复杂的山洞已经被红线填满，马队长：“机器狗已经搜遍了所有山洞，没有任何生命迹象，看来暂时只能这样了。”

王队失望地说：“那就从长计议吧。”

马队长调来飞船，众人登上飞船，飞离了地面。

黑黝黝的洞穴里又发出了恐怖之声：“呜啊呀……”

（字幕） 环星　　七、众志成城

□ 太空奇遇

90　飞船编队在太空中飞行，颜色和样式和其他飞船有所区别的旗舰在前领航，莱特驾驶飞船，安娜指挥。巨大的星球和小石块在舱外一闪而过。

安娜对着通话器：“现在进入小行星带，各飞船注意躲避。”

大大小小的石块星体紧贴着飞船飞过，各个飞船惊险地躲避着，一块大石头击中了一艘飞船，飞船爆炸，在太空中绽放出了绚丽的光芒。

旗舰飞入了冰晶云，闪亮的晶体如同无数钻石漫天飞舞，划过飞船擦伤了漆皮，贴在挡风玻璃上亮晶晶一片。

安娜：“现在进入冰晶云，各飞船立即降低航速。”

编队终于飞出了冰晶云，天幕上点缀着的无数恒星像一颗颗闪亮的宝石。

安娜：“现在已经飞到外太空，编队解列，各飞船按照各自的目标自主飞行。”

飞船编队在太空中散开，各飞船向着不同的方向飞去。

91　一个星球荒凉的表面，一艘飞船坠毁在一片犬牙交错的乱石中。

92　一个贫瘠、长着稀疏植物的星球表面，一艘飞船降落在许多有着狼一样嘴脸的野人群中，野人们窜上飞船，砸烂了舱盖，将两个宇航员拉出张开了血盆大口……

93　旗舰内，莱特驾驶着飞船，舱外的星空在缓缓向后移动，安娜在呼叫着。

安娜：“唉，又有两艘飞船失联了，最后不知道能不能回去一艘两艘。”

莱特："我说共同行动，互相有个照应，你非要单独行动，人单力薄当然容易出事。"

安娜："你懂什么，一齐行动要是都包了饺子呢，再说那要考察到什么时候，等你找到了合适的星球，环星早就完蛋了。到了我们第一个考察目标了吧，降低些仔细看看。"

94　飞船降到了淡淡的薄云之间，下方暗绿色的地面平坦单调，间或有些小山。

安娜看着仪表指示："这地方空气压力和质量都还不错，慢慢地降到地面，小心别陷了下去。"

飞船逆喷着气缓缓接近地面，停在地上。

莱特："这地面还算硬实，飞船不要熄火，随时准备起飞，我们下去在附近看看。"

95　二人下了飞船，在地面上跺了几脚，然后向四周观察着。淡紫色的天空，紫红色的太阳在天上懒洋洋地照着，四周的地平线尽收眼底，闪着不祥的绿光。安娜盯住不远处的小山。

安娜："天哪，我怎么感到那小山在移动呢。"

莱特：我也感到地面在起伏，糟了，我的脚怎么回事？

二人低头查看，靴子已经陷进了地面大半，飞船的着陆架也陷了下去。

安娜："快把靴子脱掉，赤脚上飞船。"

二人赤着脚，狼狈地爬上飞船，飞船怒吼着向上挣扎了几次，把着陆架也丢下才飞了起来，地面顷刻便吞没了靴子和着陆架。

96　船舱里二人在穿着备用靴子。

莱特擦着头上的虚汗："妈呀，幸亏这个着陆架能自动脱离，要不然可惨了。"

安娜："看样子这星球整个表面就是一个生命体，吃人不吐骨头。屁滚尿流，丢盔弃甲，第一站就出师不利，下一站碰碰运气吧。"

飞船自动伸出了一副新的着陆架，向远方飞去。

97　海洋星球，飞船贴近又一个星球表面飞着，狂风肆虐，吹得飞船摇摇晃晃，整个星球表面是一片汪洋，偶尔才有一座尖锥一般摇摇欲坠的小岛。海水翻滚激荡，掀起滔天狂浪，似乎随时都能把小岛吞没。飞船在小岛上空盘旋着。

莱特：“这样的小岛能住几个人，时间长了人非神经不可。”

安娜：“能住几个是几个吧，只要咱们环星人别绝种就有希望。”

98　飞船降落在小岛靠海边的一块巨石后，二人下了飞船，巨浪拍打着悬崖，发出惊天动地的巨响，令人心惊胆寒，溅起的水花飞上高高的峭壁，落到飞船和二人身上。

99　二人来到一个围栏围起的狩猎场，躲在树后观察着，场内几个狗熊一样的异星人拿着枪追打着奇形怪状的动物，不时有动物被射杀在地上，安娜扯扯莱特，二人悄悄走开。

100　二人来到一个类似动物园的地方，笼子里许多奇异的动物叫着蹦跳着，一个笼子里一只家猫大小的人形动物呱呱叫着，引起了二人的注意，他们来到近前，安娜打开星际翻译机，只听那动物聒噪着：“我是小人国的国王，放我出去，放我出去。”

安娜：“你是国王，怎么会流落到这个地方呢？”

小人国王：“我星际旅游迷路了，到了这个地方，那些人把我抓起来，嫌我没肉，吃着不够塞牙的，就放到动物园里当宠物养着，又不给我吃饱，行行好给我一口吃的吧。”

二人将饼干放在笼子里。

小人国王边大口吃着边不满地说：“我是国王，怎么能吃这种东西。”

二人急不择路地跑开。

101　上升的飞船上，安娜捏捏漂亮的脸蛋松了一口气：“总算没让狗熊人吃掉，我是公主，肉嫩着呢。”

102　蚂蟥人星球，二人站在飞船旁向四周观察着，起伏而贫瘠的土地上间或生长着稀疏的荒草和小树，有些团成球状的小树被风吹得满地乱滚，一些小鸟小兽则紧跟着，试图吃到被尖刺包裹着的树叶。

安娜：“这样的地方，我现在看着都像仙山福地，就这还不知能不能住上呢。”

他们身后响起了乌哩哇啦的声音，二人回身看去，惊得倒退几步，两个一人来高，长着长长肉胳膊腿，状似大蚂蟥的生物站在旁边，他们最上方实在说不上是脑袋还是什么的地方，长着圆而小的眼睛，一张超大的嘴不停开合着。安娜赶忙按下星际翻译机。

蚂蟥人用瓮声瓮气、口齿不清的声音说："你们是什么人，在这里贼头贼脑干什么？"

安娜极力抑制着恶心反胃："我们是外星使者，要找你们国王商量重要的国事。"

103　蚂蟥人王宫外，一座由树枝树皮搭建的歪七扭八的王宫，如果那还能叫王宫的话。一行人到了门口，一个卫士伸手阻拦。

卫士："商量国事只能进国务使者一人。"

莱特想说什么，安娜："我不会有事的，你在外边等着吧。"莱特悻悻留在外边。

104　王宫内，安娜走入室内，两旁站着蚂蟥人卫士，中间坐着的大概就是国王了，只是更加高大丑陋。安娜皱着眉抑制着干呕，行了礼，向国王递上一张卡片，国王翻来倒去地看着。

安娜："尊敬的国王，我是环星的公主，这是星际通用的我的身份证明。"

国王扯着破锣一样的嗓子问："请问公主找我有何贵干？"

安娜："我们星球有了大难，我们想借贵国一块安身之地，我们愿做国王最忠实的臣民，我们环星有数不尽的金银珠宝，都愿献给国王。"

国王决绝地："不行不行，你也看到，我们是个贫穷的星球，哪能养下这么多人，要金银财宝有什么用，又不能吃不能喝，我们星球多得很，你想要我送给你一堆。"

安娜全失了主意，绝望的眼泪滚滚落下。

国王也抹了抹他那圆溜溜的小眼："哎哟哟，别哭别哭，我最见不得这个了，让我再想想，谁让我心肠软呢。"

105　王宫外，莱特在门口焦急地等待着，安娜终于和国王一并走出，莱特迎上前关切地打量着。

安娜："我代表父王和全体环星人，最诚挚地感谢国王收留我们。"

国王："请公主转告你父王，我最诚心地欢迎贵国到我们国家来。"

国王伸出他那圆滚滚的只有两个手指的手，安娜一手捂着胸口，皱着眉伸手勉强和国王碰了一下，急步来到小树丛后哇哇吐了起来，莱特替她拍着背擦着嘴。

安娜眼泪汪汪却还兴奋异常，抱着莱特转着圈："太好了，太好了，我们终于有安身之地了。"

莱特："就这种地方，还有那些人？"

安娜："是呀是呀，知足吧，我们要赶紧回去禀告父王，造几艘最大的飞船，把我们环星最好的东西全都带来，把这个星球改造得和环星一个样。"

□ 王宫内外

106 莱特家，莱特妈躺在床上，莱特坐在小板凳上拉着妈妈的手。安娜穿着漂亮的长裙，冰清玉洁，光彩照人。她坐在床边搂着奶奶的脖子。

莱特："妈，咱们要去的那个星球太穷了，人也太丑了，以后说不定要过苦日子呢。"

莱特妈："你有这么漂亮的公主伴着，管别人丑俊干什么，让咱们安身就不错了，人要知足。咱们环星这么多人，去的能有几个人呢，妈老了，没用了，就让妈留下来和环星共存亡吧！"

安娜骄傲地："奶妈，你一定能去，我是女神啊，国会赋予我特许权，我有权决定任何人去，你要不去我是不会去的。奶妈，今天真高兴啊，咱们终于有去处了，我要和莱特好好玩一玩。"

107 天文台内，室内积满了灰尘，二人打扫着。安娜："好长好长时间没到这里来了，每天都是忙啊忙啊，终于都结束了，再最后来看一眼吧，这里有我们童年的梦啊。你还记得我们第一次到这里来吗？"

莱特：当然。

□ 回忆

108 院子里，七八岁的小安娜和小莱特在争吵着。小莱特："在天上，在天上。"小安娜："在地下，在地下。"

年轻漂亮的莱特妈过来："莱特，安娜是公主，不许和她吵嘴，听见没有！"

莱特："就要和她吵，她说的不对，她非要说上苍住在地下，妈妈你说上苍住在哪里？"

莱特妈："上苍嘛，当然是要住在天上啦。你们看王宫顶上有个圆房子，那叫天文台，里边有个大镜子，就是专门看上苍的镜子。"

小安娜："我要上天文台，我要看看上苍是什么样的，奶奶你背我上去。"

莱特妈："哎哟，你这么重了，我怎么背得动你啊。"

小安娜："我就要你背，要你背。"

莱特妈："好好，背着你，小祖宗。"

莱特妈背起小安娜，莱特牵着妈的衣服，顺着楼梯慢慢向上爬。

109　天文台内　莱特妈摸着天文望远镜："这就是看上苍的镜子。"

小安娜："我要用它看上苍。"

莱特妈："你现在还看不到，你要学许多天文知识才能看到上苍。"

小安娜："那我要学天文，我要看到上苍和上苍说话。"

□ 现实

110　安娜："多少年后，我才认识到，咱们的妈妈其实是最伟大的教育家，她短短几句话就点燃了一个孩子心中的梦想，我没有辜负妈妈的期望，我为我的臣民做了我能做的一切，今天，只有今天，我偷一点点懒，为了我，为了我们，今天，是我们两个人的世界。"

莱特诧异地："娜娜，你……"

安娜："你看我漂亮吗。"

莱特："当然，你是国色天香，咱们环星的骄傲。"

安娜抱住莱特："那我今天，就把我的美丽，我少女的贞洁，我的一切都献给你！"

莱特吻着安娜："娜娜，娜娜，你和我说过，你是公主，要明媒正娶，我会永远等着你。"

安娜："我改变主意了，我要让今天成为咱们永远回味不尽的秘密。"

安娜星眸如醉，满脸灿若朝霞，她挥了挥手，室内光线转暗……

111　天文台内间的床上，二人面对面躺着半搂着，意醉神迷地对望着。

安娜："今天，是我们最幸福的一天，也是最后一天，我把我的心已经丢在了你这里，只剩了一副躯壳，多抱抱我，多吻吻我，把我永远地装在心中吧……"

莱特惊诧地："你一定有事瞒着我。"

安娜："记得咱们在蚂蟥人星球上吗。"

□ 回忆

112　蚂蟥人的王宫内，安娜绝望地流着泪。

国王假惺惺地：“哎哟哟，别哭别哭，我最见不得这个，我再想想，谁让我心肠软呢。”

安娜渴望地等待着。

国王装模作样地想了一番，虚情假意地：“我的儿子正在谈婚论嫁，如果你能做我的儿媳，我可以答应你的要求，我实在是可怜你们。”

安娜断然拒绝：“不行不行（她双手捂脸，热泪更加汹涌的狂泻）让我再想想，再想想。”

国王向里边招呼着：“儿子，出来看看你未来媳妇满不满意。”

国王儿子走出，一身肉瘤满嘴哈喇子，他扑过来，口齿不清地说：“哈哈，美人，我喜欢，喜欢。”

安娜拔出匕首指向自己：“你敢！我现在就死给你看看，让你什么也得不到！”

国王赶忙拉住儿子：“休得无礼，人家是公主，怎么可以这样对待！”

热泪在安娜脸上恣意纵横：“我回去还要和父王商量，我是公主，要明媒正娶。”

国王：“那好吧，我们可等不了多长时间，你要先来和我儿子成了亲我才能答应你的要求，要不然你们人全来了你又变卦要我再把你们赶回去啊。”

安娜：“那要成了亲你又变卦了呢？”

国王：“不会的，你要做了我的儿媳，将来还要做王后，就是我们的人，我们宠你还来不及呢，怎么会骗你。”

安娜：“那好，你别耍花招，我会为我的族人随时牺牲一切。”

□ 现实

113　莱特抱住安娜痛哭着：“娜娜，娜娜……我明白了，你用自己才换来了一席之地，我不让你走，不让你走……我带着人哪怕是战死疆场也不能让那帮丑八怪玷污了你圣洁的胴体。”

安娜的眼泪纵横流淌：“凭什么呢，我们环星人厌恶战争，连重兵器都没有，拿什么和别人打仗？我们世代崇尚和平，从没拿过别人的一草一木，难道今天就可以做强盗吗，我宁可和环星葬在一起，也不会去做强盗！不就是牺牲我一个人吗，想想亚莎和那些出征的勇士，为了我们义无反顾地扑向死亡，我尚能苟且活着，还不该知足吗。和那些怪物交欢，我活不长的，但我会咬着牙，拼着命地活下去，我要帮咱们环星人在那里扎下根，我要看着爸妈和你好好活着。当然那时你只是我的臣民，我是公主，代表国家形象，咱们的爱慕只能在梦里了。待我死后，你要偷偷地为我献上几朵小花，诉说心中的思念，我会感受到的……"

莱特哭得不能自已："娜娜……我听你的，我，生，为你生！死，为你死！为了你的事业我会万死不辞！再苦再难我也会把咱们的孩子抚养长大，她的身世将会是一个永远的秘密，她会和你一样美丽善良，聪慧过人，我会帮她重振环星人的雄风，直到耗尽我最后一滴血……"

114　王室后宫，国王、王后在座，安娜跪在二老面前流着泪。

安娜："有件事不得不和你们说了，外星人收留咱们不是没有代价的，代价就是女儿，女儿没经你们同意就把自己嫁给了他们……"

王后如五雷轰顶，一阵昏眩，坐立不稳："就嫁给那些怪物？你，你……"

安娜痛哭着："我实在没有办法，妈妈，我实在没有办法呀，我多想一死了之，可我死了咱们臣民怎么办呢……"

国王流着泪扶住王后："别怪女儿，千万别怪女儿，我们已经成了丧家之犬，还能说什么呢，只能任人宰割。女儿你可要想开些，万不可太难过，你还有爸妈在身边，为了爸妈，你也要好好活着。国没有了，什么都完了，你要再没有了，爸妈还活什么呢……"

三人抱在一起痛哭着。

115　一处倒了半边的高楼上，一对年轻人抱在一起流着泪。

女孩："咱们环星要完了，公主也要走了，我们心中的女神和希望全都没有了，听说公主为了替咱们挣一小块地方把自己嫁给了魔鬼一般的人，我就是和环星死在一起，也不愿住公主忍受焚身之苦为我们换来的一点地方。"

男孩："我跟着你，让咱们死在一块儿吧。"

二人抱在一起从高楼上跳了下去。

116　倒塌了半边的王宫，大门上披红戴绿，张灯结彩，广场上一艘飞船挂着彩条。安娜脸上带着泪痕，身着婚礼服从大门走出，身边是一些男仆和女仆，莱特也在男仆中，身后国王和侍女扶着神志恍惚的王后，路两边跪满流着泪的臣民。安娜一行人踏上登飞船的平台。安娜转身望向那生于斯长于斯却又满目苍凉的大地，一片破败的城市。台下悲痛欲绝的父母，挥泪相送的百姓，禁不住泪流满面，她伸出手，莱特双手捧着放着芯片的托盘，单腿跪在她面前。

莱特："您的仆人伺候您办完在环星的最后一次公事。"

安娜拿过芯片，用电子笔在一份份公文上圈点着，一任眼泪在脸上姿意流淌，一份公文上突然现出几个字："地球来函。"她的手剧烈地抖着，勉强看完文件，狂喜地一把扶起莱特抱住，电子笔和芯片掉在地上。

安娜喜泪狂泻："地球人来信了，邀请我们去，我们有救了，莱特，我们有救了……"

安娜提着裙子跌跌撞撞跑到父母身边，一把抱住王后："妈妈，妈妈，地球人愿意收留我们，我们有救了。"

王后没有哭，没有笑，如同傻了一般，紧紧地，紧紧地抱住女儿，再也不愿松开……

117　空中重复着一个声音：星球广播电台现在播送地球人来信……

在王宫前广场上的人们，在倒塌废墟旁的人们，在人行道上的人们全都停下来认真听着。

罗丝的画外音："惊悉贵星球遭遇重大灾难，全地球的天文学家紧急对贵星球所在的太阳系做了详尽的研究，结论如下：侵犯环星的天体是一种比黑洞还要诡异的流浪星，这种星在宇宙空间里游荡，遇到合适的星体就会围绕其旋转，慢慢将其吞食掉，然后再寻找下一个目标。这次侵扰你们的流浪星，围绕你们太阳系转一圈需要一百万地球年，由于它沿途不断吞食各种星际物质，导致转速变慢，因此轨道逐渐向内收缩，终将会把太阳系吞食掉！本次将吞掉你们环星！"

"地球诞生初期就进化出了有着极强生命力的古细菌，当时一颗巨大的小行星撞击了地球，将许多带有古细菌的碎片撞飞到了宇宙空间。超远程 DNA 光谱分析表明，环星生命和地球生命有着高度的同源性，就是同一个祖先，环星生命出现的时间却晚于地球，据此可以判定，那次地球上撞击出的带着古细菌的碎片流落到了环星上，古细菌进化出了众多的环星生命，甚至可以推断，环星人甚至相貌都可能类似于地球人，地球，是我们的故乡，也是你们的故乡！”

“同是兄弟姐妹，你们有难哪有不救之理，地球欢迎你们重返家园。根据我们远程考察，你们已经有了宇宙飞船，你们可用大型飞船把环星生命的种子都带来，让我们兄弟姐妹欢聚一堂，共同建设咱们的地球家园。全体地球人盼着远方的游子归来！”

罗丝画外音的同时出现如下画面：

118　安娜在天文台的控制室里用手势比画着。

室外的天线阵调整着方向，射出巨大的光柱，飞向宇宙空间。

中国500米射电望远镜。

控制室里，操作员面前的屏幕上出现了“环星呼救”几个字。

罗丝的电脑前也出现了“环星呼救”几个字。

罗丝奔走于几个国家之间。

罗丝在联合国大会上慷慨激昂地演讲着。

地球表面，人造卫星上，地面的射电天线射出无数条光影，汇聚成一条巨大的光束，飞向远方。

罗丝画外音止。

现实　环星各处地方的人全都流着泪跳着欢呼着。

119　王宫前的广场站满了人，亚莎的塑像上披缎带锦，面前摆放着各种供品。王后牵着安娜的手和国王一起从大门内走出，齐向人群招手致意。安娜亭亭玉立，光彩照人。

人群一齐欢呼着：“国王，公主，女神！”

国王将右手捂在胸前，高举起左手：“现在宣布国王令，全体环星人听令，我们将举全国之力，造一艘最大最好的飞船，带着我们环星生命的种子，飞向地球家园，那里的兄弟姐妹在等着我们，那里先祖的魂灵将会护佑我们，我们将和兄弟姐妹共同生活，永不分离。当然，到地球路途遥远，途中定会有许多艰难险阻，可是没有什么能挡住我们，因为我们是地球生命的后裔，先祖赋予我们智慧和强健的体魄，先祖的血液在我们身上流淌，先祖的在天之灵将会保佑我们排除艰险，飞到地球故乡！”

（字幕） 火星 八、宇航员

前述奥林匹斯火山口底部的山洞内外

120 洞口前一艘飞船吊着一台公共汽车般大小的探测车，将车落在洞口前，坑坑洼洼的石台上只能勉强放下车子，王队长、牛队、大卫，以及穿着太空服的三个探察队人员一并下了车，一个队员打开车子侧门，车厢里驶出一台小车。

穿着另一种颜色太空服的张队长：“情况都听你们介绍过了，现在开始吧。”

车内发出了低沉均匀的响声，探测车窗口的各种指示灯、屏幕亮了起来，小车跟着张队长驶进山洞，停在洞中间，探头向四周岩壁上扫描着，牛队，王队，大卫眼巴巴地看着小车上的显示屏。屏上出现了一个穿着宇航服的人影。

牛队兴奋地大叫起来：“丽丽，一定是丽丽。”

她扑到岩壁前拍打着岩壁大叫着：“丽丽，丽丽。”

回答她的却是那个低沉可怖的声音：“呜啊呀……”

王队：“张队长你快听听这是什么声音。”

张队长仔细听了听，摇摇头：“我们车上有最好的语言分析器，用它来试试。”

一个队员搬下仪器，张队长介绍着：“这台仪器不光是分析语言结构，还能根据当时的情况等各种因素进行综合研判，成功率很高。”

张队长将仪器面向洞内调整着，仪器逐渐发出：“宇航员，宇航员。”

王队：“叫的还是宇航员，迷惑了我们这么长时间，我来回答一下试试，（大喊）我——是——宇——航——员。”

奇迹发生了，岩壁如同水中的旋涡现出了一个洞。

牛队对着洞口大喊着：“丽丽，丽丽。”

伊丽：“牛牛，我在这里，你咋咋呼呼什么。”

牛队摆脱张队的阻拦，不顾一切地向洞内冲去：“丽丽，丽丽，”

王队和大卫也跟了进去。

121 山洞内发着绮丽的光，却不见有光源，伊丽正在研究着岩壁上的岩画，牛队扑过去一把搂住她的脖子泪涕交流。

牛队：“丽丽，嘻嘻，可找到你了。”

王队、大卫也一齐围过来，几人抱住伊丽齐声叫着：“丽丽，丽丽。”

伊丽：“哎哟勒死我了，你们这是怎么啦，一惊一乍的。”

王队：“几句话说不清楚，这样吧，咱们先把这洞里考察一下，拍下照，然后到车里慢慢说。”

这是一个不大的山洞，地面和岩壁还算平整，岩壁上刻满了各种岩画和象形文字，除此之外，倒也没有什么神奇的地方，几个人拍了照，用仪器研究着。

122　几人进入探测车内，车里除了有限的几个座位便是令人眼花缭乱的各种设备仪表，张队长关好车门，调好气压，大家去掉透明头盔，牛队和伊丽坐在一起，搂着她抚摸着。

伊丽：“不就一会不见吗，怎么像如隔三秋似的。”

王队：“一会不见！你慢慢听我说，你都失踪了几个月了，为了找你，这段时间简直是翻天覆地，我们先是把地球最好的搜救队找来，又把这台叫什么……”

张队长：“叫中微子旋进探测仪，能看到地下千米的人！只是又大又重，价格昂贵，全世界也没几台，这次地球总部下了血本，花的钱没法计算，哪怕是把火星掘地三尺也要把你找到，才把这台机子调了来，伊丽教授，你身价可高了，要是我们十个八个怕是也没人问了。”

伊丽感动地：“是吗，我哪有那么值钱，还要这么破费，可我感觉没多大会儿，那天……”

□ 回忆　远古漫步

123　上述奥林匹斯火山口底部的山洞口，伊丽和王队、牛队、大卫在埋头工作，那个恐怖之声响了起来，悲悲切切，若有若无，她看看大家，各人都在专心工作，似乎没有听到，她起身向洞穴走去。

她走进洞穴，声音清楚起来，她认真分辨一下，那声音是：“宇航员，宇航员。”

她回应一声：“我是宇航员。”

岩壁上怪异地现出了一个洞，她向里看去，洞内除了岩壁上刻满了岩画、象形文字外，倒也没有什么特别之处，她看看洞外，大家都还在埋头工作，她犹豫一下，便跨入洞内，洞口随之关闭。

124　岩洞内，她走向那个宇航员图形，面前却为她展开了向内延伸的通道，两侧点着火把，烟熏火燎，彩雾迷漫，她走着，岩壁飞速向后退去。

125　她来到一个岩石大厅内，一群腰围树叶兽皮的原始人围过来，大脑袋大胸脯，胳膊腿却又细又小，众人围着她比比画画，呜里哇啦，她按了按翻译器，可不顶用，看那意思是问她什么人，她回答一句：“我是宇航员。”

众人一齐下跪齐声叫着：“呜啊呀。”

信徒们拥着她，有些手臂穿过了她的身体，并没有任何影响，她被拥到一座石台上的石椅坐下，有人献上鲜果果汁和半焦不熟的兽肉，她试着摘下透明头盔，空气似乎还不错，她厌恶地推开兽肉，拿起鲜果大吃起来，全不顾信徒们在下方山呼跪拜。

吃饱喝足，她开始在洞内游荡，潺潺水声吸引了她，她循声而去。

126　地下暗河边，原始人在水中嬉戏，见到她，连滚带爬上岸围上兽皮一齐下拜，她在水边抹抹嘴洗把脸，大有飘飘然不知身在何处之感。

127　这是一个大洞边上的侧洞，里边鲜血淋淋乌烟瘴气，原始人将死的活的小动物投入火中，活的动物在火中扑腾惨叫，她吓得赶紧躲开。

128　一间制作果汁的作坊内，这她倒是挺喜欢，她摩挲着作坊女的脑门，这令她们茅塞顿开感激涕零，一同屈身下拜。

129　她坐在王座上晃着二郎腿，俯视着信徒们顶礼膜拜，享用着鲜果琼浆，好不惬意，只是好景不长。

130　她正在摇头晃脑哼着什么销魂的曲子，隆隆巨响传来，地面抖动，洞顶崩塌，火红的岩浆汹涌而来，信徒们奔逃惨呼，瞬间便纷纷毙命，她成了光杆司令，只好按动身上的逃生按钮，宇航服后喷出两股火焰，推着她向一个通道仓皇逃去。岩浆追着她在岩洞里飞驰，她左冲右突。

131　她终于飞出山洞，来到空中，火山正在喷发，浓烟烈火弥漫，火山岩块到处乱飞，火红的岩浆顺着火山口流下，在大地上恣意流淌，地面燃烧着，到处是原始人和动物的尸体。一个奄奄一息的女原始人抱着她哇哇大哭的孩子流着泪，她落到他们身旁，想扶他们起来，可是她的胳膊从他们身体一边过去，又从另一边出来，一点作用没有，她落下几滴英雄泪，抬手去擦，又碰到面罩，只好自顾逃命。

132　身上的火箭推着她来到一座原始城镇上空，城四周的人在刀耕火种，到处是烧荒的烟火，一头耕牛角上带着绳索在拉石犁，耕牛摇晃着脑袋极力要摆脱这种要命的劳作方式，人们身上好歹有几件能遮体的衣服，用石头农具在辛勤劳作着。

133　城市里，泥泞不堪，歪歪扭扭的道路两旁，是乱七八糟的树叶兽皮等盖的歪七扭八的房子，城中间一处稍微像点样子的房子前，广场上设有挂着黑血的宰牲台，其上绑着一只惨叫着的叫不上名字的动物，刽子手举着石刀跃跃欲试。四周点着篝火，许多人在跪拜着，呜里哇啦不知喊些什么。她落在待宰动物旁，试图去解开绑绳，可是办不到，于是她向着刽子手们龇牙咧嘴，跺脚挥手，刽子手自然看出是神仙动怒，赶紧把动物放了，跪下谢罪。她坐在供桌上，将一只脚伸在桌子上，摘下头盔，大口吃着供品，将果皮扔在刽子手脸上。

134　她在天上飞着，又一处祭坛，这次祭品是一对童男童女，孩子亲人在台下呼天抢地，这样做救世主的机会她如何能错过，于是她故技重施，又蹦又跳，又吼又叫，刽子手自然又得放人赔罪，这次供品是烧鸡，她坐在供桌上架着二郎腿，直吃得打着饱嗝满嘴流油，最后将鸡骨头都塞到了跪在地上的刽子手嘴里。

135　这次祭品是一个花容月貌的年轻女子，她惺惺相惜，自然不会错过这等机会，可是这次她却失算了，但见那女子三下两下便抖落绳索，变戏法般将一张符咒贴到她身上，她立时骨酥皮麻，两眼昏花栽到台下，一巫师过来将一盆黑血浇到她面罩上，然后上蹿下跳，兴风作浪。她擦一把面罩，眼巴巴地看着供桌上的供品，却又见几人拿着绳索笼子围过来，她转着眼珠打着主意，有了！她爬起身背对巫师，撅起屁股按动火箭开关，两股火喷出，老巫师立马焦头烂额，浑身烟火，什么符咒法杖混饭吃的劳什子全都成了一堆焦炭。她飞到天上，再无心思当救世主。

136　她飞到相距不远的两座城池上空，一座城市色彩基调是蓝色的，城墙，房屋，黎民百姓、达官显贵和将士的衣着，色彩都在深蓝、浅蓝、湖蓝之间变化；而另一座城市基调是黄色的，城市的一切，色彩都在深黄、浅黄、橘黄之间变化。此刻蓝黄双方的将士正列队在各自的城门前剑拔弩张，各自的国王则在自家城楼上品尝着水果点心，享受着莺歌燕舞。

137　蓝城楼上，蓝方吹鼓手正在用一种放在地上的又长又大的喇叭下着战书，那音量绝不亚于这年头商家门口打广告战的超级音响。

蓝方战书："我方公主春游时与黄城的王子相遇，其王子恶毒淫邪的目光令我方公主卧床不起茶饭不思。黄城必须赔礼道歉，赔偿精神损失，否则定将杀尔等片甲不留。"

公主头上缠着丝巾，搂住国王的脖子，花容失色，痛不欲生："爹地，你可要给我做主啊。"

138　黄城楼上，黄方战书："那是你方公主自作多情，庸人自扰，与我方无关。你方是恶人先告状，你方的羊吃了我方的大片庄稼，现在有羊为证。你们要赔偿损失，否则定要打得鼠辈落花流水。"

果真黄城楼上一片黄色之间，绑着一只脖子上染着蓝色的羊。

一黄衣农夫跪在国王面前："我的庄稼全让这该死的羊啃完了，我一家老小没法活了，国王要给我做主啊。"

139　蓝城楼上一片蓝色之间，一蓝衣农夫跪在国王面前："小民冤枉啊，我的羊只吃粮食不吃庄稼，他们这是诬陷啊，国王可要给我做主啊。"

黄城声音："你们认不认，不认就把你们羊斩首示众，以儆效尤。"

蓝城声音："尔等若敢造次，定让尔等有来无回。"

140　黄城国王扔下令牌，刽子手手起刀落，羊头落在地上，鲜血四溅，妃子们花容失色。

141　蓝城国王直气得失了体统，扔下令牌："打！。"

双方将士混战起来，伊丽停在空中观察着。

142　蓝城墙上歌舞升平，蓝公主躺在国王怀里嗲声嗲气地："父王，我要把他们王子的眼珠挖下当泡踩。"

143　黄城墙上，国王正在和一个妃子咬吊起的苹果，国王咬来咬去咬不住，索性一把抓住就啃，妃子："不算不算，你要赖。"

144　蓝军渐渐处于下风，死伤的兵士不断被抬到城里，伊丽落在到处血淋淋的蓝城里，关切地查看伤亡的将士。

人们齐给她磕头："大神要给我们报仇啊。"

145　伊丽怒不可遏，她飞到黄军阵地上空，好像一个张牙舞爪的魔鬼，黄军将士魂飞魄散，被蓝军打得一败涂地。

146　更多的死伤者被抬入黄城内，伊丽落下查看着，景象更加悲惨，她更加雷霆大发。

147　她又飞到蓝军上空。飞出了一个绝色女子，蓝军将士流着哈喇子看着天上，哪还有心思打仗，又被黄军打个落花流水。

伊丽直累得眼花缭乱，下边蓝黄搅在一起，她昏了头，在天上歪歪扭扭地飞着。

148　地面所见　天上妖雾缭绕，群魔乱舞，双方将士也都昏了头，蓝军自个打，黄军自个打，蓝军和黄军绞在一起乱打，一蓝军大将昏头昏脑杀掉几个黄士兵，又杀掉几个蓝士兵。直打得天昏地黑，血流成河，最后蓝军终于获胜，剩下几个满身血污的将士，浑浑噩噩站在死人堆中，伊丽也累得从天上跌落下来，将士们抬起她山呼着走入城内。

149　蓝城楼上　绑着黄衣王子，蓝衣公主对着王子举起了刀："你从不从！"

黄衣王子："我，我爱你。"

公主割断了王子身上绳子，两人抱在一起热吻着。

国王懊恼地："早知这样，提亲不就得了吗。"

150　蓝城内　死尸，伤兵，鲜血，烂肉。伊丽披缎戴锦，接受着许多人的跪拜，她流着清泪，再无心思去吃供品。

画外传来牛队的声音："丽丽，丽丽。"

□ 现实

151　她回到了那个刻满岩画的石洞内，牛牛哭着笑着扑来。

152　探测车中，大家一齐鼓掌，牛队："太精彩了，简直就是一部科幻小说。"

伊丽："一堆白痴，好事全让你们扰了，不然我马上就要当女王了。"

王队："哎，有客人呢。"

伊丽醒悟，歉意地："咳，张队长，我们一天不扯皮都难受。"

张队长："我挺羡慕你们团队，在一起像姊妹似的，你失踪这些天，大家都急坏了，罗丝总指挥头发都急白了不少。"

伊丽双手抱拳，感动地："谢谢大家，伊丽这里有礼了。哎，张队长，你说既然地下的人都能探测到，那古代地下建筑能不能测到呢？"

张队长："可以试试。"

他遥控着还在山洞里的小测量车，车上的探头在上下扫描着。

（字幕）环星　　九、遥望故乡

153　环星表面，地面在剧烈地抖动着，山头上下跳动着，发出隆隆巨响，随之便飞上了天空。一座火山爆发了，熔岩吞没了大片的土地，浓烟烈火，巨石、旋转着向上升入目力不及的太空。

154　首都　建筑已倒了大半，行道树差不多死光，垃圾遍地，到处是断垣残墙和翻倒的车辆。

155　王宫外　王宫及围墙倒塌了一半，门前广场的地面裂痕纵横，亚莎的塑像用绳索拉在地锚上。

156　王宫后宫　墙壁上有几道裂缝。王后穿着紧身的工作服对着镜子照着。

国王："你是王后，去干活成什么体统。"

王后："我本来就是个干活的，是你非要死乞白赖让我当这个王后。现在都啥时候了还要什么面子，你好好当你的国王吧，可别失了体统，我要去工作了。"

王子哈里和女友蒂米走进，和爸妈亲密拥抱，哈里："爸爸妈妈，我想你们了。"

王后："妈妈也想你们了，让我看看，这一阵不见又长高了，蒂米也更漂亮了。"

蒂米行礼："爸妈好，安娜姐姐呢，我又想见她了，她是所有人心中的女神！"

王后："她在天文台制定飞船飞向地球的航线呢，哈里的飞船驾驶学得怎么样了，飞到地球要几十年时间，靠老驾驶员是不行了，以后全靠你们年轻人了。"

哈里："你放心妈妈，我不会给你和爸丢人的，最近考试我得第一名。"

国王高兴异常，抱着儿子仔细看着："是吗，这才是爸妈的好儿子。"

哈里："妈，咱们飞船准备得怎么样了？"

王后："飞船造得差不多了，就是燃料还没准备好。你知道咱们现在飞船的燃料都是用铀，这次到地球因为路途遥远，用铀能量就不够了，有一个超重岛，那上边的元素能量比铀大多倍，足够使用，就是放射性太大，不易开采，所以过去没用过。新研制的专用采矿设备一直没造出来，我去看看造得怎么样了。"

哈里："妈妈，你要注意身体，别累着了。"

王后："我没有那么娇气，当年建设环星的时候，我和你爸都是干将呢。你陪着你爸说话，我要去工作了。"

157　一个停着各种大型采矿车的停车场，各种人员列队整装待发，一辆指挥车驶到队前，王后跳下车，一工程师模样的人欲下跪。

王后扶住他："免了，都准备好了吧？总工。"

总工："都好了，就等你呢。"

王后作战前动员："勇士们，咱们的飞船就等着你们的燃料了，这些燃料将推动我们飞船一帆风顺，到达地球，也许我们看不到那一天了，可是我们的后代将会永远生活在那个星球上。那里是我们的故土，先人们已经将那里建设成乐园，等着我们去居住。那里的人们热情好客，那里到处繁花似锦，那里的兄弟姐妹在等着我们，为了咱们环星的血脉永存，为了咱们的后代。"

全体人员一齐高呼着："为了国王，为了王后，为了安娜女神。"

王后："出发！"

一队队员工跑向采矿车，王后踏上指挥车，率领着采矿车队，一路浩浩荡荡向前。

158　一条河流拦住去路，一上方带着桥梁的车驶上前跃入河中，刚好卡在河中间，车队越过桥继续前行。

159　一座小山拦住去路，激光炮车向前，射出耀眼的光柱，将山体轰碎，巨大的推土机推出道路，车队继续向前。

160　大山脚下，车队停下来，王后、总工下车查看。

总工："探明的超铀矿就在这山下，我们打算在这附近建一座选矿厂，将矿石提纯后以便运输使用。"

王后："那就动工吧。"

161　激光炮轰向山岩，烈焰翻腾，岩石飞溅，装岩车和矿山车将岩渣铺成路。

162　不远处的提炼厂也在建设着，推土机推平小山包，各种组成提炼厂的车辆开到一起，工人们将其装配焊接起来。

163　王后和总工站在高处观察着，附近有许多人挥舞着旗帜标语在欢迎。

王后："这些人怎么回事？"

总工：“这些是附近的村民，还有受灾地区转移过来的灾民，这片地方是唯一没发生过地震的地区，所以转移过来许多人，连王室人员家眷，太王太后都迁了过来。”

王后：“这些人净添乱，让他们离远点，别受了辐射。”

总工：“辐射的问题不大，这些设备都是防止辐射外泄的。”

王后：“我回去看看飞船造得怎么样了，还有许多事要处理，这地方就交给你了。”

总工：“王后放心，我一定尽力。”

164　火箭发射场，高耸入云的宇宙火箭在斜阳下闪闪发光，四周的工作台上工人们还在忙碌着，从上方看下去，地面的人如同蚂蚁一般。

身着工装显得精明干练的王后在巡查，工程师、工人们见到王后纷纷下跪，王后：“起来起来，我现在不是王后，以后见我不要再下跪了，耽误时间。”

165　一片残垣断壁中搭着帐篷，国王和王后一行人在慰问着灾民。

166　又地震了，地面筛糠般抖动，倒塌的建筑碎片和什物可怕的向上升起，在天上狂乱地飞舞，更多的却又砸向了地面，砸向了一片破败的城市，砸向了摇摇欲坠的王宫。有些枯树也摇晃着慢慢拔起升上天空。有些车辆上下跳动着，有的起了火，几团火球呼啸着飞上了天；有的摔得残破不堪，也升到天上。偶尔有的人上下跳动，直摔得面目皆非，也向天空飞去。

167　地下室内国王、王后和一些人在躲避着，王后欲向外去，国王拉住她的手：“你不能出去。”

王后：“你放开我，我要去看看采矿工地。”她挣脱国王的手，拦住众人，可是两个卫士还是跟着她，冒着纷纷扬扬的火山灰向外跑去。

168　王后三人来到王宫后院，几架扑翼机被砸得七零八落。他们又跑到王宫的一个侧门里，开出一辆装甲越野车，向外驶去。

169　途中　卫士开着车在抖动的地面蹦跳前行，不时躲避着大的建筑碎块，烂砖瓦砸在车上乒乓作响。车子开出城市，在布满碎石的山路上行驶，一段长长的塌方挡住了去路，王后绝望地流下了眼泪。

170　采矿工地　地震已过去，地面坑坑洼洼，裂纹纵横，污水横流。矿车东倒西歪陷在泥水里，被落下的巨石砸得面目皆非，有的车顶车厢上还落着巨石，有不少百姓模样的人在周围关切地查看着，议论着。人群里一对老夫妻在谈论着。

老婆婆："咱们看样子是要死在这里了，这次能到地球的人都是电脑选的，这电脑真是瞎眼，我们都选不上还能选上什么人。"

老头："不选你就对了，你是能在半路上下几个蛋，还是能活着到地球，让地球人看看环星人到底有多老多丑？还不是死在半路上白占两个宝贵的名额。"

老婆婆："这老东西从没说过一句人话。"

有人在议论着："我们要不是躲在地下室里早就没命了，矿车砸坏了，路也毁了，矿石采不出来，再也飞不到地球了，咱们环星人要绝种了。"

老婆婆拉着老头离开人群，老婆婆："我看那人就不是好东西，要绝种也是他家绝种，环星人怎么会绝种，这帮人连那浑小子和儿媳没一个让我省心，这点问题都解决不了，还要我操心，我要让你看看我到底有没有用。"

老夫妻来到矿洞口，守卫："老人家你们不能进去，里边有辐射。"

老婆婆举起身份牌："我们是太王太后，谁敢拦我们！"

守卫连忙下跪，二老向矿洞里走去。

171　矿洞里一大堆矿石闪着幽幽的死亡之光，开矿机旁躺着几具尸体，两位老人搬起矿石向外走去。

172　矿洞口围了一群人，有人说："太王太后在里边。"

二老脸上起着血泡，摇摇晃晃走出来，栽倒在地上，笑容凝固在他们脸上。众人齐跪下哭喊着："太王，太后……"

有人大喊着："还愣什么，搬矿石啊。"人们向洞里涌去。

人们搬着矿石踉踉跄跄从洞里走出，不时有人倒下，但是立即有人把矿石接了过去。

莱特妈搬着矿石走到洞口，放下矿石大口喘息着，一男孩过来："老婆婆，我来帮你搬。"

莱特妈："孩子你快走，在这里你会没命的。"

男孩："我不怕，听说你能登飞船，是吗？"

莱特妈骄傲地："是呀，公主就是我儿媳，她是我从小带大的，到现在也离不开我，可是我不愿上飞船，到地球很远很远，我要死在半路上就会白浪费名额，我多搬一块矿石儿子儿媳就能早些时候到地球上。"

男孩："老婆婆，你说人有灵魂吗？"

莱特妈："当然有啦，我的灵魂一定要追着我的儿子儿媳飞到地球上，那里可漂亮啦。"

莱特妈栽倒在地上，男孩吃力地抱起矿石向前走去。

男孩父母找来，男孩妈惊恐地："儿子你怎么会在这里，快放下，你不要命啦！"

男孩栽倒在地，妈妈抱住他悲恸地哭着，无助地抚摸着，男孩："我要跟老婆婆飞到，那个，美丽的星球上……"

妈妈痛哭着将儿子放在路边，推开丈夫，搬起矿石，可她没走多远也栽倒在地上，丈夫哭喊着摇晃着妻子，她已说不出话来，只是眼睛直勾勾地望向儿子，丈夫把死去的儿子抱到她怀里，拿起她的手臂抱住儿子，她哭着吻着抚摸着儿子，缓缓合上眼……丈夫哭着狂吻着妻儿表情已经凝固的脸，放下他们，抱起矿石向前走去……

主题音乐《故乡》第二乐章《插曲 · 魂归故乡》哀婉悲切，令人断肠

啊……魂归故乡，魂归故乡……
死后方知哀伤，
再无往日辉煌。
家园已经破碎，
亲人不知在何方。
身体已作泥土，
魂魄到处流浪。
啊……但愿化作清风，
一路魂归故乡。

死后方知惆怅，
未记清故乡模样。

天空是否还昏暗，
大地是否还洪荒。
海水是否已变蓝，
生命是否已启航。
啊……但愿苍天有眼，
助我魂归故乡。
啊……魂归故乡，魂归故乡……

在歌曲的同时，展现如下画面：

越来越多的人聚集在路两旁，只要有人倒下，就有人接过他们手中的矿石，遇到沟壑就会有许多人跳下填平深沟，一条闪烁着死亡之光又是希望之光的人流，踏着生命铺就的道路向前顽强地推进，推进……

173　提炼机旁　飞石将厚重的机器上盖砸得坑坑洼洼，周围躺着些死伤的员工，满身伤痕的总工看着生命推动的光龙来到近前，热泪横流，他艰难地走进控制室，开动了机器。

搬矿石的人满脸水泡，踉踉跄跄，用尽最后的力气将矿石丢进提炼机后便倒在附近。

提炼机附近堆满了尸体。

歌声止。

174　火箭发射塔旁　几辆碰得坑坑洼洼的燃料车上抬下了血肉模糊的总工，然后驶入了发射塔内，王后跪在总工面前抚摸着总工焦黑的脸泣不成声。

175　发射场广场上　上空黑烟火苗翻滚，远处的火山挂着火红的岩浆。许多人秩序井然地分成了几个阵营。一队是夫妻双方排成两队，将手中的锦盒共同托给了登记人，流着泪依依不舍地回望着，然后走到一边，登记人将锦盒登记造册，推上飞船。

176　一队是登飞船的人，由卫士检明身份芯片，准予登船。一位女士牵着一个小女孩走近闸机，卫士检查了她的芯片：“女士，你的孩子没有准入证，不能登船。”

女士：“不！不！我宁可和我的孩子死在一起！”

卫士：“能够登上飞船，这是国家给你的最高奖赏，请你自重，女士！”

女士：“我不要奖赏，不要登船，我只要我的孩子！”她走到一旁，蹲在地下搂着孩子痛哭着。

177　飞船入口处　站有国王、王后、王子哈里及女友蒂米，以及安娜公主的男友莱特。入舱人不时从身边走过。哈里和蒂米在角落里流着泪。

蒂米：“你是王子，难道连这一点特权都没有，你忍心让我死在这里？”

哈里：“没有，连父王和母后都没有这样的特权，登飞船的人都是电脑选的，连太王太后都没选上，如果我能离开飞船，我宁可陪你死在一起，可我是主驾驶员，又离不开飞船，你又没有准入证，你让我怎么办呢？”

蒂米紧抱住哈里：“我不管，我只要和你在一起！”

178　发射场上　所有登船的程序已经完毕，死神已经露出了狰狞面目，远处火山口炸开，隆隆巨响传来，岩浆在大地上恣意横流，从四面八方向着发射场包围过来，地面烈焰升腾，一片火红，火山灰火苗如雪花般飘落，不少人拍打着身上的火苗。一大片没有登船的人，夫妻、亲人们抱在一起闭上眼，静静地等待着死神的降临。

179　飞船入口处　国王和王后在焦急地来回走动，莱特对着手臂上的通话器喊着：“娜娜，娜娜！”

180　平顶山上的天文台　山体已倒了大半，天线阵混在乱石之中，巨大的天文望远镜倒在地下，楼房也倒了一半。

181　天文台内　墙上裂纹纵横，桌子上、地上到处落着灰土。安娜还在面前的空间显示屏上计算着。

一同事：“娜娜，你快走，再晚就来不及了！”

安娜：“这就好，我正在计算飞船最后的航线。”

一女同事将她拉起：“你快走，不能再耽误了。”

安娜抱住女同事：“我走了你们怎么办呢。”

女同事：“我们，我们会永远地祝福你们，娜娜，一路顺风……”

安娜挥泪和每一个同事拥别，向外跑去。

安娜驾着扑翼机滑出机库，飞出山顶。

182　途中　森林燃烧着，气浪吹得飞艇歪歪斜斜地飞着，一团团燃烧着的枝叶迎面砸来，一座山峰晃动着，连根拔起飞上了天！河水混着泥沙，形成巨大的水龙升上了太空。飞艇里的安娜已经看到高大的宇宙飞船了，她一阵惊喜，拼力稳住飞船向前飞着。

大地裂开，巨石岩浆一齐向天上飞去，一团团熔岩将扑翼机烧得到处是孔洞，一大团岩浆砸到机身上，扑翼机跌落到地下，扑腾几下，再也不动了，安娜从机舱里爬出，手上脸上几块擦伤，满身烟灰，她看看飞船，已经不远了，便奋力跑去。

183　环星表面　不断有环球山峰被连根拔起，有的飞向了天，有的落下来砸裂了地壳，沉到地下，岩浆从巨坑中涌出。星球阴面冰层下的地壳裂开，涓出的岩浆熔化了巨厚的冰层，洪水挟着巨冰以雷霆万钧之势涌向阳面，和火红的岩浆相遇，沸腾翻滚，水汽冲天。铅灰色的天空闪电如金蛇狂舞，雷鸣震荡着大地。首都已成了一片岩浆的海洋，剩下的半边王宫，晃动着倒在岩浆之中。

184　岩浆已经涌上了火箭发射场，吞噬着惊恐万状的人群，不少人倒在岩浆中，瞬间烟火升腾，化为一团黑炭。岩浆向发射台推进着！

185　飞船入口处已经远远到安娜的身影，她身后更远处，洪水和岩浆作殊死搏斗，形成了高高的水雾沸腾的墙面，暂时挡住了洪水的进逼，水火交融发出的咆哮声，如千万匹战马在嘶鸣！

熔岩在逐渐蚕食着发射架！王后痛心疾首地："你们快走，快走，我去陪女儿……快走！"

莱特热泪涌流："妈妈，飞船上离不开你，你放心去吧，我去陪你的女儿！有我在，她不会寂寞的。"

莱特将王后交给卫士，两卫士牵扶着她，王后心痛欲裂地哭喊着："娜娜，娜娜……"

莱特跪在国王面前："父王，女婿愿和安娜换蒂米和那个孩子，让他们登船，请恩准。"

国王脸上热泪混着嘴角的血向下流："准！"

哈里和蒂米还抱在一起，仿佛时间已经静止，莱特到近前："快抱蒂米进舱，父王已经恩准了。"

哈里托着蒂米进入船舱。

186　莱特跑到发射塔下，妈妈搂着哭喊着的孩子，身上已燃起了火苗，她闭着眼流着泪一动不动，静等着那一刻。

莱特帮她扑灭身上火苗："快去登船，父王已经恩准了。"

妈妈拉着女儿给莱特磕了头，抱起孩子跑向登平台扶梯。

莱特向远处跑去。

国王将右手捂在胸前，举起左手威严地：“起航！”

响起了一片口令声：“起航，起航……”

烈焰击碎了发射台，劈裂了地面。巨大的飞船，在向上升起的山峰、地块、岩浆、巨冰之中，庄严地向上飞升，飞升。

莱特挥着手高喊着：“一路顺风！”

被岩浆包围着，浑身烟熏火燎的人们也一起高喊着：“一路顺风……”

187　飞船内　王后等人隔着舷窗看着逐渐变远的安娜、莱特，哭喊着：“安娜，莱特……”

安娜的声音穿越了空间在船舱内回荡，在发射场上空回荡：“别了，父母，别了，臣民们，我的心会和你们永远在一起。到了地球对那里的人说，环星的公主会永远感谢他们，永远为他们祝福，一路顺风……”

188　安娜、莱特向着对方跑着，他们之间的地面逐渐裂开，裂隙中岩浆翻滚，光焰升出了地面，可他们没有停步。

安娜在奋力跑着，星眸如醉，粉靥娇红。在书房的苦读，在天文台的奋斗，在蚂蟥星球上的艰难决断，在收到地球来信时的兴高采烈……飘逸的金发叠印出了她那短暂而辉煌的一生。

莱特在奋力跑着，风流倜傥，玉树临风。儿时妈妈背着安娜牵着他上天文台的温馨，王宫后面和安娜的初吻，环星中心孔里边的惊险刺激，异星探险的奇遇和艰辛……潇洒的身影勾勒出了他那平凡又传奇的一生。

裂隙边缘最后一跳，两个年轻的生命在空间划出了两道优美的曲线，完成了宇宙间最壮丽的结合，他们抱在一起，流着热泪，灿烂地笑着，化为一片耀眼的光焰……

主题音乐《故乡》第三乐章《故乡的呼唤》悲壮激越，荡气回肠

有一丝惆怅在代代相传，
有一种情愫在胸中激荡，
有一个身影穿越了时空，
有一个声音在梦中常响。
啊……那是亘古先人的呼唤，
声声提醒勿忘故乡。

有一滴血就有最后的力量，
有一口气就挺直胸膛，
无数次跌倒无数次爬起，
千难万险挡不住那希望。
啊……那是远方姊妹的呼唤，
声声唤我共度辉煌。

主题歌的同时，展现如下画面：

岩浆吞没了所有绝望的人群和残剩的发射架。

滔天洪水扑过来，涤荡了地面的一切。

飞船终于摆脱了山峰，地块，各种杂物的羁绊，升入了空旷的太空。

环星四分五裂，山峰，陆地，岩浆，冰水，人体……狂乱地漫天飞舞。

飞船越过小行星带，越过冰晶云，越过火红的恒星表面，飞驰向前。

(字幕)火星　十　逝去的文明

□ 科考基地

189　标本室　桌子上放着火星人的小骨头，石器，小石块，图片等，王队，伊丽，牛队等人在研究着，伊丽在仔细听着手臂上的通话器放出的“乌啊呀”的声音。

伊丽：“这声音一听再加点想象力就是宇航员，还有那姓姓……姓王的队长就那指挥水平，又是几拨人，又是狗呀机器呀兴师动众，劳民伤财。”

牛队：“压根就不该救你出来，不知好歹。”

伊丽：“我让你救了吗，我一喊‘我是宇航员’它开了门我不会自己出来。”

牛队拿起一张刻有宇航员岩画的图片：“我想明白了，你看看图上的这个宇航员是谁。”

牛队又按了一下电脑，一个小画面迅速变成了一幅全景图像：“岩洞里随着牛队‘伊丽’的喊声洞顶崩落，原始人跪拜伊丽，被岩浆吞没的画面一闪而过。”

牛队：“这是那天机器狗拍到的画面，看到没有，这里边也有个宇航员，这说明你那天的经历不是幻象而是真正到古代去过，所以在古代留下了你的痕迹，对古代人说的话当然特别熟悉，对不对。”

伊丽：“有道理，可是为什么会那样呢？”

王队：“一般在时空受到强烈的扰动时，会产生时空裂隙，就会发生那天遇到的现象，可是只有在中子星那样引力巨大的天体附近，才会产生时空裂隙，咱们太阳系内怎么会呢，这我也不明白了。”

伊丽：“你们再晚一会打岔，我就把一切都弄清了，现在可好，那个喊声，那个有岩画的山洞，恐怕都不会再有了。”

牛队扳着伊丽的肩膀：“丽丽，我知道你一直对为你花那么多钱感到很不安，可是为了找你弄来的仪器又找到了两座地下城，花那么多钱是值得的，别再想不开了。我们有这么多资料，再来一次全景互动，火星所有的秘密不就全知道了吗。”

伊丽：“这还差不多。”

牛队为自己、伊丽、王队和大卫戴上感应头盔。

□ 幻灭

190　火星海洋边缘天空是浅紫色的，海水也是紫色的，海面上屹立着各种奇形怪状的巨石，两只巨兽在海中打斗。一些小动物在铁红色的沙滩上爬行。不时有一些奇形怪状的动物在沙滩上游荡，有像长了四条腿的鸵鸟的，有像恐龙的，还有在天上飞的，不一而足。

几人穿着背上带有火箭并没带头盔的紧身宇航服，站在沙滩上正在观察着四周。沙滩上方，各种稀奇古怪树木的上部，可见一座火山头。

王队："那就是我们的老地方奥林匹斯山，故地重游吧。" 几人启动火箭，飞了起来。

191　四人在天上飞着，前方是围绕着火山的恢宏的城市轮廓，下方是有着各种军车的军事基地，四人落了下来，不远处有军警在巡逻，大卫惊慌地："这怎么办？"

牛队："你忘了咱们不是在现实中，和他们没有任何关系。"

他们看着各种武器，有四周都是炮管的，还有高大的人形作战机器人。

192　这是一个武器试验场，空中悬停着一架飞碟，一门火炮射出一枚炮弹，飞碟上一束红光锁定了炮弹，接着变成了耀眼的光柱，将炮弹击碎，地面上一群军人一齐鼓掌欢呼，这些人除了长着披肩的招风耳朵外，其他与地球人并无不同。四人站在一旁，并没有人注意到他们。

其中有一个披头散发，脏污不堪的疯子蹦着叫着："成功啦成功啦，哈哈，我要当国王，我要当总统，哈哈……"

一个面目狰狞可怖，军官模样的人："疯子，这次功劳全是你的，好好干，再发明一样武器出来就封你是国王、总统。"

疯子跳着叫着走开去："我是国王，我是总统，哈哈哈哈……"

狰狞军官："他要能当国王，我就能当宇宙总统，哈哈。不过疯子这个发明也真是划时代的，它克服了传统武器的所有缺点，不要提前量，一发即中，有了它，全世界啊，哈哈。"他做出了一个尽掌手中的手势。

193　四人跟着疯子来到市内，这是一个现代化大都市，街道两旁林立着千奇百怪的摩天大楼，车辆悬空行驶，街道上则全是行人，游行示威的，拦路抢劫的，警察抓坏蛋的，要钱要赖仰面八叉躺在地上装疯卖傻的，等等等等。

疯子像狗熊掰棒子一般，拿着路两旁商家的食品吃着扔着，商家却熟视无睹。

一个商店前，疯子在尽兴地祸害着，店员甲向他举起了巴掌，店员乙赶紧抓住他的手："你刚来不懂这里规矩，谁都能打就是不能打他，他是武器专家，一次试验武器爆炸把他的徒儿全炸死了，他也吓成了疯子，说也怪，他疯得越厉害，研制的武器就越好使，所以当局立下法令，不管他怎么祸害百姓，都不能动他一指头。你刚才这一巴掌下去，足够你坐牢了。"店员甲吐了吐舌头。

王队："够了够了，这样的风景地球上多了，还要到这里看？快走。"

194　四人在天上飞着，下方的平原上出现了一座大都市，王队："下来看看吧。"

四人落在高楼顶向下观察着。这里似乎在举行什么庆典，大街小巷全是举着标语小旗欢呼着的人群。

195　城外的天上，几艘黑色的飞碟率领着黑色战机群低空突袭而来，城外地面防空火力组成了密集的火网，可是飞碟上射出道道死光将导弹悉数击落，黑色战机攻入城内大开杀戒，手无寸铁的人群四散奔逃，到处血肉横飞。

从地下掩体里飞出了几个银光闪闪，外形不断变化的家伙，黑色飞碟和战机将火力全对准了它，可这家伙是软硬不吃的滚刀肉，死光、炸弹飞到它身上全都四散滑开，"滚刀肉"开始反击，一通重炮打得对手七零八落，仓皇逃命。

"滚刀肉"率领着白色战机群一路追踪而去，地面的战车大军也气势汹汹尾随而来，"滚刀肉"之辈得理不饶人，将对手的军事基地炸得七零八落，又飞到城内一阵狂轰滥炸，直炸得到处残肢断臂，哭爹叫娘，只是乐坏了一帮抢银行、砸超市的亡命之徒。战车大军铺天盖地卷来，将城市团团围住，看样子是非算总账不可了。

196　城内　一个由各种武器组成的不伦不类的大门前，到处是弹坑，杂物，血肉和尸体。

疯子在尸体中狂叫着："都过去了，哈哈哈，都过去了……"

他像麻雀一样跳到家里，大大的院子里放着许多看似武器部件的劳什子，院子一角是一座细而高的摩天大楼，大楼外墙在他的狂叫声中脱落，里边原来是一架顶天立地的巨炮，随着低沉可怖的响声，炮身变得通红，一个巨大的光球从炮口飞出，发出刺耳的尖啸声，带着一长串奇丽的等离子光焰向远方飞去。

197　光球落在地面滚动着，越滚越大，最后长得山一般高，所经过之处，引发了惊天的大爆炸，在火星表面炸出了一道宽大的深壑，地壳裂开，火红的岩浆涌出，在地面上纵横流淌。火星在剧烈地颤抖着，大大小小的火山爆发了，山头炸开，涌出的岩浆在地面上形成火红的海洋，岩浆流到海里激起滔天狂浪，海水沸腾蒸发，露出了峥嵘嵯峨的熔岩山峰。

蒸气逃逸到太空。

火山还在喷发着，疯子的巨炮和众多的高楼已被火山灰埋了大半截。疯子站在炮顶部还在狂喊着："我是国王，我是总统。"

火山灰铺天盖地倾泻下来，将疯子和他的巨炮，将这个城市的一切痕迹全都埋葬了。

198　一条巨疤横亘在火星表面，底部岩浆翻滚，裂隙边缘是城市的废墟，火红色的天空，无数龙卷风旋转着将人体、杂物卷入太空。

王队、伊丽、牛队、大卫四人浑身血污，奄奄一息，躺在一片尸体中。伊丽抱着浑身流血的牛队，无助地抚摸着痛哭着："牛牛，我怎么才能救你啊？"

牛丽艰难地伸出滴血颤抖的手摸着伊丽的脸："别，别难过，咱，咱们还会，见面的，别忘了，去找我，咱们，接着，斗嘴……"

伊丽抱着牛队痛不欲生。奄奄一息的大卫躺在王队怀里："知道，我为什么，要参加，这个考察队吗，你和，罗总指挥，都是名人，我想，借你们名气，移居中国，那怕是，葬在中国，也好。"

王队热泪涌流："我的好兄弟，你放心，只要我活着，我不管用什么办法，都要让你来到中国。"

笑容凝固在大卫脸上。伊丽靠在王队身旁："该轮到我们了，我感到这个星球大气在流失，我浑身都像爆炸一样，我们活不了多久了，在这最后的时刻，你能安心地抱着我吗？"

王队将伊丽抱在腿上，眼泪滴落在伊丽脸上："我愿意永远地，这样，抱着你。"

伊丽喃喃地："我，死而无憾了，我情愿，这样，死上一千次……"

王队双手托着死去的伊丽艰难地站起，热泪纵横，仰面长嚎："啊……"

火红的岩浆，倒塌的废墟，焦黑的大地，光怪陆离的天空，漫天飞舞的龙卷，死尸，残肢，黑血，烂肉……

□ 现实

199　王队、牛队、伊丽、大卫四个戴着感应头盔的人在座位上拼命挣扎，泪流满面。两个监控的男女队员也流着泪，大屏幕上显示着以上火星末日的画面。女队员："快停快停！"

男队员按下停止键，大屏幕上画面定格，四人也逐渐平静下来。伊丽将自己和牛队的头盔摘下扔在桌子上，抱着牛队："咱们再也不做这什么狗屁全景互动了，再来一次非要把小命真的丢了不可。"

大卫和王队拥抱着，大卫："兄弟，还记得你答应我的话吗？"

王队："当然，我决不会食言的，我那老婆可是神通广大的人物呢。"

男队员："这毕竟是模拟的，不会是历史吧？"

牛队指着电脑上角几个字："可信度85%"。牛队："这就是说，除了细节之外，基本是当时历史事件的再现，当然我们四个人是为了再现历史而添加的。所有的全景模拟都被以后的事实所验证，这次模拟难道还会出错不成！火星原来有不少未解之谜，比如，火星古代肯定是有浓厚的大气和河流海洋的，是什么原因消失的，是什么原因形成火星水手谷那么奇怪的裂谷的，许多谜团这次模拟全都有了合理的解释，原来都是那次超级爆炸造成的。唉，我开发火星的满身劲儿全泄了，好端端一个火星都能整成这个样子还再开发个屁。"

牛队看着窗外火星荒寂的大地，清泪顺着面颊向下流："地球的两个姊妹星，环星和火星上，生活着和地球人同根的两拨人，就像母亲膝下的一双儿女。现在环星毁灭了，丧家犬一样的环星人正在飞向地球。火星又让一帮狂人整成了死星，地球故乡就像失去孩子，孤零零的母亲……地球上也有能毁灭地球几次的核子弹，还在造数不清的新式武器，天作有雨，人作有祸！哪天地球非要让一帮人整成火星不可。什么都不想干了，想家了，回家搂着老公孩子过一天少一天吧。"伊丽："我就整不明白了，你说这人生在世也就短短百把十年，可是一帮人却偏要把所有生命都消耗在打仗上。如果说是资源紧张，恐怕也不全是，那古代地球上能有几个人，不也是要打打杀杀吗，要是老百姓这么犯浑也就罢了，脑壳毕竟有限，可是那帮什么首相总统一类的人物，还特别爱打仗，还社会精英呢。"

大卫："社会精英？你也太高看那帮人了吧，就是一群永远长不大的孩子，一帮要钱不要命的疯子的代言人而已。他们所做的事就是翻云覆雨，兴风作浪，使着百姓今天你打我，明天我打他，脑袋掉了都不知怎么回事，他们好从中渔利。至于要那么多钱向哪里花，脑袋没了，地球没了再多的钱有什么用，他们可不想这些，他们的脑壳已经全被钱塞满了。"

王队："我看你们全是杞人忧天，未来人的命运咱们怎么能决定得了呢，依我看什么未来学都是混饭吃的行当，恐怕谁也预测不了那帮战争狂人会何时发疯，发动一场核子大战，从而改变历史进程，什么预测都不顶用。咱们眼下能做的也就是把该做的事做好，把自己的日子过好，未来人愿意上天堂还是下地狱那只好悉听尊便了，只是希望未来人在喝下自己酿的苦酒时，不会怨天怨地。"

伊丽伸出拇指："高，听君一席话，胜读十年书，怪不得一下就把罗丝那个迷住了。伙计们，干起来，别扯没用的了。咱们把这些材料整理了上报地球，让一帮战争狂人看看他们未来的战绩！"

□ 环星飞船

200　飞船宽敞的驾驶室内，王子哈里坐在前面正中的主驾驶位置上驾驶着飞船，他的一边是领航员另一边是机器人，后排坐着国王和王后。

领航员报告："飞船速度不断在降低，这样很快速度就会降低到零。"

哈里："代比赶快分析一下什么原因。"

机器人代比想了一下："我已经快速分析了，动力系统，导航系统，所有系统都没有毛病，哎，要是安娜公主在就好了。"

国王："净说没用的，真是白养了你这种东西。"

国王来回踱着步："这可怎么办呢，娜娜，娜娜……"

国王坐到靠椅上，伤感地捂住脸。安娜袅袅婷婷走来，跪在国王身边："爸，你怎么啦。"

国王泪流满面，一把抱住女儿："娜娜，女儿，你怎么会在这里？"

安娜替国王擦着泪："爸爸，别难过，我一直都跟着你们呢，我怎么舍得离开你们呢，有什么问题吗？"

国王："船速越来越慢，你要在多好。"

安娜："我在飞船上设计了一个天文台，那里有全波段望远镜，你用它向四周看看。"

安娜的身影逐渐淡化，国王失神地叫着："女儿，女儿。"

王后关切地："你怎么啦？"

国王热泪纵横："女儿给我托梦了，我要赶紧上天文台。"

201　天文台里，国王用望远镜观察着。

望远镜所见：一个只有边框，四周许多触手不停伸缩变形的怪物。国王咬牙切齿地："魔鬼。"

202　国王回到驾驶室："是那个流浪星跟上我们了！（众人一阵惊慌）我怎么感觉飞船在转弯。"

哈里："附近有个黑洞，我们要避开它。"

国王略一思索："不要避开，直向它飞！"

哈里愣住了，国王："听到没有，这是命令！"

哈里只得把飞船转向黑洞飞，漆黑的黑洞四周闪着死亡的光晕。

前方舷窗上黑洞的史瓦西（黑洞表面被吸附物质无法逃脱的边界）界面越来越大，哈里的手颤抖了，飞船也随之抖动，国王将他推到一边，自己掌舵："都坐稳了，我要让你们看看什么叫真正的国王！"

王后扶着国王身后的椅背稳稳地站着，黑洞占据了整个舷窗，二人就像钢浇铁铸的塑像。

国王将舵猛扳到一边，大喊一声："右满舵！"

室内的人歪向座椅一边，什物向一边飞去，飞船紧贴着黑洞发光的史瓦西界面转过身，来不及转弯的流浪星一头撞到黑洞上，激起了耀眼的光芒。

飞船在巨大的引力涟漪中颠簸着，终于稳定下来，国王将舵交给哈里："看到没有，这才是一个真正的国王，我和你妈是到不了地球了，你就要这样把稳舵，把我们环星的希望带到地球！"

□（字幕） 地球

203 晚上 罗丝家 客厅里挂着罗丝和王队身穿宇航服的大幅合照，地上放着一个大大的宇宙飞船模型。罗丝在厨房里做饭，外面一闪一闪的光亮照到室内。

玲子在阳台上望着天空，天上如同绽放着漫天焰火。

玲子跑进厨房拉着妈妈的衣角："妈妈妈妈你快看，放焰火了。"

罗丝边走边说："现在又不是逢年过节，放什么焰火。"

阳台上，罗丝向天上看了看："噢，这是流星雨，有一颗彗星啊，跑到太阳周围，裂成了许多碎块，撞到地球上，就是现在这个样子。"

玲子："那为什么没落到地面，砸坏房子汽车呢？"

罗丝："地球有大气层保护啊，碎片撞到大气层上，就发光烧掉了，到不了地面。坏了，火星！"

□（字幕） 火星

204 日 科考基地透明的外罩下，几个人向外看着，不时有流星拖着淡淡的尾巴砸到地面，掀起大片的灰尘。

伊丽："地球上人们肯定正在当焰火看呢，我们可惨了，火星这点大气怎么能挡住流星，说不准哪颗流星砸到咱们，大家全得玩完。"

牛队："咱们有外罩保护，怕什么。"

伊丽："你懂什么，流星速度极快，不太大的流星撞击力就相当于一颗原子弹！什么样的外罩能挡住原子弹的轰击。地球真是的，也不给我们发个预报。"

王队："你也不懂了吧，还笑话别人呢，这流星雨发作时间好预报，大小却是极难预测，这个流星雨多年没大爆发了，一般年头没有任何影响，所以谁都没在意它。哪知它这次却发了疯，可能是遇到了碎片中心的密集区。现在正是火星冲日，地球和火星靠得很近，地球遭劫自然火星也逃不了。现在说什么都晚了，听天由命，各人赶紧为自己祷告吧。"

一颗流星将外罩砸个窟窿，空气嗞嗞尖叫着逃逸，王队大喊：快穿宇航服。

大家赶紧跑回室内穿上宇航服，更多的流星砸下将透明外罩砸得百孔千疮，连外罩下的楼房也被砸塌，众人被倒塌的墙板压住，一块墙板向被压住半身动弹不得的伊丽砸下，大卫扑到伊丽身上，墙板重重地砸到大卫身上，他呲牙咧嘴地爬起，帮伊丽脱出身，伊丽感动地："谢谢你救了我，伤到没有？"

大卫："没关系，这里材料都是轻质的，火星上东西又轻得很，要是在地球上，我们恐怕都要光荣了。"

大家互相帮助从烂墙板中爬出，王队喊道："快到掩体去。"

众人架着两个被砸伤的队员，冒着飞沙走石向外跑去。

205　掩体　粗重高大的钢架上边又堆着土，里边放着一艘逃生飞船和食品、水、宇航服等救生用品，惊魂未定的队员向外看着流星砸起的漫天火光灰尘，掩体侧墙不时被小流星打穿砸瘪，几个女队员躲在角落里捂着脑袋尖叫着，大卫在胸前划着十字闭着眼神叨着。一声巨响，一颗大流星砸到掩体顶上，激起大片灰土，顶上瘪了一大块，吱呀呀响着晃动着向一侧歪去……

□(字幕)　　地球

206　晚上　脸色阴郁的罗丝正领着玲子在看流星雨，玲子和满街的人一齐仰望天空跳着叫着笑着，天上绽放着漫天礼花。

□ 环星飞船

207　飞船在飞驰，飞船前方出现了一大片星云，星云中有许多冰晶石块。

208 驾驶舱内领航员："报告船长，前方星云中有许多冰晶石块，这是以前我们没有探测到的。"

正在驾驶的哈里："能不能避开？"

领航员："这片星云非常大，无法避开。"

哈里打开一个开关："那就用防护盾保护。"

飞船外周出现了一圈光晕，碎块撞到光晕上化成一团团闪亮的火球。可还是有些碎石突破了防御撞到飞船上。

飞船内，舱壁上出现了小洞，警报声响起，哈里的妻子蒂米领着几个救护人员跑来，将破洞喷上涂料，用救护垫敷上，破洞处神奇地恢复了原状。

一大块石头将仓壁撞了一个大洞，室内烟雾弥漫，有人喊道：“这里的救护垫没有了！”

蒂米四下看着，没有合用的东西，室内的小东西纷纷从洞口飞出，她扑过去，将背堵在洞口上！血顺着她的背部向下流，她一阵昏眩：“快，快去拿救护垫。”有人跑出去。

哈里将舵交给领航员，几人手足无措地围着蒂米，救护垫拿了过来，人们将蒂米强行拉离洞口，血肉留在了洞口向里翻卷尖利的边缘上！有人将洞口吹净，贴上救护垫，洞口立即完好如初。

哈里抱着目光迷离的蒂米痛哭着：“米米，你怎么这样傻啊，你会没命的。”

蒂米用发抖的手抚摸着哈里的脸：“你，知道吗，我，一直，很内疚，我索要了，我，不该得到的，东西，我，太爱你了，实在舍不得，离开你。这下好了，我没白来，飞船上。我能安心地去见，安娜姐姐了，抱紧我……”

209　气闸室蒂米躺在水晶棺里，脸色圣洁而安详，外侧的气闸室门打开，水晶棺上的小火箭将水晶棺逐渐推离飞船，向浩瀚无垠的太空飘去……

气闸室内侧的窗户里，王后、哈里等人热泪长流。

210　主驾驶位上，哈里稳稳地操着舵，泪流满面却又刚毅无比的脸渐推成特写。

□ (字幕)　　火星

211　摇摇欲坠的掩体里　王队关上手机：“罗丝说了，可能还会有更大的流星雨，让我们赶快飞回地球。”

几人一齐欢呼起来，牛队：“我……我吓尿裤子了吧，谢天谢地，总算能离开这个鬼地方了，下次不管罗丝再怎么鼓吹也不会再来，就这次差点都把小命丢了，我老公孩子可是离不开我。”

伊丽：“整天老公老公挂在嘴上，好像只有她有老公。”

王队按动飞船侧壁的密码，飞船顺着导轨移出掩体。

伊丽：“还有标本资料呢。”

牛队：“王队为防不测，早吩咐人搬到飞船里了，不然怎么是队长呢，靠你，资料早成粉末了。”

飞船升起向太空飞去。

□（字幕） 地球

212 公园的草坪上 一张大圆桌边，有王队、牛队、伊丽、大卫等六个火星考察队成员，还有罗丝、玲子、牛队的老公、孩子等人。

罗丝举杯：“欢迎你们大获全胜，载誉归来，你们将改写火星的历史，在人类文明史上留下光辉的一页，我已向地球总部为你们请功。来，为火星的明天干杯。”

众人举杯一饮而尽，王队：“我们关于火星如何消亡的报告联合国都看了吧。”

罗丝：“都看了，世界各国反响强烈，只是一提裁军，销毁武器这些敏感事情就难办，正没完没了地扯皮呢。”

大卫：“管他们干什么，谁爱下地狱就下地狱吧，我们可是要上天堂，这里就是天堂。”

伊丽：“你又不是中国人，美什么。”

大卫尴尬地掉转话题，他拍着牛队老公肩膀：“兄弟，我真羡慕你有这么好的妻子，她在火星整天念叨你。”

牛队老公：“你也能有啊，中国姑娘又漂亮又温柔，哎……”

他在大卫耳边耳语着。玲子在爸爸身边看着手机：“爸爸，你替我捉的彩虹兽呢？”

手机显示：火星上漫天的风沙，荒凉的表面，深邃的裂谷，最后是王队、伊丽二人骑着彩虹兽奔驰的画面。

玲子看着变了脸，她气势汹汹来到伊丽面前：“伊丽阿姨，你不是想把我爸拐跑吧，告诉你我妈可爱我爸了，她每天都要把爸爸的照片擦许多遍，我爸是妈妈和我的，你要想拐跑他我和你没完！”

众人斜睨着伊丽奸笑着，伊丽恨不得找个地缝钻进去：“我……我怎么不死在火星呢。”

大卫赶紧替伊丽找梯子下台：“丽丽，我请教你一个问题，听说在中国找了对象就可以移居中国，你说是吗？”

伊丽正愁找不到出气筒，恶声恶气地：“你爱找谁找谁，我管不着。”

大卫：“是吗，那好。”他打了一个响指。

213　牛队按了一下手机，草坪神奇地变成了婚礼现场，高朋满座，热闹非凡，只是一桌人还在原来的位置，大卫单腿下跪，拉着伊丽的一只手："伊丽小姐，你愿意嫁给我吗？"

伊丽看看怒气冲冲的玲子，心一横："我愿意！"

大家一齐热烈鼓掌，牛队满脸坏笑，伊丽猛然省悟："又是这个女人编着套让我钻，我是受骗的，刚才的话不算数。"

大卫："你说什么，我愿意这三个字可是出言如山，还没有人会当庭反悔，你不会做这出尔反尔的第一人吧。告诉你伊丽教授，这个世界上深爱着你的不只是一个人！"

不知为什么，伊丽突然泪如泉涌，傻傻地任凭大卫在她脸上热吻，众人热烈鼓掌。

214　景渐远：鲜花盛开的公园，车水马龙的街道，恢宏秀丽的都市，如诗如画的原野……

□ 环星飞船

215　飞船在飞驰，舷窗外的五彩星云扑面而过。

中心大厅里，许多人在看一部中国的风光片，王后过来巡视，人们起身欲下跪，王后扶住近处的人："都免礼，这么大点地方，哪还能当成国王王后，以后都免了。"

一对母女执意下跪，王后扶起她们："噢，我想起来了，你们就是最后登船的那对母女，小姑娘叫什么名字？"

女孩妈："我给她改的新名字，叫莱娜，让她叫你一声妈妈吧。莱娜，快叫妈妈！"

莱娜怯生生地叫王后："妈妈。"

王后抱起莱娜，热泪盈眶。

一侍女过来："王后，我们有些孩子已经孵化出来了，等您去看呢。"

216　孵化室　硕大的房间里，放着一排排超市货架一般的架子，一层层放着晶莹的蛋，少量已经孵出的孩子，眼睛上贴着眼罩在格子里手脚乱动。几个孵化女在巡视着，孵化女甲手心里托着一个颤动的蛋，她用手指弹破蛋壳，蛋壳里的孩子神奇地快速长到新生婴儿大小，她用一个眼罩贴到婴儿尚未睁开的眼睛上。

国王和王后走进房间，女甲屈膝行礼："王后，有的孩子已经孵出，您知道咱们环星孩子没有生身母亲的概念，他们出世第一眼看到的人就是妈妈，可是这些孩子真正的妈妈都留在环星上了，孵出的孩子等着您决定认谁做新妈妈。”

几个孵化女过来渴求地看着王后，王后：“你们是飞船最辛苦的人，为了环星的未来日夜操劳，你们愿不愿意认养孩子呢，这是国家给你们的奖赏！”

孵化女们一齐跪下：“愿意。”

王后：那你们就每人认养一个孩子吧。

孵化女们：谢王后。

她们每人抱起一个孩子，揭掉孩子眼上的布片，将孩子抱到自己面前。

婴儿所见：模糊的脸面逐渐清晰，婴儿稚嫩而清脆地叫着：“妈妈。”

孵化女们抱着孩子亲着热泪涌流。孵化女乙抱来一个孩子：“这是安娜公主的孩子。”

王后接过孩子和纸条，纸条上写：“父王，母后，如果我们不在船上，就让孩子认你们做爸妈吧，我们在天国会永远祝福你们。”

王后把孩子的眼罩去掉，婴儿抱住王后的脸甜润地叫着：“妈妈。”

王后将纸条交给国王，两人抱着孩子相拥，热泪狂泻，王后：“原来他们早就打算为国捐躯了……”

国王抱着孩子，王后流着泪把每个婴儿旁边贴着的纸条打开，在父母姓名下的愿望栏里都写着：认王后做妈妈。

王后：“我哪能承受这么崇高的荣誉……地球故乡是我们所有人的母亲，就让他们认故乡做妈妈吧。”

王后伸出手默念着，她手上出现了一个背靠地球仪的母亲，那是罗丝，端庄圣洁，一如圣母！她将此像递给孵化女甲，女甲将此像放到一个婴儿面前，为他揭去眼罩，婴儿眼部特写：明亮的双眸中，妈妈熠熠生辉！

婴儿惊奇而甜蜜地叫着：“妈妈。”

217　中央大厅的大屏幕上，正播放着如上的画面，有人流着泪双手抚摸着大屏幕上的罗丝和地球仪，所有人站立着流着泪轻念着：“妈妈，故乡……”

218　祥云笼罩的飞船飞过五彩斑斓的星云，飞过危机四伏的流星群，飞过壮丽的环星上方，飞过火红的恒星表面，向着心中不灭的希望，向着远方星云中那颗时隐时现的蓝色星球。

了无际涯的宇宙空间里回荡着：妈妈，妈妈，故乡，故乡……

地球：大海、绿野、群山、江河、蓝天、月亮、太阳！……

主题音乐《故乡》终章《片尾曲·天佑故乡》，宽广秀丽

吸一口晨曦满身生香，
踏一抹晚霞一路芬芳，
扬一把泥土藏金含玉，
捧一泓清泉玉液琼浆。
啊……天蓝地绿，水清木华，
甘露滋润着我的故乡，
万物装典着我的故乡。

摘一串星辰铺一地钻石，
剪一片祥云做云的衣裳，
挽一道彩虹绘五彩斑斓，
走一趟山川唤百花齐放。
啊……人杰地灵，物华天宝，
上苍眷恋着我的故乡，
先祖护佑着我的故乡。
啊……天佑故乡，天佑故乡，天佑故乡。

（剧　终）

生命（下）：太阳之子

02

科幻电影剧本

谨以此片献给为了祖国的繁荣昌盛奋斗着的人们

简要说明：本篇是《生命》上下集的下部，设定时间为上集《故乡》结束后二十年，环星人飞抵地球之后，少有情节联系。虽有人物联系，但是没有非要同一演员饰演的跨越两剧的角色。虽然人物较多，但每一景点，除最主要人物，只是以一两个圆梦人为主。

人物

太阳之子 简称阳子，男一号。来自遥远异星世界的寻宝人，和美佳一见钟情，二人进行了一场漫长而又神奇的爱情和探宝之旅。

美佳 女一号，二十岁，《故乡》中伊丽和大卫之女。星际旅行导游，美丽善良，却又有些吊儿郎当，不务正业。

珍妮 女，某国的暗杀人员。

罗伯特 男，某国的军官，和珍妮是情人，二人杀人无数。直到把对方的所有亲人都杀光，最后终于圆了梦：各自杀掉了自己。

楞子 男，二十来岁，潜水员。

爱莎 女，二十来岁，潜水员，楞子准妻子，二人也圆了梦，在木星上举办婚礼。

郝红 女，三十来岁，和郝刚兼做摄影师。

郝刚 男，三十来岁，和郝红是一对花样滑冰运动员，为了祖国的花滑事业，幼年便两小无猜，奋战在冰场上，终成夫妻，退役后总想留住那段辉煌的时光，也梦想成真。

王玲 女，约二十七岁，《故乡》中王刚与罗丝之女，到火星去圆梦。

牛天 男，约二十七岁，王玲丈夫，飞船驾驶员，《故乡》中牛队之子。

安小娜 女，二十多岁，《故乡》中环星公主安娜之女，到土卫六去圆梦。

杨安 男，二十多岁，安小娜男友。

国王 男，老年，原环星国王。

王后 女，老年，原环星王后。

罗丝 女，地球航天总指挥，王玲母，地球人形象代表，年轻时只在回忆中短时出现，老年时只在手机里短时出现。

上部　太阳系之旅

地球

1　日　一座未来世界的航天城，餐饮街、航天游乐场等各种旅游设施一应俱全。发射场内，排着真正的大小不一，形式各异的宇宙飞船。当然了，未来的航天器升空绝不像今天的火箭发射，又是发射塔又是控制大厅这么累赘。

2　日　航天城恢宏的大门，门两旁有两枚高大的火箭装饰着，门前大型广场边上的巨幅显示屏前，许多人在观看着，屏上“太阳系圆梦之旅首航，票价八折”的标题下，如花似玉、光彩照人的星际女导游美佳正在屏幕上宣传着：“你想一夜成名，大红大紫吗？你想一夜暴富，用黄金做马桶吗？你想飞黄腾达，官运亨通，财源滚滚吗？你想飞来艳福，抱得美人归吗？你想大饱眼福，尽观妙不可言的异星世界吗？那就来吧，圆梦之旅可以让你一切梦想成真！”

随着她那甜腻腻的声音，屏幕上展现着：无数疯狂的粉丝们拥着袒胸露背的女演员，遍地黄金令人眼花缭乱，随从们点头哈腰为头戴乌纱的高官献上元宝，一群美女神魂颠倒围着一个男人，壮美神奇的外星世界。

屏幕前的人嘻嘻哈哈，指指点点，有几人真的流着哈喇子看直了眼。

3　日　发射场内，一架大型飞船点火升空，飞船上所见：航天城，壮丽的未来都市，郁郁葱葱的大陆，生机勃勃的地球……

《序曲 · 梦想的天堂》深情圆润

在大海的一叶扁舟上，
那是梦中向往的天堂，
她抛开了所有的苦难与烦恼，
载着满满的幸福和希望。
梦天堂，美梦开始的地方，
梦天堂，美梦成真的地方。

在宇宙的一个原子上，
那是灵光闪现的地方，
她来自时光出发的地点，
驶向明天梦的海洋。
梦天堂，一路圣光一路美梦，
梦天堂，满船光彩满船幻想。

随着歌曲声，飞船飞过坑坑洼洼的月球，飞过火星上雄伟的奥林匹斯山，深邃的水手谷，飞过危机四伏的小行星带，飞过沟壑纵横的木卫表面，飞过群峰耸峙的又一木卫表面，飞过占据了半壁天空的木星和她的大红斑。

4　日　飞船在太空中飞驰，飞船乘客舱内，约有二十来名乘客（其中有和上集《故乡》中有关的人物，以后还要介绍）坐在太空椅上系着安全带，美佳优雅地走动着，卖力地解说着："我是你们的星际旅行导游美佳，这次将和大家一起度过销魂的圆梦之旅，我们将去看惊世骇俗的木星大红斑，去看恢宏壮观的土星环，去探索扑朔迷离的火星地下世界。我们每个人都有一个梦想，可是在现实世界中能梦想成真的人少而又少，我们的飞船是超时空飞行，所以会回到过去，从而心想事成。

哪一位说出自己的梦想，咱们验证一下。”

美佳四下巡视着可供开心的角色，这一位，脑满肠肥大腹便便，在广场大屏幕上看着金子流哈喇子的仁兄，美佳好像狗狗见到了骨头：“我看这位大叔天庭饱满，满脸福相，一定是大福大贵之人，就叫你钱二爷吧，请说说有什么梦想可以帮你实现？”

钱二爷：“这闺女好眼力，我还真是有福之人，单说这吃吧，谁吃东西不要花钱，我就不要，吃遍天下山珍海味一个子不花，人家还得倒送我钱，知道我是干什么的了吧，美食家。哪怕是一里路开外有饭店开张，我鼻子这么一吸溜，炒的什么菜，用的什么料，火候怎么样，一清二楚，往那一坐，就得好酒好菜伺候着。那次我到一家炒鸡公的饭店里，老板点头哈腰端上菜来，我这么一闻，就说你怎么弄一只母鸡来糊弄你大爷呐。那老板和我打赌说是公鸡，最后DNA一化验，还真是母鸡，原来是老板娘同性相斥，把母鸡全给宰了，结果酒菜一罢，老板还输给我一万块钱，你们说我有福没福。”

舱内一阵欢快的笑声，美佳：“哈哈……钱二爷你真不能在地球上混了，不然要把警犬的饭碗都砸了。看样子你什么都不缺，还要到外星找什么呢？”

钱二爷：“寻宝啊，听说有一个黄金星球，遍地黄金，我一想到金子就心里痒痒，嘿嘿，人吗，谁还怕钱多。”

美佳：“黄金星球是有，我可以带你去，可是你知道飞船是不能超重的，每人最多只能带两公斤东西。”

钱二爷激愤地：“两公斤，还不够船票钱呢，我要告你们诈骗，你们要赔我精神损失费。哎，这样你看行不，我这一身少说也有百来公斤吧，就用我这一堆换等重的金子你替我带回去，这样不算超重吧？”

郝刚：“哈哈……，钱二爷，你把那些金子弄回去，你老婆要用来去找小白脸可怎么办呢？”

钱二爷嗫嚅着：“这个……还真没想过，那也只好随她去了。”

一阵哄堂大笑，美佳笑弯了腰：“哈哈……，你太伟大了，是所有男人的榜样。钱二爷，你真好，给我们带来这么多欢乐。”

看样子美佳对钱二爷失去了兴趣，开始寻找下一个捉弄的目标，这一位小白脸，一张标准的鸭蛋脸，光滑细腻，白里透红，稍加打扮便会是一个绝色女子，只可惜当初错投了男人胎。美佳由衷地赞叹："真漂亮，就叫你美男吧，请问小伙子，你这么漂亮，还想要什么呢？"

美男哭丧着脸："都是漂亮惹的祸，你知道现在男人都时兴硬汉形象，人家都说我是骟公鸡，干不成男人那事，我，我没法活了，我最大的愿望就是找一个能可怜我的对象，哪怕是丑一点也行。"众人窃笑着。

美男这话是以偏概全，这种事只要王八瞅绿豆——对眼就行，眼下就是实证，美佳色眯眯地看着美男直了眼，她大大咧咧抬起一条腿坐在美男的座椅扶手上晃荡着，开始满嘴跑火车："你别难过，我保你心想事成，一定能找一个又漂亮又温柔，一心一意爱你的女孩子。硬汉有什么好啊，又不是打仗当英雄指点江山叱咤风云，过日子嘛，要讲究柴米油盐，爱情嘛，要讲究温馨浪漫，我就喜欢像你这样，温顺、小绵羊一样的朋友，找个硬汉当老爹受管制啊。"她眯起眼作陶醉状。

二人正在眉来眼去，云里雾里，王玲伸出手在美佳眼前比试着："佳佳，看你疯成什么样子了，回家伊丽阿姨不揍你屁股才怪。你不会把我们导到哪个荒山野地里再也回不了家吧。"

美佳的魂还在天上呢："嘻嘻，哪能呢，我们快要到站了吧，什么站来着……

美佳正抓耳挠腮，一愣头儿青小子(楞子)气冲冲过来："这旅行社真是瞎了眼！"看样子他是要和这不着调的二百五导游理论一番，美男还真来个英雄救美，挡住愣头儿青和他拉扯着，至于他们说了什么，又闹出哪些笑话外人可就整不清了。

5　晚　旅客客房，室内空间狭小，对面排着两张小床，生活设施倒是一应俱全。一个黄脸婆站在室内打量着。美佳走进，困惑地："你是什么人，不到自己房间里去？"

安小娜："我是安小娜，不是你安排我和你住在一起吗。"

美佳："你怎么会是安小娜，我是导游，你还能骗了我，你不说真实身份我要报警了。"安小娜只好把脸上的假面具撕去，这是一张美艳非凡，令人销魂的脸，小娜："嘿，我这张脸蛋到哪里都惹麻烦，所以有时候出去就戴个面具。"

美佳双手扶着小娜的双肩仔细打量着，高兴异常："太漂亮了，简直就是仙女下凡。这就对了，安小娜，环星公主的女儿，现在是环星人形象大使，地球上的大美人，不知道迷倒了多少风流才子。我特意把你和我安排在一起住，好一睹风采。"

安小娜："我妈那才叫漂亮呢，她是环星的骄傲，为了环星和我爸一起在……不说了。咱们不是圆梦之旅吗，我想请你帮我圆一个梦呢。"

美佳："那你尽管说，我保你梦想成真，我一个小导游没什么能耐，可我有上层路线，你是名人，应该知道地球宇航总指挥罗丝吧，总统首相只管地球，她可是天上地下都能管到，她和我爸妈是故交。告诉你一个秘密可不要和别人说，你看罗总指挥又是形象代表又是总指挥是个人物，早年做事可不怎么光明磊落，她老公和我妈本来就要结婚了，不知道那女人用什么损招就把我我……是我差一点的爸爸勾了去，说也怪，本来我们两家关系应该是死敌，可现在是生死之交，所以什么事用不着我爸妈，只要我一张口，罗总指挥没有不答应的。这样吧，我先去巡视一遍，我是导游啊。回头咱们彻夜长谈，当然飞船上的白天夜晚都是模拟的。除了正事你再给我说说环星的故事，也是我做导游的资本。"她说着走了出去。

安小娜嘀咕着："我哪知道环星的故事，我那时连个蛋都不是呢。"

6　日　美佳沿着休息舱之间的走廊走着，有一间客舱门半掩着，她敲了敲无回应，便推开门，室内无人，她寻找着走向船尾。隐约传来压抑的哭声，哭声从一间关着门的舱内传出，美佳轻手轻脚走到小窗前，顺着杂物缝隙看过去，这是一个堆满杂物的小房间，里边有两个泪流满面的男女，但见男子拿着锥子向自己胳膊上猛刺着，一下又一下，鲜血四溅！女子却冷眼旁观！终于女子看不下去了，扑过去夺过锥子，向自己胳膊上一下又一下狠狠扎下！

男子夺过锥子扔到地下，抱起女子，二人热泪狂泻，两只血淋淋的胳膊剧烈地颤抖着，血丝丝向下流……

美佳使劲捂住嘴，泪流满面，踮起脚跌跌撞撞来到客舱处，看看舱号一下撞进去。

王玲独自一人在室内，吓得退了几步，看清了是美佳才回过神："疯丫头吓死我了，你真疯了是不是，你怎么还哭了。"

美佳："牛哥在驾驶舱吧，我有重要事和你们商量，快去！"

7　晚　驾驶舱，牛天在全神贯注地驾驶着飞船，王玲走近拍拍他肩膀，牛天将座位交给副驾驶，和王玲、美佳坐在一起商量着，美佳用手在自己胳膊上比画着："就这么一下又一下，我感觉好像刺在我心上，我浑身都发抖，他们会不会精神有问题，加害咱们飞船，那可就惨了。"

王玲："这两人我早也注意到，好像有很重的心事，但又不像是疯子或是破坏飞船的人，要是破坏飞船的人，非要自残干什么呢。"

牛天："这事先别打草惊蛇，千万别问他们，也不要和任何人说，防止他们狗急跳墙。我马上给地球打电话，让他们彻底调查清楚这两人的底细。"

8　日　乘客舱，美佳在介绍着："咱们马上就要到土星的卫星——泰坦星球了，休息后再游览观赏土星。这是最远一站，海王星和天王星太远也没啥好看的就不去了，谁要想体验任何一个大行星或是小行星上的风光，可以到虚拟现实馆随便看，只是要另买票。泰坦本来就是一个神奇的星球，现在由原来环星的国王和王后驻守，他们会给咱们带来意想不到的惊喜，现在接近泰坦，大家系好安全带，可从大屏幕上观看泰坦表面。"

大屏幕上显示：蓝绿色朦朦胧胧的天空，小而昏暗的太阳，犬牙交错，刀劈斧凿般的山峰，急流汹涌的江河，微波荡漾的湖海，只是没有一丝生命的迹象。飞船和一艘立地拔天的巨型飞船对接，旅客通过对接舱进入巨型飞船内。

(字幕)土星的卫星泰坦星球

9　傍晚　巨型飞船内的乘客仓，空间宽敞，有大屏幕和不少座位。国王，王后和几个环星人列队操着半生不熟的国语："欢迎，欢迎。"

美佳抱住王后亲热地："王后奶奶，还认识我吗？"

王后摸着美佳的脸蛋："认识认识，小天使美佳，怎么这样长时间也不来看奶奶了。"

一个脸上皱皱巴巴的黄脸婆抱住国王："国王爷爷，你还认识我吗？"

国王惊诧地用手挡着："别别别，我不认识你！"

黄脸婆用手揭去面罩，是安小娜："爷爷，你看我是谁。"

国王和王后共同抱着孙女喜泪盈眶，王后："让我好好看看孙女，更漂亮了，怎么也不打个电话来？"

安小娜："爷爷，奶奶，我要给你们一个惊喜。"

楞子叫起来："安小娜，环星和地球的共同美女！"

众人一齐围过来，“安小娜，安小娜”地叫着，有人拿出本子笔要签字，有人拿出相机要合影，不亦乐乎。

美佳拉着美男，悄悄走出人群，从小而圆的舷窗向外看着，可是看不清楚，正好旁边的救生柜里有几套宇航服，美佳：“敢跟我到外边去看看吗，泰坦的夜景可漂亮了。”

美男：“你敢去我就敢去。”

美佳拿起宇航服：“那好，快穿宇航服，咱们先睹为快。”

安小娜正在给拥挤着的旅客们签着名，她掏出手机，接个电话：“噢，知道了。大家别挤，都有份。”

国王和王后在圈外站着，王后抹着眼角：“女儿在世的时候就是环星的女神，到哪里都有许多崇拜者，小娜也没给环星和咱们丢脸。”

10　晚　泰坦夜景，一个如梦似幻的世界。土星和她那巨大而美丽的环占据了半边天空，光环如同无数闪烁着七色光彩的宝石，缓缓旋转着，如同舞厅的幻光灯，照得大地流光溢彩，姹紫嫣红！二人直看得神魂颠倒，眸子里宝光闪闪，脸上熠熠生辉，美佳：“妈呀，我们不会是在梦里吧。”

美男单腿跪下拉着美佳的一只手：“我们是在天堂里，这是上苍替我们安排的，佳佳，嫁给我吧。”

美佳慌乱地：“你你……这也太突然了吧，你容我再考虑一下，和爸妈说说行吗？”

美男：“那好，我愿意永远等着你。”

一条巨大的黑影从冰原上迅速移来，二人速向舱门逃去，可是那东西挡住了去路，二人仓皇东躲西藏，可是一对闪着磷光的怪眼和一张漆黑的巨口始终罩在二人头上。二人躲到一块巨冰下，那怪物一头便将巨冰撞飞，二人又跳到一条冰沟里，那怪物将他们凌空吸入口中！然后向远处跑去，朦胧冰原上如同一幢移动的大楼消失在远方……

11　上时乘客舱，安小娜正在和众人合影，楞子向着小娜张开双臂，女友爱莎一把将他推开：“哪有你的份，一边待着去，你要想和小娜拥抱先投胎成女人再说。”她自己搭着小娜的肩膀照了一张。

钱二爷：“哎，咱们导游和美男怎么不见了，该不是躲哪里幽会去了吧。”

安小娜："哪能呢，他们，他们在替我们准备吃的睡的地方呢。这样吧，我和大家讲一下我快到地球时的经历。"

□ 回忆

12　日　环星飞船在浩瀚的太空中飞行，群星璀璨，星云缥缈。

飞船内，国王和王后简朴的寝室，安小娜小鸟依人一般依偎在王后怀里，小娜："妈妈，快到地球了是吗？"

王后："给你说多少遍了，到了地球，要入乡随俗，叫姥姥，我倒喜欢听叫奶奶，再叫妈妈地球人会笑话的，你的亲妈妈，也就是我的女儿挽救了咱们环星人，却耽误了登飞船时间，你爸为了陪你妈，和你妈都留在环星上了……你快十八岁了，许多事应该知道了，这是飞船起飞时拍下的画面，你看看吧。这个环星吊坠是你妈留给你的唯一的遗物。"

王后将一个吊坠和芯片交给小娜，捂起脸。

小娜点开芯片，她面前的空间显示着：漫天飞舞的山头和杂物，遍地纵横流淌的火红岩浆，被岩浆包围惊慌失措的人群，远方跑来的妈妈，和众人跪别的爸爸，地面裂隙两边爸妈惊心动魄的最后一跳，一束照耀天地的闪光……

□ 现实

小娜手捧吊坠哭成了泪人，不少旅客也跟着垂泪，国王过来扶住小娜也是泪眼朦胧："让大家见笑了，女儿一直跟我们在飞船上，没见过世面，不懂事，这么欢乐的时刻，怎么能惹大家伤感呢，这样吧，我和大家讲讲我们怎么会在这里的，给大家换换心情。"

□ 回忆

13　日　环星飞船驾驶舱内，驾驶员哈里："父王，我们已经来到地球的卫星土星附近，燃料没有了，到不了地球了。"

国王："那就降落在附近，罗总指挥会派人来接我们到地球的，终于回到家乡了。"

飞船降落在泰坦上，穿着宇航服的国王、王后等人在冰面上观察着。

几艘飞船降落在环星飞船附近，其中一艘和环星飞船对接，罗丝等人和国王、王后在乘客舱内热烈拥抱。

议事厅内，罗丝、国王、王后在座，国王："我想好了，我要留在这里建设这个星球，这飞船上还有许多吃的用的，够用不少年，来了这么多人，不为地球做点事心里很不安。我带来一些冰虫蛋，可以让它们在这里繁殖开来，冰虫不吃东西，只靠吸收周围的能量存活，我考察了，这个星球地下在放出许多能量，正好可供冰虫生存。这里改造好后，平时就是旅游景点，有外敌入侵的话，这里就是保卫地球的门户，冰虫皮糙肉厚，刀枪不入，我一人领着冰虫就能敌千军万马！这东西好斗，在环星和喜阳兽争地盘的年头打到年尾。王后你就先领着孩子们到地球去，孙女和孩子们离不开你，等这里建设好后你们随时可以回来。这件事就这么定了吧。"

国王和王后、小娜、罗丝等人挥泪拥别。

孵化室内：国王等人翻看着篮球般大小的冰虫蛋。

飞船内，到处乱窜的小冰虫霸占床铺，撞翻什物。

冰原上，无数巨大的冰虫纵横驰骋。

□ 现实

14　国王："明天就让你们骑上冰虫在冰原上奔驰，那才叫酷。"众人热烈鼓掌。

小娜过来焦急地："哎呀爸，你别陶醉了，美佳和美男不见了，之前美佳给我打电话，说是有点事一会就回来，让我帮代看一下旅客，现在说什么也该回来了。"

旅客们惊慌地议论纷纷，国王："大家不要慌张，没有事，小娜和王后先张罗大家吃饭休息，我领人出去看看，他们一定是出去玩迷路了，我一个环星都能领得了，还领不了你们这几个人！"

15　晚　国王领着两个随从在光影流动的大飞船附近喊着："美佳，美佳。"

一随从："没有人，会不会是掉下冰裂里去了？"

国王："这附近的冰裂都填平了，晚上他们怎么会走太远呢，对了，我想起他们会在哪里，你们快把冰地车开出来。"

二随从从飞船侧门里开出冰地车，与国王三人乘车向夜幕里驰去。

16　晚　一座黑黝黝的山崖边，有一圈白色的高墙，墙内美佳正打着手灯向四周观看，四周是黏乎乎的肉壁，那怪物的巨口在一张一合，两只闪着绿光的巨眼盯着她和瘫在地下浑身发抖的美男。美佳抓住肉壁试着向上攀爬，怪物怒吼一声，简直是惊天动地，美佳吓得一屁股跌落在地，摔得龇牙咧嘴，美男颤声问："它，它，它会吃了我们吗？"

美佳向他屁股上踢了一脚："没出息的东西，还男人呢，丢人现眼。怪物，他的肉嫩，要吃也先把他吃掉！"

美男孩子一样哭着："呜呜……都怪你，非要看什么夜景。呜呜……怪物，你要吃了我可别再吃佳佳了，我死了以后你可要常想着我啊，呜呜……"

美佳还真动了感情，她抱住美男替他擦着泪："呜呜……你要让怪物吃了，我会和新男友常给你烧纸，你要把钱拿好，别让小鬼抢去了，呜呜……可别来吓唬我，下辈子别再找我这样没良心的老婆，记住了啊，呜呜……"

17　晚　雪地车来到近前，雪亮的车灯照着圆形高墙般的肉壁，三人下车高叫着："美佳，美佳……"

美佳："我们在这里！"

国王使劲拍着肉壁："毛毛，我非宰了你不可，你怎么绑架客人，快放开！"

冰虫真的伸展开身体，众人将死狗般的美男架上了车，国王："看你们还敢乱跑不，快回去，大家都在惦记着你们呢。"

18　晚　餐厅，众人刚吃好饭，国王领着狼狈的美佳和美男走进，美佳尴尬地："嘿嘿，泰坦的夜景可漂亮了，我出去想给大家找一个好的观测位置呢，不想差点让怪兽吃了，嘿嘿，让大家记挂了。"

国王："别给自己贴金了，冰虫不吃东西，更不吃人，它绑架你们是为了吸取你们身上散发的热量，大家都注意不要乱跑，让冰虫逮了去虽说不会丢了命，可也挺吓人的。你们快吃饭吧。"

美佳狼吞虎咽地吃着饭，和王玲、小娜海侃着什么。那边美男还了魂，正绘声绘色地说着光荣经历："我们正看着夜景，不想那怪物张开像大山洞一样的大嘴，一下把我们吸到肚里，不知跑了多远又吐了出来，我大喊一声：'怪物你要吃先吃了我，别吃佳佳……我，我……我要换裤子去……'"

夜里，风狂雨骤，天地连成一片，大水轰鸣着如瀑布般从天而降，隐约可见巨冰被水冲得到处乱滚。

19　次日晨　风轻云散，冰原被雨水涤荡得干干净净，泰坦的日出，小而红的太阳从飞舞的漫天彩云中朦朦胧胧地升起，太阳对面的半边天空，是半个土星和它那钻石项链一般的巨环，冰面上闪烁的阳光，和钻石环反射回来的七彩光晕交相辉映，霞光四射！

一条巨大的冰虫伏在飞船附近，身上缚着座篮，众旅客站在旁边，国王和王后顺着座篮上的软梯登上座篮，国王坐好挽住缰绳，王后站在他身后扶住他肩膀。国王大吼一声："嘞嘞嘞……"

冰虫仰起头也怒吼一声，就如同老式的蒸汽火车气笛那样惊天动地，令人心惊胆寒，奇迹出现了，莽莽冰原上无数只冰虫飞奔而来，围在飞船附近，有的身上系着座篮。国王："大家可以一人或几人上一个冰虫，系好安全带。"

众人上了冰虫坐好，国王喊一声："都坐稳了。"软梯自动向上收起，国王抖一下缰绳，率先向前奔去。

20　晨　途中，无边无际的冰虫大军怒吼着紧跟向前，那声势，什么万马奔腾之类简直不值一提。冰原在颤抖，冰峰在崩塌，众人热血沸腾的狂喊声和冰虫的怒吼声交织在一起，动地撼天！冰虫一路狂奔，撞倒冰柱冰塔，越过冰山，荡平布满巨冰沟壑的冰原，激起的碎冰遮天蔽日，这时你才知道，什么叫惊心动魄，倒海翻江！

（字幕）地球

航天城门前广场旁的大屏幕上，正在播放着圆梦之旅的短片：宝光四射的土星环，光影流动的大地，一路狂奔，震天撼地的冰虫大军，冰虫身上热血沸腾、呐喊着的旅客……广场上许多人在看着，不少人在跟着蹦跳狂叫。

售票窗前，价格牌上写：圆梦之旅票价提20%，请谅解！可是还有许多人在争相购票，有几人甚至和工作人员吵了起来。

（字幕）泰坦星球

21　上午　王后扶着国王，二人如同中流砥柱般钉在冰虫身上，率领着冰虫大军又回到了原地，众人下了冰虫，神魂颠倒地愣在那里，国王打一声呼哨，头虫怒吼一声，冰虫大军转眼间便消失在远方，只剩下布满碎冰的冰原见证着刚才的一路惊魂。

22　上午　在登冰虫地点，好大一会儿众人才回过神，美佳："国王爷爷，你和你的冰虫太伟大了，简直能流芳千古！"

国王："这算什么，想当年在飞船上，吞掉环星的那颗流浪星跟了上来，我给驾驶员哈里——我儿子说，给我向着黑洞飞，那黑洞像无底深渊一样越来越大，全船人都失魂落魄，哈里吓得连舵都掌不住了，我一把接过舵，直向黑洞飞去，当时王后就像今天一样站在我身后，我们连眼都不眨一下。我驾着飞船贴着黑洞边上急转弯，那恶魔流浪星一头撞到黑洞上落了报应。"

众人热烈鼓掌，小娜："爷爷，我怎么不知道你这段光荣历史呢？"

国王："你那时还是一个蛋呢。"众人窃笑着。

小娜用小拳头捶打着国王："爷爷，看你……"

23　上午　乘客厅，众旅客有人在赞叹有人在休息，国王躺在椅子上打盹。小娜和美佳在角落里低声说着话，小娜："我也要请你帮我圆一个梦，我爷爷奶奶年纪大了，这地方条件也不好，我和哈里舅舅常惦记他和奶奶，可是爷爷如果回了地球，环星人再拥他是国王，担心地球人说我们又想立国，所以不愿回去。你家和罗总指挥关系这么好，一定能请动她，她只要出面说，我爷爷是无法推辞的。"

美佳："我已经安排好了，你等着瞧。"她来到王玲身边，扯扯她衣角。

王铃起身到国王面前："国王爷爷，你猜猜我是谁？"

国王仔细看着："哎呀，你是罗总指挥的女儿，你和她太像了。你爸妈还好吗？"

王玲："好好，我妈让我问你好，她还说等我到这里要和你说话呢。"

国王："好好，我也很长时间没见过罗总了。"

王玲打开手机，屏幕上现出罗丝面容，王玲："妈，国王爷爷要和你说话呢。"

国王接过手机，脸笑成一朵花："老伙计，怎么也不来了，嫌我老了说话啰嗦是不是。"

罗丝："哪能啊，忙着呢，退休前还想忙完几件事。"

国王："忙什么哪，是不是我那些子民调皮捣蛋不服管教，说来听听，别看我现在老了也不是国王了，还能管住几个人。”

罗丝：“不是调皮捣蛋是太好了，环星女子漂亮温柔，许多地球人都想讨做老婆，环星人吃苦耐劳，许多单位都想招为员工，我上哪里弄那么多环星人。这事只能怪你，为什么不多带些蛋来呢，现在只有你来协调了。”

国王得意地：“有我孙女小娜在嘛，她现在看起来很有能力。”

罗丝：“她还是个孩子呢，干不好这事，小娜你说是不是？”小娜点点头。

罗丝：“对了，你是国王，我要亲自去请。”

国王：“哪敢哪敢，既然你这么看得起我，我就跟他们一起回去。”

罗丝：“那好，我等着你。”

国王将手机交给王玲，得意忘形：“王后整天嫌我没有用，你们看我调教的臣民，都是个顶个的。开饭，吃了饭我们去看大海和夜景，那才叫壮观，看完土星就回地球。”

小娜朝着美佳伸出拇指。

24　午后　一条巨大的冰虫载着所有旅客在冰原上飞驰，踏过犬牙交错的冰渍地，越过群峰耸峙的峡谷，游过急流汹涌的河流，众人指指点点，大呼小叫。

冰虫停在海边粉色的沙滩上，众人下了虫，国王按动遥控器，座椅升起落在地上，座虫跃入海中，和同伴们打闹在一起。这地方冰虫泛滥成灾，海里众多冰虫在游泳嬉戏，沙滩上许多冰虫在晒太阳，不时打着哈欠，将沙子吹得飞飞扬扬，几只冰虫过来凑热闹，楞子等人壮着胆子到近前看着，冰虫卷着身子又想将他们据为己有，国王将它喝开。

淡蓝色的海水透明度很好，隐约可见海底峥嵘的地形，海面有尖峰直刺浅紫色的天空，微波荡漾的海面上不时有冰虫纠缠在一起打闹激起的高高水柱，发出隆隆响声，稍远处的山峰峥嵘嵯峨，沟沟壑壑的冰原一望无际。

国王：“我把这个泰坦星球简要给大家介绍一下，泰坦是巨人的意思，它是土星最大，也是太阳系二大的卫星，比月亮或是水星都要大不少。她和地球一样有江河湖海，也会下雨，只是这里的水其实是甲烷，就是地球上天然气的主要成分，因为这里温度极低，甲烷会在液体和气体之间变化，形成类似地球上的水汽循环。这里有个大甲烷湖叫克拉肯海，和地球的里海差不多大小，里边的甲烷可供地球做燃料用许多年，只可惜无法大批运到地球去。它是唯一有浓厚大气的卫星，只是成分基本是氮气，不会助燃，如果像地球大气那样富含氧气的话，一个火星儿就会让这个星球燃烧起来。这里的冰原可都是水结的冰，巨厚的冰层下是遍布全球的大洋，水量要比地球上所有水都多得多。我下一步计划是要弄清地下海水里到底有没有生命，你们下次再来一定让你们坐潜艇到海底观赏。”

人们陶醉在异星的风景中，楞子、小娜等几对情侣，心甘情愿地各自在冰虫盘成的高墙中尽情地温存，冰虫则心满意足地眯缝着滑稽的眼睛，看着自己的猎物。这真是一个如梦如幻的世界。

25　夜　太阳逐渐落下，对面露出了土星环巨大的钻石圆弧，万道宝光和对面的七彩霞光交相辉映，美轮美奂。

土星和钻石环逐渐升起占据了半边天空，将太阳赶下了山，天上流光溢彩，地面光影舞动，人们挥舞着手臂跳着叫着，冰虫们似乎也受到了感染，向着土星环抬起头摇晃着间或吼上几声，为这个寂静的星球平添些许热闹。

土星和环盖住了整个天空，带着恐怖而又令人窒息的美丽，钻石环如无数只投光灯在晃动，映得中间的土星熠熠生辉，映得大地飞红流碧，人们完全被镇住了惊呆了，而冰虫们则更加疯狂地扭动着上半身。如果说宇宙间真有仙境的话，也只能是这里了……

（字幕）土星

26　上午　乘员仓内，美佳在向后关注着旅客们，国王和王后也在座，舱前部大屏幕上和各座椅的靠背上显示着：飞船正向着土星飞，钻石环晶莹剔透，银光闪闪，照得人眼花缭乱。到了更近处才能看出，环上其实有许多缝隙，一圈圈如同老式的唱片，飞船飞入一个环缝，可见环其实很薄，有大小不一的碎冰石块组成，小山般的，汽车般的，以及更碎小的，都在飞速旋转着，飞船上下波动着飞行，环的背阴面则又是一番景象：阳光照在无数冰晶上，如同幻光灯照在钻石上，折射出了飘忽不定、无边无际的七色火彩，令人如醉如痴，神魂颠倒。

不时有小冰块跳槽到对面的碎冰环里，就是不能停在缝隙里，美佳：“大家可能会迷惑，无遮无拦的空间，怎么会形成这么多停不住冰块的缝呢，这是由于土星卫星的引力互相影响，造成缝隙中的引力不稳定，所以停不住东西，这种现象叫引力共振。”

27　上午　飞船跃上环面，就如同在了无际涯的云海上飞行，大大小小的冰晶冰块你追我赶，热闹极了，不时有巨冰撞在一起碎成冰晶。

美佳：“现在我们做一个有奖游戏，每人座位前都有一个手柄，可以操纵舱外的一只机械手去抓冰块，可以凭抓到的冰块来换一块外星糖，那味道简直是妙不可言。”

大家情绪高涨，可一试才知道，看起容易的事却很难办到，钱二爷咬牙切齿咋咋呼呼却一块也没抓到，旅游公司才不会干让自己破财的事呢。最后只有愣头青、小娜等很少几人抓住了冰块换得了糖果，国王王后虽没抓到因为身份特殊也分得了几块，钱二爷急得抓耳挠腮：“这东西能花钱买吗，你知道我是美食家，嘿嘿……”

美佳掰了一小块给钱二爷：“这是外星人送的，很少，不外卖，看你可怜赏你一点吧。”

国王和王后将糖分给运气不佳的人，大家一边品尝一边啧啧称奇，钱二爷：“太奇妙了，我尝遍了天下美食，从来没品过这么好的味道，真抠门，就给这么一点点。这么个小东西地球人怎么就造不出来呢？”

美佳：“这有什么好奇怪的，地球上配方保密的东西多着呢。”

（字幕）木星

28　日　飞船乘客舱内，有着大红斑的木星渐近。美佳：“我们就要到木星了。木星是太阳系最大的行星，有一千多个地球大，太阳系所有其他的大小行星、彗星加起来也没有木星大。木星的大气主要是氢气，向里逐渐过渡到液态氢，表层的大气五颜六色非常漂亮，常年形成强烈的风暴，地球上的什么台风龙卷风简直不能与之相比。大家看木星上的这个大红斑，里边能放下几个地球，这就是一个旋转着的木星台风，从发现它已经刮了三百多年了，还不知哪年能停歇。”

“这次木星游览有一对情侣要完成他们的圆梦之旅，他们要在木星上举办婚礼，这是人类第一次在外星球举办婚礼，将会轰动整个地球！将会载入人类开发外星的光荣史册，让我们为这对新人祝贺。”

大家热烈鼓掌，美佳：“先请新人介绍一下爱情经历吧。”

愣头青：“我妈背后称我‘半吊子’，我爸称我‘二百五’……(一阵哄笑)别笑别笑，大家就叫我楞子吧，总比‘半吊子二百五’好听多了，可见我说话办事没准头，如果对大家有不敬之处，请多多原谅。我妻子冒死救过我的命，为了感谢她，我想举行这场惊世骇俗的婚礼，我要让全世界都知道，我有这么一个好妻子，可是我们没有多少钱，付不起高昂的船票，我们崇高的爱情打动了许多好心的人，旅游公司为我们免了船票，电视台将为我们免费转播，我和妻子向他们表示感谢。”

爱莎起身，这也是一个漂亮姑娘，苗条笔挺的身材，浅棕色结实的肌肉，显示她良好的锻炼。她和楞子一起向众人致意。楞子继续：“我们是一对深海探险队员，游遍了世界许多海洋……”

□ 回忆

29 日　珊瑚海底，千奇百怪的珊瑚美不胜收，不少树枝状的珊瑚随波摇曳，色彩形态各异的海鱼游荡其中，两个潜水员美人鱼一般畅游在珊瑚丛中，五颜六色的热带鱼伴随着他们。

30 日　海面上一座巨大的钻油平台，楞子在上下检查着海下的立柱，爱莎警惕地注视着四周，一条鲨鱼游来，爱莎喷出驱鲨剂，将鲨鱼赶跑。

31 日　极地布满浮冰的海域，作业船上，楞子边穿潜水衣边对爱莎和其他人说：“这地方太冷，水下也就是回收一个探测器马上就上来，你们就别下了。”

爱莎情意绵绵地为楞子检查着装备：“那你可要小心。”楞子跃下水。

32 日　海下，生活着许多海洋生物，小蟹、磷虾、海星多不胜数，冒着黑水的海底热泉附近，则有大片的管形虫等喜热生物。楞子游到探测器旁拿起它回游，却不料一只巨大的大王乌贼游来，楞子丢下探测器东躲西藏，他挤进一个石缝里，乌贼将触手伸到他身前试探着，他又钻到一个冰洞里，乌贼又将触手伸进来扯住他的潜水服……

33 日　作业船上，爱莎焦急地看着潜水表：“不能再等了，我下去看看。”

作业队长：“你稍等一下，我们研究一下营救方案。”

爱莎："你们慢慢研究吧，我先下去，我要么和他一起上来，要么和他死在一块！"她翻身下水。

34　日　海下，乌贼用触手将楞子连胳膊卷住正欲向嘴里送，爱莎游过去不顾一切地用潜水刀向触手上猛刺，乌贼又将另一只触手伸来，爱莎向上扬起胳膊，触手卷住了她的腰身，送到嘴边张开那可怕的四瓣巨嘴！爱莎用刀向那 W 型怪眼刺去，一片墨汁扩散开来，什么也看不见了。

35　日　作业船上，潜水员们在讨论着，队长："按理这里水不深，水下地形也不复杂，这里是极地，又没有鲨鱼等大型食肉动物，不应该有什么危险。"

潜水员甲："在上边再也弄不清水下情况了，我再下去，咱总不能见死不救。"他又翻身下水。

36　海下漆黑一片，终于黑色逐渐消退，爱莎拖着楞子在拼力向上浮，潜水员甲和爱莎合力将楞子拖出水面。

□ 现实

37　楞子和爱莎拥抱着泪流满面，众人热烈鼓掌。美佳："大家坐好了，我们马上要进入木星大红斑了。"

38　日　大红斑越来越近，越来越大，占据了整个画面，飞船一头扎进了大红斑，美佳挥一下手，飞船顶棚消失了，飞船如同暴风中的一片树叶狂乱地飞舞，夹杂着丝丝彩色气体的棕红色迷雾轰鸣着扑面而来，雨滴打在透明外罩上发出乒乓巨响，爆裂开来又瞬间滑向后方消失不见了。飞船内轰鸣着，抖动着，风声呼啸，风吹得人们衣服头发狂乱地飞舞，楞子拥着爱莎，小娜拥着王玲，国王拥着王后，胆大的人眼一眨不眨地看着这令人肝胆俱裂的稀世美景，胆小的人如钱二爷，美男等则将头藏在前面的靠背后浑身瑟瑟发抖。

美佳调了一下控制器，室内喧嚣之声小了不少："过瘾吧，更刺激的还在后边呢，大家看到了，飞船的外罩是透明的超强材料，它可以由电控制透明度，平时是不透明的。研制这种材料的人就在我们船上，她也要圆一个梦。大家看到的外边是真实的，舱内的风和声音却是模拟的，比外边小了许多倍。外边的风力、气压超强，足以撕裂压扁人体，温度极低又没有氧气，远不是人所能忍受的。大家注意，飞船要贴近木星表面飞行了。”

39 日　木星表面的液氢海洋，飞船终于飞出大红斑，飞行在液氢海洋上。天空七色彩云以不可思议的速度在相互纠缠着，翻卷着，流动着，下方是翻花沸腾的液氢，不时有大浪升到目力隐约可及的高度爆裂开来，化为阵阵瀑布般的大水落下，激起海面翻滚激荡。飞船驶入一个大浪中，透明度极好的液氢折射出舱外更加光怪陆离的景色。

40 日　雷电区，飞船贴着雷电区的边缘飞行，耀眼的闪电如同无数条怪蟒扭动着，缠绕着劈向洋面，沉雷声动地撼天！洋面上电光闪闪，浪花飞溅，多条闪电劈向一个升起的浪头，爆裂成一大片七彩光晕。一道闪电击中了飞船，一声巨响，耀眼的强光照得什么也看不见了。美佳调小声音：“惊心动魄吧，大家可能诧异刚才那道闪电为什么奈何不了我们，这是因为我们飞船外壳超强坚固又是导电的，因为趋肤效应，电场被阻挡在外壳之外，高电压带电作业用的金属笼金属网衣服就是这个道理。当然还是离它远点为好，这里闪电起码比地球闪电强上一千倍！一个闪电都能持续几十分钟，舱里的雷声和闪电的强度已经调小了几十倍，如果是在外边，只是闪光就能把人瞬间烧焦！雷声足以震裂身体！”

41 晚　极区，飞船停留在微波不兴的洋面上，天上虚无缥缈的极光五彩缤纷，飞红流碧，洋面上光影闪动，如梦似幻，地球上歌星演出的舞台灯光和这里相比就是小孩打的灯笼。现场的人一定是神魂颠倒，弄不清自已姓甚名谁，能吃几碗干饭了。美佳：“木星和地球一样也有极光，只是要强千倍，作为比较，地球人造卫星上几百公里就很难看见地球极光了，但是地球距离木星七八亿公里，在地球上还能看见木星极光。就此打住，现在婚礼就要开始了。”

美佳按动控制器，座椅没入地板下不见了，旅客们站在后舱，舱前腾出位置，摄影师们布置好鲜花等婚庆设备，舱外极光将婚庆台照得姹紫嫣红，美佳：“在婚礼正式开始之前我们先放一段为新人编排的音乐短剧，美人鱼之恋。”

在梦幻般绚丽的极光照耀下，在光晕变幻的洋面上，化身成美人鱼的爱莎和楞子在翩翩起舞。

（字幕）地球

42　日　航天城门前的广场，大屏幕上显示：圆梦之旅木星上的婚礼现场直播。标题下美人鱼在木星宝光闪烁的洋水中纠缠嬉戏。美人鱼在滔天狂涛中搏击风浪。美人鱼在七彩祥云中尽情翱翔……

《插曲 · 美人鱼之恋》甜美秀丽

亲亲美人鱼，亲亲美人鱼。
大海珊瑚波浪，
美人鱼畅游的天堂，
他们来自时光的起点，
遨游在霞光铺就的大洋上。
啊……美人鱼，
洒一片甘露春回大地，
留一路身影万里芬芳。

幸福美丽希望，
常伴在美人鱼身旁，
一段舞姿撒一片光彩，
一路歌声留一路欢畅。
啊……美人鱼，
幸福与你同在，去浇开生命之花，
美丽与你同在，去绘出明日的梦想。
亲亲美人鱼，亲亲美人鱼。

广场上人群狂热地蹦跳吼叫，向天上抛着什物，鲜花帽子衣服，老婆孩子宠物，无所不有。

43　日　售票窗前，一片乱哄哄，工作人员将圆梦之旅提价20%的牌子换成提价50%，可这丝毫挡不住疯狂的抢购者，有人甚至踩着别人的肩膀到购票窗前，这引起激烈的争吵。一对情侣在圈外眼巴巴地看着，女孩嗲声嗲气地："我要到木星上去结婚，我要嘛。"

男："你知道船票要多少钱吗，像我们这样靠打工挣钱一辈子也挣不够。"

女："那我不管，谁能付得起船票我就和谁结婚。"

44　日　旅游公司的大门上着大铁锁，保安人员和疯子们推搡着。

45　日　办公室内，在开紧急会议，经理："大家快想想办法，不然这要买圆梦之旅的人会把我们公司都拆了！"

会者甲："那就再提价，总能吓跑不少人。"

经理："这是有政府指导价的，现在已经是最高价了。"

会者乙："那就再增加几艘飞船。"

经理："你以为这是你家买轿车，只要有钱爱买多少买多少，每一艘飞船都要有庞大的支持保障系统，不是想增加就能增加的。"

女会者丙："我有一个密友王玲，她妈就是宇航总指挥罗丝。"

经理高兴地："你怎么不早说，打通这层关系，给我们增加一艘飞船还不会犯事吧。"

女会者丙卖着关子："哎呀，现在都在反腐倡廉，不好办哪。"

经理："别绕圈子了，办成这件事，给你提一倍薪水。"

女会者丙得意忘形地跳起弄翻了座椅："耶，经理你说话可要算数。"

(字幕)木星

46　晚　婚礼已近尾声，身着婚礼服，光鲜靓丽的楞子、爱莎向众人致谢。在美人鱼之恋的乐曲声中，景渐远，流光溢彩的洋面，巨浪滔天的液氢海洋，惊心动魄的雷电区，美丽壮观的大红斑，彩云飞舞的木星。

（字幕）小行星

47　日　飞船来到小行星上空，向下看去星体不是太大，山峰却是高大挺拔，山谷也特别幽深，飞船靠近半山腰的一处平台，向地面射出锚，收紧缆绳，将船体拉向地面。身穿宇航服，戴着透明头盔的旅客们下了飞船，向上看似乎看不见山顶，四周峭壁耸立，向下看则深不见底。有人在地上跺了跺脚，不料却向上飞起老高，飘飘荡荡落下，美佳：“这小行星引力特别小，大家注意不能使劲蹦跳，不然会飞上天再也落不回来，因为引力特小，山也长得特别高耸挺拔，咱们先做一个小游戏作为练习，以后还有活动。第一名有奖励，大家看见不远处那块石头没有，谁要先摸到就是第一名。现在开始！”

连老头儿老太太们都争先恐后地向那块石头跑去，却不料这在地球上再容易不过的事，在这里却比登天还难，小娜没跑几步便飞到那石头上方打着转落不下来飘飘欲仙，楞子拉着爱莎落下了悬崖，他们身上的小火箭又将他们推上了天，有人撞上了山壁，有人跑过了头，倒是在地球上走动艰难的钱二爷，在这里划动着两条小短腿健步如飞，第一个摸了石头欢呼起来。出发地只剩美男一人畏畏缩缩不敢动，美佳向他屁股上踢一脚：“你到底还算不算个爷们儿，能不能干啊，那可挺重要哦。”

美男：“我，我死给你看看！”他向前猛一蹿，不料却飞了起来，大呼小叫手脚乱划向天外飞去，美佳跳起追去，二人相拥着如同孙猴子拉着猪八戒在架云，下方是尖锥般的山峰，只是地平线很近，如同在地球犬牙交错的平顶山上。狭小的山间盆地，幽深的峡谷一闪而过。她们飞到那石头上方，美佳启动制动火箭落下，大家已在等候，美男还了魂又要吹：“我是在演孙猴子呢，哈哈。”

美佳小声地：“要不要换裤子啊？”众人嗤笑着。

美佳走到山壁前：“我们现在练飞墙走壁，我们知道任何物体间都有吸引力，这个星体因为引力太小，当贴着山壁飞的时候，山体对人的引力会显现出来，将我们吸向山壁，我做一下示范，先登顶的也有奖励。”她贴近山壁向上一跳飘了起来，贴近山壁的时候，手脚向下一登又向上飞一段，众人也如法炮制，一纵一纵向上跳。几个老太太再不愿上了，钱二爷在半山腰的一块石头上高呼救命。

48　日　楞子率先登顶，众人随后，美佳按动手臂上的遥控器，钱二爷背上的火箭将他推到山顶，众人一齐欢呼着，楞子跳起飞了起来却被爱莎一把抓住了脚脖。这是一座高出其他山头不少的独峰，四周壁立千仞，脚下深不可测，人们不由自主地向中间挤，美男和钱二爷腿哆嗦着把对方向外推，美男：“二爷你请。”“小子，你请。”

美佳：“我们要学七仙女下凡，(拥住美男)董郎啊，天上太不自由了，你老想好事，皇爸爸非揍你屁股不可，我们还是下到凡间去吧！”她拖着美男向山崖下扑去，美男魂飞魄散地惨叫着。二人悬了空向下飘落，众人也紧随其后，飘飘悠悠还真如一群下凡的仙女。

美男又来了神：“还真像搂着七仙女，感觉好极了。”

美佳：“我替你带着尿不湿呢！”

49　日　大家落在谷底，两旁危崖对峙，顶部天空一线，峡谷通到一个巨碗状的大坑底部，周围一圈圈的环形山，众人连走带飞来到中央，但见一个巨大的无底深洞，四周不断有碎石向下飘落，山上也不时有大块石头飘下来，一块石头落在美佳身边，她踢了一脚，那石头向远处飞去。美佳：“根据研究这个洞是小黑洞将星体打穿形成的，有百多公里长，也就是这颗小行星的直径，我们现在下去一探究竟。”她领头跳下，大家也是见多不怪，一齐跟着跳了下去。

50　暗洞内，众人一路飞驰，前方是一片飘浮着碎石的区域，美佳按动制动火箭，宇航服向前喷气，众人停下飘浮在空中，四周洞壁异光闪烁，美佳：“这里是星球中心，引力为零，所以物体都处于失重状态飘浮着，这里中心是一种目前还不明了的放射性物质，特别重，我们要快走！”美佳拨开碎石，率众人向前飞去，上方小而圆的出口越来越大，众人终于飞出洞口，落到地面。四周布满了大小石块和七彩琉璃块，间或有山峰的顶部，地势向四周逐渐倾斜而下。

51　日　探宝处，众人在巨大的出口处听美佳在介绍：“黑洞从这里飞出后带出不少地下的物质，其中有钻石、金子白金等，我们旅游公司花巨资购买了旅客采矿权，大家探得宝贝后可以少量带回，普通人可免费带两公斤，游戏得奖者可免费带五公斤，当然这是折算成地球上的重量，超出重量要额外纳税。(打开手机，画面上一位仁兄抱着一大块金子笑歪了嘴)大家看看这位旅客探得的金子，带回去发了大财，此人有名有姓，这块金子就在联合国的外星开发署展览。这里的地面很疏松，根本用不着什么洋镐撬棍之类，单凭手就能挖动，快来实现你的发财梦吧！”

导游嘛，几句话就把人们的邪火点燃起来，大家争相看着美佳的手机，又一齐冲向藏宝地，不顾一切地翻腾着，将大石头掀得遍地骨碌。

52　日　探宝处，钱二爷掀了几块石头，拍拍手，掏出一个小巧的寻宝器嘀嘀响着，他边看着提示走着边嘟囔着：“听导游的两口子都得离婚，这地方不知让人翻腾了多少遍还哪来的宝贝，我才不和一帮蠢货在一起瞎折腾呢。”在一个山头后，寻宝器不再发声，他开始发掘，这地方还真的很好挖，再加上一股邪乎劲，他将大石头扔得到处乱飞，不大会便挖了一个不小的坑。

53　日　探宝处，各人将自己寻的宝物——有黑石头，有七彩琉璃等珍惜地装入衣袋内，跟着美佳像袋鼠一样向回跳，几十号人此起彼落倒也挺壮观。他们跳过地面宽大的裂缝，穿过大峡谷，越过幻光闪烁的平原，越过立地拔天、各种奇形怪状的山峰，像倒立的瓶子的，像蘑菇的，像各种动物的，不一而足。最后来到出发地。王玲四下看着：“怎么不见钱二爷了呢？”

美佳看了看手臂上的定位器：“没关系，丢不了，这星球这么小，又没有毒蛇猛兽，石头重量等同于地球上的海绵，山崩落石都砸不死人，跳崖也摔不死，想自杀都要下一番功夫呢，你们看他就在这里，怎么好像在拿大顶呢。”

54　日　钱二爷挖坑处，底部还真的现出一大块金灿灿的金子，他使蛮力将金子拖上坑边，足有一米来高，金光闪闪，二爷范进中举一样，又是和金子亲吻又是拿大顶又是哈哈狂笑，最后还了魂，呐喊着疯狂地将金子举起用头顶着，看了看定位器，东倒西歪连蹿带蹦向回走去，那气势活脱超人再世，只可惜少了超人的披风。

55　日　出发地，飞船附近，众人将各自探得的宝物在电子秤上过秤，称上伸出一个探头射出激光分析着，下边是一块黑色的宝物，电子喇叭在报告着结果：“你的宝贝叫玄武岩，是构成地球地壳和大山的主要岩石，折算成地球上的重量你已超重四公斤，扣除你第一名奖励的三公斤，还要交一百元地球币才能带上飞船。”楞子气呼呼地将石头拿起扔掉。

爱莎幸灾乐祸地：“你们想啊，楞子，哈哈……”

小娜将一堆琉璃放在称上，电子秤报告着：“你的宝贝成分是二氧化硅，就是玻璃瓶子的原料，在地球上不可乱扔，否则要罚款交垃圾处理费，你已超重二点五公斤，要交二百五十元地球币。”小娜还是掏了钱，将琉璃收好。

二爷终于顶着金子满头大汗来到近前，众人惊呼着帮他卸下，二爷瘫在地下捶胸顿足：“我有金子啦，我要发大财啦，哈哈……”

美佳观察着金子坏笑着：“二爷，你这太超重了，靠交钱也不行，把飞船压坏了。”

钱二爷：“那你给想想办法，我给你另加一千块钱怎么样。”

美佳撇撇嘴：“一千块钱，还不够一顿饭钱呢，起码也要另加两万。”

二爷：“两万，抢劫哪，好好，两万就两万，回到家我卖了金子把这飞船捎带着你都买了，看你还敢不敢坑我。”

几人将金子抬上称，称上射出激光分析，报告着结果：“你的宝贝俗称黄铁矿，化学名称硫化铁，因为很像黄金又称愚人金，折算成地球重量是十点三吨，地球上现价是两角钱每公斤，因此在地球上价值为两千六百元。运回地球的加罚费用折算下来你要交一亿一千万元，你交足款项后方可将宝贝带上飞船。本银行结算迅速，方便安全，公正合理，代办托运。”

众人哄笑着，美佳笑得喘不过气：“二爷，二爷你好力气，十吨金子，够一百头牛驮的！哈哈……在地球上也能买个小国家了，你就是国王，哈哈……”

二爷的脸这才成了猴屁股，他跳到美佳身前举起巴掌：“你个臭丫头早就知道，故意看我笑话对不对。”

美佳：“哈哈……哎哟，二爷你这么力大如牛，我可驮不动你一巴掌。金子，金子你不要了还要搬回原处，你答应我的两万块钱可不能少哦，哈哈……”

二爷将“金子”踢下秤，摆出滚刀肉的架势：“我我，我就不搬回原处，看你能把我怎么样。”

电子秤在鼓噪着：“一个亿，一亿元的税费，优惠一千万，八千万，八千万了……”

面红耳赤，恼羞成怒的钱二爷。指指点点，笑得前仰后合的旅客。

56　日　飞船内，旅客们斜睨着钱二爷还在窃笑着，二爷如坐针毡。牛天来到旅客舱：“玲玲，导游请来一下。”

57　日　一个小会议室内，三人在座，面容紧张，牛天翻阅着一摞材料，上有照片文字，牛天：“这是国内发来的珍妮和罗伯特的调查材料。他们的故事就发生在世界上只剩零星战争的时候，不知什么原因，二人都成了杀人狂魔，珍妮在一个暗杀集团，罗伯特是个军官，他们各自杀了对方国家的不知多少人。后来世界上终于完全消灭了战争，他们也从各自国家的英雄成了阶下囚，出狱后都在一个绿色和平组织工作，积极认真，深得上司赏识。可是还有些疑问，比如他们各自国家原来是死敌，可是二人却结成夫妻，又形同路人。”

王玲：“我看他们也是貌合神离，不像是真正夫妻，那些常扮成夫妻的特工就是这样。”

美佳：“我怎么就看不出来呢？”

王玲：“真正的夫妻之间那种浓浓的情意，过来人一眼就能看出，你和美男只是逢场作戏，还没进入状态呢。”她甜腻腻地看了牛天一眼。

美佳：“哎哟，瞧你看牛哥色眯眯的眼神，我还真找到点感觉。”

牛天：“别打岔，在说正事呢。再比如说，我们船票非常贵，不是工薪阶层能负担的，他们只靠微薄的工资勉强度日，哪来的钱买船票。我认为应该把他们叫来再审查一番，见机行事。”他拉开抽斗，看了一眼里边的手枪。

美佳领珍妮、罗伯特进来，牛天把那份材料交给二人：“请你们解释这是怎么回事。”

珍妮接过翻阅一下，泪眼蒙眬：“这都是事实，可是我们已经受到惩罚了，有必要把过去的一切都说清吗。”

□ 珍妮回忆

58　下午　公园里秋风萧瑟，落叶飘飘，少男少女时的珍妮和罗伯特依依不舍地相拥着，罗伯特：“我爸他们本来在你们国家驻军，现在不知又发什么疯，要和你们国家打仗了，我要走了，咱们再见面的时候就是敌人了。”

珍妮：“那我也要等着你，你哪怕是一枪打死我，我还会等着你。”

59　高大的战车推倒房屋，扫射百姓，将城市和珍妮的家炸成一片废墟，妹妹在哭喊着，珍妮扶起奄奄一息的妈妈摇着哭叫着：“妈，妈……”爸爸艰难地爬过来抱住妻女：“报，报仇……”

60　日　珍妮和训练营的队友们在负重越野跑，珍妮浑身泥水，不断跌倒又爬起，拼命向前跑着。

61 日 训练场上，珍妮和队友们在练搏击，教练一脚踢中了女伴的胸口，女伴一口血喷出倒在地上翻滚着，教练一脚脚踢向女伴，狂喊着：“起来，起来！”

暴怒的珍妮扑过去竟将教练打翻在地，抱起女伴呼唤着，奄奄一息的女伴喃喃地：“报，报仇……”

疯狂的珍妮泪流满面，呐喊着将一个个男队员和教练踢翻在地。

62 日 血淋淋的刑场上，绑有一排浑身血污的俘虏，珍妮抓住一人摇着：“你们为什么要炸我们城市，杀我们人，为什么呀？”

那俘虏：“因为你们是劣等民族，就该杀！”

发疯般的珍妮手起刀落，一个又一个……她自己也成了血人！

63 晚 敌国的车辆旁，她将炸弹塞到车下，轰的一声火光冲天。

64 日 敌国官员模样的人在高台上讲演，她在楼房上的窗户里用阻击枪瞄准射击，讲演者应声倒地，现场一片混乱。

65 日 授勋台上，一个将军给她戴上绶带和奖章，她春风得意地走下台，可是几个士兵立马将她铐了起来。

66 日 高墙内，她穿着号服和一队犯人在跑步。

67 日 监狱大门前，狱警将满身脏污的她推出大门，破行李卷扔到外边，咣当一声关上大门。

□ 现实

68 珍妮流着泪：“我们已经遭了报应，还在拼命地工作赎罪，我们乘飞船也想圆一个梦，组织和国家都相信我们，替我们担保，还要我们怎么样呢？”

牛天：“大家都知道，飞船是多么重要的地方，你们这种身份我不得不防，你们看这事怎么办？”

珍妮痛哭着：“你要是还不相信我们，就把我放下去，让我自生自灭，我不会怪你们，谁让我是罪人呢，我活该！”

牛天：“罗伯特你打算怎么办，你的简历还没交代呢。”

罗伯特：“我和珍妮生死相随，就没有必要交代简历了吧。”

牛天拿出两份文件：“那好，这可是你们自己愿意的。”

王玲："牛天！你不能这样做，你没有这个权力！"

牛天："我有这个权力，我是指令长，要对飞船和全船人的生命负责，一切责任我来负，你们签字吧！"

二人签好字，牛天将他们带到另一间房内换上宇航服，打开气闸室放二人出去，旅客舱内，美佳向诧异的旅客介绍着。

隔着舷窗看到，二人在下边如同待宰的羔羊。美佳哭着："不，不，我们不能这样做，他们会死在下边的，大家看他们可怜巴巴，像能加害飞船的人吗？他们虽说是罪犯，可是重新做人了，还在拼命地赎罪，咱们没有理由不相信他们，他们做过缺德事，受了良心谴责，一生痛苦，我们要是昧着良心害死他们，也会痛苦一生的，人做事可不能昧了良心！我提议，咱们大家举手表决定他们去留。"

大家面面相觑，国王："我以我国王的眼力看这两人，不像能加害飞船的人，我同意他们留下。"他举起了手。大家也跟着举起了手，最后牛天也举起了手。

美佳下去将他们领了上来，美佳："快谢谢大家，是大家一致同意让你们上来的。"

二人一起给众人跪下磕头，国王扶起他们："我相信的人没有一个给我丢脸的，你们可不能让我失望啊。"

珍妮："不会的，国王，我们宁可死也不会再害人！"

他们摘去透明头盔，在座位上默默地流着泪，珍妮向美佳伸了伸双手又缩了回去，珍妮："我，配吗？"

美佳："怎么不配，地球是所有生灵的，包括所有人，当然也包括忏悔者。"她向珍妮伸出双手，珍妮和美佳紧紧拥抱，珍妮尽情地流着泪，众人含着泪热烈鼓掌。

下部　太阳之子

（字幕）火星

69　早上　小而发着紫色光芒的太阳，从蓝绿色飞舞的朝霞中朦朦胧胧升起，在砖红色坑坑洼洼的大地上，投下了斑驳的阴影。

规模巨大、带着透明罩的航天城，四周还有几个卫星城有通道与之对接，不远处有一艘外形奇特的大飞船，其上绘有金色的太阳图案。旅游飞船与航天城对接，众人通过对接舱走入航天城内。

70　下午　航天城内，有楼房、商店、花园、水池、雕塑，就是一个缩小版的城市。几个服务员和一位红发男子列队欢迎，女总管：“欢迎旅客们和我们小天使美佳。”她和美佳热烈拥抱，旅客们也和服务员们一一致意。

美佳：“这个火星航天城是太空旅行的集散地，也是外星人到地球的中转站，大家可以在航天城内休息、逛逛，吃饭后就开始参观。这地方的蔬菜水果都是火星自产的，别有一番风味。”旅客们四散在各处观看着。

美佳注意到那位男子，他英俊挺拔，一副标准的国字脸线条分明，简直能迷倒无数地球女孩，美佳：“这位是……”

总管：“噢，他是江波星人，途经火星，要见见你们呢。”

美佳大方地向他伸出手：“欢迎你，江波星人。”

江波星人和美佳握着手，阳子：“美佳姑娘，很荣幸见到你，听说你是旅行社最漂亮的女导游，今日一睹芳容，果真不虚。”

美佳：“我看你谈吐不俗，简直就是地球上标准的美男子形象，别是地球人假冒的吧。”

江波星人：“不是，其实我们江波星人已经进化到没有固定形状，也可以模仿任何物体，也不需要用语言这种又慢又累的方式交流。我这是模仿你们地球人最美的男人形象和声音，我这两天学了许多地球的知识，也算是半个地球通了，所以你看我像地球人。”

美佳：“哈哈，人还能模仿，那你就模仿我的模样试试。”

江波星人：“这是一门很复杂的学问，别一下模仿不好弄出怪物来吓着你们，这样吧，我露一手给你看看。”

江波星人将手指向一大盆花，隔空将花托起转了一圈又放下：“这下你该相信我不是地球人吧，就这一手，你们地球人说能办到的都是瞎吹，其实没有一个人真正能办到的。”

美佳：“太神奇了，你还真是外星人，能问一下尊姓大名吗？”

江波星人：“我们用心灵感应交流，地球人是感觉不到我的名字的，我正想起一个地球人名字呢，你帮起一个吧。”

美佳看了一眼透明外罩外的外星飞船，上边有金色太阳：“你们一定是一个崇尚太阳的民族，就叫你太阳之子吧，简称阳子。”

江波星人：“太好了太好了，太阳之子，阳子，多美丽的名字，我怎么就没想到呢，太谢谢你了，美佳姑娘。我想临时参加你们旅行团，行吗？”

美佳：“当然可以，热烈欢迎。”

71　上午　航天城的一个卫星城，城内是一个倒塌的小科考城废墟（参见《故乡》），还有一幢新的展览馆，阳子和旅行团参观废墟后进入展览馆内。

72　展览馆内，陈列着当年用过的物品，墙上挂着当年火星开发先驱者的照片，依次是王刚、牛壮壮、罗丝、伊丽、大卫等人（参见《故乡》）美佳站在观众前正欲讲解，王玲拉着牛天来到王刚和牛壮壮的照片前深深鞠躬，王玲抚摸着二人的照片泪流满面：“爸，婆婆，我又见到你们了，女儿没让你们失望，你们看一眼用女儿研制的材料建设的航天城，已经是今非昔比了……”兼职摄影师郝红郝刈提着摄像机拍摄着。

美佳递给王玲纸巾：“和大家讲讲当年先驱者的经历吧。”

王玲转过身擦着泪：“让大家见笑了。我们三人都是这些火星开发者的后代（转身用手比画着），这位是我爸王刚，当时是队长，这位我妈罗丝，从那时到现在一直是地球航天总指挥，我是他们二人的女儿。这位是咱们驾驶员牛天的母亲牛壮壮，也是我婆婆。”

美佳：“这位伊丽，她当时是火星科考队的专家，还有这位大卫，当时是科考组的专家兼飞船驾驶，我是他们二人的女儿。”

王玲：当时的火星考察条件有限，可他们还是在艰苦的环境下有了震惊世界的大发现，他们考察清楚了火星的前世今生，再现了古代火星人的兴衰历程，为人类改造火星立下了汗马功劳。当时的建筑材料很不过关，既挡不住流星冲击也挡不住辐射，当时的科考站在经历了一场流星雨之后就变成了现在的样子，我爸他们死里逃生回到地球。咱们知道，没有地球大气和磁场的保护，人受到宇宙射线的辐射之后容易得癌症，我爸和我婆婆回到地球没多久，便查出患了癌症相继去世，我从那时起就立下誓言，一定要研制出最好的材料建设我们航天城，我要带着我的成果去给早年的航天人报喜！我没日没夜地干啊干啊，终于将这种超强又挡辐射的材料研制出来，这个航天城和咱们飞船的外罩就是我研制的材料做成的，能耐千年一遇的流星撞击，还能挡住辐射，我终于能告慰先辈们的在天之灵了，最后我要感谢圆梦之旅旅行团组免费带我实现了这个梦想。

美佳：“我提议咱们共同向先驱者们致敬。”大家一同向先辈们鞠躬致意。

(字幕)地球

73　日　广场旁的大屏幕上，在向火星探索者致敬的标题下，播放着以上画面，广场上众人也一齐向着屏幕鞠躬致意。

(字幕)火星

74　上午　展览馆的虚拟现实厅里，阳子和参观者们观看着当年先行者奋斗的三维画面：（参见《故乡》）猛烈的沙尘暴将建设现场吹得一片混乱；王刚队长等几人在水手谷里的勘探车旁工作，几人拥抱在一起欢呼；科考基地被流星雨砸坏，倒塌的建筑，被压住的人员，摇摇欲坠的掩体……

75　上午　实物展厅里，参观者们在看着各种实物：当年用过的火星车、办公桌、电脑、仪器等。

76　上午　休息处，阳子和美佳坐在长椅上闲聊，美佳："这几天对我们地球感觉怎么样啊？"

阳子："太好了，我走过许多星球，从来没有这么好的印象，地球的江河湖海，动物植物，地球人坚毅坦诚，美貌非凡，简直太美了，我惊诧地球在宇宙中为什么会这样与众不同，在我即将离开的时候，突然有一个欲望，等我完成使命以后，要在地球找一个美丽温柔的妻子，定居地球。"

美佳："你还有任务，说来听听，兴许我能帮上你忙呢。"

阳子："那是一个很长很长的故事，你绝对帮不上忙的，所以也没必要说了。虽说每个有生命的星球千差万别，但是有些地方还是相通的，比如说在情感上，各个星球都相似，我原来感到奇怪，后来就想明白了，爱是联系生命的纽带，没有爱就不会有生命，尤其是高等生物。"

美佳："你说得太好了，看起来智慧生命心灵都是相通的，我欢迎你完成任务后到地球来定居，你一定能找个漂亮娴静的妻子，那时我会去为你贺喜。"

阳子苦笑一下："那将会是很久很久以后的事了，以你们地球人这么短暂的生命，你那时早就不在了，其实我刚一见你就非常喜欢你，我可以对你表达我对你的爱吗？"

美佳有些慌乱地："这这太突然了，我已经有男友了，就是那位美男。以你对地球人的了解应该知道，随意找男友是很轻浮的行为，会让人瞧不起。我虽然也很喜欢你，但毕竟是萍水相逢，这样就答应你，对地球人来说，是很不郑重的，这样说你能理解吗？"

阳子："你这么说让我感到地球人更加高尚完美了，那么我可以永远把你放在心底吗？"

美佳："当然可以，我也会永远记住你的。"

77　中午　火星航天主城里的餐厅，众人在用餐，女总管在招呼着："大家尽管吃，这是咱们火星生产的新鲜蔬菜和鸡肉，吃了饭咱们去观光园。"

美佳和阳子、美男坐在一起，美佳和其他人一边大口吃着一边交口称赞，阳子却不吃，只是意醉神迷地闻着。

美佳："阳子，你怎么不吃饭，味道好着呢。"

阳子："我们不需要吃东西，只靠吸收宇宙中的能量存活，但是能感到饭菜的香味，有时候这可是一大遗憾呢。对了，临行前我还有些小礼物要送给大家。"

他打开闭气室走向自己的太阳飞船。

众人吃好饭在外边休息，中午的太阳懒洋洋地照着，各种奇花异草竞相开放，四周一片静谧。阳子走回来，并未穿宇航服，他身后一辆小车飘浮着跟着他，众人透过航天城的透明外罩惊奇地看着阳子通过闭气室走到航天城内。阳子："很惊奇我出去不穿宇航服是吧，我们在高低气压和高温低温环境中都能生存，对空气的成分也没有要求，因为我们的身体已经抛弃了肉体，由各种力场组成，物质组成的身体是不可能适应各种环境的。车子里是我考察各个星球时那里的人送的东西，这盒子里是各种糖果点心，大家随意品尝。"

大家吃着称赞着，钱二爷塞满了嘴："王，王母娘娘的仙桃会，也，也不过如此吧。"他瞅着阳子和美佳没注意抓了一把糖塞到衣袋里。

阳子搬出一个精致的盒子，上边镶嵌的各色宝石流光溢彩，其中一个面上跳动着一连串的数字，每变换一次，就换一种颜色，闪射着如钻石受到激光照射那样魔幻一样的火彩。阳子："这是一个宇宙时钟，是我送给地球人的礼物。它是外星人送给我们的国宝，最神奇的地方是——马上十二点钟了，大家快过来看。"众人围过来，十二点正，钟的外罩消失不见了，里边是一头小鹿，她仰天叫着报时，声音悠扬甜润，简直就是天籁之音，然后跳到地上，迅速变大，在众人身上舔舔蹭蹭，又变小跳到钟里，外罩现了出来将她罩住。众人看得神魂颠倒。

阳子："看到了吧，但是每次出来的东西都不一样，有各种动物，鸟、鱼，还有金子宝石，各种稀奇古怪，叫不上名字的东西，从来没见重复过。如果是光影还可以理解，但是大家一定能感到，那头鹿是实物，这就不可思议了。一个小小的盒子，怎么能放下那么多东西呢？这是外星人进献给我们的宝物，我们这么高度发达的文明也弄不清其中的奥妙，凭地球人的聪慧，一定能琢磨出道理的。我临行时父王嘱咐我，一定要将这件宝物送给一个最高尚最美丽的星球，以示我们对那个星球的敬仰，这两天我感到地球就是最美丽的星球，地球人就是最高尚，最完美的智慧生物，所以我决定将它赠给地球人，我因为有重任在身，就请国王将它转交给地球领袖，只有他这样身份尊贵的人，才适合办此事。"

国王郑重地从阳子手中接过这件稀世宝物。

阳子又拿出一个笼子装着的人形小动物，它鼓噪着：“我是国王，放我出去……”

阳子：“这是一个珍奇的星兽，非常稀有，它会模仿听到的所有语言，说些不着边际的大话，逗得人捧腹大笑，我将它送给我心目中最美丽纯洁的姑娘美佳，我虽然无缘和她在一起，但是并不妨碍我把她当作心中的女神，希望这件礼物能给她带来欢乐。也许咱们今生再也无缘相见了，我祝大家永远幸福愉快。”

泪眼蒙眬的美佳接过星兽。

众人站成一排，郝红用相机留下了这难忘的一瞬间，阳子和每个人深情依依地拥别。

众人隔着透明罩，和走向飞船的阳子挥手依依惜别。

满眼泪水的美佳目送着飞船升空，化为一个耀眼的光点。

78　午休时间客房里，美佳和安小娜同躺在一张床上互相拨弄着对方的鼻子耳朵脸，小娜：“动心了吧，我要不是有男友，非要拼命去追他不可。”

美佳：“这宇宙中怎么会有这么完美的男子，真有些想入非非。哎，你这么出色，你男友的条件也不低吧。”

小娜：“是的，我倒没怎么挑拣，他是地球人，我的上司，也有许多追求者，平时藏而不露，但工作非常有魄力，深得地球总部的赏识。”

美佳：“我给你们开间房，在这多浪漫哪。”

小娜正色地：“不许胡说，我们还只是朋友呢，噢，你是想把我赶跑，你和美男滚在一起是不是，快说！”

美佳：“哈哈，你也不准胡说，看起来咱们都很传统。哎，我知道环星人是卵生的，和地球人结婚，蛋还能孵出孩子吗？”

小娜：“环星人有不少和地球人结了婚，后代都很正常，现在提倡两国通婚，组成一个统一的地球大家庭，并且基因多样化，后代更加健康，就像地球上不同人种通婚，混血儿更加健壮一个样。”

美佳：“我倒是很羡慕你们环星女人会下蛋，多省事啊，哪像地球女人活得这么艰难，不要孩子吧，等自己眼一闭，腿一伸，什么都没了，多恐怖啊，好歹有个孩子总算在世界上留下点东西，要孩子吧，女人生一次孩子，简直是死去活来，丢了半条命！我一想这就害怕呢。”

小娜：“我也想不明白，这地球人和环星人进化得身体各方面都差不多，怎么就唯独地球人进化出了这么愚蠢的胎生方式。环星人卵生可是个大优点，不光省时省力，还是环星女人的好副业，环星女人蛋营养丰富，自己舍不得吃，就和别人换着吃，自欺欺人吧。要么拿去卖，这可不是卖孩子要犯法。不少环星女人靠卖蛋就能养活自己，不像你们地球女人，生了孩子就像套上金箍咒，男人只要一跑，就只好自己领着孩子苦熬。所以现在都想找环星老婆，我看要不了多久地球就是我们环星人的天下了。”

美佳：“我倒是觉得无所谓，哪还有环星啊，都是地球人，谁基因好谁就发展，公平竞争，顺其自然。哎你说，下蛋是什么感觉啊？”

小娜：“就和，就和拉一泡屎差不多吧，哈哈，告诉你环星女人蛋值钱着呢，尤其是漂亮女人的蛋，大家都以为吃了她们下的蛋会生出更漂亮的孩子。告诉你个秘密可别和别人说，我们这次船票就是卖我下的蛋买的，不然我们都是工薪阶层，哪有钱买这么贵的船票，我的一个蛋可是千金难求呢。你不是怕生孩子吗，等你结了婚我就送一个蛋给你。”她给美佳耳语着。

美佳：“你一个蛋那么金贵，我哪能要得起啊。”

小娜：“咳，送你的，人还能靠卖孩子发财？”

美佳：“太好了，睡觉，养足精神学老母鸡，好好把孩子孵出来。”

79　下午　卫星城，入口处写有农业观光园，美佳正在给旅行团员们介绍：“这个观光园产有各种蔬菜，珍稀水果，还有家禽家畜，基本自给自足，地下城里还有游乐场，商场等，地球上有的旅游服务设施这里都有，下午为自由活动时间，大家可以自行参观游览，别耽误了晚饭。”

众人散去，美佳怅然若失地坐在条椅上，美男坐到她身边：“疯丫头，还想着阳子吧，走远了，回不来了，收收心吧。”

美佳：“我，我……你会怪我吧。”

美男：“怎么会呢，阳子是一个令人销魂的人，所有女孩见了他都会心动的，要是不为所动那才叫不食人间烟火。”

美佳感动地拥住美男：“你这么善解人意，我这是怎么啦，鬼迷了似的，他只是一个影子。他说有一个重要任务，会是什么任务呢，他还会再来吗。”

美男：“他的任务一定是重大的事情，我总在想咱们和他是偶遇呢还是有什么缘分呢，如果是偶遇，宇宙这么大，能碰在一起似乎也太巧了，总会有些缘分吧。如果是缘分，说不准还能再遇见他，他那么喜欢你，再见你肯定会向你求爱的，你怎么办呢？要对我说心里话。”

美佳：“我，我……我能不回答吗，人总应该生活在现实中。”

美男：“没关系的，你有权选择自己的生活，只要你能幸福，怎么做我都不会反对，我会为你做任何事情！但是我要让你知道，我不比阳子差！”

美佳搂紧美男热泪盈眶：“美男，你真好……”

80　下午　果园里，国王、王后、安小娜、杨安等人在品尝鲜果，小娜惊奇地：“爸你快看，这个小果子都能看见它慢慢在长，这该长多快啊。”

国王：“我在想见了罗总指挥要给她建议，在咱们土卫六上也建这样的航天城，旅客们在城里欣赏着壮观的土星环，看着冰虫在外边驰骋，那才叫美呢。”

王后：“多大年纪了还这么雄心勃勃，还不该好好陪儿孙过几年。”

杨安：“这想法好啊，以后靠我们年轻人嘛，凭我的能力一定能促成这件事。”

81　下午　养鸡场里，鸵鸟一般的鸡们见了郝红、郝刚夫妻，蜂拥而至要吃的，郝刚喂着鸡，郝红给他们拍照。

82　地下游乐场，各种游戏机旁，旅客们在尝试着。

83　海豚馆内，人满为患，有穿着各自旅行团统一服装的游客，也有五花八门的散客。水池里几个身穿泳装的游客正在和海豚们互动。池边楞子和妻子爱莎跃跃欲试，爱莎：“楞子，身上痒痒了吧。”

楞子：“爱莎，咱们也下去试试。”他们脱去外衣，现出泳装，跃入池内和海豚共同做出许多高难动作，池子里另几人自叹不如悄悄上岸，只剩下楞子爱莎在两只海豚鼻子上跳来跳去交换着位置，引得一阵又一阵热烈的掌声。

84　傍晚　航天主城内，美男、王玲、牛天坐在条椅上闲聊。王玲：“美男，你和美佳美女配美男，真是天生一对，可要好好珍惜，美佳有时不太着调，你要多帮助他，原谅她。”

美男：“是的，像这次见了阳子，她又有些动心，我不怪她，毕竟阳子是那么优秀又是那么喜欢她，每一个女孩都会动心的（泪水顺着美男的面颊无声地滚落），只要佳佳能幸福，让我做什么，甚至离开她我都会毫不犹豫，可是阳子只是个幻影，他远去了，再也不会回来了，你们是她最好的朋友，也要劝劝她，人要现实些，把阳子忘了吧。”

王玲也有些动情：“别哭啊，我们会劝她，她是个明白事理的姑娘，会想开的。”

柱子上的笼子里，星兽在上蹿下跳：“我是国王，放我出去，放我出去。”

美佳走来将剩饭鸡骨头塞到笼子里，星兽：“我是国王，怎么能吃这些东西，我要吃大鱼大肉，我要喝贵州茅台。”

美佳：“哈哈，你真聪明，从哪里学的这些新名词。我念一下你的老东家为你留下的字条‘这小可怜只配吃残汤剩饭，啃鸡骨头，切不可吃得太好，不然会招架不住。更不能信它的话放它出去，那就是放虎归山，一去不回’，你看怎么办？”

星兽边咯嘣咯嘣地吃着鸡骨头边骂人：“哼，没有一个好东西，我算过我的命，我命里注定要坐一万匹宝马拉的黄金车，要吃山珍海味喝玉液琼浆，身边嫔妃成群，百官前呼后拥，到那时我要把你们这帮东西全打入地牢，连鸡骨头都啃不上。”

美佳：“小可怜，你替我算算命怎么样。”

星兽掐指装模作样地算着：“你呀，又老又丑，再也找不到男人，活该当一辈子老姑娘。”

美佳笑得眼泪都流了出来：“这小东西太好玩了，哈哈……”

王玲：“美佳，怎么这样高兴啊。”

美佳：“小可怜给我算命说我又老又丑，要当一辈子老姑娘，我现在还愁着准老公太多了打发谁呢，哈哈……”

美男泪眼婆娑：“看她这么愉快我真高兴。”

85　上午　奥林匹斯山火山口内（参见《故乡》），山洞前的平台已经宽敞了许多，其上已停有两艘飞船，美佳的圆梦之旅飞船落下，众人走下来，美佳介绍着：“这里是火星的奥林匹斯火山，是太阳系最高最大的火山，火山口直径就有八十多公里，高度两万多米，足足有三个珠峰高。这是个死火山，一亿年前就停止了喷发，大家不要害怕。大家先在平台上看看，然后再到山洞里参观。”

众人扶着平台周围的栏杆观看着，底部烟雾缭绕，裂缝里岩浆翻滚，向上是直达天际、朦朦胧胧的碗状顶部。

86　上午　高大宽敞的山洞内，众多的原始火星人跪向高台上穿着宇航服的伊丽，四周有一些小山洞。

87　上午　其中一个山洞里，美佳领着众旅客在一个汩汩流淌的地下河边，一群身围树叶兽皮的机器人般动作的古火星人在岸上或水中嬉戏，有些旅客和岸上的火星人拉着手旋转起来，爱莎终于按捺不住，跳到水中，她身上外衣消失不见了，只剩下泳装，她和水中的火星人打闹着。不料一个男火星人搂住她亲热着，楞子醋劲大发欲下水，美佳拦住他："哎，那是机器人。"

楞子气咻咻地："机器人也不行，我要控告这家管理公司。"

88　上午　大山洞内壁，一个制作烤肉的山洞，烟熏火燎，乌烟瘴气，火焰里一些小动物挣扎惨叫着，两个鲁夫将一头捆着四蹄，挣扎着的小鹿正向火里扔，钱二爷一把将鲁夫推开，为小鹿解去绳子，小鹿起身抖了抖，到钱二爷身边摇头摆尾表示感谢，将塑胶耳朵搖了下来。不料鲁夫却将钱二爷绑起来扔进火中，二爷在熊熊火焰中杀猪般惨叫着，美佳赶紧拍打着鲁夫："嘿，错了错了。"

鲁夫动作定了格，火焰也消失不见了，二爷站起身抖落绳子周身看了看，好好的，可还是恼羞成怒："我要控告你们捉弄旅客。"

美佳："谁让你多管闲事的，哈哈……"

钱二爷："我，我要到飞船里换裤子去，你们要赔我裤子。"他面红耳赤向外跑去，众人哄笑着。

89　做果汁的山洞里，几个穿着粗布衣，棕色皮肤的火星女在做果汁，旅客们边品尝边交口称赞，美男去摸一个火星女的脸，不料那人却将他的手打过去："干什么，臭流氓！"

美男尴尬地："嘿，我以为又是机器人呢，对不起，真真假假我都昏头了。"

90　上午　众人集中在大山洞中央，周围是跪在地上一动不动的火星人，王座上伊丽吊儿郎当地晃着二郎腿，吃着水果将果皮到处乱扔，美佳跑上王座抱住伊丽："妈，你这么不注意形象，有女儿在呢。"

伊丽抚摸着美佳的秀发："对对，女儿来了，老毛病了，嘻嘻。"

美男："她是假的。"

美佳：“这还要你说，我爸妈整天工作，难得陪我一会，我倒想有一个假妈妈呢。”

美男：“妈妈，你看我是谁？”

伊丽思考着，突然浑身抽筋，美佳赶忙关掉她背后的开关：“咳，死机了，她的电脑里哪知道你是老几啊。”

美佳又合上开关：“妈，他是我的男朋友。”

伊丽：“噢，男朋友是个什么东西。”

美佳：“咳，男朋友不是东西，是人。”

伊丽：“知道了，就像我和你爸还没有你的时候一个样。徒儿们，欢迎咱们佳佳的男朋友！”

地上跪着的古火星人全都神奇地起身致意：“欢迎欢迎。”他们身着统一的兽皮背心，粗犷中又透露出几分柔美，随着急促的音乐，跳起欢快的舞蹈，舞姿高难曼妙，动作整齐划一，绝对令那些训练多年的舞蹈家无地自容，怀疑爸妈少给装了什么零件。旅客们各人找一个舞伴跳着，郝刚郝红夫妻各人找一个异性舞伴，小娜和杨安却每人找一个同性舞伴，国王和王后一齐跳，楞子向一个女火星人伸出胳膊，却让老婆爱莎一巴掌挡了过去：“别不要脸！”

楞子不满地：“假的，你怎么都能搂个野男人呢？”

爱莎：“哎哟，难听死了，我，我那是受胁迫，不算数，搂个铁疙瘩，贱不贱哪。”她向楞子抛出媚眼，楞子立时骨酥皮麻，乖乖地搂着老婆跳起舞来。

美男倒是乖巧，开始便搂着美佳跳起来，可是他老踩美佳的脚，美佳龇牙咧嘴地：“今天是怎么啦，鬼迷了是不是。”她推开美男，找个男火星人跳起来。美男只好做出搂着美人的姿势，自己跳起来。

91　上午　山洞前的平台，钱二爷和一些旅客扶着围栏向火山底部看着，地下隆隆作响，黑烟乱窜，一声巨响，山底炸开，巨石浓烟直冲天际，岩浆翻滚着向上涌，众人目瞪口呆，直到岩浆快涌上平台了才恍然醒悟，拼命向山洞里跑去，钱二爷鸭子般划动着短腿边跑边丢魂一样地狂叫着，“不得了啦，火山爆发啦……”

岩浆涌上平台，烧断了围栏，烧倒了飞船，向山洞里涌去，吞没了钱二爷等旅客……

92　上午　大厅内众人还在跳舞，岩浆漫进山洞，真人假人乱作一团，美佳大叫着："大家别惊慌，跟我来。"她领着众人顺着洞内壁的扶梯上了高处的一个平台，没跟上的人消失在岩浆中！下方火红的岩浆乱窜，机器火星人裸露着塑胶、电线的躯体、胳膊腿浮在岩浆上烟火直冒，有两个年长的人呻吟着。美佳赶忙按了一下手臂上的遥控器，幻影消失了，大厅内又回到火星人跪拜伊丽的场面。

几人瘫在地上擦着虚汗："妈呀，你们也不怕吓死人砸了生意。"

美佳得意地："你当我们傻，大家早上吃的饭里就有强效镇静剂，保证不会血压升高手冰凉，怎么样，够刺激吧？"

93　上午　众人回到地面，美佳："刚才我们还原了这个山洞里的火星人被火山爆发吞没前的生活场景，我妈，就是王座上那位神气的宇航员，他们通过全景模拟等不同方式，弄清了古代火星人发展、消亡的历程。这些影像资料在动感影院里都有，喜欢的可以随便看。"

钱二爷激愤地："谁还再看，你们要再赔我一条裤子。"

94　中午　奥林匹斯火山外侧的斜坡上，停着一艘圆盘形的大飞碟，下方不远处是悬崖，再远处天地一片苍茫。美佳在向旅客介绍："这是效应飞碟，飞得很慢，在上边可以好好看一下奥林匹斯山的全貌，不像我们的飞船，飞得太快，什么也看不清。"

美佳在舱门口照顾着旅客登舱，地面晃动一下，山上的碎石滚下来，美佳："又在整什么新名堂。"她最后一个登上飞艇，手抓扶手站在门口，飞艇刚离地，山峰便剧烈地摇晃起来，尘土石块纷纷滚下，一股狂风将飞艇吹得大晃了一下，将美佳闪下飞艇，混着沙石滚下悬崖！只见美男从舱门跃出，飘向下落中的美佳。

95　中午　快接近地面时美男终于抱住她，一齐落到地面，石块纷纷砸在美男背上，他将美佳抱离了落石区："佳佳，佳佳，你伤着了没有？"

美佳手上脸上擦伤了几块，她活动一下身体抱住美男亲着，抚摸着，热泪盈眶："我没事，是你救了我，不是你我早就没命了，你伤到没有。"她上上下下看着美男。

美男身上的宇航服撕烂了几块，头盔也有了裂纹，他伸伸胳膊蹬蹬腿："我没事，你看我好好的。"

□ 闪回

山崖下大石头纷纷砸在美男身上。

□ 现实

美佳惊恐地向后退着："不对！你怎么会没有伤，你是人是鬼，你别碰我！"

美男身上的宇航服消失了，他变成了太阳之子的模样："佳佳，别怕，是我，我是阳子，这点石头还伤不到我。"

美佳抱住阳子热泪涌流："阳子，阳子……这不会是做梦吧，我以为再也见不到你了，你还想着我，你让我怎么报答呢……"

她突然惊慌地推开阳子："美男呢，你一定是把美男杀了，变成他的模样来骗我，我不会从你的，我死都不会从你！你杀了我吧，杀了我吧！"她撕扯着阳子。

阳子："你别激动，听我慢慢说，我走了之后，实在舍不得离开你，老想能得到你一点爱，哪怕是假的也好，我就把美男藏了起来，变成了他的模样，感受着你的爱，虽然是假的，我也知足了，不是因为这次意外，你可能永远也见不到我了，我现在要真地走了，再不会干扰你的生活了……"

阳子和美佳都泪流满面，美佳："我要见到美男才能证明你的话是真的，你要是杀了他，我死也不会爱上你的。你有这么大本事，能不能帮我实现一个梦想。"

阳子："你说，我愿意为你做任何事！"

美佳："我们这次圆梦之旅，要帮每人实现一个梦想，我也有一个梦想就是太疯狂了，不敢说出来。我想长生不老，生命太宝贵了，活着太美好了，可是人的一生却又是这么短暂。你这么神奇，要能帮我实现永生的梦想，我想我会不顾一切地爱上你。"

阳子："咳，我说有多难的事呢，难道你们地球人只能想出这么难的事！你说话可要算数。"

美佳："那当然，你说话也要算数。"

阳子："你要当着大家的面说，让大家为我们的话作证。"

96　中午　飘浮着的飞艇内，旅客们正慌乱着，阳子抱着美佳飘上飞艇，众人惊喜地围上来，小娜和玲子抱着美佳又哭又笑："我们以为再也见不到你了。"

97　下午　飞艇飞到巨大的火山口上，底部依稀可辨岩浆烈火和四周刀劈斧凿般的悬崖峭壁。

□ 火星航天主城

98 傍晚 城外停着美佳的圆梦飞船，阳子的太阳飞船。城内众旅客坐在大院内的条椅上休息，阳子和美男拉着手走过闭气室，美男脱去头盔，阳子：“佳佳，我把你的美男完好无损地交给你了，这回你该放心了吧。”

美男：“兄弟，你这么偷梁换柱可不太地道，不过也让我看到了你飞船里的绝色美景，咱们算是扯平了。”

□ 回忆

99 午餐后，单人客房内，美男正躺在床上，房门无声地打开，阳子进来，美男：“咦，你怎么还没走？”

阳子：“我忘了东西回来拿，想和你告个别，兄弟，你想到我的飞船里看看吗，那可是你绝对没见过的奇景。”

美男：“你不会害我吧。”

阳子：“你看我像坏人吗。”

美男：“这倒也是，那就走吧。”二人走出门，化成两团虚影。

太阳飞船内，是虚无缥缈的星空，千奇百怪的各种星系星云点缀其间。美男正欲开口，阳子向他扬一下手，他倒在阳子怀里，阳子将他抱到一张床上盖上毯子：“兄弟，好好躺着吧，我可要取你而代之了。”他在镜子里看着自己变换的相貌，终于变得和美男相同，得意地走出飞船。

□ 现实

众人一齐叫着：“阳子，我们也要到你的飞船里去看看。”

阳子：“那很容易，但是你们要帮我证明一句话，美男兄弟，对不起，我们从今以后是情敌了。佳佳，你说吧。”

美佳犹豫一下，坚决地：“阳子，你只要能帮我实现永生的梦想，我一定嫁给你，决不食言！”

众人面面相觑，美佳抓住美男的手泪眼蒙眬：“我，我……实在抵挡不住长生不老的诱惑，我不是个好女孩，你恨我吧。”

美男的眼泪无声地滚落："不恨，只要我爱的人能永存于世上，永远年轻美丽，为这个世界增添光彩，哪怕是永远离开她，我也无怨无悔；哪怕是变成一粒灰尘，我也会为她祝福！"

美佳抱住美男不能自已："美男，美男……"

阳子也是不胜唏嘘："大家听到他们二人的话了吧，我不但能让佳佳长生不老，还能让她永远年轻漂亮，魅力四射！到时候你们要为我作证，到我的飞船里看看，你们太阳系这点风景算什么，我会带你们到宇宙去旅行，去看奥妙无穷的超新星中子星，去看美丽壮观的星系星云，那才叫美呢。"

大家一齐鼓掌，钱二爷："听说宇宙里有黄金星球，你能带我去吗？"

阳子："当然，黄金星球上全是金子，就怕你背不动。"

钱二爷:"那我去定了,你要真能让丫头永远鲜花一样,丫头你就把美男一脚蹬了,我给你和阳子当证婚人。"

郝红："宇宙里有能让人变年轻的地方吗？"

阳子："这个嘛，难找些，但是你们只要耐心等待，还是能遇到的。"

郝红郝刚击掌相庆："耶，那我们也去定了。"

珍妮："有能让人勇气倍增的的地方吗？"

阳子："这个太容易了，我保证你喝了勇气泉的水气壮如牛，敢去拔阎王爷的胡子。"

众大笑，罗伯特："那我们也去定了。"

阳子："你们的圆梦之旅才能圆多点梦想，美佳她自己的梦还圆不了呢，我的太阳飞船才能使任何美梦成真。你们想好了，咱们明天早上就起程。"

众人在交头接耳地商量着，小娜依在国王身边："爷爷，你也去吧，机会难得，咱们一起玩玩多好。"

国王："爷爷这么大年纪什么没见过。罗总指挥找爷爷还有事，爷爷还要把阳子送的宇宙钟护送到地球总部，那是两个星球之间的信物，爷爷怎么能放着这么重要的事情不做去旅游呢，你们年轻人去好好玩玩吧。"

玲子和牛天坐在一起，玲子："我要去给我的闺蜜当见证人，你去不去？"

牛天："我当然是要和老婆在一起了，飞船让副驾开回去，可这么一来饭碗就要砸了，你可要养活我。”

玲子：“行啊，这年头吃软饭的也多了。”

100　次日　晨旭日初升，阳光斜斜地射入航天城，光影飞舞。国王、王后和小娜美佳等人一一拥别。国王抱着宇宙钟和几个要回地球的老年人通过对接通道登上圆梦飞船。美佳提着星兽，和大部分人一起，穿着宇航服，跟着阳子登上太阳飞船。

101　太阳飞船内，浩瀚无垠的星际导航图，群星闪烁，星系璀璨。

102　日　飞船掠过巨大的木星表面，越过壮丽的土星环，飞过布满冰行星的柯伊伯带，飞过冰晶闪亮的奥尔特云，开始光速飞行，无数闪烁的恒星化为飞舞的彩条向飞船后飘去。

《插曲 · 永生之梦》声势浩大

我有一个梦想，
我要永存于世上。
去见证生命的轮回，
去欣赏宇宙的辉煌。
日月与我做伴，
天地为我共享。

我有一个梦想
永远年轻漂亮
大地因我更加翠绿
百花因我更加芬芳
美丽与我长伴
永远充满希望
……

（红巨星）荒漠行星

103　太阳飞船的驾驶舱内，一个巨大的半球形屏幕前，阳子站在大大的操纵台前驾驶着飞船，操纵台上各种变化闪烁着的图形和指示灯令人眼花缭乱，他用手隔空便能控制半球屏幕上的各种星体前后左右动作，他身后旅客们在座位上观赏着。一个火红的点成为球状，不断变大，阳子："这是一颗红巨星，质量是咱们太阳的几十倍，体积是上亿倍，它的十几颗行星上都是火焰山甚至是环绕全球的岩浆海洋，它最外边一颗行星也还是非常热，并没有正式名字，我就叫它荒漠星球，它上边居然还住着些人。这个太阳因为质量巨大所以引力也非常大，普通飞船靠近它常会刹不住车掉到太阳中，所以极少有人来，我们驾驶宇宙中性能最好的飞船，冒险来一次给荒漠星人送些通信器材药品等必需品，顺便也帮珍妮和罗伯特实现他们的梦想。现在已经进入环绕荒漠星球轨道，开始减速，大家坐稳了。"

烈焰翻滚的太阳可怕的占据了大半天空，耀眼的日珥和等离子光焰漫天飞舞。太阳在天空不停地转动，下方整个被黄沙覆盖的荒漠星球越来越近，飞船在一个盆地里的绿洲上空下落，郁郁葱葱的绿野四周，是依稀可辨的高大的防风林带。

104　飞船落到地面，半球屏幕上显示外面情况，半个火红的太阳恐怖地占据了相当大一部分地平线，依稀可辨的远方是盆地向上高起的边缘，不远处有一泓清泉，旁边有一大群人似乎在进行着什么仪式。阳子："这里热得就像地狱，太阳烤干了地表的每一滴水分，整个星球除了这里全是荒无人烟的沙漠。这里因为是个盆地，四周地下水汇集在此处，形成这个唯一的自流泉，就是这片绿洲的生命之水了。泉水因为溶解了地下的某种物质，人喝了会信心大增，所以称勇气泉。每年的这几天是当地的献身节，据说此时的泉水特别灵验，有许多献身者会在此时喝了泉水去到盆地边缘植树，再也不会回来，他们死后就会埋在树下作为肥料。这里有一种大树耐热耐旱，树根可以扎到很深很深的地下吸取地下水，可是要种成大树可难了，每一棵大树下都埋着几个献身者的尸骨……他们的祖先被强盗流放到这里，可他们并没有向命运屈服，世世代代前仆后继建成了这片绿洲。这里大气成分和地球上差不多，大家下去试试吧。"

105　早上　众人下到地面观察着，阳子从飞船侧门开出星球车，阳子："我要去给当地族长送东西，愿意兜风的就跟车去，罗伯特和珍妮在勇气泉边圆你们的梦吧，等我们回来就走，这里不可久留。”只有珍妮和罗伯特留下来，其他人都上了星球车远去。

106　早上　星球车在绿色的原野上行驶，荒漠星人在田间辛勤地劳作着，他们有的赶着牛一样的动物在翻地，有的在收割庄稼，有的则在修水渠，渠水流到干涸的田地里。

107　早上　珍妮和罗伯特来到勇气泉前，泉四周有石砌的一人来高的平台，清澈的泉水翻着花涌出，顺着四周的灌溉渠流向远方。泉边一些当地人喝过泉水后便蘸水在脸上划着，做着祷告。他们身材矮小，面容呆滞，皮肤干枯如树皮，并不在意二人的到来。不远处一大群人用碗喝着一个大木桶里的水，然后开始跳起粗犷的舞蹈，呜里哇啦地吼着什么歌曲。

二人用手捧着泉水喝个够，罗伯特：“这泉水清凉甘甜，果真是名不虚传，我还真感到勇气大增呢，这次不会再犹豫了吧。”他拿出一粒药丸看着，药丸迅速变大幻化作回忆。

□ 回忆

108　日　罗伯特在军事训练场上翻越障碍，练习射击。

109　日　他在战车里练习驾驶，打靶。

110　日　他开着战车在珍妮国家里横冲直撞，炮击房屋和百姓，珍妮的父母倒在血泊中。

111　日　他在授奖台上，上司为他戴上耀眼的奖章。

112　晚　他戴着奖章，趾高气扬地走入家门，可是父母兄弟都倒在血泊中！他仰天惨嚎着，地上有一个骷髅图案。

113　日　他拿着骷髅图案，在情报处翻阅着档案。

114　晚　珍妮摇摇欲坠的家里，妹妹莱希抱着珍妮：“姐姐，战争终于结束了，所有的亲人都没有了，就剩我们两个了，罗伯特哥哥也不知道在哪里。”

珍妮听到点动静：“莱希，你在这里别动，我去看看。”

115　晚　罗伯特避在一处墙角里，一手拿匕首藏在身后，珍妮过来，惊讶地：“罗伯特，怎么会是你，这些年在哪里，也不来找我。”

罗伯特拿出骷髅图案：“这是你的标志吗，你杀过一家人吗，那是我的父母兄弟你知道吗？”

珍妮：“天哪，怎么会是这样，我是奉命，天又黑，我真的不知道，我天天都在想着你，我要知道怎么也不会去杀你的家人。”

罗伯特：“你，你这个魔鬼！你要替我的父母偿命！”

珍妮：“如果只有杀了我你才能解恨，那你就动手吧！”

珍妮闭上眼，罗伯特举起刀，可他手臂剧烈地颤抖着怎么也下不了手，他疯狂地向着自己胳膊猛刺一刀！举起滴血的匕首向珍妮猛刺过去！

莱希从黑暗中冲过来挡在姐姐面前：“不，不！”罗伯特一刀刺中了莱希的胸口！

罗伯特丢了刀，二人共同抱着莱希惨呼着：“妹妹，妹妹……”

莱希嘴角滴着血，目光迷离：“别，别再杀人了，罗伯特，哥哥，我，替我姐姐，抵命了，别再杀她了，我们家，没人了。答应我，答应我……”

莱希弥留之际的面容，渴求的目光中，叠印出以下画面：

116　儿时的珍妮和罗伯特牵着小莱希的手笑着跑着。

117　罗伯特为少女时代天使一般的莱希拍照。

118　二人齐呼着：“我们答应你，答应你。”

莱希缓缓合上眼，夜空里回荡着二人痛不欲生的惨呼：“莱希，莱希……”

□ 现实

119　早上　二人抱在一起痛哭着

120　太阳升起了大半，占据了很大一片天空。火皇车行驶在街道上，两旁点缀着树木花草，有着低矮的土房。

121　在一处稍为高大些的房子前，阳子、美佳等人将货物搬下，族长等人单腿下跪迎接。

122　勇气泉边二人还在抹着泪，罗伯特：“我们就这样杀啊杀啊，自认为是为了国家，可都干了些什么事呢，我们杀光了所有能杀的人，杀光了自己的亲人，最后把咱们唯一的亲人，天使一般的小妹妹又给杀了，我们这样苟活着有什么意义呢。

我的心每天都在受痛苦的煎熬，我每天都在惩罚我自己。”他捋起袖子，露出伤痕累累的胳膊。

珍妮也露出胳膊，触目惊心，满是伤疤的胳膊幻化作回忆。

□ 回忆

123 室内，珍妮和罗伯特看着亲人的照片泪眼蒙眬，罗伯特抚摸着父母和莱希的照片念着：“爸，妈，莱希。”他突然拿起锥子向自己胳膊狠狠刺去！珍妮夺过锥子也狠狠刺向自己胳膊。

124 日 室外，一处僻静处。罗伯特：“我让你把我杀了，你又下不了手，我不止一次地想杀了我自己，可一想到莱希最后那哀求的目光又狠不下心来。听说过圆梦之旅星际旅游吗，它能帮助人实现梦想，据说宇宙中有勇气泉，我想在那里我一定有勇气结束我自己，我要把房子卖了换作船票，妮子你放心，我一定会为你的父母和妹妹报仇的！”

珍妮：“我陪着你，生不能在一起，就让我们死在一块吧。”

□ 现实

125 二人手里各拿着一片药丸，罗伯特：“妮子，我杀了你的妹妹，说不准还有你的父母，亲人，中国有句话叫杀人不过头点地，我就要拿命来抵了，咱们的仇恨能化解吗？妮子，一切都要远去了，最后的时刻，我们能抱一抱，亲一亲吗。”

珍妮忘情地抱住罗伯特，二人抱在一起抚摸着痛哭着，然后将药丸向嘴里送去，罗伯特突然停住手，珍妮：“你又犹豫了，我是再也不愿活下去了，你活着吧，我死后你把我抱远点，别污染了泉水！”

她又把药向嘴里送去，罗伯特将她手中的药丸打落：“我在想，我们与其这么毫无意义地死去，不如做一个献身者，也算没有白死。”

珍妮：“那好啊，咱们走吧。”

126 日 途中，献身者的大队已经远去，有些人赶着驮着树苗的牛随后，火红的太阳已经升出了地平线，占据了少半天空，开始散发出它的魅力，二人汗流浃背，吃力地走着。

127　日　勇气泉边，阳子、美佳在寻找着，美佳打开手臂上的通信器，上有一行字："不要找我们，我们去化作肥料，滋润这片绿洲。"美佳泪眼婆娑地高喊着："珍妮！"

阳子和众人一齐喊着："罗伯特！"

128　日　盆地底部的边缘，是向上的陡坡，渠水只能流到这里，络绎不绝的背水者用木桶背着水向上爬，牛驮着的树苗也被放下，由人背上斜坡，二人各背起一捆树苗，向上挪去。

129　太阳已快升至头顶，像一个无比巨大的火盆罩住天空，散发着无穷的热力，二人大汗淋漓，手脸布满水泡，不时跌倒爬起，爬起跌倒，浑身颤抖着向上爬，当地人也并不轻松，他们背着水或树苗，满身汗水，大口喘息着，一步步向上挪。

130　日　他们终于挪到盆地上口的防风林带处，二人抱着树喘息着，珍妮抱着树跪倒在地上，罗伯特帮她卸下树苗，坐在地上将她靠在自己腿上抱着，痛哭着，珍妮满脸通红布满水泡，目光迷离："别哭啊，我真高兴啊，我害了别人，又把自己害到这般地步，最后总算做一点好事，就把我葬到那棵树下吧，我会滋润它生长的。"

罗伯特的眼泪狂泻在珍妮脸上："不，不，妮子，你不会死的，我不让你死……"

珍妮："你还愿意向我求婚吗，我会答应的。"

罗伯特："我愿意我愿意，妮妮，你愿意嫁给我吗？"

珍妮灿烂地笑着："我愿意，我愿意……"

131　珍妮幻觉：天边祥云飞舞，五彩斑斓，父母，莱希向她伸出手，她伸手向亲人扑去……

笑容凝固在珍妮的脸上，罗伯特惨呼着："妮妮，妮妮……"

一个献身者麻木地将一把铁锹递给罗伯特，他拼力在树下掘开沙土，将珍妮抱入坑内，最后一锹土埋住了她满是泪痕的脸……罗伯特拍打着树干："妮妮，妮妮，你等着我，我会陪你的。"

树枝轻摇，林涛低吟，大地以她博大的情怀容纳了一个忏悔的魂灵……

132　防风林带的外缘，骄阳如火，风沙迷漫，献身者筋疲力尽地放下水桶或树苗，有的人喝了两口水便将剩下的水珍惜地倒回桶里，一头栽倒在地上，有人自己艰难地爬进在树边挖好的坑，同伴们流着浑浊的泪将他埋住浇上水又复上土。

肆虐的风沙中，献身者们在拼力挖坑栽树，不时有人倒下被埋在大树下，用生命筑就的防风林带就这样一寸寸地向沙漠里延伸……

罗伯特拼尽最后的力气在树边挖了一个坑，他高叫着："妮妮，等着我、我来了，那条路有多长多宽啊，我终于能做那条路上的一粒沙子了。"

133　他倒在坑中，献身者们将他埋上土浇上水。

134　幻景：一条向远方延伸的路上，无数人呐喊着前仆后继……

啊……

《主题歌·生命》生命之歌，雄浑悲壮

我是小溪，千曲百回，
汇成汹涌的江河。
我是砂粒，默默无闻，
去铺就通天大道。
我是小草，野火不尽，
去点缀无边的荒原。
我是音符，苍凉悲壮，
去展现生命的坎坷。
啊，一滴滴水珠，汇成浩瀚的汪洋大海，
啊，一个个音符，奏出永远的生命之歌。

135　太阳飞船在浩瀚的宇宙空间里飞行。

136　飞船硕大的驾驶舱内，半球形星系导航图上显示着各种扑面而来的天体。阳子在控制台前驾驶着飞船，众人坐在后排观赏着。阳子："现在已经离开地球几千光年远，也就是几亿亿公里了，这是地球上量子超光速通信的最远距离，再远就

收不到地球上的信号了，我放几个地球上发来的视频给大家看看吧。”半球屏幕上切换成太阳系的视频，星系导航图也收缩在控制台上方变成立体图形。

□ 太阳系

137　晨　土卫六，如火星航天城那样由巨大的透明外罩罩住的小城市，楼房场馆泳池花园一应俱全，原高大的环星飞船也在罩内，入口处是国王王后及王子哈里等人的塑像，旅客们优哉游哉地品着茶欣赏着罩壳外的景色。巨大的土星环宝光闪烁，如梦似幻。一只只冰虫载着许多旅客，领着无数冰虫在冰原上纵横驰骋，激起漫天雪雾，冰虫的怒吼声和旅客狂热的呼喊声此起彼伏。附近两只冰虫抬起上半身在打架，撞碎了石块冰柱，阵阵怒吼简直是地动山摇，一只冰虫庞大的身体甩在外罩上，发出巨响，旅客们惊恐地向里退去，又扑到罩壳上贪婪地欣赏着外边的庞然大物。

138　日　火星，星球表面已经有了些许森林和绿地，小动物们穿行其间。原来的航天城旁，建有一座小规模的城市，市中心的喷泉广场上，塑有早期火星探险者王刚、罗丝、牛壮壮、伊丽、大卫等人的塑像，游客们欢声笑语穿行于各处，并不需要再穿宇航服。

139　日　远处，一座恢宏的火星城正在建设，巨大的工程机械，彩虹一般的高架桥，顶天立地的摩天大楼，碧波荡漾的人工湖……

140　晨　地球，海天相接之处，旭日初升，彩云飞舞。一座延伸到大海里的恢宏建筑，门旁用各国文字写着：地球总部。宽阔的广场上人山人海。门旁的钟楼里，放着阳子送的用水晶罩罩起的宇宙钟，旁边有几个士兵把守，钟楼上方的巨型钟面显示着宇宙时和地球时，地球时为2280年5月1日5时58分，打钟仪式的号角声响起，人们翘首以望。6时整，宇宙钟的外罩消失了，钟里一头狮子飞到钟楼顶部的宝石座上，变成一头巨大的雄狮，惊天动地地连吼六声，然后飞回钟里，广场上欢声雷动。

141　上午　都市繁华喧嚣依旧，只是车辆除了地上跑的，还有天上飞的，更加令人眼花缭乱。

142　上午　唯一不变的，是圆梦之旅的广场和售票处，仍然是一片乱糟糟，大屏幕上一个和美佳长相相似的妙龄女郎在摇唇鼓舌：“我是外星人太阳之子和圆梦之旅首航的导游美佳的第十代孙女，现在是圆梦之旅将第两千次出航……”

☐ 球形屏幕上图像关断。

143　太阳飞船内，阳子："佳佳，我们什么时间整出个第十代孙女？"

美佳："你都不知道我怎么能知道。"

众人哄堂大笑，楞子："阳子和咱们美女导游的子孙也要有一个团了吧，能领多少'圆梦之旅'啊，哈哈……"

美佳气呼呼地："看什么笑话，哪有你们的事，我要控告那家旅行社，损害我的名誉。"

王玲："第十代孙，对了，我看到宇宙钟上的地球时间是 2280 年，咱们出发的那年是 2075 年，天哪，已经二百多年过去了，（看看众人）咦，我们还是这么年轻，不光是佳佳，我们都长生不老了，也能吸收宇宙能量，连饭都不要吃了，伙计们，咱们都永生了，哈哈。"

杨安抚摸着安小娜的脸："咱们在太阳飞船里结婚都二百年了，你还是这么年轻漂亮，再回地球一定会迷倒无数人的，到那时会把我甩了吗？"

小娜眼中泪光闪闪："胡说什么呢，可是你想想土卫六上的航天城里，有爸妈和叔叔哈里的塑像，说明他们早已不在人世了。你当年也说过要开发土卫六的大话，屁都不顶，我们虽说还年轻，可是白活了这么多年，一点意义没有。"

阳子："哎，我们作为地球发展的见证人嘛，我真佩服你们地球人，这么快就有了这么大成绩，要不了太长时间地球生命一定会发展到整个宇宙，我提议为先驱者致敬。"半球屏幕上出现了王刚、罗丝、伊丽、国王、王后等人的塑像，大家一同虔诚地鞠躬。

阳子："佳佳，该说我们的事了，还记得你当年说过的话吗，请你再当着大家的面说一遍。怎么，忘了吗，要不要提醒你？"

美佳："谢谢，这点勇气还有，我说过，阳子，你要能让我永生，我会毫不犹豫地嫁给你！"美佳到美男身边，双手抓住美男的双臂，泪花闪闪地看着他。

阳子："美男，还记得你的话吗，要不要找人见证？"

美男泪眼蒙眬："不需要，我决不会食言！佳佳，你还是这么年轻漂亮，就像天使一样，应该有一个更好的归宿。阳子这么优秀，又是这样爱你，只有你才能配得上他，能和你在一起这么长时间我已经很知足了。因为我爱你，所以我希望你更好，更幸福，我会永远为你们祝福的，你们，结婚！”

美佳忘情地抱住美男热泪涌流：“你为什么不打我骂我呀，为什么，为什么……”

□ 飞船在太空中行驶

144　飞船驾驶舱内，牛天驾驶着飞船，半球屏幕上方显示阳子和美佳与众人在布置着婚礼台。星兽在笼子里上蹿下跳：“放我出去，我要主持婚礼！”可是没人理它，它又故作玄虚：“美女导游，你可是瞎了眼，那小子是个人贩子，你可要小心了……”

阳子来到笼子前拿出一块糖：“哎哟烦死了，一块糖的封口费怎么样？”

星兽：“不行不行，这年头什么都涨价，封口费起码也要两块糖了。”

阳子又拿出一块糖：“两块就两块，这下能闭嘴了吧，有你这小东西我一百张嘴都说不清了。”众人哄笑。

身着婚礼服的阳子和美佳站在半球屏幕前的临时婚礼台上，阳子风流倜傥，英俊潇洒，美佳亭亭玉立，光彩照人。钱二爷是主婚人，郝刚郝红拿好了摄像机，阳子挥一下手，半球屏幕上立即五彩缤纷，舱内光影流动。钱二爷：我今天真高兴，我的闺女嫁给了这么好的小伙子阳子，我的女儿不在身边，我常想她，就把美佳当成了自己女儿，佳佳你不会反对吧？”

美佳：“当然不会，我还等着你找到金子给我呢。”

钱二爷：“那是那是，金子不给女儿给谁呢，阳子，你的身份还是谜呢，先给大家介绍一下吧！”

□ 钻石星球

阳子挥一下手，半球屏幕上显示出一个由几颗色彩不同的恒星聚在一起组成的太阳系中心，放射着七彩光芒，周围浮动着蓝色的巨大圆盘，十几个大大小小、色彩各异的行星飘浮在梦幻一般的蓝色中，其中一个行星拉近，闪射着钻石的光彩。

阳子画外音：“我们的太阳系中心由好几颗恒星组成，因此周围温度较高，水和各种气体都不结冰，在太阳四周形成气体盘，行星如同飘在梦幻海洋中。这颗星因为布满钻石而叫钻石星球，我就来自钻石星。”

145　日　钻石星球的表面，山峰和道路都流光溢彩，到处生长着各种奇形怪状的树木花草，街道上飘移着各种形状奇特的车辆，人行道上移动着树状的、奇石状的、宠物状的物体。街道两旁是各种古堡式的建筑，恢宏、宝光闪烁的皇宫内，国王正在接受百官的朝拜，皇家花园的草坪上，哥哥拉着小阳子在嬉戏着。他们头发是棕红色的，面孔是橘黄色的。

阳子画外音："我以前说过，我们星球的人没有固定形状，人行道上移动的物体其实都是人。各人根据自己的喜好变作任意形状，像树木花草的，像奇石家具的，以及乱七八糟叫不上名字的什么东西。这两个男孩，大的是我哥哥，小的就是我，我们是王子。我们钻石星球是一个统一的大国家，这位是国王，就是我的父亲，喜爱这种类似地球人的外形，所以要求家人和王宫里的所有人也是这种外形，以方便管理辨认。我们一般通过心灵感应交流，因为有外星使者，有时也用有声语言，这里用的语言，当然是翻译的。那一年，我八岁，我哥哥二十岁……"

146　日　皇家花园的草坪上，哥哥抱着小阳子旋转着，天上突然落下许多火球将地面砸出巨坑，浓烟巨石飞向天空，地面裂开，火红的岩浆涌出，在地面纵横流淌，山崖崩落，洪水泛滥，到处墙倒屋塌。

147　大地烟雾笼罩，万物凋零，倒塌了一个角的王宫前站着一队全副武装的将士，国王在讲话，小阳子站在不远处默默地注视着，将官模样的哥哥过来抱住小阳子，兄弟俩挥泪而别。

小阳子依在国王和王后身边，看着哥哥率部远去，哥哥满是泪水的脸逐渐模糊。

148　现实　阳子捂着脸痛哭着，美佳递给他纸巾，阳子擦着泪："我这是怎么啦，这么欢乐的时刻惹大家伤感。哥哥就这样走了，他说要去做一件大事，要我等他回来，可是他再也没有回来，我一路找哥哥来到地球，我惊叹造物主怎么塑造了这么完美的星球，宇宙间怎么会有这么美丽聪慧的智慧生物，也就不可救药地爱上了美佳，(举起一只手)我以钻石星人的名义起誓，我会永远爱她保护她，给她幸福欢乐；我会让她永远年轻漂亮，永存于世上，给地球和宇宙增添光彩！"

阳子拿出戒指，美佳："等一等，我请我最好的朋友美男上台。"

美男来到台上，美佳做出和美男拥抱的姿势看着阳子："可以吗？"

阳子："当然。"

美佳和美男紧紧相拥着热泪纵横，美佳：“最后一次……”

三人流着泪拥抱在一起，众人热烈鼓掌。

阳子单腿下跪捧着戒指：“美佳小姐，你愿意嫁给我吗？”

美佳：“我愿意！”

阳子站在美佳和美男之间，举起美佳戴戒指的手和美男一只手，戒指突然放射出奇丽的光彩，照得舱内姹紫嫣红！

149　飞船祥光四射，宇宙五彩缤纷。

（字幕）反物质世界

150　飞船在一片蓝白色的巨星中飞驰，星云愈加浓厚，以比飞船还要快的速度向前飘去。

151　飞船内，半球屏幕上显示着外面的图像，阳子和牛天共同站在驾驶台前，牛天：“飞船在逐渐加速，你看这些星云和恒星，向前飘的速度比飞船还快。”

阳子：“我切换成全景显示，仔细观察一下。”驾驶舱的后部和地板全都消失不见了，驾驶台悬浮在中间，驾驶舱成为一个巨大的球形，各种形状和色彩的星云向飞船前方的一片空域飘去。

阳子：“坏了，这里应该是宇宙大爆炸的中心，大爆炸以后留下了一个超大黑洞，质量是太阳的上亿亿倍，所以有强大的引力，会吸引周边的各种物质。我们只顾举办婚礼，乐极生悲了，误入了它的引力范围，现在想摆脱它可难了。”

牛天：“哈哈，你当我是小学生，宇宙是没有中心的。”

阳子：“那是你们地球人的说法，对某些观测事实解释不了，又怕人笑话，就胡扯些似是而非的理论给自己挡脸面。你们公认现有宇宙直径有几百亿光年吧，那有直径、有尺寸的东西怎么会没有中心呢，我谅你也描述不出来无中心却又有直径的东西是个什么样子。只有无限大的东西才没有中心，就像圆周率有无限多位数，你说他的中心数位在哪里。”

牛天：“别扯没用的了，赶紧看眼下怎么办吧，我们要么会一头扎进黑洞，瞬间被挤成一个点，运气好了会围绕黑洞不知转上多少万年，再掉到黑洞里去，反正没有好下场，这可怎么办呢？”

阳子：“现在只有一个办法，就是把飞船加速到接近光速，再加上黑洞引力的加速，飞船会超过光速，这样就会穿过黑洞，到达白洞，那是正反物质世界的结合处，有强大的力场，在那里飞船会吸收能量，以超过光速的速度才能逃离黑洞。当然，物质不能超越光速，只是你们地球人的说法。”

牛天：“我怎么感觉你这办法有点玄呢。”

阳子：“是不太牢靠，如果超不过光速，就会环绕甚至掉进黑洞，如果穿过黑洞刹不住车，就会撞入反物质世界化为光，现在只好冒险一试了。”

152　飞船逐渐加速，跟随着众多的星际物质向着一个耀眼的中心飞去。飞船速度超过了星云恒星，前方的黑洞逐渐变大，四周流光溢彩的圆环飞速旋转着，向后看漫天恒星则化为了无数飞舞的彩条向后飘去。飞船驶入漆黑的深洞，二人狂喊着，脸和身体如同在哈哈镜中扭曲变形。飞船在一个旋转着的巨大彩色管道中飞行，速度渐慢，从一个无比巨大的喇叭口中飞出，终于在空中停了下来。

153　正反物质分界处，众人穿着宇航服下了飞船悬浮在空中，向后看是五彩缤纷、飞速旋转着的巨大喇叭口，四周通向遥远的目力不及之处，对面则是一层隐约晃动着的气帘，透过气帘可见梦幻般的天空中悬浮着一个个星体。阳子并未穿宇航服：“这里是正反物质世界的交界处，地球的大爆炸宇宙学预言，宇宙中正反物质应该相等，就是找不到反物质在哪里，其实反物质就遗留在大爆炸剩余的黑洞通向白洞的出口处，就是这里，那层气帘是正反力场交会时的波动，就像清河水和浑河水，密度不同的液体或气体交汇时会形成层面一个样。大家好好看看，等飞船补充了能量咱们就走。这样的奇景可是千年难遇，以后不会再有，就是不要靠近那层气帘，它并不结实，要是穿过了它到了反物质世界就再也回不来了。”

众人一对对操纵着宇航服在附近游荡着，赞叹着，阳子挽着美佳，美佳：“美男，我们在一起转转。”

美男：“你们玩吧，我想一个人静静。”

阳子：“那你别走远。”

154　孤零零的美男看着情侣，汗水无声地滴落，他操纵着宇航服向远处飞去。他回头看看，离飞船和众人已经很远了，飞船笼罩在光雾之中。他停在气帘附近，尽情地哭诉着："佳佳，佳佳，看到你这么愉快，阳子对你这么好，我真高兴，你跟着阳子多好啊，他能让你永远年轻美丽，幸福美满，跟着我有什么好处，一个无钱无势的穷光蛋，还不是窝里窝囊活上几十年老去。可是我心里疼啊，本来你小鸟依人一样在我身边，你每一句话，每一个笑容，都让我如沐春光，如同生活在天堂里，现在这一切都没有了，我怎么能不心疼呢。我多想还能抱抱你，和你说上两句相思的话，可我不能，我不能给你的生活添半点阴影，我心里再难熬也要假装高兴，我宁死也不愿让你为我难过……"

一个柔柔的女声响起："小弟弟，你怎么会在这里，怎么这样伤心？"

美男一惊，抬眼望去，那是隔着气帘的一位女性，她看起来已不太年轻，虽也是气质高雅、眉清目秀却满脸憔悴，美男："姐姐，你应该是反物质世界的人了，你怎么会和我们物质世界里的人身体差不多，语言也一样？"

姐姐："这不奇怪，你们说的平行世界其实就是反物质世界，物质世界里的人在反物质世界里同样也有，只不过是由反物质组成的，语言自然也有共同之处。弟弟我听你刚才的话好像是失恋了，我也是落难的人，不然怎么会在这里呢，要么咱们就互相倾诉吧，不然向谁说去呢。"

美男："姐姐，我有许多话也只能给你说了。我的父亲是一个穷作家，性格刚正不阿，他的作品太追求完美，因此不受欢迎，一辈子不得志。我肯定是受了他的影响，找对象也过于追求完美，所以总找不到心上人，这次在飞船上总算是遇到了红颜知己，她太好了，我也太爱她了，我觉得上苍总算没有亏待我，可是却偏偏碰到一个叫阳子的奇人，许她永生的条件，她虽然还爱着我，可是这条件太诱人了，没有一个人能抵挡得住，我不怪她，我也希望我爱过的人能永远年轻幸福，可是我毕竟失去她了，我向哪里再去找我的真爱呢，我感到天都要塌了……"

姐姐："她还爱着你，你还能看着自己所爱的人永远年轻美丽，这就足够了，我可是比你惨多了。我是一个科技工作者，和我的男友合作多年研究出一件成果，我太善良了，成果是以男友的名字发表的。我最好的一个朋友用妖术迷住了我男友，他们结了婚，窃取了我的成果，这还不算，那个毒女人怕我翻案，到处追杀我，我逃到这里，多想一死了之，可又实在不甘心，哪怕和你一样有人记挂着，哪怕是有一瞬间的真爱也好，可是我已经一无所有了，我死也不会合眼的……"

姐姐痛哭着，美男抚摸着气帘也流着泪："姐姐，你真太可怜了，我不知道怎么才能安慰你，如果有可能，我愿意永远伴着你为你抚去心灵的伤痛，可是我们是两个世界的人，只要一碰就会化为一束光，只要能给你哪怕是一瞬间的欢乐，我就是化为光也心甘情愿。"

姐姐："不，不，弟弟，我就是孤独地死去，也不能害你，那会让我死不瞑目的。"

美男："我的心已经让佳佳带走了，只剩了一副没有灵魂的躯壳，活着还有什么意义呢，如果你不嫌弃的话，就让这副躯壳给你带来一瞬间的温暖吧！"

二人隔着气帘亲吻着，两双手抚摸着，然后向后退去。

155　众旅客已经全部登上飞船，美佳站在舱门处向外看着："美男呢？"

阳子操纵着飞船上的摄像头，向周围搜索着，半球屏幕上显示着惊世骇俗的一幕：二人泪流满面，灿烂地笑着，张开手臂扑向对方，近了，更近了，他们突破气帘，拥抱在一起。可是……一团耀眼的光芒迸射开来，扰动着时空，将飞船吹地摇晃着向喇叭口处飞去。

156　空间在剧烈地波动着，通道内光怪陆离，飞船伸长变形，它颤抖着，怒吼着，终于摆脱了黑洞的束缚，跃出黑洞表面，飞到了广袤的宇宙空间。

157　飞船内，美佳坐在卧室的床上流着泪，阳子过来坐在他身边，她推开阳子："你离我远点，都是你，早知道这样，我宁可做个普通人活一辈子，也不会让他因为我丧命。"

阳子："可是我觉得，那一瞬间他们一定是笑着的，因为他们的光芒照亮了整个宇宙！"

158　啊……浩瀚的宇宙空间，一曲悲歌在呜咽，一个耀眼的光点在闪烁。

159　夜　山顶上的天文台，……几个天文学家在仰望星空，天上一个亮点在闪耀着，一个声音："教授，你看那里多亮啊。"

教授："噢，多年没有见过正反物质相遇发出这么强的光了，又够我们研究好长时间了。"

（字幕）椭圆星系洞穴行星

160　飞船的半球屏幕上，一个椭圆形的星系越来越近，牛天驾驶着飞船，阳子手拿激光笔在半球屏幕上指点介绍着：“这个就叫椭圆星系，它是螺旋星系、棒旋星系等各种星系相撞后的产物。宇宙中最大的谜团就在这种星系里。时至今日，我们星球的科技已经发展到宇宙中没有解释不了的东西，你们地球人现在还争论不休的问题，什么宇宙的诞生和终结呀，什么物质的终极结构呀，对我们来说都是小儿科。如果说还有迷惑我们的东西，那就在这个椭圆星系中！星系中恒星之间的平均距离有多大呢，举个例子，就相当于一大群鸟，每只鸟都相隔着中国到地球另一面的巴西那么远的距离，这么两群鸟飞到一起，相撞的可能性自然是小而又小了，所以星系相撞，它们中的恒星是不会相撞的，但是却会使它们的圆形轨道被打乱，变成无数根乱麻，星球如一大群苍蝇一样乱飞乱撞。”

161　日　飞船向一颗行星靠近，地面是平坦的冰原和耸立的雪峰。

阳子继续：“拿下边这颗行星的太阳来说，它现在处于星系的边缘，正向星系中心飞去，它所经过的路七扭八拐，无比复杂，和一只苍蝇飞过的路一样，但是苍蝇完全不可能重复它飞过的路，恒星却会，这颗恒星会在三亿年以后再回到这一点，重复原来走过的那条无比复杂的路！这个星系里有几千亿颗恒星，没有两颗星的轨道是相同的，但是它们每一颗恒星，轨道无论多复杂，无论经过多长时间，总会回到某点上再循环往复。这种不可思议的走法，其实是多天体共力问题，有多复杂呢，两天体问题你们中学生都能解，但是只加一个天体成三体问题，你们地球科技现在都不能全搞清，那现在是几千亿个天体共力，可想而知复杂程度，我们研究、记录了椭圆星系几亿年的变化，结论就是你永远别想去理清楚它的力学问题。换言之，对于这种星系的结构变化等许多类似问题，你只能记录过去，而不能像在银河系里那样，预测每一颗星的未来走势。”

162　日　洞穴星的大纪元冬天，飞船落到一处平坦的冰面上，众人走下来观察着四周，脚下的冰原平坦如镜，不远处的冰峰立地拔天，天边挂着小而红的太阳。

阳子：“这颗行星整个布满了洞穴，所以称为洞穴星。它的太阳是一颗红矮星，散发不出多少热量，洞穴星围绕它转一圈也就是它的一年，称为小纪元，和地球一年时间差不多长。洞穴星从太阳那里得不到多少热量，所以只靠小纪元年全年都是非常冷的，但是它的太阳的轨道是从星系的边缘到星系中心的，会遇见越来越多的太阳，洞穴星上会变得越来越热，又越来越冷，再回到现在位置成为冬天，这么一个春夏秋冬的循环称为大纪元，只是一个季节时间非常漫长，约是七八千万年！大纪元一年，也就是这太阳转过星系中心又回到此处时的时间是三亿年！大家随便看看吧。”

郝红用脚在冰面上试着：“刚子，你看这冰面平得和滑冰场差不多，咱们来滑滑试试。”郝刚到飞船里拿出冰鞋，二人拉着手在冰面上滑起来，可是没多久就双双摔倒在冰面上，郝红坐在地上流着泪。

美佳过来：“哎呀，你们不就是那对震惊世界的花样滑冰运动员吗，不知拿了多少冠军，为国家争了多少荣誉，大家快过来看看咱们的世界冠军。”

众人围过来交口称赞着。楞子：“这不是滑出那个惊动滑冰界的二郝动作的人吗，大家鼓掌。”众人一齐鼓掌。

赦红：“笑话我们啊，想当年以我们命名的二郝动作不知使多少人疯狂，花样滑冰从此有了一个特殊规定，只要能做出二郝动作，就能拿到满分的百分之九十，可是除了我们，再也没有人能做出这个动作。可现在我们连个普通动作也做不出了，老了，浑身伤痛，风光不再了。”

郝刚拉起郝红：“红红，别哭啊，人总有老的时候，毕竟我们辉煌过！”

阳子：“你们不是要变得年轻吗，这就是你们的圆梦星球，只是要在三亿年之后，你们反正已经永生了，也不在乎这点时间。三亿年后还是在这个地方，我让你们重振雄风！”

二郝教大家在滑冰，众人或踉踉跄跄或睡在地上滑得洋相百出，一片欢笑。

163　日　一座峥嵘嵯峨的冰峰旁，众人在山脚下仰望着，向上高不见顶。

164　日　高大宽广的冰洞里，阳光透射过来，一片晶莹剔透，众人啧啧称奇，指指点点。

165　日　大团大团的雪在下着，将飞船埋了一截，天地一片白茫茫。

166　日　驾驶舱内，众人在看着半球屏幕上显示的雪景。

167　阳子和美佳卧室，门上贴着大红喜字，卧室内还是婚房布置，色彩基调是梦幻一般的浅粉色，二人在床上躺着，脉脉含情地互望着，美佳：“今天是好日子，那地球男人做的事你也挺在行呢，明白吗？”

阳子：“我，我还真不明白。”

美佳拧住阳子耳朵：“我让你装糊涂，明白了没有？”

阳子：“哎哟，明白了明白了，看起来你早有体验啊，哈哈！”

美佳：“我一个黄花姑娘早能有什么体验，那好事谁不会感受啊，别学地球人绕着弯地骂人。哎你说咱们能生孩子吗？”

阳子：“当然能，我们模仿能力可强了，从外表到内里都可以，只是现在生孩子不太合适吧，等我完成重任，回到老家钻石星球，我就是国王，你是王后，你给我生上一大堆孩子，咱们好好过日子。”

美佳：“你当我是老母猪啊。哎，你总说重任在身，怎么老是游山玩水呢？”

阳子：“这游玩也是让你开开眼，导游嘛。你当我是瞎转悠，这路线都是有计划的，是工作的一部分。”

美佳：“把你的任务透露一下嘛，咱们是夫妻，还要瞒着，说出来保不准还能帮你忙呢。”

阳子：“你绝对帮不上忙，知道了还要增加不少烦恼，提一个问题，你如果有一个事情埋在心里，对我说了除了让我心烦什么用没有，你会不会说呢？”

美佳：“当然不会，我宁可在心底藏一辈子。”

阳子：“太对了，现在我就是这样，我答应你，合适的时候一定会给你说的。该忙活咱们的事了吧。”

美佳：“咱们，咱们能有什么事呢。”

阳子抱着美佳的脸吻着：“还装不装，装不装。”二人在床上嬉闹着，灯灭。

黑暗中传出美佳的笑声，阳子打开灯摇着她：“佳佳你醒醒。”

美佳睁开眼，捶打着阳子：“谁让你叫醒我的，知道我梦见谁了吗，是美男！他说他在另一个世界里和他的姐姐生活得很好，让咱们别记挂他们，还让咱们去做客呢，都是你打岔，连住址都没来得及问。”

阳子：“一个多么美丽的梦啊。”

美佳：“不是梦，是真的。”

阳子："真的真的，接着做，问清楚地址咱们好去拜访。"

两人抱在一起，笑容凝固在脸上。

168 日 洞穴星大纪元春天，天上多出了两个太阳，冰原上冰雪开始融化，露出了地面，冰水纵横流淌，各种暗绿色的植物开始钻出地面。冰山崩塌，发出隆隆巨响。众人在离冰山不远处观看着。

169 日 飞船飞过一片银光耀眼，一望无际的雪峰上，冰崖不断地倒塌，到处一片轰鸣。

170 日 飞船来到大海上，海面上无数巨大的冰山互相碰撞碎裂，响声惊天动地。

171 日 天上有了十来个太阳，只是要比地球上的太阳小得多，地面上到处都是参天大树，树下生长着茂密的植物。阳子领着穿着宇航服的众人穿行其间，不时有些奇形怪状的动物出没，甚至扑到人身上，引起阵阵惊呼。一只河马样的巨兽将美佳扑倒，张开巨口正欲咬去，阳子用激光枪射中了它，巨兽乖乖退去。

172 日 众人站在森林边缘，一只小山包一样的巨怪缓缓行进着，所经之处树叶花草一片光秃，阳子："这是宇宙中最大的动物，对植物破坏力很大，好在它们数量很少，每到夏天冬天都会死去，只剩下小兽钻到地下洞穴里去熬过漫长的冬夏两季。"

173 日 洞穴星大纪元夏天，天上几十个太阳照着。飞船停在一条大河的入海口处，河水浊浪滔天奔腾入海，海涛扑上高高的山峰击打着飞船下部，地球上的什么波浪滔天和这里简直不能相比。远处的海面上，一片广阔的海域急速地旋转着，深深地向下凹陷，中心形成深不可测的漏斗，发出如台风过境的恐怖之声。阳子："洞穴星的夏天就要到了，天气越来越热，会使这个布满洞穴的星球大幅度膨胀，把海水吸到巨大的地下海中，避免高温把海水烤干，天冷时星球收缩，再把海水挤出来，滋养万物，宇宙也在进化得更加和谐。"

174 日 海水就要干了，剩余的海水冲撞着嘶鸣着形成巨大的环形瀑布，倾泻向海底的无底巨洞，海底的峥嵘地形逐渐露出，巨大奇特的海洋动物在坑坑洼洼之中挣扎着，等待着残酷的命运安排。

175 日 飞船落在有几艘飞船的地面。附近的森林草地全都变成了银白色，有些已经枯萎，其间倒毙着一些动物。一些一人来高青蛙样的生物，在树上和地下采集着果实：“阳子，这就是当地的青蛙人，他们以树上的果实种子为食，智力有限，只会简单语言，可是对金子的痴迷程度一点也不亚于地球人。”

176 日 众人汗流浃背，但是进了一道峡谷里，里边照不到太阳，就凉爽许多。类似街道的路上有些青蛙人围住他们呱呱叫着，阳子打开翻译机，只听见含混不清的声音说道：“我们要金子，金子。”

阳子：“丑老弟，你们要金子干什么。”

青蛙人：“金子能换食物，还能换老婆，老婆又能换金子。”

两边崖壁上是密密麻麻的山洞，下边看似商店的洞里，青蛙人在交易着。在一个大的洞口前，阳子：“这就是郝红和刚子圆梦的重生洞。”他拿出一块金子交给把门人，把门人做了登记，放众人进去。

177 重生洞内，众人经过几道门，到了洞深处，这是一个一眼望不到边的巨洞，有一根根岩柱支撑着，岩壁放射着幽幽的光，有无数带着透明外罩的格子，格子里熟睡着青蛙人及各种长相的人。阳子：“青蛙人每到夏天冬天大部分人都会死去，只剩下少数人种睡在这里，这里有一种放射性物质可以令他们细胞再生，返老还童，度过千万年的严寒酷暑，待到春暖花开，或是秋高气爽的时候，再完成繁衍种族的重任。因为有这种神奇的功能，近年来这里成了宇宙中热门之处，刚才我们经过的那几艘飞船，都是来重生的人乘坐的，重生的价格也是水涨船高，不是一般人能消受得起的。”

郝红：“让你为我们花那么多金子，真是过意不去。”

阳子：“没关系，你们是美佳的朋友，就是我的朋友，应该的，我们不那么看重金子，也很容易得到，你会知道的。”

来到两个空格前，领路的青蛙人打开盖，阳子、美佳和郝刚、郝红紧紧拥抱，阳子：“祝你们返老还童，永远辉煌！”二人躺进格子，幸福地笑着闭上眼。

178 天上许多太阳在照耀着，地面一片焦枯，飞船放出几个探测器在半空，本身落入一个向下的深洞内，洞壁上又有无数小洞，一些动物在小洞口探头探脑。

飞船停在一个水平的大山洞内，地面上犬牙交错，洞上边怪石嶙峋。

179 飞船内，显示着地面上看到的整个天空，无数个大大小小，蓝的白的黄的红的各色太阳在闪耀着，地面上烈焰升腾，树木焦黑碎裂，大群的青蛙人和各种动物被烤焦。几个探测器相继起火落下，舱内天幕上一片漆黑。阳子："探测器都烧坏了，现在放过去录下的视频吧。"

天幕重新亮起：地平线上升起一个巨大耀眼的圆盘，逐渐可怕地罩住天空，整个舱内白光耀眼，众人纷纷惊呼掩面。地面呈现出暗红色，岩石山峰在轰鸣声中爆裂。阳子："大家不要怕，这只是视频，要是在外边，转眼就会变成焦炭。这个亮盘，就是星系中心的黑洞，质量是地球太阳的几亿亿倍，它虽然本身不发光，可是它吸引众多物质围绕它旋转摩擦发光。洞穴星和它的太阳此时速度已经达到光速的一半，需要两年才能通过黑洞附近，两年在天文上只是一瞬间，时间再长洞穴星和太阳一起都会被融化掉。当然我们是快速放映的，实际不会这么快。"

亮盘终于移出头顶，众人松了口气，钱二爷："妈呀，吓死二爷了，再看非要丢魂不可。"

阳子："那咱们就去看洞穴，这星球有无数洞穴，千奇百怪无所不有，够咱们看上一千万年！"

180　宝石洞：洞壁完全由亮晶晶的宝石组成，洞内大大小小的各色宝石流光溢彩。

181　水晶洞：洞顶洞壁洞内全是巨大的水晶晶体，人穿行其间显得很是渺小。

182　瀑布洞：高大的水墙从目力不及的高处轰鸣着落下，声势一点也不比地面瀑布差。

183　日　洞穴星大纪元的秋天，天上剩下了十几个太阳，干涸的河床开始涨水，无水的海底向上冒出高大的水柱，大地开始有些许的绿色，众人在原野上奔跑欢呼，动物们也把各种杂物带出地面。

阳子："这个星球因为环境严酷，生命的延续要艰难得多，拿眼前这些动植物说，春天动物就要开始贮存植物果实，夏天到来时，那些没能作为种子的动物包括青蛙人，生命之钟会呼唤它们到烈日下，和地面上的植物，和一切能燃烧的东西共同化为焦土。这个星球没有微生物分解，无论是植物果实还是动植物残骸哪怕是一千万年也不会腐烂变质化作肥料，植物的生长就靠这些生命烧成的土壤滋润。那些留作种子的动物，会在深洞里睡上许多年醒来啃上几口同伴贮存的食物，又睡上许多年，就这样熬过漫长的夏季，到凉爽的秋季从洞穴里钻出来执行它们繁衍种群的重任。他们会打扫洞穴，腾出空间，把吃剩的植物种子拖到地面，任其发芽生长。植物只能靠这样繁衍，因为夏天会毁灭地面上的一切，生命就这样在这个星球上艰难的生生不息。”

184　天上只剩下几个太阳，到处树木参天，绿草如茵，各种动物穿行其间。众人穿着轻便宇航服在游览着。

天上一颗行星越来越大，阳子：“这颗星是洞穴星外侧的一颗行星，相当于地球外侧的火星，所以也有冲日，大冲，超大冲之说，也就是距离很近，超近的意思。现在就是超大冲日，大约一亿年才有一次，两颗星最近时不到一公里，我说跳，大家就一齐跳到那颗星上去。”

对面的星体整个盖在头上，上边全是沙漠，风沙迷漫，沙粒落到众人身上，脚下的地面向上拱起，树枝草丛向上狂乱地飞舞，动物们惊恐地飘上飘下。阳子喊道：“跳。”众人一齐跳起向上飘去。

185　沙漠星球，众人纷纷落在沙丘上，玲子向上看着，依稀看到牛天和几个老年人头向下对着她，她喊道：天天，你怎么不过来？

牛天的喊声：“我不能过去，你们要是飞远回不来了我好驾飞船去救你们。”

巨大的沙丘在改变着形状，黄沙向上涌去，埋住了众人的脚，阳子喊道：“快跳回去！”众人一齐跳起，和沙子一起向上飞去。

186 日　众人和倾泻而下的沙子一同落向地面，屁滚尿流地爬出沙堆，冒着漫天落下的黄沙跑向高处，东歪西倒在地上，玲子翻着白眼抱住牛天：“老公，我差一点见不到你了。”

众人惊恐地看着天上的星体远去，地面和树木又恢复了原状。

187　日　洞穴星大纪元冬天，天上只剩下一个小而红的太阳。

188　日　大雨滂沱，地面一片汪洋。

189　日　大团的雪花落下来，大地银装素裹。

190　日　众旅客在三亿年前刚来时那块光滑如镜的冰面上嬉戏、滑冰。阳子和美佳站在一起，阳子感慨地：“三亿年过去了，我们又回到了来时的地方，真是沧海桑田，你看远处的冰山来时多高多大啊，现在只剩下半截了。”

远处的只剩了半截的冰峰。

美佳："是啊，我们也成了见证历史的活化石了。郝红和刚子也该回来了吧？"

阳子："是啊，我就去接他们。"

191　日　飞船落在附近，阳子和郝刚郝红走下来，二郝青春焕发，光彩照人！二人和跑来的众人紧紧相拥。一老年人叫着："阳子，我们也要返老还童！"

阳子："那你们在这里再待上三亿年吧，我可没有时间陪你们了。"

冰面上，郝刚："还能记起我们的辉煌年代吗？"

郝红："我想起了，我们当时的伴舞歌曲是《初恋的玫瑰》。"

□ 回忆

192　训练场上，二人在冰面上飞舞旋转，郝刚欲将郝红单手托起，支撑不住，将郝红重重地摔倒在地上再也爬不起来，郝刚抱起郝红坐在冰面上，抚摸着她腿上胳膊上一条条手术后的伤疤泪流满面："红红，咱们不练了，看你这样浑身是伤我心疼得实在受不了……"

郝红："我要练，哪怕是我死在训练场上！"她挣扎着站起来，继续在冰面上旋转。

193　奥运会花样滑冰赛场，二人在《初恋的玫瑰》的音乐声中如彩蝶飞舞，做着各种高难动作，郝刚单脚着地，用一只手托起郝红的一只脚，二人共同做出飞燕朝阳的造型在冰面上飞驰！全场欢声雷动，记分牌上六个十分！

冰面上二人泪流满面拥抱在一起。

庄严的国歌声中，五星红旗冉冉升起，领奖台上二人流着泪默唱着。

在众多的摄影灯闪烁中，二人站在一起，郝刚："我们从小在一起青梅竹马，几岁就练滑冰，二十岁立下誓言，不拿下飞燕朝阳这个动作不结婚，今天我们二十八岁了，终于完成了这个动作，我要向我的舞伴求婚了。"郝刚拿出戒指，单腿下跪："红红，你愿意嫁给我吗。"

郝红热泪纵横："我愿意，我愿意……"

□ 现实

郝红身着红色滑冰服，郝刚身着蓝色滑冰服，单手托着郝红一只脚，郝红手拿一条丝巾迎风飘荡，做出飞燕朝阳的动作在冰面上滑翔，二人热泪涌流，众人惊呼跳跃。

景渐远，洁白的雪原之中，一只鲜红色的飞燕在翱翔。

《插曲 · 初恋的玫瑰》深情甜美

目中蓄满了光华，
脸上荡漾着春水，
欲开口却无言以对，
心中绽放爱的花蕾。
啊，青春无价，
用我一腔热血，
让你诉说今生无悔。
啊，一诺千金，
用我今生时光，
等待爱的一声惊雷。
山河易改，爱心永存，
永远不涸的是相思的眼泪。
红颜易逝，苍天不老，
永远美丽的是初恋的玫瑰。

(字幕)中子星　黄金行星

194　日　太阳飞船在一颗行星表面下降，虽没有太阳却有漫天柔和的天光照耀着，下方可见整整齐齐的农田，小巧而典雅的城市。

195　日　太阳飞船降落在城市边缘停着各种飞船的广场上，各种各样的外星人通过关卡走出广场外，守关的是一些皮肤头发金黄色的人。众人下了飞船在广场上观察着，阳子：“天天，你先驾星球车带大家游览，车上有导游图。这里是文明星球，我要办各种手续。”

众人上了火星车，一个大门查验了证件后将车放出。

阳子推着悬浮车到关卡处，当地人打开盖评价着，车里是土，他们过了称，给了阳子一些黄澄澄的金子。

196　日　星球车停在一处风景秀丽的小河湾里，岸边长着各种奇花异草，美佳领着众人游览着。钱二爷悄悄离开众人，向僻静处走去，岸边发现一些亮闪闪的金粒，他从包中拿出袖珍锹和折叠盆展开，挖了含金的土倒在河边，用盆泼水冲去土，果然留下不少金子，二爷直高兴得手舞足蹈。不料两个乘着巡逻车，当地士兵模样的人怒不可遏地下车过来，叽里哇啦地叫着，不由分说将二爷铐了起来，二爷愤怒地蹦跳着，抗议着：“你们凭什么铐我，放开我！”

两士兵将挣扎的二爷推上巡逻车，美佳一行人看到后游兴全无，也上了星球车跟着巡逻车开去。

197　日　关卡处，二士兵将二爷推下车，到了官员模样的人近前吼叫着，官员按了一下翻译机，美佳等人也下车过来，翻译机中说道：“这个人将土堆到河边，用水淘金，损失不少土。”

几个官员围过来如临大敌，官员甲吼着：“这还了得，这还了得，你们没有看旅游须知吗？”

美佳嗫嚅着：“我们，看不懂。”

官员乙：“你们就是看不懂，也应该知道，不管到哪里旅游都要守规矩，不能破坏环境。”

钱二爷：“你二爷见得场面多了，不是你们吓大的，不就是罚几个钱吗，有什么大不了的。”

官员甲：“罚钱，你说得轻松，让他看看视频再说话，解说配上他们的语言。”

二士兵将二爷押到广场边上的大屏幕前，为他打开手铐，一边一人守着，众人也在看着大屏幕。

198　日　屏幕上显示：一个亮点周围沸腾着光怪陆离的泡沫海洋，两侧射出两束强光，其中一束照到一个行星上，这星球表面异光迸射，金光闪耀。

行星背面则有：城市，田野，小河和金色的山峰。

解说："我们行星是一颗围绕中子星旋转的星球，中子星体积极小而密度极大，一颗中子星直径只有十公里，体积只有你们太阳的亿亿分之一，质量却比你们太阳重得多，所以能量巨大且集中，虽然这么小但从两极射出的光却能照到宇宙的边缘，在近处能使照到的一切物质转化为黄金！所以我们只能在行星背面生存，因为我们星球很小，中子星的极光又非常强，所以星球背面只靠漫射就能得到足够的能量。"

199　日　画面显示：有人将土装到货车上，去掉土的地面上全是金子，人们将金子上的土仔细扫净。

200　日　不少人在各处植草栽树。

201　日　田地里有人将黑灰一把把撒向地面。

解说："我们星球每一万年才能自转一周，换句话说，我们的太阳会把这个星球表面包括山峰土壤在内的所有东西都化为黄金，为了保住赖以生存的土地，我们世世代代要把快被太阳照到的土壤运到背阴处。为了防止水土流失，我们到处栽树种草。法律规定，每一个公民死后都要把骨灰撒到地里，不用的家具、衣物，一切能化作土壤的东西都要设法转化为土壤，即便如此，还是要花高昂的代价从外星球买土，以补充自然损耗。我们这个星球的生命就是这样艰难地生存着。"画面关闭，二士兵将他带回官员处。

202　关卡处官员甲："你明白了吧，不是罚几个钱的事，我们不缺钱，更不缺金子，我们缺的是土，你是犯了重罪。"

美佳和阳子在商量着，美佳："这可怎么办，你这么有办法，快拿主意呀。"

阳子："我也没招儿了，我带的土都换成金子了，不然也能用来赎他，可现在土再也换不回来了。要是来打架我一人也能打他一个星球！可咱们没有理，怎么能去耍横呢，也怪我没给你们说清楚，可谁又知道二爷会这么无法无天，现在只能听天由命了。"

钱二爷打了蔫："我明白了，土就是你们的命，我这是要你们的命！我是摊上大事了，谁让我鬼迷心窍呢，活该！要杀要剐随便吧。"

官员甲："痛快，那就宣布对你的处罚决定，你要留在这里，等你的人把你损失的土和加倍罚的土都带来赎你回去，如果没人赎你，你要在这个星球上出一辈子苦力，死后要和我们一样，把骨灰撒到地里，以弥补你的罪过，明白吗？"

钱二爷仰天长叹："我钱二爷聪明一世，没想到落个这样的下场，也罢，二爷从没欠过账，今天也不会！不过我有个请求。"

官员甲："请讲。"

二爷："我一人做事一人当，生死听便，请你们别为难我的朋友。"

官员甲："好，是条汉子！看你这么豪爽的份上，送一块金子给你们朋友，让他们别忘了带土来赎你回去。"他拿了一块金子递给阳子。

203　众人泪眼蒙眬地站在飞船舱门前和钱二爷告别，美佳流着泪："二爷，你要多保重，我们会尽快带土来赎你的。"

钱二爷："哭什么，没出息，二爷的命硬着呢。给二爷笑一个，二爷可喜欢看我闺女笑了。"

美佳笑了，可那笑比哭还难看。

204　飞船升起，下方钱二爷的脸渐远，二爷接过官员递来的铁锹，豪气干云道："走，干活去！"颇有壮士一去兮不复返的味道。

205　飞船飞过螺旋星系，纸风车形的星系在缓缓旋转。

206　飞船飞过星暴星系，无数新生恒星在朦胧的星云中亮光闪闪。

207　飞船飞过圆环星系，如同在无比巨大的圆桶中飞行，四周繁星点点。

208　飞船飞过绚丽的星云，如同在虚无缥缈的仙境中飞行，四周五彩斑斓。

209　飞船内牛天在驾着飞船，美佳在听旅客们窃窃私语，郝刚摸着郝红的脸："红红，这一阵我看你脸上怎么有皱纹了。"

郝红："我看你也是老多了。"

安小娜拉着老公杨安的手："我真想回地球，看看父王在土卫六上创下的基业怎么样了。"

一老者："我感觉生命正在慢离开我，我死也要死在地球上！"

210　阳子和美佳卧室，美佳拥着阳子摆弄着他的脸："最近我们都显老了，大家都变老了，这到底是怎么回事啊？"

阳子："这件事不得不和你说了，这些年我其实都在搜索我们钻石星系的无价之宝宇宙之心，从名字你就能知道她能起到稳定星系的神奇作用，可是让强盗给偷了去。这些年我们飞遍了整个宇宙，飞船上的探测器在几十万光年的距离内都能感知到她的存在，可是几十亿年过去了，再也找不到她。本来这么多年我们都不变老是靠飞船的能量，飞船能从宇宙之心那里吸取能量。现在飞船没有能量补充，原来贮存的能量都耗尽了，所以我们都变老了。我原来觉得跑遍宇宙总能找到她，到那时再和你说这事也不迟，可是我失算了。你现在知道，我没早给你说此事的原因了吧，你知道了是不是除了增加忧虑之外什么用也没有呢。"

美佳："那我们还能飞回地球吗？现在大家都想回地球呢。"

阳子含着泪："我的父母肯定是早就不在了，连我们钻石星系还有没有都难说了，我没完成任务，也没脸回去了，地球是我第二故乡，趁着飞船还有些能源，咱们快回地球，地球，恐怕是咱们最后的归宿了。"

（字幕）太阳系土卫六

211　日　太阳飞船已经来到恢宏的土星环前，下方的土卫六已经没有了海洋和坦荡的冰原，到处沟壑纵横，危崖耸立，远方一处平顶山上发射着电波，发出嘀嘀的声音，飞船歪歪扭扭飞过去，落在一处闪亮的纪念碑旁。四周是悬崖峭壁。土星环更加宽大壮美，环对面已变成红巨星的太阳可怕地占据了半边天空，红光照射在晶莹的土星环上，折射出漫天的五颜六色。倾斜的纪念碑已被尘土埋了半截，上有地球人迁出太阳系纪念碑几个幻光大字。一行小字是公元二十五亿八千万年立。

212　飞船内，人们都已苍老，阳子、美佳等原来的年轻人已头发花白，如五十来岁的人，原来的老人已气息奄奄，老头甲喘息着："快让我，看看地球，我要，死在地球上。"

阳子移动着半球屏幕上的图像寻找着，火红占据了大半个屏幕的太阳上，翻滚着光焰的海洋，一股升腾的烈焰扫向了一个岩浆如铁水般沸腾的小星球，依稀可辨的大陆漂浮在岩浆中。阳子："天哪，水星和金星已经被太阳吞没了，这就是我们地球，很快就会掉到太阳里去，我们，回不去了。"

老头儿甲绝望地闭上眼，挤出了几滴浑浊的老泪，抱住老伴化作了虚无！

美佳："上苍啊，怎么会是这样，你听嘀嘀声，会不会解读出别的信息呢？"

阳子："你看到没有，立这块碑的时间，已经是公元二十多亿年，现在离我们和国王告别，离开土卫六的时间已过去四十多亿年了，土星的许多冰卫星已经融化变作了土星环，太阳已经寿命终了变成了红巨星，就要爆炸了。"

阳子在控制台前操作着，半球屏幕上显出几行字：地球人最后公告，地球人迁出之后，本太阳系已经成为荒凉危险之地，为避免外星球人误入，并作为纪念，特将地球的经历拍成短视频，敬请观看。

213　日　画面：一片繁荣的地球。蔚蓝色的大海，郁郁葱葱的原野，峰峦叠嶂的群山，繁华喧闹的都市。

214　日　画面右上角显示：公元2521年。一颗巨大的小行星带着火焰落到了太平洋里，引起惊天爆炸，岩浆海水烟雾飞向高空，广大区域的海水被排干，海底出现了一个火红的无底深洞，回流的海水灌入其中，爆炸声动地撼天！

215　日　世界各大洋在激荡着，滔天巨浪吞没了海边城市，洪水淹没平原，漫过山峰，涤荡着地面的一切。

216　天昏地暗，大地在剧烈地颤抖着，山崩地裂，无数洪水过后破败的城市顷刻化为废墟。钢水般的岩浆从地面裂隙漫出。无数火山爆发了，岩浆流出火山口，在大地上恣意流淌，地面一片火海，吞噬着人和动物的残骸、枯萎的森林、城市的废墟。

217　天昏地暗，黑灰从铅灰色的天空纷纷扬扬落下，地面到处都蒙着厚厚的烟灰，衣衫褴褛的人们在尸体堆里，在废墟中寻找着，争抢着食物，有的人在火上烤着动物尸体。

218　烟尘遮天蔽日，星月无光，万物凋零，仅剩的衣不遮体的少数人，在山洞里原始人一样生活着。

解说："公元2521年。一颗从外太空飞来的，直径约200公里的流浪小行星撞击了地球。造成恐龙灭亡的小行星直径才十公里，体积只有这次小行星的八千分之一，可以想见这次撞击给地球带来多大灾难。在此前人类也用各种方法拦截，终因它过于巨大没能拦住，撞到太平洋里。这次撞击，导致了绝大部分物种灭亡，有许多生灵即便撞击当时没有毁灭，也因为灰尘挡住了太阳许多年而最终灭亡，只剩了极少数的人类和其他生物在苟延残喘，人类文明倒退了几万年，又回到了洞穴时代。”

219 日月无光。一小群人生活在一个烟熏火燎的山洞里，土灶，破锅烂碗，堆着破棉絮的地铺。一个胡子拉碴的男人提着一只野兔进来，接过蓬头垢面的女人递过的食物吃着，女人却倒毙在土灶旁。

一个婴儿在母亲怀里吃着奶，不吃了趴在死去的母亲身上哇哇大哭起来。

220 烟尘笼罩的天空下，大地一片焦黑，几个男人围着一只黑熊搏斗着，可是黑熊将他们一一打倒在地上，扑向一人张开大口……

221 天空灰蒙蒙，大海浑浊泛着泡沫，人们在打捞着海洋生物的尸体。

222 天空明朗不少，地面有了些许绿色，衣衫褴褛的人们在吃着树叶青草。

223 日 人们在用树枝树叶搭成的简陋房屋前养着家畜翻着地，地面上绿野终于成片。

224 日 几个人在工厂废墟中扒着，查看着锈成铁疙瘩的机器。

225 日 人类似乎又回到了工业大革命时代，众多的烟囱在冒着烟，各种奇形怪状的车在街上跑着，歪七扭八的房屋和高楼大厦掺杂在一起。

解说：大撞击发生后的最初几年最为艰难，因为食物短缺，仅剩的人类又大批死去，到了天空明朗的时候只剩很少一些人了，可是生命竟出人意料的顽强，人类终究没有倒下去，经过几千年的挣扎，人类又一次站了起来。

226 日 地球终于恢复到了和时下差不多的水平，到处郁郁葱葱，都市车水马龙，处处人满为患。

227 日 战争机器又重新发动起来，老祖宗用过的那些东西阴魂不散，再加上当代人的花样翻新，什么坦克、飞机、军舰、导弹、天基武器，战争机器人混战在一起，直打得天昏地黑，惨烈程度绝不亚于一战二战。

228 地球上空到处飘荡着核爆炸的蘑菇云，许多城市中心出现了核弹炸出的巨坑，街道上广场上倒毙着无数人，活着的人也是满身血泡，垂死挣扎。

229 日 几颗夸克弹在地球上空爆炸，在地球表面炸出了巨坑，山峰，城市，化为齑粉，大陆成了岩浆的海洋，海水大量蒸发，逃逸到外太空。

230 天昏地暗。地面成了倒塌碎裂的山峰和熔岩的世界，海洋如泥汤般浑浊，向后退却露出了大片海底，整个星球一片洪荒。

解说："经过几千年的挣扎，人类和残存的物种终于又恢复到大撞击前的水平，可是地球元气大伤，一种更可怕的灾难袭来。2035年的时候，一群大学生为消除战争，制造了一种称为和平号的病毒并散布到了自然界，从人一出生就会潜伏在细胞内，切割掉DNA上的对抗因子，从而使人类变得温和沉静，消除了几百年的战争。可是大撞击使包括和平号在内的许多微生物灭亡，失去了和平号的抑制，人类好战的劣根性又显现出来，从普通战争打到核大战，当人类重新认识到和平号的重要性，欲再次制造出来的时候，已经晚了，一种威力更大的夸克弹被制造出来，毁灭了地球，地球表面放射性超强，毒气多年不散，寸草不生，空气和水大量逃逸到太空，人类彻底灭亡了！人类，这个足以傲视群雄的物种，挺过了无数次灾难，却终于没逃脱自身的贪婪、无知和残忍，连同无数生命，死在自己的魔爪之下！"

231　舱内一片哭声，画面停止，人都变得更老了，几个原来的老年人哭着化为了虚无，美佳、阳子等人也是满头银发，老态龙钟。安小娜抓住杨安的肩膀生气道："环星毁灭都没能灭绝我们环星人，我们九死一生逃到地球，却都成了你们的陪葬品，你们愧不愧，愧不愧呀！"她说着说着化作了一缕青烟。

杨安："娜娜，你等着我。"他也化作了虚无。

美佳惊恐地抱住王玲："玲玲，你别走，我害怕。"可是王玲也消失在她怀里。

众人一个个飞灰烟灭，最后只剩下阳子和美佳，美佳伏在阳子怀里痛哭着："都走了，地球人只剩我一个了，还活什么呢，你让我也去吧。"

阳子也流着泪："别难过，我会陪着你的，让咱们看完地球这部大书吧！"

232　半球屏幕上的画面：小草从一片瓦砾中，从熔岩缝隙中，从一片洪荒中探出头。一些老鼠兔子昆虫也从地下钻出来。

233　日　地球各大陆在不停地移动，分分合合数次最终形成了一整块。

234　日　小草不停地变多变大，长成了巨大的植物，覆盖了地球表面。老鼠兔子也不停地变大成了巨兽。巨草中不时有各种巨大奇特的动物出没。

235　日　小小的眼睛猴也不停地变大，变成了高大的长着恐怖巨眼的巨眼人，他们搭建房屋，饲养牲畜，种着庄稼。

236　日　巨眼人的城市，恢宏而奇特的各种建筑，悬浮行驶的车辆，停着各种飞船的发射场。

解说："十多亿年过去了，大爆炸中没有毁灭的极少数动植物进化出了众多的新物种，原来很小的眼镜猴也进化成了高大的巨眼人，他们同样聪明勤劳，性情温顺，厌恶战争，只是其貌不扬。那时的巨眼人已经掌握了基因工程，他们羡慕古人类虽有绝美的外形，却偏偏长着一颗聪明而又愚蠢的脑袋，巨眼人一致决定，将自身通过基因工程改造为古人类的外形，就这样一个新人类诞生了，人类并没有灭亡，他们的优秀基因在我们身上得到传承，他们的生命在我们身上得到延续，一个物种，如果不能顺应发展，那么必然会遭到淘汰，而被更优秀的物种所取代！"

237　画面：有着人类外形的新人类用巨大的挖河机在沙漠里挖出纵横河道，沙漠变成了绿野。

238　日　新人类在地球上空搭建着遮阳伞。

239　日　一艘巨大的飞船降落在一个荒漠星球上，人们在搭建巨型透明外罩，栽种植物。

240　日　地球上海水沸腾蒸发，海面上漂浮着大量的海洋生物尸体，陆地上植物枯萎，几艘巨大的飞船起飞，城市已空无一人。

241　日　被遗弃的地球，大而红的太阳当头照着，海洋已干涸，大地已成荒漠，到处是城市的废墟。

解说："新人类没有战争的困扰，全部力量都用在了改造环境上，可是终究敌不过太阳。那时新人类在外星球已经有了几个新家园，那里的太阳都是红矮星，有几百上千亿年的寿命，人类已经不需要在地球上苟延残喘了。在公元二十五亿七千万年的时候，全部新人类集体投票决定放弃地球，迁往新家园，经过一千万年才完成全部搬迁，特立此碑作为见证，你们读懂地球这本大书了吗，生命就是这样艰难却又是顽强地延续着。"

画面关闭，阳子绝望地："我们读懂了，可是我们生命也到了尽头，飞船再也飞不到新家园了，咱们就要给地球陪葬了，佳佳，我答应让你永生，可我食言了，我对不起你。"

美佳："我能活四十多亿年，游遍了宇宙，已经很满足了，能和你死在一起就是再少活些年也是高兴的。可是，宇宙之心再也找不到了吗。连我死都不甘心。"

242 阳子在控制台上调整着半球屏幕上的画面，画面显示：一个闪亮的巨石围绕着钻石星球的太阳旋转，一个黑色飞船飞到近处，伸出机械臂将那巨石抓入船舱中飞去。

阳子："宇宙之心其实是宇宙大爆炸时飞出的一块物质，散落在我们星系，她稳定着我们钻石星系的运转，强盗将她偷走以后，引力失去了稳定，许多小行星砸向了各大行星，那一年我刚八岁，我哥哥二十岁。"

□ 回忆

243 日 皇家花园的草坪上，哥哥抱着小阳子旋转着，天上突然落下许多火球将地面砸出巨坑，浓烟巨石飞向天空，地面裂开，火红的岩浆涌出，在地面纵横流淌，山崖崩落，洪水泛滥，到处墙倒屋塌。

244 部分小阳子依在国王和王后身边，看着哥哥率部远去，哥哥满是泪水的脸逐渐模糊。

245 天空还是灰蒙蒙的，植物半死不活。王宫内，已长大的阳子依在国王的身旁："父王，我今年二十岁了，我要去找哥哥，我要办大事，去找回咱们的宇宙之心。"

国王："有种，这才像我儿子，我给你配最好的飞船，赋予你神力，不找回宇宙之心别回来见我！"

246 银灰色的飞船率领几艘茶色飞船驶向宇宙空间，茶色飞船有的掉入黑洞，有的被流星击毁，最后只剩了涂着太阳的银灰色飞船驶过一个又一个的星系。

□ 现实

阳子捂着脸流着泪："父王，母后，我辜负了你们的希望，再也没脸回去了。"美佳拥着阳子抚慰着无言以对。

247 太阳爆炸了！膨胀的火球吞没了地球和火星，气浪将小行星带的星子吹得向外飞去，木星表面的彩云被剥离向外飘出长尾，土星环也都飞离了土星，太阳飞船停的土卫六上山峰崩塌，碎石乱飞，飞船和巨石翻滚着越过土星，飘向远处。

248 飞船内，美佳也在翻滚着，阳子一手抱住她，扑到控制台前极力操纵飞船稳定下来。球形屏幕上显示出，太阳膨胀的火球在消散，只剩一个闪亮的光点，向外放射着一圈又一圈的光环，如同灯塔般照耀着宇宙。

阳子喜泪横流："天哪！佳佳你快看，那就是宇宙之心，它怎么会掉到太阳里去了，怪不得探测不到它。"

□ 闪回

银色的飞船一路追赶着黑色飞船来到太阳附近，双方互相发射着光束，都伤痕累累，(画外音)，部下向阳子哥哥报告："报告司令，光子炮能源耗尽，无法开炮了。"

阳子哥哥画外音："那就撞，宁可让宇宙之心掉到太阳里去，也不能让这帮强盗得到它！"

银色飞船向黑色飞船撞去，两个飞船爆炸起火，残骸落入太阳，激起巨大的闪光。

□ 现实

二人拥抱着泪流满面，阳子："我们有救了，佳佳，我们不会再死了，我早怎么都想不到呢，大爆炸都不能损坏宇宙之心，太阳里更不能损坏它了，怪不得地球这么与众不同，原来有宇宙之心在太阳里。你看哪，太阳系又要辉煌了！"

249　真的，原来注定要消散在宇宙空间里的太阳系物质，各种小天体，星云，又飞了回来，聚集在太阳周围旋转。

250　飞船内光点闪烁，二人已经年轻了不少，二人惊喜地抚摸着对方的脸，美佳："我们又年轻了，哈哈！"

(字幕)新地球

251　日　一个环绕着如同土星环那样的星球，大地一片洪荒，天空湛蓝，风和日丽，周围的天边大大小小挂着一些行星，四周的冰晶环宝光闪烁，飞红流碧，大地如同飘浮在无边的钻石天空里。

太阳飞船崭新如初，阳子在附近处喊着："佳佳，佳佳。你在干什么？"

美佳从一块巨石后走出："哎，我在这儿呢，我在给孩子们讲一个许多许多亿年前的故事。”二人青春焕发，神采奕奕。

二人面对太阳，拥坐在石头上，太阳旁有一个闪烁的亮点，阳子：“看到没有，那就是宇宙之心，我总算想明白了，我们是上苍选定的宇宙之心的守护人，所以才能在茫茫宇宙中相遇，才能永生，才能逢凶化吉，来到它身边。咱们一定要守护好它，它会保佑我们新太阳系永世安宁，成为宇宙中心的。”

美佳：“哎你说，咱们新地球还能像老地球那样欣欣向荣吗？”

阳子：“当然，你要生上许许多多的孩子，咱们星球一定还会绿野无边，万物丰茂的。”

美佳：“你以为我是老母鸡会下蛋，生这几个孩子就累死我了，地球人总算不会绝种。”

阳子：“可你别忘了，我不是地球人。”

美佳：“没关系，不是说混血儿更加健壮漂亮吗，老地球人的基因还在延续，生命，总是在发展进化，变得越来越优秀的。孩子们，快来见爸爸。”几个孩子有围着布片的，有光着屁股浑身泥巴的，一起“爸爸，爸爸”叫着跑来，围着阳子欢跳着。

旁边笼子里的星兽也上下跳着：“放我出去，我要自由。”

美佳打开笼门：“出去吧，你自由了，别忘了给我领一群小星兽回来。”

阳子抱着一个孩子，孩子：“爸爸你说，妈妈说有一个神仙叫太阳之子，他在哪里？”

阳子：“他嘛，当然是在太阳里啦。”

太阳，魅力无穷，光耀大地。

252　日　太阳飞船旁，美佳在洗衣服，阳子在种菜，几个围着树叶的原始人围过来，原始人甲含混不清的发音：“你们是什么人？”

阳子：“我们是你祖宗啊，我叫阳子，她叫美佳。”

原始人甲仔细看着：“真是老祖宗，快过来拜见祖宗。”

一大群原始人过来向二人跪拜，星兽也领着各种动物围过来，星兽跳到二人腿上故作玄虚地说着什么，二人靠在一块惬意地享受着。

周围大树参天，原野苍翠。

253　日　未来如梦幻般的世界，天边群星环绕，大地飘浮在宝光闪闪的行星环中。宏伟的建筑浮在半空，人在各种管道里飞行。

254　日　航天城变得更加恢宏，门楼更加高大气派，门前广场更加宽阔，人群里有地球人，外星人更加五花八门。广场旁的显示牌也成了立体的，半空几个大字：新地球时空之旅首航开始预售票。美艳不减当年的美佳正在用甜得腻死人的声音鼓噪着："你想见到逝去的亲人吗？你想重返当年青春的岁月吗？你想欣赏宇宙的壮美景色吗？你想去看看时间的起点和终点吗？那就赶快报名吧！时空之旅能满足你一切梦想。"

255　日　售票窗前如果说也有改变的话，那就是变得更加乱哄哄，人们拥挤着，推搡着，星兽在脚下和头顶上蹿下跳，外星人操着各种嗓门哇哇怪叫，活脱就是个放牛场。

256　日　太阳飞船更加高大威猛，上边的金太阳闪闪发光。阳子和美佳站在舱门外迎接旅客们登船，旅客更多，有不少外形各异的外星人，最前边的是安小娜夫妻、钱二爷、美男、王玲夫妻等原圆梦之旅上的旅客，阳子和美佳惊喜地和老友拥抱。安小娜抚摸着美佳的脸："咱们还是这么年轻漂亮，我们后来才知道，上了太阳飞船的人都能永生。你们不是时空之旅吗，我想去看看爷爷奶奶，我太想他们了。"

阳子和钱二爷拥抱着，二爷："黄金星的人给我说，量你一把老骨头也烧不出多少土来，看你这些年为我们辛勤服务的份上，放你回去吧。我闺女不是要带土去赎我吗，怎么也不去了？"

阳子内疚地："一直没有机会，内疚着呢，黄金星人送的金子一直没舍得用，看见那块金子就想到了你。"

二爷："那咱们就用它买上许多土，换回许多金子，咱们这回要发大财了，哈哈。"

美佳目光在寻找着："美男和珍妮他们怎么没来呢。"

阳子："他们一定是在时空隧道中寻找生命的真谛呢，咱们快去追赶他们吧。"

257　飞船缓缓飞过大小不一，色彩各异的星球表面，它们表面都有巨型飞行物。

258　景渐远，一个庞大的太阳系，十几颗大大小小的行星围绕太阳旋转，太阳旁，宇宙之心放射着灿烂的光辉。

美佳的声音在浩瀚的宇宙空间回荡着："我们会旅行到大爆炸的起点，去看时空的开始和终结，去考察宇宙的边缘，去追赶一切最美好的梦想……”

259　飞船穿过光彩环绕的时空隧道，来到大爆炸的起点，一个亮点在漆黑的空间绽放开来，波澜壮阔，光耀宇宙。

260　飞船越过无数星云星系，来到宇宙边缘，朦胧的星云飞速向外扩散，虚无缥缈，如梦似幻……

（剧　终）

涅槃

03

片首献辞

尽管那个希望是多么渺茫，

尽管人类遭受了无数次打击、磨难和毁灭，

尽管我们受到太多的不白之冤，

可是，我们还是要为世界上所有人民献上最真诚的祝福包括那些加害过、诽谤过我们的人。

因为，我爱你们，

因为，心中的英雄与我们同在，

因为，岁月永远不会磨灭我们的希望……

——谨以此片献给千千万万为了和平事业倒下的和奋斗着的人们

主要人物：

淑娅　女一号，北萨国人，外星人后裔。以超人的智慧提出：用病毒切割掉人类 DNA 上的对抗因子，从而消灭了战争，实现了人类社会的永久和平。

高登　男一号，北萨国人。淑娅恋人，帮淑娅将和平号撒遍了世界。

王忠　中国人，淑娅的前男友。被高登横刀夺爱，仍尽心尽力地帮助淑娅成就了伟业。

莫莉　北萨国人，六号试验人。淑娅的闺蜜。在艰苦卓绝的环境中，支撑着淑娅生存的希望，赴死后将此重任托付给了莎莎。

大卫　男，抢着当了一号试验人，勇敢地面对了死亡，将生的希望留给了恋人莎莎，从而使得莎莎在关键时刻起到了重要作用。

莎莎　大卫的恋人。不忘大卫的临终重托，在淑娅遭受多重重击的弥留之际，以全部的情和爱温暖淑娅，将她唤醒过来，使得试验能进行下去。

菲洛德　黑人，二号试验人。喝下试样后变成了怪物，逃到冰洞深处，最后关头帮着淑娅逃出了魔窟。

泰勒　高木的部下，军方的爪牙，其下的军队被和平号摧毁后，成了替罪羊。

高木将军　高登父。北萨国军方的玩偶，在被和平号降服后，跃入冰海自尽。

序　幕

一场恢宏浩大的未来战争正在进行，地面上许多巨型战车混战在一起，条条激光打得山石开裂，草木焦枯，不少战车爆炸起火。

天空，双方的战机鏖战正酣，卫星上的死光炮穿云裂雾，射在地上，地面飞沙走石，射入海里，海水翻滚沸腾。

许多颗核弹爆炸了，天空升起一朵朵巨大的蘑菇云，大地颤抖着，地下传出隆隆的响声，火山爆发了！整个山头炸开，滚滚浓烟直冲天际，山体裂开，火红的岩浆汹涌而出，淹没了地面上的一切。岩浆冲入海里，海水卷起狂涛，将战舰、船只悉数卷入海底。熊熊燃烧的火焰和恣意流淌的岩浆中推出片名：涅槃。

□1　大洋下的海底城：外　傍晚

浩瀚的大洋上，飘散着各种战舰的残骸。大洋之下，一条幽深的海底峡谷中，海底烟囱浓烟翻滚，海沟裂隙中，岩浆不时发出幽幽的红光。峡谷底部有一个巨大的气泡，气泡中间一座高塔发出若有若无的力线，就是它形成的强大力场，排开海水，形成了这个气泡空间。气泡边缘海水激荡，就是不能涌进来。不时有怪鱼撞在水墙上，一条巨大的怪鱼甚至撞穿了水墙在地上翻滚跳跃。人造天幕上波光粼粼，如梦似幻，街道两旁长着奇花异草，排列着各种奇形怪状的超前建筑。

□2　学校　小礼堂内　傍晚

一座建筑的大门楼上，写有“国际大学毕业班庆祝典礼”几个大字，建筑紧凑的校园内盛开着各种鲜花，一座小礼堂里，人声鼎沸，窗户里可以看到人影晃动。小礼堂里正在举行告别宴会，觥筹交错，人声嘈杂，几张桌子上杯盘狼藉，不少学生已喝得丑态百出，斯文扫地，可还是在一个劲地猛喝。还有几对恋人在窃窃私语或是忘情地接吻。

这是同在一个酒桌上的人。黑人菲洛德已是醉态可掬，还是高举酒杯："来来大卫，为我们离开这牢笼似的校园干杯！"

大卫也喝得舌头转不过弯来："回、回家干什么，还、还不是去打仗，我的兄弟父亲都、都……"

他说不下去了，转身向一对恋人望去。

那正是我们的男女主角，淑娅和高登。高登是英俊潇洒，气度不凡，淑娅更是婀娜多姿，貌美如花。

大卫指着高登："高登，都是你们北萨国到处煽风点火，惹是生非，闹得世界战乱不断。"

高登正在云里雾里，听到有人揭短，好不恼火：大卫，我们是罪魁祸首，那么请问，我国才建国多少年，可人类有史以来哪天不在打仗，这怪我国吗？你们这些国家的领导人，就像一群永远都长不大的孩子，今天你捣我一下，明天我挠你一爪，害得我国整天要给你们调停，怎么还有人不识好歹？"

大卫："要当世界宪兵呀，只可惜世界宪兵没、没一个有好下场的。"

高登脸上又红又白，正欲反击，淑娅赶紧拉他坐下："哎哎，都是同学，何必较真儿。"

高登："对对，娅娅，这么珍贵的时光，和这帮家伙一般见识真不值得。"

高登意醉神迷地看着淑娅俊美的脸，抱着就要吻，淑娅轻推开他："看你，大家都看着哪，多难为情。"

高登："哎哟，急死了，二小姐哎，你也看看人家三小姐哪有你这么多道道。"

被称作三小姐的娜莎倒是不在乎，她和大卫旁若无人地热吻着。

莫莉，高挑的鼻梁，洁白的脸蛋，显得冷峻而高傲。她有些看不下去了："莎莎，别太露骨了，你也跟娅娅学学。"

娜莎："莫莉姐姐，吃醋了不是，我给你介绍一个，你看王忠。"

莫莉的白脸老想泛红，她好不尴尬："臭丫头，看我不撕你的嘴！"

娜莎躲到大卫身后："大卫救我！"

大卫醉醺醺地："大小姐，我还在哪，你就敢欺负莎莎！"

娜莎："哎哎，我们姐妹闹着玩哪，可别当真。真的莉莉，你看王忠多有男子汉味道。"

被叫作王忠的同学一副标准的国字脸，显得成熟干练，他正在发表高论，几个同学认真听着："依我看这次大战不知要打到什么时候，我就闹不明白，怎么人与人之间都知道要相互忍让，这国与国之间就不能多些谅解呢？"

夜深了，透过窗户，还听见同学们在猜拳行令，高谈阔论。

□3　小车站　外　日

一艘飞艇旁，站有王忠、莫莉、莎莎、大卫等11个同学，高登和淑娅在深情依依地拥别，许多同学和教授模样的人在送行。

飞艇里响起笛声，高登和淑娅依依不舍地放开手，同学们一起登上飞艇，和站台上的高登等人挥手惜别。

□4　路上　外　日

飞艇周身放射出幽幽的力场，海水汹涌的水墙上现出了一条水道，各种怪鱼、通红的海底岩浆、突兀的巨石，迎面扑来又飞速退后，飞艇沿着高耸的海底峡谷笔直地向上飞升，终于飞出了飘浮着垃圾浮油的海面，在烟波浩渺的大洋上疾飞。

飞艇飞过浓烟滚滚的战场，天空不时有激光闪过，飞艇灵活地左躲右闪。

飞艇飞过一片白雪皑皑的冰原，太阳在后方越来越低，天空灰蒙蒙一片。

飞艇飞到一片银光闪闪的大雪山，在峥嵘的峭壁间穿行，冰壁危崖呼啸而来，令人触目惊心。在一座立地拔天的雪峰面前，飞艇降低了速度，随着一个红色指示灯的点亮，一头向那冰壁撞去。

啊！同学们一阵惊呼，可是那雪峰半腰却突然打开了一扇大门，飞艇一头扎了进去，急速地刹车，终于停了下来。

□5　魔窟：入门大厅　日（这里的日夜以灯光明暗区分）

淑娅一行人走下飞艇，立时被异光照得眼花缭乱，这是一个硕大无朋的冰厅，在顶部惨白的灯光照射下，整个冰洞如梦幻般的水晶宫殿，银光闪烁，奇丽神秘。

阵阵刺骨寒气传来，大家浑身颤抖着，几个荷枪实弹的士兵将他们带到冰洞旁的更衣室。

□6 更衣室 日

士兵们翻查着他们随身带的衣物，将手机、随身听等物品悉数收去。一个士兵正在和淑娅争夺着一小捆书本样的东西，淑娅："这是我的资料，弄坏了你们赔不起。"

士兵还是不依不饶："这是上司的吩咐，没办法。"

莫莉冷冷地："你们知道她是谁吗，得罪了她让你们吃不了兜着走。"

士兵终于松开手。他们换上保暖服，登上防滑靴，倒也轻巧暖和。

□7 疤脸将军办公室 日

同学们被领进一间硕大的冰室。这里边一切都是冰做的，冰的桌子，冰的墙壁，一面巨大的冰屏幕上正在播放着浩大的战争场面：一个将军挥舞着战刀在指点江山。

一个坐在冰桌旁、身穿宇航服样衣服的人正在看电视，见他们进来欠欠身算是招呼。透过他沾满冰花的面罩，依稀可见此人约五十来岁，一条巨疤斜爬在他脸上，牵得他口歪眼斜，甚是可怕。他卖力地鼓动着歪嘴，大家费力地听着："欢迎你们，我们的博士，这里是世界一流的细菌武器生产研究基地，你们应为能担此重任而自豪！"

淑娅有如五雷击顶："什么什么？不是说这是研究万能疫苗，造福人类的地方吗？怎么会是生产细菌武器呢？"

疤脸将军发出一阵瘆人的狂笑："哈……小姐，你太天真了。"

淑娅张嘴结舌地："那那，细菌武器不是早就不准生产了吗？"

疤脸将军："那么请问，大规模杀人武器不也是早不准用了吗，可为什么还要用呢？当一种武器能挽救国家而舍此国家必亡的时候，请问小姐你将如何选择呢？"

疤脸极具辩才，一句话便让淑娅张口结舌无言以对。他鼓动歪嘴继续说着："请不要过于天真，一种武器用与不用，不过是一种策略。淑娅小姐，请注意你的身份，国防部专门研究了你的档案，知道你是微生物研究方面的专家，还有几篇世界级的论文，认为你才华出众，前途无量，对你寄予厚望，你要好自为之。"

他再不愿多说话，按动门铃招进一个人："教授，带他们去吧。"

然后看起了他的电视。

□8　冰洞里　日

一行人跟着老教授向冰洞深处走去，冰洞两旁的房间门旁边挂着写有培养室、发酵间等字样的牌子，冰洞深处若有若无地传来惨号声，呻吟声，还夹杂着咯吱吱、轰隆隆等令人头皮发麻的声音。突然，一个丑陋呆傻的人出现在众人的面前怪笑着，大家惊叫着连连后退。

老教授呵斥着：“快滚，到这里来干什么！”

那傻子傻笑着退去。老教授：“别怕，孩子，他们是僵尸，没有思想，只会接受指令干活，不会害人的。”

呻吟声，哀嚎声逐渐变大，在冰洞里回荡，旁边有一个支洞，阴风阵阵，鬼影晃动，声音就是从支洞里传出，支洞对面的冰壁光亮如镜。莎莎向冰镜看去，突然尖叫一声倒在地上浑身颤抖！

老教授紧张地：“快走，快走！”

大卫抱起莎莎，一阵咯吱吱的声言传来，众人惊慌地走到一个标有实验基地的门前。

□9　实验基地　医疗室内　日

门内是一个走廊，各个门上标有实验室、医疗室、电镜室、食堂等牌子，众人快步走入医疗室，大卫将莎莎放到病床上，她颤抖着惊恐地看着四周。

老教授：“你们好好安慰她，时间久了前面要怀疑的，有些话以后再说吧。”

他欲言又止，推门走了出去。

众人关切地围过来，莎莎拿起床头的水果刀比画着尖叫着：“别过来，我会害了你们！”

水果刀划破了她的手指，她又向脸上抹了两把，活脱成了吸血鬼。大卫带着哭腔：“莎莎，你到底怎么啦，你倒是说话呀，你吓着大家了！”

莎莎恐怖地：“我，我看见自己成了一个魔鬼！”

众人一片慌乱，王忠悄悄走了出去。

□10　冰洞内　日

王忠在冰洞里走着，警惕地四下看着，一个巨大、披头散发、看不清面孔的鬼影差点将他撞倒，他揉着肩膀仍旧坚定地走到那面冰镜前，仔细观察着，突然一张令人魂飞魄散的鬼脸在冰镜里一闪，他捂着胸口，靠在冰壁上喘息了一会又走了回去。

□11　实验基地　医疗室内　日

莎莎还在拿着刀，神情恍惚地和大家僵持着，王忠走进来，从包里拿出一面小镜子，坐在离莎莎不远的地方："莎莎，我刚才到那个冰镜前看过了，那里确实有魔鬼的影子，你当时精神高度紧张，错把鬼脸当成你自己了。你看看你还是我们的小妹妹啊！"

莎莎接过镜子照着，泪流了出来："我不是鬼，你们看我还是莎莎，可是，可是那个鬼影到底是什么呢？"

王忠："不管那是什么，我们都是高科技人才了，不应该害怕的，你说是吗。"莎莎放下刀，精神松弛下来，同学们围过来，莫莉替她包扎着手，淑娅替她擦着脸，莎莎抱着淑娅亲着："姐姐，我还是莎莎，咱们又能抱在一起了，对吗？"

淑娅："以后遇事可要沉住气了，你看王忠那个沉稳劲儿。快去看看大卫吧，你把他也吓坏了。"

莎莎脸上挂着泪花难为情地笑了笑，过去抱住了大卫。大卫向着王忠伸出了大拇指。

众人敬佩地看着王忠。

□12　几个宿舍里　晚

男宿舍里，狭小而又杂乱，王忠等六个男同学懒散地躺在床上看着天花板叹着气。

女宿舍里，更是又小又乱，莎莎等三个女生抱在一起默默地流着泪。

淑娅和莫莉的宿舍显得宽敞整洁多了，淑娅趴在床上啜泣着，莫莉在整理着衣物，她将和莎莎的三人合照擦了又擦放在桌上。莫莉："哭够了没有，之前要向这来的劲头到哪去了？"

淑娅："我是鬼迷心窍，给上面说非要你和我一起来不可，上边说这里是世外桃源呢。我自己死在这里是活该，谁让我相信上边的鬼话呢。这把你给坑了让我死都不安心哪！”

莫莉：“这怎么能怪你呢，你明知道你就是不说我还是会来的，我们从小都没分开过，现在怎么能放心你自己来呢。”

淑娅：“还有王忠，你不知我多怕见他，他怎么又偏偏跟了来，这又把他给害了，你说我这……我真是死有余辜。”

淑娅又想哭。莫莉：“别什么事都向自己身上揽，活得多累呀！王忠他才是活该！想当年高登把你从他手中抢了去，他连个屁都没放，还像个男人吗？你也是，高登要抹脖子上吊，就乖乖把你哄了去。不过呢，高登也是个好男孩，他是那么爱你，我也就睁一眼闭一眼了，他要是个贱坯子，我非要整他不可。这次可是便宜了高登那小子，他爸是将军，怎么会让自己宝贝儿子到这种地方来呢？”

淑娅：“我们看来是非要死在这里不可了，这下又要把高登给害了。”

莫莉：“这就是命，认命吧。”

莫莉打暗灯，二人在床上搂抱着，黑暗中咯吱吱的声音又传来。淑娅：“妈呀，这是什么声音，我的头皮直发麻，牙都咬得咯吱吱的响。哎你说，莎莎和王忠看见的那鬼影到底是什么呢，会不会再来祸害我们？”

莫莉：“谁知道呢，大不了就是一条命吧。”

淑娅：“抱紧我。”

莫莉很快打起了鼾，淑娅却大睁着眼睡不着，她似乎想起了什么，起了身，悄悄拿出一摞资料坐在桌前就着微弱的灯光翻阅着。

墙上的灯光自动转亮，淑娅伸个懒腰，打个哈欠，天亮了。

莫莉睁开眼：“咦，呆子，你一夜没睡啊，干什么呢？”

莫莉诧异地扳着淑娅的肩膀看着她的脸，那目中熠熠生辉！莫莉惊喜地：“这神采在哪里见过，对了，就是你拿那几篇世界级的论文的时候，你一定又要有什么惊世骇俗的发现了，我还想着你今天一定瘫了，打算怎么安慰你呢！”

淑娅：“走，陪我到几个地方转转。”

□ 13　一组镜头　日

她们走进电镜室，莫莉走进放在玻璃隔间里的电镜旁，珍爱地抚摸着：“为了造这点细菌武器，军方竟舍得配这么贵重的东西。”

她们走进电脑室，淑娅仔细看着机柜上的铭牌：“呀！这比我们学校的计算机都要好。”

她打开计算机，手指在键盘上熟练地敲打着，屏幕上出现了复杂的数学公式：“我要在这里做一下计算，你有事先忙去吧。”

莫莉来到食堂，几个男同学勉强吃着饭，女甲躺在男甲的怀里默默流泪，大卫大大咧咧地吃着喝着。莫莉：“咦，大卫，你怎么只顾自己混个肚子圆，也不劝他们好好吃饭？”

大卫：“我们都没招了，就看你的了。”

莫莉坐在莎莎身旁，故作神秘地：“三子，我对你说，咱们呆子博士正在为我们的前途琢磨着呢，早上我看她神采奕奕，两眼放光，就好像馋猫闻到了鱼腥，我就知道她一定要有什么大发现了。”

莎莎：“是吗，这鬼灵精不会让我们失望的，咱们快吃了饭去看看她在搞什么名堂。”

莎莎拿起面包，硬塞到嘴里，其他人也跟着吃起来，大卫和王忠朝着莫莉伸出了大拇指。

电脑室，莫莉端着早餐进来：“二小姐，开饭了！”

早餐挺丰盛、有鸡蛋、咖啡、面包，莫莉坐在桌子上，将鸡蛋剥去皮塞到淑娅嘴里，自己也拿起面包吃着，巴结地：“呆子你看我这跑前跑后地伺候着，看在我死心塌地的份上，你的伟大发现能不能给我透露 一二呢？”

淑娅：“我真的没想好，怎么给你说呢，这么着吧，你帮我个忙，一旦有了结果我一定第一时间告诉你，怎么样？”

莫莉：“什么事你说。”

淑娅：“你把病毒代表类型的基因图谱都帮我找来。”

莫莉：“妈呀这可是个大活，我一人干不了。”

淑娅挤眉弄眼：“你去找王忠啊，先培养一下感觉也不错。”

莫莉收拾了餐具，临走前使劲向淑娅脸上拧了一把：“我一定是前世欠了你的。”

资料室，莫莉、王忠、娜莎等同学在翻阅着资料，在电脑前操作着。

□ 14　实验室内　次日早饭后　日

实验室前部的大工作台成了临时会议桌，淑娅坐在正位上轻敲着桌子思索着，她身后是一面显示屏。同学们三三两两过来围坐在桌子旁，有人还拿着东西吃着，男甲、女甲依在一起。大卫提着饮料，拿着吃的嘴里塞得满满的，他坐在娜莎身边，搂着，将面包向她嘴里塞。大卫：“这种鬼地方还哪来的这么大精神，有什么话就快说吧！”

淑娅：“这就说。弱肉强食的法则是生物为了生存长期进化的结果。我们又知道，生物的所有能力，都是遗传基因 DNA 决定的，生物弱肉强食的本能也不例外，它就存在于 DNA 的某个片段上，我们称之为对抗因子。这个对抗因子作用于动物，无非是长出伶牙利爪，更加强大，但作用于人就不一样了，对抗因子产生出的强烈对抗意识再加上人的智慧，便促生出了原子弹等大规模杀人武器，终将会把人类推到灭亡的边缘。所以，这个对抗因子其实是战争最根本的原因。假如我们能把这个可恶的对抗因子切除掉，人类就会变得温和沉静，不爱争斗，大规模的战争就会逐渐平息下来。”

大卫：“这种道理还用你说，你不会让我们每人提着刀，把全世界人民的对抗因子都切下来吧？”

一片痴痴的笑声，连淑娅也笑了起来：“大卫你别打岔，马上就要说到正题了。现在有许多转基因产品或者说是基因改造产品，大豆呀玉米呀，还有药品就更多了，有一种办法就是利用病毒对基因进行改造。我们知道病毒细菌有超强的生存能力，它们广布于自然界各种生物和人体内，甚至是细胞内，它们大部分对人体无害甚至有益。寄生在细胞内的病毒，常常会扰乱遗传密码的结构，就是说使人的遗传特性发生改变。根据现代基因学研究，人类历史上几次大的进步，都和病毒对人的遗传密码进行了自发的改造有关。比如，人从树上来到地下，从四肢行走到直立行走都是。既然如此，我们为什么不可以利用病毒对人的遗传密码来一次人为的改造呢？比如，我们可以构造出一种专以遗传密码上的对抗因子为食的病毒，将其撒播于自然界，这种病毒凭借本身超强的繁殖生存能力，很快就会遍布地球每个角落和人体的细胞内，永远帮助人类清除那个可恶的对抗因子，离开了对抗因子的推波助澜，人类自然就会温和沉静下来，这样不就可以永远消除战争了吗？”

她打开身后的显示屏，屏上显示出了一个病毒的三维模型："我建立了计算机模型，通过理论推导和计算得知，一个病毒当具有这种结构的时候，就可以准确地切割掉对抗因子，当然，如何将这种病毒造出来，还是一个十分艰难的过程。但是我相信，只要我们努力，这个目标一定能达到！"

王忠诧异地看着他这位不可思议的同学，那柔情似水的大眼睛里，分明燃烧着两团不灭的火焰！大家怔怔地看着她，突然爆发出一阵热烈的掌声。淑娅渐渐从心驰神往中平静下来。

王忠："我看这样吧，毕竟这个提议太大胆太超前了，连我都不太敢相信，咱们先分头讨论一下，找找问题，拓展思路，然后再集中讨论，怎么样？"

大家一致同意。

会议桌旁几个男同学热烈地讨论着，大卫一手叉腰一手将桌子拍得咚咚响，淑娅赶忙扯扯他："哎哎，都是同学，别伤了和气。"

大卫："去去，你懂什么，这叫学术争论。"

淑娅、莫莉等几个女同学在屏幕前看着病毒的三维图形，叽叽喳喳地议论着。

□ 15　入门大厅　老教授办公室　日

王忠来到门厅，士兵们正从飞艇上向下搬东西，王忠也上去帮着搬，是米面菜油罐头等食品，一个士兵拍着他的肩膀伸出拇指。

王忠在门厅里转悠着，士兵们在各室内猜拳行令打牌，没人理他。

老教授办公室，王忠在办公室里和老教授说着话，老教授递给王忠一份文件，上写"MZ 计划"，王忠翻阅着，计划书叠印出：

生气勃勃的科研人员来到实验室，

洞里传出绝命的喊叫声，

一人对着镜子照一下惨呼着跑向深不可测的冰洞，

几人偷偷爬上飞艇，铃声大作，疤脸将军赶来，拔枪将他们一一击毙……

□ 16　实验基地　小会议室　日

大家围在会议桌旁，王忠："大家随便发表见解吧！"

菲洛德："这地方防守这样严密，我们就是造出了设想中的病毒，怎么弄出去呢，出不去不就是白干了吗？"

王忠："我先了解了一些情况。这里过去原有一批工作人员，在研究一种神秘恐怖的细菌武器，代号为MZ计划……"

莫莉碰碰王忠使着眼色："大家多高兴啊。"

王忠忙改口："对对，计划没完成，疤脸将军倒挨了上司的一顿臭骂。疤脸对上司心存不满，再不愿多管细菌武器的事，他似乎只喜欢真刀真枪地干，整天在他室内颠来倒去地看那几个记录着他丰功伟绩的战争片。所以实际管事的，只有老教授一人，他是个好人，所以，只要我们有了结果，逃出去应该不是问题。大家也看到，这里不缺吃的，管理松懈，又有世界一流的试验设备，对我们来说简直是天赐良机，外边战火纷飞，到哪里去找这么好的实验基地去。现在天降大任于斯，我们何不就此机会一展宏图呢？"

娜莎："太精彩了，不过我也有个问题，病毒是经常变异的，假如我们构造的这种病毒在人体内发生了变异，毒害人类怎么办呢？"

淑娅胸有成竹地："这个问题我早就考虑过，地球上虽然绝大多数生物微生物在不停地进化变异，但确有极少数的生物从诞生到现在几亿年还是原来的样子，比如海龟、鲨鱼、鳄鱼等都是。现在地球上有一种最古老的微生物蓝藻，已经存在二十多亿年了，还是原样。这是因为这些活化石遗传密码的分子结构，形成了十分稳定的结构不再改变，这在遗传学上叫进化锁定。我们构造的病毒，当然是这种已进入进化锁定状态的微生物，已保证它在以后的时间里不会变异，以至于危害人类。

一阵热烈的掌声。淑娅："休息一下吧，我要给大家一样好东西。"

她拿出刚来那天和士兵争抢的纸包，层层打开，里边原来是一叠中国的风景照。

娜莎："呀！这鬼灵精还藏着这么好的东西，怎么连我都不知道，快给我一张。"

大家纷纷过来抢。

淑娅："别抢别抢，抢坏了你们赔不起。一人一张，多了没有。"

她将照片每人一张发给大家，同学们珍爱地翻看着。

女同学甲珍惜地看着照片，热泪盈眶："娅娅，谢谢你啊。我们到这里还有什么希望呢，就连几件随身喜爱的东西也都给搜去了，以后这就是唯一的念想了。"

大卫拿到的是一张天安门广场的照片，他看着看着，照片化作了现实：天安门广场，花团锦簇，人海如潮，彩旗猎猎，祥云缭绕。他抹着眼角，为了这样的日子搭上性命，值了。

王忠拿到的是一张大河的照片，他边看边情不自禁地哼着："一条大河波浪宽……"

莫莉："王忠，你不是中国人吗，把这个中国歌唱给我们听听吧！"

王忠："不不，我五音不全，唱不好。"

可是大家一起鼓掌欢迎，王忠只好唱起来，可是走腔跑调，确实不怎么样。

莫莉："还中国人呢，娅娅，给他露一手。"

淑娅开口唱起来，如珠落银盘，字正腔圆，清脆悦耳："一条大河波浪宽……"

大家听直了耳朵，莫莉拥着淑娅，也跟着唱起来，她的嗓音同样不差："姑娘好像花一样……"

同学们一起跟着唱起来，这可是有些南腔北调，一张张挂满泪水的脸化成了无边的花海，涌动的人潮，奔腾的大河，逶迤的群山……

女甲："娅娅，你的中国歌怎么唱得这么好啊，和中国的歌星比起来一点都不差。"

淑娅："妈妈从小就教我唱这首歌。我很小的时候父亲就去参军，再也没有回来，妈妈明知道父亲再也回不来了，还是领着我在他去参军的那条路上等啊等啊……她对我说在那遥远的地方，有一个美丽的国度，那里的人们没有战争和贫困，只有幸福和欢乐，父亲去了那里，再也不愿回来……她说那个国度的人就唱这支歌。我们唱啊唱啊，盼啊盼啊，没盼来好日子，却盼到了这个地方……可是我不能死，我就是妈妈活下去的唯一希望。我在学校里拼命学啊学啊，我想靠自己的努力，能让妈妈过上和那个国度人民一样的好日子，我想让爸爸知道，我的家乡和外面一样美好，好让他回来看看我们。可是，可是，我的努力就落到了这个下场……昨天，我忽然灵光一闪，看到了我们的希望所在，为了这个希望，我不惜流干自己最后一滴血！"

同时，淑娅热泪涌流的脸化成一组镜头：在草木枯黄的路上爸爸和小淑娅、妈妈依依惜别。

小淑娅拉着妈妈，在凄风苦雨之中苦盼着。

淑娅妈给小淑娅和小莫莉看几张中国的风景照，教他们唱着歌。

夜深了，教室里只有小淑娅和小莫莉在苦读。

学校的讲台上，老校长为青春焕发的淑娅戴上博士帽，台下的莫莉和同学们热烈地鼓掌。

现实：淑娅和莫莉相拥痛哭着，互相为对方擦去眼泪。

良久，大家终于恢复了平静，莫莉："王忠同学，我很久都想问你一个问题，现在可以吗？"

王忠："可以。"

莫莉："中国是人们梦寐以求的地方，对于我们许多人，那是永远无法实现的梦想，可是你们为什么非要从中国来到我国呢？"

王忠："知道我的名字为什么叫王忠吗？过去中国的经济还不像现在这样发达，妈妈认为你们国家是天堂，变卖家产，不顾一切地来到这里，爸爸恋着妈妈，也跟到这里。他们都是尖端科研人员，因为不愿参加一项尖端武器的研究而失了业，还到处受歧视，只能靠打零工为生。可他们再也没有脸回到祖国了，就给我起了个名字叫忠忠，人要忠于祖国。他们嘱咐我，待他们死后，一定要把他们的骨灰带回祖国，假如祖国不愿接纳他们，就把他们葬在国门口的小山上，让他们能永远望着中国……望中，王忠，我的名字就是这样得来，可是我，我……"

他哭得说不下去了，双手捂着脸，泪水却从指缝中滚滚流出。莫莉也是泪眼蒙眬，她将纸巾递给王忠："对不起，王忠同学，我让你伤感了。"

他终于擦干泪："让大家见笑了。"

刚毅深沉又回到他脸上，他目光如炬，似乎已看穿万年冰山，音乐声起，雄浑激越。王忠："同学们，人类从诞生以来就伴随着战争和互相残杀，但是，人类追求和平的信念从没有磨灭过，无数人倒在了追求和平的路上。现在，上苍将消除战争，实现人类永久和平的宏伟目标交给了我们，我们应该为担此重任而无上荣光。当然，这是一个艰苦卓绝的目标，任何人都有权决定参加与否，我提议，愿意加入这个计划的人举手。"

十一只手齐刷刷地举起。

王忠："好，全部同意，这就是说，从这一刻起，我们所有人已准备将自己的一切包括生命，都献给那个宏伟的目标了。我们应该有个组织，我建议，淑娅因为是微生物研究的专家，又是倡导人，应该任组长，我自荐为副组长，请大家表决。”

十一只手同时举起，王忠：“全体通过，还有，应该为这个能消除战争根源，寄托我们和平希望的小精灵起一个响亮的名字。”

淑娅：“我想好了，既然它寄托着人类和平的希望，就应该叫和平号。”

大家深情依依地重复着：和平号，和平号。

大卫单手叉腰大喊一声：“拿酒来！”

娜莎将一杯水递给他，他一仰脖喝了下去：“从今以后这百十来斤就是和平号的了！”

他挥手将玻璃杯摔在地下，杯子化作了无数亮晶晶的玻璃珠！

王忠的话在室内回荡：“中国有一个传说叫凤凰涅槃，说的是一只伤痕累累的凤凰扑向烈火，在烈焰中得到了新生。这在佛教中叫做涅槃，也许人类也必须经过这样一个痛苦的过程才能得到新生。为此我提议：我们这个行动代号为——涅槃！”

室内回荡着，空旷的冰洞里回荡着，涅槃、涅槃……

□ 17　一组镜头　日

大家在试验室、细菌室、电镜室分别忙碌着。

□ 18　首都　高登家　日

一个幽雅的小院落。室内装潢考究。高登妈正在帮高登穿一套崭新的军装。高登妈：“这次见了你爸可要听话了，他一个将军为国效劳，要管多少事情，你这么大了还老是烦他，不害臊吗？”

高登：“妈你放心，这次我一定听爸的话，好好干，我长大了。”

高登妈动情地抱住儿子：“真是妈妈的好儿子，可要小心啊，妈在家等你回来。”

□ 19　路上　外　日

高登开车在路上，越过桥梁，越过公园。

一队游行的队伍挡住了去路，他们高举的牌子上写：我们要吃饭，我们要工作！我们不要打仗，我们要活命！一些荷枪实弹的警察在维持秩序，他只好拐向别的街道。

又是一队游行队伍堵了路，他只好把车停下来。游行的人呐喊着，他们举着的牌子上写：杀人要偿命，平民的命也是命！

□ 20　北萨国　国防部　外　内　日

高登来到一座宏伟的建筑前，牌子上写：北萨国国防部。高登走到大门口给卫兵看自己的证件。

高登父办公室，室内宽敞豪华，各种办公设备很是气派。高登父坐在桌子后，卫兵将高登领进，高登："爸爸，见习军官高登来向你报到。"

高登父："叫将军。"

高登："是，将军阁下。"

高登父教训地："这就对了。你本来上着好好的军校，却非要跑那个海底城去，叫你去经商干点稳当事，你又偏要参军，你这么大了还老不让我省心。"

高登："咱们祖上都是军人，我想光宗耀祖啊，这次我一定听话，我长大了。"

高登父满意地："这还像话。"

高登父按动电铃叫进一人，示意他坐下："泰勒上校，现在全国各地都发生了暴乱，严重影响了国家的正常运行，警察力量严重不足，国防部命令军队协助制止暴乱。考虑你是警察出身，所以委你此重任，你一定要不负重托。还有，犬子刚入军队，让他跟你锻炼一下，你要严加管教。"

泰勒敬礼："是，将军阁下。"

□ 21　魔窟　试验基地　电镜室内　日

桌子上放着一杯淡黄色的液体，同学们围在屏幕四周，淑娅打开电镜，屏幕上出现了一些小生灵，不停地活动着，充满活力。

淑娅开始介绍："这就是寄托着我们全部希望的和平号菌种，现在已经通过了各种测试，就要开始下一步试验了。可是……"

王忠："是这样，下一步应该进行动物实验，可是这地方从来就没用动物实验过，早年都是用建这个魔窟的劳工、战俘做实验，现在别说早就没有了，就是有，我们也不能拿活人做实验哪，现在反对细菌战的呼声又高涨了，实验动物进不来，大家再想想办法。”

大卫：“有办法早就想出来了，依我看办法倒是有一个，这不是有十几个大活人吗，不为了咱和平号，这十几条命在这里还有什么意义，我算第一个！”

他说着就去端试样，淑娅：“别别，再想想办法。”

娜莎死命拉住他的一只手，大卫：“还磨叽什么，菌种在外边活不了太长时间。”

他用另一只手端起菌种一仰脖喝了下去：“哎，味道还不错呢，你们都给我听好了，以后谁也不许和我争，和平号成功了我得是头功。”

有人笑起来，气氛轻松了不少。大卫：“好啦，各人忙各人的事吧，走，莎莎陪陪我。”

□ 22　小食堂内　日

小食堂里，只有大卫搂着娜莎，目不转睛地看着她，娜莎：“非要这么看着我干吗？”

大卫：“你们姐妹三人整天黏在一起，把我都给晾了，好不容易在一起，还不准我好好看看你啊。”

他伏在娜莎耳边轻声说着，娜莎的泪流了出来：“我不听我不听，你要那样了，我就跟你去。”

大卫忘情地热吻着娜莎，大卫：“不会的，不会有什么意外的，我们和和平号一定能飞出这魔窟，那时候我要正式向你求婚，我要让所有同学参加我们的婚礼。”

大卫替娜莎擦着眼泪，娜莎终于灿烂地笑了，在大卫的怀里幸福地睡去，灯光渐暗。

□ 23　淑娅　莫莉卧室　晚

两人躺在床上搂着，淑娅：“你说大卫可会有事？”

莫莉：“那能有什么事，菌种的各项数据分析不都正常吗，你就等着好消息吧。等我们和平号传遍了全世界，人类再也没有战争，没有悲伤，只有幸福和欢乐，我们啊，天天都要这样搂在一起。哎，到了天下太平的时候，你想干点什么呢？”

淑娅：“咱们啊，要到世界各地转转，还要到那个美丽的国度看看，那些人到底长得是什么模样。咱们总统总说人家青面獠牙凶神恶煞吃人不吐骨头，我要看看是不是真的那样。”

莫莉：“嘻嘻，你呀，总是这么好哄，要不然怎么会让人骗到了这个鬼地方，不过要不是在这里，怎么能想起去做这么伟大的事业呢，真是说不清了。”

她们幸福地憧憬着，搂抱着渐入梦乡，咯吱吱的声音又响了起来。

一阵急促的跑步声传来，门外传来高呼声：“淑娅，快起来，出事了！”

脚步声又渐远去，两人一惊，全无睡意，赶紧披上衣服跟着跑了出去。

24 医务室内 夜

各种器皿散乱一地，桌子上放着一份遗书。大卫在地上趴着，身旁有几个用血写的字：别了，莎莎同学们。娜莎和同学们跑进来，将大卫翻过身，呀！他已是鼻口出血，气息全无！娜莎发疯般的摇撼着他：“天哪，这是怎么啦，昨晚不是好好的吗，大卫，你醒醒，醒醒啊。”

同学们围在大卫的病床四周，哭着抚摸着，娜莎抱着大卫的脸亲着痛哭着呼唤着：“大卫你醒醒啊，你狠心丢下我，让我怎么活呀！”

可是大卫永远不会再回答了，她头一歪昏死过去……大家赶紧将她架到病床上插上氧气管，淑娅和莫莉抱着她呼唤着：“莎莎，醒醒啊。”

同学们无助地围在大卫和昏迷着的娜莎身边，墙上的时钟在不停地变换时间。

老教授推门进来，同学们诧异地看着他。老教授：“我早就观察你们了，你们是多好的年轻人啊！”

他来到大卫身前痛哭着，抚摸着：“孩子，让我再看你一眼……”

老教授转向大家：“孩子们，老是这样很危险，那边有一个很好的地方，咱们，送他上路吧！”

淑娅将大卫的病床推到昏睡着的娜莎床前：“妹妹，你再最后看一眼你的大卫，他就要永远，永远地去了……”

面色蜡黄，昏睡着的娜莎一定听到了，泪水从她紧闭的双眼滚滚流出，淑娅去替她擦，可怎么也擦不尽……

老教授将白被单罩在大卫身上："孩子，一路走好……"

□ 25　冰洞里　活地狱门前　日

走廊长长，哀乐低回，同学们流着泪推着盖着白被单的大卫缓缓前行，大卫的画外音宣读着他的遗书："当那天我们刚有了和平号这个名字的时候，我看到了我一生的追求所在，我义无反顾地追它去了，对不起，莎莎，我没能给你带来幸福和欢乐，只有痛苦和悲伤，莎莎，忘了我吧，我又有了新的恋人，我把我的生命，交给新恋人了。莎莎，千万别跟着我，我还交给你一项重要任务，你一定要完成它，要不然我会死不瞑目的，千万记下了。"

"同学们，人类追求和平的道路遥远而又漫长，无数人倒在了我们前头，我们几个人又算得了什么，让我们一个一个地拼，直到最后一个！上苍也会为我们流泪的，等我们血流尽的时候，那朵幸福花就会开了。我的同学们，别了，莎莎，别了……"

大卫画外音的同时闪过一组镜头：他在毕业酒会上和同学们唇枪舌剑。

他豪气干云地喝下"酒"，挥手将杯子摔碎在地下，杯子化为无数闪亮的玻璃珠！

他义无反顾地喝下试样，在医务室里拼力坚持着，写着遗书。

他痛苦地在地上翻滚着。

□ 现实

后边传来了娜莎痛彻肺腑的呼喊："大卫你别走，你再让我看一眼……"

众人推着大卫来到阴风阵阵、惨叫声声的活地狱门前。

老教授按动密码，旁边的侧门打开，伸出一只机械手，连床带人一起抓了进去，阴寒之气吹得人连连后退。

娜莎扶着墙艰难地来到冰门，跪倒在冰门前拍打着冰门哭喊着："大卫你好狠心哪，你让我一个人怎么活啊……"

淑娅扶起她，她抓住淑娅的头发猛烈摇晃着，手指在淑娅脸上留下了条条血印："都是你这个坏女人出的馊主意，你还我大卫来，还我大卫来！"

淑娅呆傻一般一动不动，莫莉拦下娜莎，娜莎诧异地看着自己的手，抚摸着淑娅条条血痕的脸，突然狠狠向自己脸上打去，淑娅抱住她，姐妹三人抱在一起悲恸地哭着。

娜莎一次次来到活地狱前，又一次次被同学们架回去。她跪倒在地拍打着冰门哭喊着：“大卫，你看看我，看看我……”

□ 26　实验基地：逝去同学的祭拜室内　日

桌子上放着大卫镶着黑纱的照片，同学们站在前边默默地致哀，娜莎从外边踉跄进来，扑到桌子上，捧起照片贴在脸上，泪水顺着照片落下，肩膀在微微抽动：（大卫画外音）咱们一个一个拼，直到最后一个。

她拿出笔在照片空白处写上，大卫，一号，娜莎，二号，然后高高举起拳头，音乐声起，苍凉悲壮。淑娅接过笔写下：淑娅，三号，大家纷纷过来争笔。王忠：“大家别争了，这样争不出结果，还是听我来说。首先，淑娅是领导，离了她，实验就无法进行下去，我们的牺牲就没了意义，所以，她只能排在最后。还有娜莎，大卫已经先走了一步，我们是不能让你走在我们前边的，要不然我们以后无颜去见大卫。”

他说着，拿笔欲把娜莎勾掉，可是娜莎抓住笔不放，王忠：“大卫交给你一个任务，你完成了吗？不完成这个任务，你能坦然去见大卫吗？”

娜莎无力地松开手，王忠将娜莎和淑娅的名字勾掉：“我建议，剩下所有的人抓阄以决定我们参加实验的顺序，同意我意见的举手。”

娜莎和淑娅弃权，其他人同意，王忠：“过半数通过。”

他用一张纸撕成小块写上 11 个数字，将 1 号放在大卫遗像前，将 10 号、11 号交给娜莎和淑娅，剩下的每张团好，在桌子上拨乱让每人拿一个。他咬破手指，在一张纸上写下自己的名字和号数，其他各人依次照做，王忠：“让我们一个一个地拼，最后只剩娜莎、淑娅你们两人的时候，你们可以做出自己的选择！现在，让我们向先驱者宣誓！”

11 只手臂高高举起，激情澎湃的音乐声中，依次闪过一只只高举的拳头，一张张视死如归的脸。

□ 27　实验室内　日

大工作台前的屏幕上，显示着 DNA 的双螺旋结构，同学们围在四周，正在听老教授分析："要制造出一种病毒，让它准确地切割掉DNA的某一片段，是一个极其艰难的工程，就凭你们这些人想干这样的事，简直太不可思议了。"

王忠："我们自从有了和平号这个名字的那一刻起，就已经把自己的生命交给了和平号，也许我们会拼尽最后一个人而一事无成，但是我们却能问心无愧地对先驱者大卫说，对千万个已经倒下的人说，为了那个壮丽的目标，我们已经流尽了最后一滴血！现在，让我们从头开始！"

计算机房，淑娅在计算着。

实验室，同学们在做着各种分析。

电镜室，淑娅在屏幕上观察着病毒的三维图形。

□ 28　首都　制暴现场　日

某城，正在大规模地暴乱，地面上一片狼藉。一些人和警察用枪互射，双方都有人倒在地上，还有人从砸烂的超市里向外抢东西。

几辆军车开来，跳下不少机器人士兵，他们对着暴乱者一阵扫射，暴乱者纷纷倒地，其余的人四下逃散。机器人士兵追上去，抛出电绳，将逃跑的人捆个结实，电绳冒着火花，被捆的人惨叫着。

一辆硕大的指挥车内，泰勒上校手拿话筒指挥着，几个军人观察着显示暴乱现场的屏幕，高登在车内无助地左看右看。暴乱现场人已散尽，一片狼藉，到处是鲜血和尸体。

□ 29　荒野　日

车轮滚滚，各种战车掀起漫天灰尘。（高登和泰勒上校的画外音）高登讥讽地："乖乖，瞧这阵势，对付几个暴民还不是小菜一碟，只是这样做是不是太残忍了些，我们整天不是标榜自由民主吗？"

泰勒上校："我的孩子，请不要过于天真，当自由民主威胁到国家安全的时候，你只能如此，种族冲突历届政府都解决不了，只能付诸武力。我们要去平息下一个城市的暴乱，我现在就把这个任务交给你，你如果能用和平的方式平息了暴乱，我替你向国防部请功，怎么样？”

高登语塞。内心独白：“娅娅，你在那里？”

□ 30　魔窟　实验基地　医疗室内　日

桌子上的一杯试样，同学们脸色庄重地围在四周。上面叠印着血书编号：2 号菲洛德。

这是一个黑人学生，他端起试样仔细观察着，然后眼也不眨地喝了下去：“今天我可是要抢头功了，你们别眼巴巴地在四周看着，轮不到你们了。”

有的同学笑起来，气氛轻松了不少。菲洛德坐到了测试椅上，大家为他戴上布满各种电极的测试帽，菲洛德：“大卫老兄，今天看我的，你要怪只能怪你运气不好。”

测试仪上各种数据和曲线闪动着，时间在慢慢流逝。

灯光变暗，一个恐怖的声音呼唤着：“菲洛德，菲洛德……”一阵阴风吹开了门，两个守护的同学昏睡了过去，一个黑影悄悄从病床上起身，僵尸一般向外走去，惨叫着跑向幽幽的冰洞。

□ 31　医疗室　冰洞里　夜

医疗室的灯已经开了，只剩两个守护的男同学，大家又一起跑向冰洞。冰洞里阴风阵阵，惨叫声不时传来，那种咯吱吱的声音又响起来令人心惊胆寒！有的男同学和几个女同学微微发抖，莫莉壮着胆四处看着。

王忠：“你们女同学回去吧，我们找找看。”

淑娅坚决地摇摇头。

王忠：“那好，我们三四个人一组分头找，可别走远，这里冰洞四通八达，和迷宫一般，迷了路可就糟了。”

三组人打着手电分头找着，冰洞曲折蜿蜒，到处是分岔，鬼影幢幢，哀嚎阵阵，大家转了一圈，又回到原地。

王忠：“看样子他是不愿见我们，找也白搭，大家先回去休息吧，有事明天再说。”

□ 32　淑娅　莫莉卧室内　夜

两人躺在床上搂抱着，淑娅说话声音发着抖：“菲洛德身上到底发生了什么，还有冰洞里那些鬼影和令人魂飞魄散的惨叫声是怎么回事啊，我简直都要崩溃了。”

莫莉欲言又止，淑娅：“说吧，我豁出去了，反正早晚要知道的。”

莫莉：“好，我也豁出去了。你知道这里原来有一批人员，他们的研究内容级别是高度机密，代号为 MZ 计划。研究还没成功，研究人员便死的死，疯的疯，没死的就变成冰洞里那些人不人、鬼不鬼的怪物。他们逃散在深不可测的冰洞里，身上带的毒菌，自然也会在冰洞里飘浮着，菲洛德一定是被感染了，发了疯，我们保不准哪天被感染了，也会变成那些恐怖的怪物！”

淑娅：“妈呀，别说了，抱紧我……”

两姐妹抱在一起簌簌发抖，灯自动熄灭了，鬼哭狼嚎之声又传过来！

淑娅画外音：“高登，你在哪里？”

□ 33　北萨国在某国的军事基地　当事国的街道　日

海湾里停着航母和各种军舰，机场上停着各种战机，人员及各种军车来来往往。高登、席少尉和两只机器警犬走出大门。

高登一行走在街道上，几个喝得醉醺醺的士兵将一个妇女推倒在地，动手动脚，妇女不从，士兵们对她一阵拳打脚踢，将她的衣服扯得稀烂，旁边的群众敢怒不敢言。高登走向前，抓住一个人衣领，扇了他几个耳光，其他几个人围来，其中一人：“你什么人，活腻了！”

高登拿出军官证：“我让你看看我是什么人。”

席少尉目光深邃地注视着，高登：“席少尉，将他们铐起来带回去。”

席少尉做一个手势，机器警犬扑上来将士兵掀翻在地，吐出绳索，将士兵捆个结实。

□ 34　泰勒上校的办公室　日

几个被铐着的士兵及高登、席少尉站在泰勒面前，泰勒：“怎么又是你们，怎么回事？

一士兵："嗯嗯，我们正在街上走着，一个女人忽然抱住我的腿要钱，嗯嗯，我没钱给她，她就诬陷我们强暴她，嗯嗯，上校，我们冤枉啊！"

泰勒："听到了没有，快放人！"

高登："将军阁下，你，你怎么这样处理问题！"

泰勒沉下脸："你就这样和上司说话吗？"

高登还想说什么，席少尉使劲拉着他走了出去，手下给士兵们打开手铐。

□ 35　魔窟　试验基地　一组镜头　晚

镶着黑纱的照片已排到第5个，缓缓划过的照片上叠印出血书上的名字和号数。淑娅面色蜡黄消瘦，正仔细地擦拭着每一张照片，擦完照片，她从抽斗里拿出一把锥子，向胳膊上刺去，一下又一下，鲜血直流，她呵呵地傻笑着。

莫莉在实验室里，将散乱的仪器整理好。

她在食堂里，将炊具整理好，地扫好。

她走过女生宿舍，伤感地向里看着，几张床已空了，只剩娜莎和一个女同学在睡着。

她来到祭拜同学的小屋，淑娅在呆坐着，胳膊上流着血，莫莉流着泪替淑娅包扎好，拉起她向外走去。

□ 36　淑娅　莫莉卧室

二人睡在床上搂抱着，淑娅："莉莉，明天的试验人是谁呀？"

莫莉："是一个男同学，你应该知道啊。"

淑娅："王忠不给我看，我昏头昏脑早把顺序给忘了。你说明天的试验能成功吗？"

莫莉："能的，一定能的。"

淑娅："可是我们5个同学都已经……"

莫莉："别难过啊，为了那个梦想，多少人都倒下了，咱们几个人又算什么。睡吧睡吧。"

她将淑娅搂在怀里，理着她焦枯的头发，不一会淑娅昏昏睡去。

莫莉悄悄起身，把桌子上的三姐妹照片看了又看，擦了又擦，又拿了一件红色的衣物珍惜地抚摸着，然后放在挎包里，又从柜子的里边拿出珍藏的几张中国风景照，层层打开，一张张看着，默默地流着泪。

她躺在淑娅身边，看着淑娅的脸，就这样看着看着，哭着哭着，一夜无眠。

次日晨，淑娅睁开眼，莫莉在她身边眼圈红红地还在看着她，淑娅诧异地：“你怎么啦，怎么这样看着我。”

淑娅突然惊恐地一把抓住莫莉：“你，你就是今天的试验人！”

莫莉点点头：“是我，6号莫莉！”

淑娅惊得猛然坐起，抓住莫莉的双肩，手指微微颤抖：“你，你不是说排在最后吗，怎么会是现在？”

莫莉惨然一笑：“哄你一个呆子还不容易，不信你向王忠要血书看看。”

淑娅决绝地：“你们都骗我，你今天就是不能试，你要敢试，我，我就死给你看！”

莫莉：“娅娅，你听我说……”

淑娅：“我不听，咱们都不试了还不行吗。”

莫莉紧咬的嘴唇渗出了血珠，她怒目圆睁，啪的一声给了淑娅一记响亮的耳光！

淑娅一手捂着脸一手指着莫莉：“你你，你竟敢打我！”

莫莉：“打你怎么啦，这样的话亏你能说出口，我们死了多少人你知道吗，你一句话说不试就不试啦？”

淑娅扑过来死死抱住莫莉：“你打吧打吧，你打死我我也不让你试，我早就不想活了！”

莫莉嘴唇颤抖着说不出话，她拼力掰开淑娅的手，抓起包冲出门，再也没有回头！

□ 37　走廊内　日

走廊长长，后方传来淑娅痛彻肺腑的哭喊：“莉莉，你好狠心哪，你等等我！”等等我。前边阴风扑面，哀嚎阵阵，莫莉步履坚定地向前走着。

□ 闪回

莫莉视死如归的脸化作了3号同学的脸，他身上叠印出血书3号。实验室里，莫莉和淑娅倾情地为同学们唱着歌。

3号同学含笑喝下了试样。冰洞里同学们推着盖着白被单的3号同学，他的画外音："能为我再唱一遍你们唱过的那首中国歌吗，那是我听到过的最好听的歌了，在天堂里有那首歌伴着我，我不会寂寞。"

□ 闪回

冰洞里男甲女甲手拉着手笑着跳着，像去做一次愉快的旅行。他们身上叠印出血书编号 4 号，5 号。

病床上的男甲鼻口流血向着恋人伸出手。女甲热泪纵横地笑着躺在他身旁，两人紧抱着合上眼。同学们扑到他们身上痛哭着，淑娅脸贴着墙捶打着墙壁悲痛欲绝。

冰洞里同学们簇拥着这对只盖着半身的、紧紧相拥、生死相依的恋人缓缓行进着，两人架着痛哭不已的淑娅在后相随，男甲画外音：我们唯一的请求就是，把两次实验安排在同一时间，我们生死都要在一起。女甲：别盖住我们的脸，让我们能看着你们，我们要永远为你们祝福。

□ 现实

莫莉坚定地向前走着，脸上热泪涌流，她身上叠印出血书编号：莫莉，6 号！她铿锵的脚步声在冰洞里庄严地回响着，奇丽的冰晶熠熠生辉，照着她的脸冰清玉洁，一如圣母！

□ 38　实验室内　日

同学们已等在那里，莫莉走进门，淑娅的哭喊声传来，莎莎："莉莉，还是我替你吧，娅娅会受不住的。"

莫莉一把将她推开，劈手从王忠手里夺过钥匙，打开保温箱门，拿出试样，眼也不眨地喝了下去。

淑娅从外面进来，可是莫莉手中的杯子已经空了，淑娅的情绪完全失控，她抓住莫莉摇着捶打着："你好狠心哪，你让我活着比死了都难受，你为什么不打死我呢，你打死我吧，打死我吧！"

莫莉傻了一般呆立着，手中的玻璃杯掉在地上，化为无数闪亮的水晶珠！

□ 39　医疗室内　日

医疗室，莫莉躺在病床上，淑娅一脸茫然地坐在她身边，莫莉心痛地抚摸着淑娅脸上被打过的指印，淑娅生气地将她的手挡过去：“你明知道我离不开你，你要出了事，还不和杀了我一样，你干脆杀了我算了，还要这么假惺惺的干什么呢？”

莫莉的眼泪夺眶而出：“娅娅，娅娅，你忘了我们姐妹是怎么到一起的了，没有你就没有我啊，我怎么能舍得丢下你呢，可是我实在没有办法呀，我让谁替我呢？让莎莎吗？让王忠吗？你又能舍得下他们吗？我们那么多同学眼都不眨一下含笑奔向了死亡，我又怎么能装孬呢，娅娅，你让我怎么办哪？”

又一阵痛苦袭来，莫莉强撑着：“听我话，我要有不测，千万别跟着我，你一撒手咱们这么多同学的性命就都白搭了呀，你听到了吗？”

淑娅傻傻地一眼不眨地看着莫莉，莫莉：“天哪，这可怎么办哪，我一撒手非要把她带走不可，上苍啊，我们的血就要流尽了，看在我们这么心诚的份上，再宽限我几天吧！”

莫莉长时间压抑的情感爆发出来，她撕心裂肺地痛哭着，淑娅：“别哭了，我答应你，啊！”

两姐妹互相为对方擦着眼泪，可擦来擦去，怎么也擦不尽……

再也无语，两姐妹搂抱着默默地流着泪，淑娅似乎感觉到什么，她扳过莫莉的肩膀看着，莫莉嘴角一抹血迹，眼直直地看着她，手颤抖着想抬起来。淑娅将她的手拿起放在自己脸上，莫莉直勾勾地看着她，缓缓咽下了最后一口气！

淑娅声嘶力竭地狂喊着：“莉莉，莉莉……”可是莫莉永远也无法回答她了，她一头撞向那万年冰壁，她手扶着墙倒了下去，血从头发里渗了出来。

室内一片混乱，有的同学在喊着：“莉莉，莉莉。”有的同学在喊着“娅娅，娅娅”。大家七手八脚将淑娅架到病床上，插上氧气管，头上缠上纱布。仅剩的两个女同学抓着淑娅的手声声唤着：“娅娅，你醒醒啊。”

莎莎抚摸着亲吻着莫莉已结了冰花的脸：“莉姐姐你醒醒啊，你一撒手把娅娅也带走了，你让我们怎么办哪！”

可是她再也唤不醒莫莉了，她跪着挪到了淑娅床前，淑娅头上的纱布一片殷红，面如死灰，气若游丝，两眼空空如视无物。她将淑娅靠到自己胸前，泪水打湿了淑娅枯黄的脸：“娅姐姐，你再看看我，我是你的小妹妹莎莎，你知道吗，大卫早就把我们的今天预料到了，他说他要当第一个试验人，这样大家就不会让我参加试验，他让我好好活着，哪怕再艰难，也有一个姊妹留在你身边伴着你，他说我们姐妹情深，只剩你一人你会受不住的，娅姐姐，你听到了吗？娅姐姐，我们不能死啊，大卫在看着我们，再难咱们也要活下去，你不能辜负大卫一片真心啊，娅姐姐，你听到了吗。娅姐姐，莉莉没有走远，她怎么舍得丢下我们呢，你看那儿，她就在那里！”

莫莉的灵魂离开了她的身体，翩翩来到两人身前，亭亭玉立，状若仙子，她分明在说：“娅娅，莎莎，我怎么会离开你们呢，我会永远和你们在一起。”

两人伸手去抱：“莉莉，莉莉。可是两人却抱到了一起痛哭起来。”

王忠拿起莫莉床头的挎包打开，拿出一件衣服，抖开，是一件火红色的连衣裙！

插曲《希望》苍凉悲壮，如泣如诉

我有一个希望，
从小伴我成长，
希望的路茫茫，
我不知路在何方。
啊……希望，希望，
为了那缥缈的希望，
我甘愿倒在这路上。

希望是灯塔，
给迷途者以方向；
希望是太阳，
给绝望者以曙光；

希望是常青树，

给垂暮者以新生；

希望是不老泉，

给殉道者以力量。

啊……希望，希望，

为了那不灭的向往，

多少人倒在了路上。

歌曲的同时一组镜头：几个警察在暴打着一个倒在地上的黑人，站在旁边的莫莉父亲和警察们论理，他将警察的棍子夺下扔向远处。

警察们却将莫莉父亲打倒在地。

小莫莉和妈妈扑在莫莉父的尸体上痛哭着。

莫莉妈将小莫莉领进淑娅家门，将小莫莉的小手交到淑娅妈手里，痛哭着跑出家门。

凄风苦雨之中，小莫莉哭喊着。

小淑娅找来，拉着小莫莉向回走，她们滑倒在地上，爬起来，满身泥水，互相搀扶着向家里挪。

淑娅妈替小莫莉擦着身上的泥水和眼泪，小莫莉抱住淑娅妈："妈，妈……"

淑娅妈在洗着一堆衣服，小姐妹一人帮她擦着汗一人晾着衣服。

学校里，几个男孩子欺负着小淑娅，小莫莉捡起一截树枝，拿出拼命的架式，男孩子们将她们打倒在地上，她爬到小淑娅身上，任凭男孩子们在自己身上踢打。

淑娅妈给小姐妹看着中国的风景照，教她们唱着歌。

现实：王忠将连衣裙盖在莫莉身上，抓起她一只手痛哭着。淑娅挣扎着起身，莎莎架着她来到莫莉床前，向着那一抹火红，他们一起举起了拳头！

□ 40　冰洞里　日

同学们围在莫莉四周，淑娅扶着病床艰难地向前挪着，一片火红之中叠印出：莫莉 6 号！

现实：冰洞里缓缓移动着一片红光，整个冰洞在无数奇丽神秘的冰晶映射下，五彩斑斓，姹紫嫣红！

□ 41　大洋中的小岛　日

热带雨林中的小路上，高登正领着一小队士兵巡逻。野兽的阵阵咆哮声传来，不时有怪兽巨蟒穿过小路，几个外形狰狞的土人追打着穿过小路没入林中，林间传出阵阵咆哮声和绝命的惨叫声。

高登："快过去看看，出人命了！"

一士兵惊恐地看着四周："高登中尉，不可不可，你的前任就是……"

四周鬼影闪闪，哀嚎阵阵，怪人，巨兽，歪七扭八的恐怖建筑一闪而过。

□ 42　魔窟　试验基地一组镜头　日

王忠伤感地看着一个个空了的床铺，他还是将一张张床掸了又掸，最后将自己的铺盖卷好。

女生宿舍，床铺已经全空，他还是将每一张床都掸干净。

实验室，他将每一个座椅拉好，将地扫净。

祭拜室。镶着黑纱的照片已增到 8 个，他将每张照片擦了又擦，特别将文文的照片看了又看，然后走出门。

走廊里，他坚定沉稳地走着，他的脸化作了文文的脸。

□ 闪回

王忠在食堂里打着盹，文文在墙角偷看着，她悄悄来到王忠身边，解下他腰间的钥匙，走向实验室，她身上叠印出：文文 9 号（自愿换王忠的 7 号）

她来到实验室，打开保温箱，拿出试样看着，热泪横流，一仰脸喝了下去。

她扶着桌子拼力支撑着，念着："王忠，王忠。"

王忠从外面跑来，抱起她痛哭着："你怎么这样傻啊。"

文文："你终于肯抱抱我了，知道我的心吗？"

王忠："知道。"

她幸福地笑着合上眼："我，死而无憾了……"

试验基地门前，王忠跪在她的床前，拉着她在白被单外面的手放在脸上痛哭着，同学们在四周垂着泪，她的画外音："我梦中的情人，今生哪怕只抱我一回，我也愿意为你顶上一命；哪怕你从没爱过我，能死在你的怀里，我也算没枉度此生！"

□ 闪回

8号同学在冰洞里坚定地走着，他身上叠印出血书8号。实验室里，他灿烂地笑着喝下了试样。

冰洞里同学们推着盖着白被单的8号同学，枕边放着天安门人如海、花如潮的照片，他的画外音："我活着的时候再也无缘到那个美丽的国度去了，死后也要飞到那个我魂牵梦萦的地方，那里，就是我的天堂了。"

□ 现实

王忠坚定地走着，一任泪水在脸上恣意横流，他身上叠印出血书编号：王忠，7号！

□ 43　试验室内　日

试验室内，淑娅和娜莎相拥着站在保温箱前，他们默默地互相注视着，面容憔悴，头发花白，只是，焦黄枯瘦的脸上更增加了几分刚毅，只是，那几双眼睛还在燃烧着不灭的火焰！

淑娅："你今天是试验人吗？"

王忠默默地点点头，拿出钥匙。

淑娅一把将他推过去："你今天要做这个试验，除非从我尸体上走过去！"

王忠："娅娅，你听我说……"

淑娅："我不听我不听，你们天天哄我是女神是救世主，骗着我生不如死地活着，你们手一甩走得倒是潇洒，都不知道我是怎么活过来的！"

她捋起胳膊，现出给自己留下的累累伤痕："我害死了这么多人，我的心每天都在滴血，我欠了这么多条命，今天再也不愿欠你的命了！"

王忠："我们不是评估过了吗，不会有事的。"

淑娅："那好，既然如此，我今天要争这一功，你把钥匙给我！"

王忠语塞，淑娅："怎么样，装孬了吧，你怕我死了，你没有了精神支柱，没说错吧，我今天再也不为别人活着了！"

淑娅堵住保温箱，拿出一副决绝的架势。

娜莎欲言又止，淑娅："你不会是想说你来试吧？"

她珍爱地抚摸着娜莎花白的头发和焦黄的脸，百感交集："你以为姐姐还能再撑过失去你的打击吗？"

两人深情依依地对视着，欲哭无泪。时间分分秒秒地流逝着。

娜莎："老这么耗着也不是办法，要么咱们一起试，成功了呢，就活在一起，失败了呢，就让这万年冰山把我们和大卫，和莉莉，和同学们永远葬在一起吧！"

淑娅和王忠都点了点头。王忠打开保温箱门，拿出了试样，又拿出两个空杯，他将试样上边澄清的液体倒入两个空杯递给淑娅和娜莎，三人共同举起杯一饮而尽，三张视死如归的脸旁现出血书编号：王忠 7 号，娜莎 10 号，淑娅 11 号。

他们相拥着坐在沙发上，静等着那一刻的到来。

娜莎："咦，我怎么感觉这么安详哪，成败与否似乎都无所谓了，要是不成功呢，咱们就和同学们永远在一起，再也不要关心人间的这么多烦心事。试验成功了，世界大同了，生活该多美好啊！大卫再叫我，我也不跟他去了，姐姐，我可舍不下你啊。我要在这里建一座丰碑，记载着一群年轻人曾在这里奋斗过。"

娜莎躺在沙发里，脸上荡漾着幸福的泪水，缓缓合上眼，淑娅替她盖上衣服："好好睡上一觉吧，从到这里也没睡上一个安稳觉。"

淑娅拉着王忠走向外边。

□ 44　医疗室　内　日

二人坐在沙发上，淑娅："我想问你一句埋藏在我心底很久的话，你还爱我吗？"

王忠不敢正视淑娅，他回避着淑娅那热辣辣的目光。

淑娅："你看着我的眼睛，你这个懦夫，你明明还爱着我，可为什么就不敢说呢，我们都到这个样子了，难道还要把一切都带到坟墓中去吗？你就不能说一句真心话吗？你说呀你说呀！"

淑娅捶打着王忠宽宽的胸脯，王忠一把抱住淑娅："我爱你，我永生永世地爱着你！"

多少委屈，多少酸甜苦辣一下狂泻出来，淑娅伏在王忠肩上热泪喷涌而出："王忠，王忠，你不觉得现在说这话太晚太晚了吗，我鬼迷心窍我混账我不是人，可是你早年为什么不能对我说几句海誓山盟的话呢，你为什么不能像个男人一样去抗争呢，你说呀！"

王忠也热泪涌流："娅娅，我让你受委屈了，可是你知道，我是个穷学生，父母到处打工，我们到处遭白眼儿，我能给你带来什么呢。高登是个好男孩，他的条件是那么好，又是那么爱你，他会给你带来幸福的，只要你幸福，我哪怕身陷地狱，都会为你高兴；只要能为你做点事，哪怕再苦再累，也是心甘情愿的。这就是中国式的爱情，为了所爱的人只求奉献，不求回报；为了所爱的哪怕是人死千百次也是含笑九泉的。你理解吗，娅娅？"

淑娅："王忠，你们中国人为什么非要这么好啊，你让我拿什么来报答啊，我再不是当年那个如花似玉的淑娅，已经一无所有了，我只剩了一颗心，就把它交给你吧，让我们在黄泉路上做个伴吧！"

王忠拥抱着淑娅："我答应你，娅娅，你也要答应我一个要求，娅娅。"

淑娅点点头，王忠："将来如果有一天，你能飞出这大山，你就去找高登，你对他说，有一个人会在这冰山之下永远为他祝福。"

没有回答，王忠："娅娅，我为你舍弃了一切，从没有任何要求，现在就这一点要求，你都不能答应我吗，我在那个世界里都会看着你，不看到你幸福，我会死不瞑目的！"

淑娅的热泪更加汹涌地流出："王忠，王忠，你这样对我，你让我今生今世怎么报答啊……"

他们相拥着默默地享受着难得的时光。

许久，淑娅："我去看一下莎莎。"

□ 45　实验室　内　日

她来到实验室，娜莎还在沙发上睡着，她替娜莎向上拉了拉盖着的衣服，感觉自己恶心欲吐，又赶紧走了回去。

□ 46　医疗室　内　日

王忠在洗刷池里吐着，淑娅为他擦着脸拍着背，可自己也吐了起来。

王忠躺在床上喘息着：“你应该让我自己试的，如有不测还有你和莎莎，咱们还有点老本啊，这下可好，把老本全都搭上了。”

淑娅：“你要有不测咱们老本也就输光了。我不像你们所想象的那么坚强，其实我很脆弱，我都是靠你和同学们支撑着，同学们都不在了，你再离去，我也就完了，我再也不能承受失去你们任何一人的打击了。”

淑娅说着又想哭，一阵痛苦袭来，她捂着肚子强撑着，脸上现出了豆大的汗珠。王忠：“别说话了，节约点体力能多撑一会儿。”

淑娅：“你让我说，说不定再也没有机会了。那次莉莉离开我们的时候，你不知道我心中的滋味，我可知道了什么叫万箭穿心！那比死一定还要难受多倍，莎莎日夜抱着我，呼唤着，温暖着我，才把我从死神手里夺了回来，没有莎莎，我是绝对撑不过那一回的。”

泪水和着汗水在她脸上恣意流淌，她将腹部抵着桌子，尽情地诉说着：“我淑娅有何德何能，怎么都遇到这样好的同学，我造了一个又一个的试验计划，却把一个个的同学送下了地狱，没有一个人有半句怨言，我巴望着谁能打我一顿骂我一顿也好啊，那次莉莉打了我一巴掌，我心里喊着，打呀，使劲打呀，可是她再也不打了……每逝去一个同学我都要用锥子把我狠狠刺上一通，我看着鲜血流淌，心里才能好受些……可是我不能死啊，我有什么权利让那么多同学白白丧命呢，再艰难我也要熬下去。这次实验，哪怕是不成功，我也能解脱了，我多想见同学们啊，可是，可是，我还有什么脸去见同学们呢……”

她扑到王忠身上：“王忠，王忠，这冰窟哪是埋葬我的地方呢，你就把我扔到冰洞的深处，我再也没有脸去见同学们了……”

两人抱在一起痛哭着，王忠为淑娅擦着泪：“娅娅，别难过，我生死都陪着你。”

许久，淑娅擦干泪：“你说有来生吗？”

王忠：“有，一定有，人间有那么多情，那么多爱。”

淑娅："那咱们同学们还要再作同学，来生，你要早早就对我说，我爱你，你要对我许上许多许多的海誓山盟，我要一心一意地等你，再不三心二意，我们完完美美地过完来生，再不要像今生这样，稀里糊涂，人生这么珍贵的爱情，还没开始就要结束了。你答应我！"

王忠："来生，一定！"

淑娅："来生，一定！"

他们相拥着，尽情享受着这短暂的宝贵时光。

外边传来响声，他们硬撑着向外走去。

□ 47　试验室　内　日

试验室里，椅子、什物翻倒在地上，莎莎在地上痛苦地蜷曲着，浑身发抖，二人失声地叫着跑来："莎莎，莎莎！"

二人将莎莎合力扶起，她面色蜡黄，头发散乱，淑娅："莎莎，你怎么啦？"

莎莎："我，没事，你们，还好吗？"

淑娅理着娜莎散乱的头发热泪盈眶："姐姐又要把你害了。"

莎莎脸上荡漾着幸福的笑意："姐姐，我刚才做了一个梦，我梦见咱们和平号已经传遍了世界，再没有战争和贫穷，咱们姐妹三人化成三只蝴蝶在周游世界呢！"

啊……三只蝴蝶翩翩起舞，飞过大海，越过群山……

三人在沙发上相拥着，拼力支撑着。莎莎扑到洗刷池前又吐了一阵，淑娅硬撑着挪过来，替她拍着背擦着脸，莎莎扶着淑娅热泪涌流："姐姐，我，我实在撑不下去了，我感到生命在一点点地离开我的身体，大卫已经在活地狱里呼唤我，姐姐，你多保重啊，我去和大卫、莉莉、同学们一起为你们祝福，姐姐，别了！"

她抱着淑娅热吻了一下，然后踉踉跄跄向外冲去。

□ 48　冰洞里　活地狱门前　日

莎莎在冰洞里扶着墙艰难地向前走着，她倒在地上。淑娅和王忠跌跌撞撞赶来，拼力架起她，艰难地向前挪，淑娅："姐姐，陪着你，咱们，一起走！"

无题歌声起，凄楚哀婉。

他们脚下一滑，都摔倒在地上，淑娅和莎莎怎么也站不起来了，王忠只好将一人架着向前走几步放下，再回来架另一个人，可后来他再也架不起谁了，淑娅和莎莎就在地上向前爬，王忠扶着墙向前挪着，在令人断肠的无题歌声中，他们就这样挪着爬着。

他们终于来到活地狱巨大的冰门前，靠在门前喘息着。莎莎跪在门前拍着门哭喊着："大卫，大卫，你让我进去吧，我多么想你啊，我们终于能在一起了，你让我进去吧！"

淑娅："同学们，我们失败了，本来我无颜见你们，可是，可是我多想你们啊，就让我见你们一眼吧，一眼也好。我是个罪人，把你们都害了，让我长跪在你们面前忏悔吧！"

王忠："我们失败了，可是我们无愧于先祖，无愧于千万个倒在前边的人，就让这万年冰山永远地把我们葬在一块吧！"

他们拍打着冰门哭喊着，可是那冰门多高多大啊，他们再也进不去了。

凄楚哀婉的音乐声中，他们艰难地爬到一起，搂在一起，泪水在他们枯黄的脸上慢慢结成了冰花，阴风吹散了他们焦枯的头发，撩起了他们磨烂的衣衫，冰洞里传来阵阵哀嚎，冰门里隐约传出痛彻肺腑的呻吟……

三人在冰门前手脸已经红肿溃烂，衣服也冻得梆硬。淑娅身上突然闪过一道祥光，身上散发出腾腾热气，她微微睁开眼，拂去脸上的冰花，惊喜地看着四周，试试王忠的鼻息，惊诧地哭起来："王忠，你怎么啦，你快醒醒啊，你不要和我共赴黄泉路吗？你等着我啊，王忠，你为了我受了这么多的磨难，我却伤害了你，你再给我一次机会啊，王忠！"

淑娅紧抱着王忠和莎莎："你们快醒醒，我们成功了呀！"

淑娅身上升腾的热气终于化开了二人身上的冰霜，二人先后睁开眼，三个人拥抱在一起，喜泪涌流。

他们互相搀扶着，扶着墙向回挪去。

□ 49　祭拜室　内　日

他们抱着同学们的遗照来到祭拜室，又将照片摆好。莎莎将大卫的照片贴在脸上，眼泪顺着照片落下："大卫，大卫，我们成功了，你交给我的任务我完成了，娅姐姐就在我身边，我们成功了！"

淑娅看着莫莉的照片，热泪涌流："莉莉，我的好姐姐，我们成功了，你听到了吗？"

莫莉的照片化成了莫莉的脸："我的好妹妹，咱们成功了，我听到了，听到了……"

□ 50　电脑室　内　日

屏幕上显示着和平号不同的三维图形，老教授正在给三个人讲解着："这次改造，和平号细菌已经准确地切割掉了人类遗传密码上的对抗因子，这样由于对抗因子引发的激烈对抗行为、战争，必然会逐渐停止下来。只是和平号刚入侵人体的时候，会引起免疫系统强烈的排斥反应，从而使身体产生一系列的症状，过段时间免疫系统适应之后，和平号便可以和人体长期共存了。其实，人体内生活着许多细菌病毒，它们大部分都是无害甚至是有益的，刚入侵人体也存在这种情况。还有，从建立的计算机模型分析，和平号已经进入了进化锁定状态，就是说它以后不可能再发生变异危害人类了，但是这也带来一个缺点，就是不可能对它进行任何改造了，比如它刚入侵人体时所带来的那些不良反应。"

王忠："那就只好这样了，让这些不良反应成为人类走向新生的标志吧！"

老教授："孩子，我祝贺你们，你们成功了！你们完成了人类历史上连想都不敢想的伟业！"

老教授看着三个人，面黄肌瘦，老态龙钟。

□ 闪回

当年十几个青春焕发的年轻人。

老教授老泪纵横。淑娅："老人家，别难过，我们值得的，你应该高兴啊，为我们祝贺吧！"

老教授："是的，我高兴，孩子们我祝贺你们！"

老教授伸出双手，四个人紧紧拥抱在一起。

老教授："我指点着你们，咱们尽快开始生产吧。我就是拼上这条老命，也要让和平号和你们早日飞出这魔窟，让和平号飞遍世界，早日结束这罪恶的战争！"

□ 51　军事基地旁的小酒店　外　内　晚上

月光下的军事基地，战机、军事设施依稀可辨，小街道上皮条客在拉醉醺醺的士兵，酒店里士兵们在猜拳行令。小酒店一个僻静的角落，席少尉和高登对面而坐，席少尉举杯："祝你完成任务归来，兄弟好像不高兴啊？"

高登："还高兴呢，差点把命都丢在小岛上了。"

席少尉注意地："小岛，什么方位，当局在那里干什么？"

高登："谁知道呢，反正地处热带，简直就是人间地狱，我的前任就死在那里，我要不是父亲干预也非死不可。就因为和泰勒顶撞两句就把我发配到那里，我还是将军的儿子呢，别人你想吧。我本来想参了军能除暴安良，光宗耀祖，谁想是进了一个杀人越货的强盗窝。我对这个国家和这没完没了的战争早就腻透了。哎，你听说过有一个组织叫反战联盟吗？"

席少尉犹豫一下，下定决心："你看我是什么人？"

高登仔细看着席少尉的脸，那目光庄严神圣，那面容果敢真诚。高登："哎呀，你就是反战联盟的人！我早怎么就没想到呢！"

席少尉点点头："其实组织早就注意你了，认为你正直可靠，你就是不找我，我也会找你的。"

高登兴奋地："那太好了，太好了，快介绍我参加，早日结束这没完没了的战争，我好去找我的恋人啊，唉，她让军方哄去干什么阳光事业，再无音信，现在也不知道死活。"

席少尉："你这么优秀，你的恋人一定不差的。"

高登："是啊，她是才华横溢的女博士，长得如花似玉，人又温顺体贴，我还是从别人那里把她夺了过来。唉，我明知这事做得有些缺德，可还是控制不了自己，她太好了，我太爱她了。等结束了战争，我也要去找被我伤害过的人，真心地说句对不起。"

高登抹着眼角的泪："老兄，让你见笑了，你也应该有恋人了吧？"

席少尉泪流满面："她，她已经葬身这万恶的战争中了，你还有希望啊，我已经是一无所有了。她和我是并肩战斗的军人，已经葬身在沙漠中了……她留给我最后一句话就是咱们回家吧，再也别打仗了！”

两兄弟抱在一起痛哭着，席少尉：“从那时起我就立下誓言，一定要亲手埋葬这罪恶的战争！对了，你要加入反盟，总要有点见面礼吧？”

高登警惕地左右看看，在席少尉耳边轻声说着。

高登：“正好我要休假，也好见见反盟的领导。”

□ 52　首都　高登家　日

高登家，高登风风火火走进门：“妈，我回来了。”

高登妈迎出来，和儿子紧紧相拥：“儿子，你可回来了！”

□ 53　反盟驻地　日

反盟领导和高登紧紧握手：“欢迎你参加反战联盟！”

□ 54　公园里　日

公园里，高登失落地张望着：“娅娅，你在哪里？”

□ 55　魔窟　生产车间　内　日

车间里排放着各种不锈钢罐，三人和老教授共同举着和平号菌种倒入发酵罐内，各种指示灯亮了起来，设备开始运转。

出料罐向袋子里流淌着黄色的粉末，淑娅和莎莎将袋子放入纸箱封好，她们珍惜地抚摸着几个纸箱，莎莎：“第一批和平号已经生产出来了，你已经两天没睡觉了，去睡一会吧。”

淑娅：“我高兴啊，睡不着。”

莎莎搂着她的脖子撒着娇：“睡嘛睡嘛。”

淑娅：“睡睡。”

□ 56　淑娅　娜莎卧室　内　日

莎莎将淑娅拖进二人的卧室，按在床上搂着，唱起了催眠曲："我家小宝宝，就要睡觉了……"

淑娅终于昏昏睡去，娜莎打个哈欠，揉揉眼走了出去。

淑娅在沉睡着，脸上不时现出笑意，墙上的时钟显示着时间在流逝。

王忠紧张地从外面跑来到床前端祥着淑娅，又轻声叫着："娅娅，快醒醒。"

淑娅梦呓着："别叫我，我困。"

王忠的眼泪一下涌出来，他在淑娅的额角轻吻着，拿起淑娅的一只手热吻着，王忠画外音："娅娅，我的梦中情人，这次我真的要永远离开你了，让我在你的睡梦中再看你一眼吧，我会在这冰山之下永远为你祝福。"

他终于下定决心，使劲摇，轻声喊："娅娅，快醒醒。"

淑娅终于醒来，诧异地看着王忠。

王忠："快醒醒，出事了！"

淑亚一惊，困意全无。王忠："我们策反的一个人叛变了，老教授正在前边受审，我们要提前行动了！"

□ 57　疤脸将军的办公室　晚

办公室里，疤脸正挥着枪叫喊着，老教授胸口流着血倒了下去。

门厅里边的士兵正在集结。

□ 58　淑娅　娜莎卧室

王忠拿出一个卡片："这是活地狱的开门密码，只有那里士兵绝对不敢去搜查，我去引开士兵，你在活地狱里听到信号就赶紧跑向门厅，娜莎会在那里等你，我们的希望全在你身上了，娅娅，别了，我会在这冰山之下永远为你祝福，别了……"

淑娅伸开双臂扑过来，王忠抓住她的双手，四目相对，何止万语千言。王忠："没有时间了，娅娅，行动开始了！"

淑娅只好转身向外跑去，生离死别，淑娅泪眼蒙胧，一步三回头……

□ 59 活地狱外 内 夜

淑娅来到活地狱门前，插入开门卡，大门吱呀呀响着开了一条缝，一股阴风吹得她倒退几步，她一咬牙大步跨到门里，按动门后的按钮，大门又吱吱响着关上了。她打量着室内，这是一个硕大的，堆满尸体的冰洞，到处挂满白霜，鬼影闪动，有些尸体甚至从冰壁中伸出半身，作振臂呐喊状，尸体中隐约传出痛彻肺腑的呻吟声。

淑娅打了个寒战，她目光落在了墙角，那里的病床上躺着她的八个同学，其中一抹火红，她扑了过去："同学们，我来看你们了！"

她掀开红裙子一角，露出莫莉冰清玉洁的脸，她伸手抚摸着："姐姐，妹妹来看你了！"

她滚滚热泪融化了莫莉脸上的冰霜，莫莉的眼角竟渗出了两颗晶莹的泪珠！她伸手去擦，可怎么也擦不尽……

淑娅："姐姐，姐姐，你一定知道我来了，别难过啊，姐姐，咱们的和平号已经试验成功了，你心中的那个梦想就要实现了！"

淑娅抚摸过每一个同学，然后举起拳头："你们的组长淑娅向你们宣誓，我就是人死千次也要把你们生命化成的和平号撒遍千山万水，让人类不再有痛苦，不再有眼泪，只有幸福和欢笑！"

她身上响起了嘀嘀声，她向同学们深深地鞠了一个躬，然后转身跑向大门，按动按钮打开门，冲了出去。

□ 60 冰洞内 夜

一股热风迎面扑来，冰洞里火苗乱窜，冰水涌流。淑娅向前跑着，忽然一队士兵挡住了去路，危急时刻，出现了一个巨大丑陋的身影，他赤手空拳，提起一个个士兵扔向远处。

淑娅呼叫着冲过去："菲洛德，菲洛德！"

火焰在菲洛德脚下升腾，幻化成当年的镜头。

□ 闪回

菲洛德跑向洗手间，镜子里出现了一张模糊的如鬼魅般的脸，他惨叫着跑向冰洞。

□ 现实

菲洛德身中数弹，血迹斑斑，他还是拼力坚持着。王忠赶来，用激光枪一阵扫射，打退了士兵，二人依依不舍地和淑娅挥手告别。

歌曲声起，深情依依，如泣如诉

男声：一路走好，
我的朋友，
虽是雾里看花，
我心依旧，
何日再现真容，
云开雾散的时候。

女声：一路走好，
我的朋友，
虽是地冻天寒，
我心依旧，
何时共度良宵，
冰雪消融的时候。

男女混声：一路走好，
我的朋友，
虽有万水千山，
我心依旧，
愿你一路顺风，

平安与你相伴

愿你幸福永远，

彩虹与你相伴，

何日才能相见，

春暖花开的时候。

歌曲声中：一队机器人过来，王忠用激光枪扫射，可是不起作用，机器人趴在他身上，他怎么也扯不下来，菲洛德过来，提起一个个机器人摔碎在脚下。

门厅里，娜莎提着卡宾枪正在和一群面容狰狞可怖的僵尸人搏斗。

冰水在涌流，火焰在升腾，冰洞在崩塌，淑娅不顾一切地向前猛跑，一任热泪在脸上恣意横流。

□ 61　入口门厅　小冰洞　夜

淑娅终于跑入门厅，娜莎手提卡宾枪英姿勃勃，她的脚下是倒地的僵尸和涌流的洪水。

淑娅跑入小冰洞，和娜莎紧紧拥抱。冰洞里有一艘小飞艇。娜莎：“这是老教授为防不测藏起的一艘小飞艇，和平号都在里边，我们现在全靠它了。它是自动驾驶的，出了大门就会向家乡飞，以后就全靠你了，你多保重啊，姐姐，我们所有的希望都在你身上了！”

淑娅：“莎莎，我们一起走。”

娜莎：“这只是一艘单人飞艇，你走了以后，我们还要把这魔窟炸毁，再不能让它危害人类，姐姐，这次我们真的要分开了。姐姐，别了……”

淑娅捧着娜莎的脸怔怔地看着，热泪滚滚，难舍难分。娜莎挥泪将淑娅推上飞艇，关上弦窗，两个患难与共的好姐妹生离死别。

飞艇滑出冰洞，排开尸体、洪水向冰壁冲去，大门轰然打开，洪水拥着飞艇冲出冰窟，身后响起巨大的爆炸声。

□ 62　飞艇里　路上

淑娅失神地叫着："莎莎，王忠。"

小艇伸出了折叠的翅膀，跃上了黑黝黝的冰峰。

绚丽的极光如无数条光龙在天上游动着翻卷着，不停地变幻着各种色彩。小艇向着前方的一线微明疾飞，天亮了，天边彩云飞舞，一轮红日喷薄而出，映红了天地，映红了小艇，映得无数冰峰飞红流碧。淑娅的画外音："同学们，别了，咱们的梦想就要实现了！"

淑娅面前出现了王忠的幻影，淑娅热泪盈眶，她伸手去抱，却是空的，王忠画外音："娅娅你好，对我大喊，我一路平安，我会听到的！"

淑娅热泪涌流，大喊着："王忠，莎莎，同学们，我一路平安……"

音乐声起，雄浑悲壮。

□ 闪回

魔窟大门已被冰块堵死，冰洞里到处是冰块和尸体，隐约回响着淑娅的呼喊，我一路平安……

王忠和莎莎相拥着靠坐在一块巨冰旁，莎莎一手还握着枪，面向大门，脸上几抹血污，幸福而安详，王忠向前伸着手，画外音："娅娅，一路，走好……"

□ 现实

飞艇中淑娅泪如泉涌。王忠画外音："我听老教授说，小飞艇很好驾驶，你很快就能学会，你旁边有一个标有学习字样的开关，打开它就能学习驾驶了，娅娅，一帆风顺！"

淑娅抹一把眼泪，找到一个开关打开："舱里响起一个声音，我是飞艇教练，现在跟我学习驾驶……"

空中，飞艇上下翻飞，做出各种惊险动作。

舱内，淑娅咬着一缕头发，满脸汗水吃力地操纵着飞艇。

空中，飞艇向着一座雪峰撞去，却又悬停在雪峰前。

舱内，淑娅手从眼上移开，教练声音："哈哈，你动作幅度太大了，飞艇是智能的，你要撞山，它还不愿意呢。听我口令，动作慢一点……对，对。"

飞艇倒了回来，这次飞得稳当多了。

小艇飞离了冰峰，飞过了银装素裹的冰原，飞过了飘着块块浮冰的海洋，飞过了大瀑布，飞过大峡谷。

小艇的屏幕上显示着地形，距离等各种参数，上边亮起了隐身飞行几个字，淑娅长出了一口气：要到家了，妈妈，你还在吗?

一团雾气来到一个城郊的公园上空，落在一片荒草杂树林中，现出身形，淑娅走下飞艇，惊喜地抚摸着飞艇。她按了一下手中的遥控器，飞艇隐了身，然后她拨开荒草，向外走去。

□ 63　首都　淑娅家　外　内　日

一片破败的贫民窟，一处破屋内，一个老太太失神地躺在床上，外边传来脚步声，老太太一惊，侧耳细听："娅娅，是我的孩子回来了！"她扑向门口。

淑娅就在门外："妈，妈！"母女俩抱头痛哭。

母亲抚摸着女儿憔悴的脸："你怎么这样瘦啊，你这两年一定吃了不少苦，莉莉呢？"

淑娅哭着说不出话，母亲："莉莉这孩子一定是落了难……唉，苦命的孩子啊。别哭了，能回来一个也好啊。"

母亲拿出了淑娅的阵亡通知书："他们给我这个，我压根都不信，我分明听见你在天天唤着我，我的女儿怎么能舍下妈呢？"

女儿紧紧抱住妈："妈，妈……"

□ 64　路上　公园的小树林　日

高登兴奋地开着车，老是开到路边的草丛里，远远一抹火红，淑娅身着一件火红色长裙，亭亭玉立。

他在淑娅身边停下车，扑到淑娅身边，紧紧抱住："娅娅，娅娅……"

淑娅紧闭着眼喃喃地："别说话，就这样。"

许久，高登将淑娅拥在长椅上："让我好好看看你，我日日夜夜都在想着你啊，你怎么这样憔悴啊，这两年一定吃了不少苦头。"

淑娅爬在高登肩头痛哭着，多少酸甜苦辣，多少不堪回首，化作了滚滚泪水，怎么也流不尽……

高登也是泪眼蒙眬："娅娅，别哭坏了身体，咱们应该高兴才是，多少人在这场战争中家破人亡，咱们还能好好的又见面了，这是老天开眼啊，可别再哭了。"

淑娅终于止住哭。她躺在高登怀里，抚摸着高登的脸："你还是这么英俊潇洒，我都成了老太婆了，没人要了。"

高登："怎么会呢，我只记得你最漂亮的时候。"

他抚摸着淑娅焦枯的脸。

□ 闪回

当年淑娅如花似玉的脸。

□ 现实

高登的眼泪扑簌簌地滴在淑娅的脸上。

淑娅又替高登擦着眼泪："说好了不哭的，你怎么又哭了。"

高登："好好，我不哭，咱们都不许哭，给我说说这两年都是怎么过来的，莉莉呢？同学们呢？"

淑娅："唉，这可是一个很长很长的故事了。"

淑娅缓缓诉说着，不觉已到中午，高登在地上摊开带来的食品吃着，高登："照你这么说连王忠也不在了。"

淑娅不觉又流下泪来："是的，没有试验动物，大家只好拿自己试验，就这样一个一个地离去了，他们不让我试，最后只剩了王忠、娜莎和我三人，他们把我送出了冰洞，就都全部葬身在冰山之下了。王忠让我来找你，他说……他说，他会在大山下永远为我们祝福……"

高登热泪涌流："王忠，我的好兄弟，我本来想再见你一面说声对不起，可是永远也没有这样的机会了……多好的同学啊，那么多人用生命把你托到了我的跟前，可是我连说声谢谢的机会都没有……”

他们互相为对方擦着泪，高登：“这么说和平号你是带出来了？”

淑娅犹豫着，高登：“娅娅，你要相信我。你知道有一个反战联盟吗，全世界爱好和平的人组织的反战组织，我已经是组织的人了。”

淑娅捧着高登的脸认真看着他的眼睛，那眼睛清澈透明：“那好，我有话对你说，你跟我来。”

荒草丛里，淑娅按动遥控器，飞艇现了形，淑娅骄傲地：“我们和平号都在飞艇里呢。”

高登：“我简直不敢相信，你怎么会有这么大的本事，就凭你们几人能完成这么伟大的事业，我们反盟有了这东西简直是如虎添翼。这样吧，我马上向反盟报告，咱们把飞艇开到基地去，这小东西可稀罕了，它会帮基地大忙的。”

淑娅：“太好了，那我要和妈打声招呼。”

高登：“让哈比和咱们妈说一声就行了，时间长了和平号别出意外。”

高登：“对着手表，哈比……”

高登的车边掉转头边回答：“是，主人。”

他们上了飞艇，挤在仅有的一个座位上，高登：“今天我可要过一把驾驶瘾了。”

飞艇隐了身，向远方飞去。

□ 65　火山口　反战联盟基地　傍晚

一座火山的上空，高耸的火山锥寸草不生，巨大的凹陷盆地底部，熔岩湖沸腾翻滚，四周冒着缕缕黄烟。飞艇降落在盆地里山崖下的一个平台上，他们走出飞艇，淑娅呛得咳嗽着，流着泪：“你疯了，到这个鬼地方干什么？”

高登：“这就是反盟基地啊，没想到吧！”

山内壁向里凹陷的地方一扇大门打开，七八个反盟人员欢呼着涌出，其中有席少尉。男士们围住高登，两个女士拉住淑娅的手。高登：“让让，让让，我把飞艇开到屋里。”他按动遥控器，飞艇徐徐滑到室内，大门关闭。

淑娅打量着室内，这是一个不太大的厅堂，种着花草养着热带鱼，沙发、办公桌椅一应俱全，俨然又是一个世界。高登：“这里的空气还习惯吧，空气是过滤的，质量还不错。”

大家围住二人。席少尉打量着淑娅：“刚才高登给我说了你和你的和平号，我一开始怎么也不相信，我说人间怎么能造出这么稀奇的东西，我今天一见了你可就相信了，这分明就是仙女下凡嘛，当然能带来人间没有的东西。”

女甲叽叽喳喳：“是啊是啊，我刚才还看到天上有祥云飞过，原来是女神来了。”

淑娅：“哈哈，高登你和人家瞎扯什么，马上我都戴不住帽子了。咱们把和平号搬下来吧！”

大家将几个纸箱搬下，抚摸着评论着。

高登抚摸着小飞艇：“看看咱们女神加入反盟给送的见面礼。”

大家欢呼着跑到小艇前，有人缠着高登讲解，有人提来水擦洗，两个女士甚至脸贴着艇身手抚摸着热泪盈眶。

席少尉和淑娅站在一旁。席少尉：“瞧把他们高兴的，我说一下你就知道其中原因。我们反盟基地原来不在这里，当局到处寻找我们下落，还抓去了不少人。有一个爱好火山探险的反盟人员无意中发现了这个地方。这是一个先人住过的山洞，里边地方宽敞又有不少生活设施，于是我们搬了来，再也没有人能想到我们会藏身在这里。就是交通困难，直升飞机会被卫星雷达发现不敢用，敢用的只有这种来无影去无踪的隐身飞艇。可是这东西造价高昂，只有军队才有少量配置，并且严加管控，我们也就是高登借着出差的机会，死乞白赖地缠着他爸才能用上一两次，这里的生活，简直就不是人过的。现在有了它，吃的、用的、交通什么问题都解决了，大家怎么能不高兴呢，我明天就让它去买上一大堆好吃的，咱们好好庆贺一下！”

淑娅：“能为大家帮这么大的忙，我也挺高兴。”

席少尉：“你真是我们救苦救难的活菩萨，可别再怕大家把你当成神仙了。”

清晨，席少尉按动按钮打开大门，又按动飞艇遥控器按钮，飞艇无声地滑出大门，化成一团雾气向高空飞去。

会议桌旁，坐着高登，淑娅及反盟人员，席少尉主持会议。席少尉：“今天有两个议题，一是表决通过接收淑娅博士为反盟的正式人员，同意的举手。”

大家一致举手同意，席少尉：“全体通过，祝贺你，淑娅博士，正式成为反战联盟的一员。”

大家热烈鼓掌。席少尉："现在第二个议题，和平号的使用问题，我们先请淑娅博士将和平号的性能特点及预后作简要介绍，然后讨论，最后表决，大家看怎么样？"

大家齐声表示："同意！"

淑娅按动手表，现出空间显示屏，屏幕上现出和平号的三维图形，淑娅开始讲解。

□ 66　超市仓库　日

一团雾气来到一个大超市的房顶上，滑进房顶上的仓库，现出飞艇的身形。

下层的超市里，超市老板向一个员工："儿子，跟爸来一趟。"

父子二人来到上层仓库，开始向飞艇上装各种食品。超市老板："儿子，这件事不能和任何人提起，明白吗？"

儿子："爸，我知道。"

□ 67　反盟基地　日

会议桌前，席少尉："现在我们大家讨论一下然后表决。"

女甲："现在由我们几个人决定人类的命运，是不是太狂妄了些？"

高登："请问，从古到今，有谁能决定人类的命运，没有，因为没有人有这种能力。现在我们就有能力决定人类的命运，我们就是救世主，为什么不可以替人类做出决定。当一个能挽救人类的机会在你面前，你应该把握而不去把握的时候，那是否也是一种犯罪呢？"

一阵热烈的掌声。

女甲："两个字，佩服，我撤回我的意见。"

席少尉："还有谁要发表意见？没有了是吧，那么现在举手表决，同意实施和平号计划的举手。"

全体人员举手。席少尉："全体通过。"

外边响起了嘀嘀声，席少尉："坏了，人心要散了，会开不下去了，大家耐点心，我还有最后一个提议大家表决一下就散会。我们都不懂，我提议还是由淑娅博士负责这个计划的实施，我们应该找一个有能力的大学把和平号彻底测试一下，毕竟这是有关人类生死存亡的大事，然后秘密联系各大生化制药厂开始生产，请表决。”

全体人员举手，席少尉：“全体通过，那么我郑重宣布，和平号的扩展计划从现在起开始正式实施！散会。”

大家一齐跑向外室，飞艇上载着满满的各种食物，大家一齐欢呼着开始卸货。

食堂里，大家齐动手做着饭，女甲趁人不注意拿起菜案上的熟肉塞到嘴里。女乙：“馋猫偷……”

女甲将一块肉塞到了她的嘴里，女乙大嚼着，也拿起一块肉。

餐厅里，各种美味食品端上桌。女甲眼巴巴地看着食物：“我们都几个月没吃肉了，我把肉的味道都忘了。”

席少尉：“赶快开汤，咱们小馋猫的哈喇子都要掉在菜里去了！”

他举起杯：“预祝我们和平号传遍世界，大获成功！”

众人共同举杯。

□ 68　北萨国各地一组镜头　日

在一个设备齐全的试验室里，淑娅身穿白大褂做着测试。

在有各种不锈钢罐的生产车间里，高登和淑娅正在装袋。

淑娅驾着拖着淡淡青烟的飞艇飞过原野，飞过湖泊、河流。从一个军事基地的上空低空飞过。

高登驾着拖着青烟的飞艇从城市上空飞过，从峰峦叠嶂的山区上空飞过。

无数亮晶晶的小精灵扑向了大地。天地间响彻了无限深情的声音：和平号，和平号……

□ 69　公园里　日

还是那个淑娅和高登幽会的小树林，二人双手相握，四目对视，依依惜别。

高登：“娅娅，我要走了，部队已经几次催我，我非走不可了。”

淑娅：“是吗？那你一定要保重，战场无情，可别让我太牵挂，一定要平安回来。”

高登：“你也要保重，可要小心，别暴露了，别太劳累，等我回来。”

二人紧紧拥抱。

□ 70 战场 日

卫星上射下条条死光，地面上到处爆炸起火。

一个小山包一样的东西向前缓缓行进着，不停地变换着和环境一样的颜色，所过之处建筑、树木，四下逃跑的人群全都变得一片焦枯。

□ 71 泰勒的指挥所 日

室内高登和参谋们在各自的座位上，观察着屏幕上的战况。泰勒：“这个伊加国，自诩翅膀硬了，竟敢和我们对着干，这次就让他们尝尝厉害。”

泰勒来到高登近前，阴阳怪气地：“高登中尉这次执行任务回来大有长进，看起来年轻人还是要多锻炼啊。”

高登手中的笔断成两截。泰勒继续：“你想不想去看看咱们的变色龙啊？”

□ 72 途中 变色龙内部 傍晚

指挥车后边跟着各种补给车向阵地驶去。

车辆停在一片瓦砾之中，小山包一样的变色龙突然现身，几个士兵走出，得意道：“高登中尉，看我们变色龙的威力怎么样？”

高登指挥着士兵给变色龙加燃料，给士兵们发放食品。

变色龙里，四壁各种复杂的设备闪着神秘莫测的光，有的地方还有斑斑血迹。

控制室内，空间显示屏上显示着各种地形、数据，参谋们警惕地注视着。

次日晨，躺在变色龙休息室里边的高登听到外边有隐约之声，他推开车门向外走去，外面有不少士兵在呕吐，还有的在地上挣扎翻滚。高登蹲在一个地上躺着的士兵前检查着，画外音：“一定是中了和平号，活该！”

一架直升机落下，泰勒和随从们跳下飞机风风火火过来，他观察着病人，急得团团转：“天哪，这是怎么啦，对了，一定是这该死的伊加国放了细菌武器，我要向国际法庭控告他们违反国际法。可现在怎么办那，对了，赶快撤回基地！”

□ 73 军事基地 日

更多的士兵在地上痛苦地挣扎，高登吩咐军医：“我学过几天医，这种药对这种病疗效很好，你快找了给患病的弟兄们喝下去。”

泰勒远远地站着：“是不是要打消毒药啊？”

高登：“晚了，快将病人抬到病床上，没有病床了就用担架，没有房间就抬到飞机库去，快点。”

人们开始抬病员，平板车将病员送上机库。

飞机库里，飞机放到了一边，病人躺在担架、箱子、木板等器物上，高登和军医们跑前跑后地照看着。

夜晚，高登疲惫地捶打着腰部躺在飞机下边的一副担架上，随从们给他盖上军毯守在四周。

次日晨，几声爆炸声传来将高登惊醒，他站起身，头昏眼花差点栽倒，一随从扶住他：“长官，你都累病了，就别去看了。”

高登：“我没事，扶我去看。”

一群卫兵押解着约十个士兵过来，随从们扶着泰勒也走了过来，一卫兵报告：“报告上校，这就是昨天病好的那些士兵，他们把飞机都给炸了。”

停机坪上几架熊熊燃烧的军机。

泰勒绝望地：“这是什么病毒，怎么死不了人倒把飞机都给毁了呢，这是天要灭我啊！”

他抓住一个肇事者的衣领，啪啪几个耳光：快说谁指使你们干的。

没有回答，可是那些士兵眼中分明有一团团怒火。

泰勒气疯了，他拔出手枪：“快说，不说就毙了你们！”

还是没有人回答。泰勒一阵狂射，打倒了几个肇事者，打光了子弹，又拔出匕首，向肇事者狠狠刺去。

鲜血染红了肇事者，溅到了泰勒身上脸上，他咬牙切齿，怒目圆睁，活脱一个魔鬼：“说不说，说不说？”

随从们吓得躲得远远的，高登冲向前舍命抱住他：“别杀了，别杀了，不怪弟兄们。”

泰勒挣扎着，蹦跳着：“放开我，放开我。”

急火攻心，他头一歪昏了过去，高登抱着他也倒在了地上，随从们一齐围过来呼唤着。

□ 74　医疗室内　日

高登和泰勒分别躺在两张病床上昏迷着，鼻子插着氧气管。高登的随从抚摸着高登的手眼含泪轻唤着：“长官你醒醒。”

高登微微睁开眼，连泰勒的随从都惊喜地围了过来：“长官，长官……”

一阵巨大的爆炸声传来，泰勒也惊醒过来：“快扶我出去看，天哪，我的军队全完了，这是天要灭我啊！”

泰勒挣扎下床，随从们只好扶着他来到室外。

□ 75　军事基地的废墟　日

他们来到开阔地放眼望去，已是满目凄凉，到处是浓烟火苗和各种武器的残骸。几个士兵拿着枪管铁棍带着仇恨的眼光围上来，高登突然醒悟，他抽出自己和随从的手枪扔了过去，士兵们捡起手枪，来到炸毁的军车旁乒乒乓乓将手枪摔碎后离去。

泰勒一阵狂笑：“知道什么叫输光的赌徒吗，现在我就是，一枕黄粱梦啊，随风都去了。我预感给我算总账的时候就要到了。”

一艘飞艇落在不远处，下来两个黑衣人来到近前，将一份文件交给高登。黑衣人：“高登兄弟，国防部文件。”

高登扫了一眼，不知所措，泰勒：“念！”

高登还没有动，泰勒夺过文件念道：“高登中尉，鉴于泰勒煽动军队暴乱，捣毁军事设施，国防部命你速接泰勒职位，并将泰勒移交国防部受审，切记。”

文件飘落在地上，泰勒踉跄几步，极力站稳，仰天长叹：“想不到我泰勒戎马一生，胜仗无数，竟落今日如此下场！”

高登乱了方寸：“怎么会是这样。”

黑衣人拿出了手铐：“我们也是奉命行事，没有办法，泰勒上校，走吧。”

泰勒走到飞艇近前，向着众人深深弯下腰：“我泰勒一辈子只干成了一件事，那就是我让自己知道了什么叫善恶有报，现在我的报应到了，高登长官，弟兄们，我给你们赔罪了，落得如此下场，我是罪有应得。”

高登扶起他，也不胜唏嘘。泰勒走上飞艇，缓缓举起戴着手铐的双手，疾风吹起他满头灰白的乱发，两行浊泪滴滴落下。

啊……凄楚哀婉的无题歌声起。

飞艇逐渐消失在天幕中。

□ 74　地球表面　日

地球圆形的表面，无数闪亮的精灵在飞舞，一个空灵的声音在无限深情地呼唤着：和平号，和平号……

数不清的军事基地，战机，军车，军舰爆炸起火。

□ 75　北萨国　总统办公室　晚

总统正在办公桌后批阅文件。总统助理将伍德教授领进，总统："伍德教授你好，多日不见，别来无恙啊？"

伍德教授："总统阁下你好。"

总统："现在全国各地都在闹传染病，请你把情况介绍一下。"

伍德："属下甘愿效劳。现在这种病已传遍全国各地，所有医院里人满为患，这种病会不治而愈，并且不会发作第二次。所以这病也算不上什么大灾难，大不了所有人都感染一遍就会自行消失。可是这病却有一种非常奇怪的后遗症，据痊愈后的病人供述，他们有一种清心寡欲的感觉，对争斗、打仗、以至于对战争、武器都特别反感，甚至会反感到捣毁兵工厂，砸坏各种武器的地步，看起来泰勒的全军覆没就是感染这种病所致。"

伍德点着手表，室内出现了如现实一样的立体画面，不同地点的地上挣扎的人们，医护人员、救护车在紧张地搬运伤员，疯狂的人群在炸毁兵工厂，砸坏各种武器。

伍德："这种病毒生命力极强，一旦散播开来就无法清除，就和感冒病毒等许多病菌病毒一样，现在这么发达的科技也无法根除它们，换句话说全人类早晚都会感染上这种病，这对普通人来说，似乎也不是坏事，可是却是战争的克星，得了这种病的人不但不愿意打仗，还会疯狂地破坏战争机器，吃战争饭的人，这次可要大难临头了。"

总统尴尬地："教授，你挖苦我了。"

伍德："怎么敢呢，我原来不也就是个当兵的，全靠你提携才混到今天的位置。"

两人心照不宣地笑起来，伍德："现在可以肯定，这种病毒一定是人造的，至于何人所造，什么目的却无从调查。等所有人都染上此病后，你的战争机器就要变成废铁了。"

总统气急败坏地在室内窜来窜去："这可怎么办，没仗打了哪还有饭吃啊，你倒是快想办法呀。"

伍德："有办法，快占地盘呀，总统你想，等人人都染上了这种怪病，没人愿意替你打仗了，也没人愿意靠打仗去夺回地盘了呀。"

总统："对呀，这倒是个主意。"

伍德："我还有一件秘密武器呢，有了它这次能确保不战而胜。"

伍德按动手表，室内一个怪影龇牙咧嘴向总统扑来，总统吓得连连倒退。

总统狂笑着，两人交头接耳密谈起来

□ 76　高木将军指挥室　日

会议桌两旁坐着一些军官和高木将军，空间显示屏上显示着医院里到处呻吟挣扎的人们，声音同步播放着："得了这种病人就会发疯，去破坏武器和兵工厂，再不制止，我们国家所有人就会全部变成白痴，那是多么可怕的事。据逮捕的放毒人交代，这种病的病毒为东联国所放……"

暴怒的高木将军来回乱窜："这还得了，这还得了，给我电告国防部，我要向总统请战！"

□ 77　东联国的边境城市　日

一组镜头：黑压压的机群从城市上空经过，投下漫天炸弹，城市成了一片火海。

无数坦克、巨大的战争机器人越过雪原，跃入冰海，向对岸进发。

两国军舰也在漂着浮冰的海面上交上了火，直打得海面上空烟火迷漫，海水翻卷激荡。

可是东联国也不示弱，冰原上忽然现出无数暗堡工事，无数光柱组成火网射向天空的战机和地面的战车，将不少军机击落，战车打翻。

海面上东联国的军舰放出冷弹，海面上升起高耸的冰山，将高木的军舰航母团团冻住，只有挨打的份。

□ 78　东联国的增援大军　日

一支增援大军正在星夜兼程，浩浩荡荡从遥远的后方赶来，巨型清障车荡平冰山，碾碎巨冰，滚滚铁流一往无前。

□ 79　战场　日

东联国眼看占了上风，可也付出了不小的代价，到处墙倒屋塌，人员伤亡惨重。医院里，空地上到处都是伤员，还有不少人得了病，头疼欲裂，满地打滚。医生们正查看着一个病人，那病人忽然狞笑着呲出尖牙！抱着医生就咬！魂飞魄散的医护们惊叫着四下逃散。

僵尸们顶着弹雨，窜跳着到处咬人，东联国阵脚顿时大乱，高木的战车、机器人战士趁机飞蝗般压过来，炸塌楼房，碾平大地，立马便将小城化为一片焦土。

东联国的军舰面对着被冻在冰面上的高木军舰正欲关门打狗，不料僵尸人划水过来跳上东联国军舰，将水兵们连咬带扔，又在舰艇里到处乱砸，不少舰爆炸起火。

MZ 计划书上叠印出一组镜头：冰洞里冰墙上娜莎看到的魔鬼。

高登在小岛上看到的狰狞可怖的土人。

在总统办公室里伍德随手调出的妖魔幻影。

□ 80　东联国城市的废墟　傍晚

许多坦克、军车停在瓦砾和尸体中，士兵们狂笑着在追杀着东联国幸存的士兵和百姓。一艘硕大的指挥飞艇飞来落在空地上，后门打开，高登驾着一辆小型越野车驶下来，高木将军也跳下飞艇，饶有兴趣地看着疯狂的士兵在追杀着百姓。

高登过来央求着父亲："爸，爸，别让他们再杀人了，你打了胜仗，杀了那么多人，难道还不满足吗，就这几个百姓还非要赶尽杀绝吗？"

高木将军："我就是要给他们点颜色看看，泰勒全军覆没，还有多少军事设施被捣毁你知道吗，有多少人会变成傻子你知道吗，你这个没有一点血性的东西！"

高登："这种致病菌不是东联国放的，不会让人变成傻子的，我向你发誓。"

高木将军："那你说谁放的？"

高登决然地："都是我放的，所有的罪都让我一人承担吧，父亲你杀了我吧！"

高木将军："就凭你自己干这些事，你哄谁呀，你给我说清楚到底怎么回事，你们有哪些人，不说清楚我打死你！"

高登跪在父亲脚下，掏出枪交给父亲："你杀了我吧，都是我干的，你打死我吧！"

高木将军两眼血红，如癫狂一般朝天放了两枪："你以为我不敢，你这样胡言乱语，扰乱军心，我现在就军法处置你！"

他将枪对准了高登，士兵们舍命抱住他夺下枪，将高登拉到远处。

气疯了的高登驾着越野车到处疯跑，车后拖着淡淡的烟雾，无数个闪亮的精灵扑向了大地，扑向了疯狂的士兵，那个无限深情的声音又在呼唤着：和平号，和平号……

指挥艇里边的休息室，高木躺在沙发上喘着粗气，一个军官在陪着他："将军，我有一句话不知当不当讲。"

高木："说吧。"

军官："你说上边给咱们说的有哪些是真话呢？"

高木认真想了想懊恼地拍了一下头："我也是老糊涂了！"

军官："我看高登似有难言之隐，但是可以肯定他不会干坏事，我们上上下下都很敬佩他，他的为人您能不了解吗？"

□ 81　莽莽冰原　日

滚滚铁流在冰原上疾驰，一大群僵尸们跳上战车又啃又砸，在钢板上留下一排排牙印！战车互相喷出火焰，僵尸们纷纷烧焦，钢铁洪流继续向前。

□ 82　指挥车内　外　晚

寒风萧萧，雪花飘飘，高登跪在指挥车门前，廖落地看着四周，瓦砾之中到处是尸体、血肉，再也无人可杀的士兵们正在喝酒作乐。高登内心独白："军队要完了，爸也要完了，我也要完了吧，能不能再见上娅娅一面呢？"他点开屏幕，上有几字：

无法联系。

军官到了车门口，高登在寒风里跪着，军官赶紧将他扶起："去看看你爸，他叫你呢。"

军官扶高登进来："将军，别再生气了，孩子在门口给你跪了半天了。"

老将军老泪横流，军官见状走了出去，高登跪在父亲面前，伏在他腿上痛哭着："爸，爸……你为什么不一枪打死我呢，我会害了你的呀……"

父亲抚摸着儿子的头："别哭了，儿子，爸就是落了难也是活该，爸后半生再没做过亏心事，到老了怎么会鬼迷心窍去算计人呢？"

指挥车里边的几面空间显示屏前，参谋们正在饶有兴趣地看着屏上显示的内容：不少士兵在地上翻滚挣扎，更多的士兵向军车上倒汽油放炸弹，火光闪闪，给绚丽的极光又平添几分光彩，爆炸声声不绝于耳，参谋们翘着二郎腿，简直就像在看几部战争电影。

休息室内倒挺安静，老爷子睡福不浅。几声更大的爆炸声传来，终于惊醒了老爷子的一枕黄粱梦，他跳下车，四周燃烧爆炸如同节日的焰火，他仰天长啸："报应啊！"

天亮了，东联国的增援大军铺天盖地卷来，顷刻间便将这片地方围得水泄不通，可是他们看到的只是遍地被炸毁的还在冒烟的各种军车，和呆傻一般的士兵。东联国战车上的士兵端着各种兵器对准了这帮残兵败将。

高木将军大叫一声："天灭我啊！"

一口鲜血狂喷而出，他拔出枪，指向自己的太阳穴，高登扑过去，将他的枪扳向自己："爸，我只能对你说，这事都是我所为，你要打就打死我吧！"

高木手中的枪掉在地上，他抱住儿子："爸不怪你，爸是自作自受啊，爸怎么会糊涂到轻信那帮人的地步呢？"

高登："爸，你常教导我，军人要能承受胜利，更要能承受失败，我们自酿的苦酒却不愿意喝下去，可是你能逃避得了现实吗？"

高登面对着遍地的援军，虔诚地举起了双手。

高木的双手终于颤抖着，艰难地举了起来，士兵们也纷纷举起了双手。

东联国的指挥车里走出一个将军模样的人，做了一个放走的手势，包围的军车闪出了一个口子，士兵们收起了枪。

高登对着敌国将军深深地鞠了躬，老将军和败兵们也深深地低下了他们高贵的头颅。

高登扶着父亲，领着败兵们缓缓走向缺口，两边是威武的战车、昂扬的士兵。

老将军领着他的败兵，跪向这些他们任意杀戮却又诚心饶恕的人们。高登扶起父亲和士兵们，走向茫茫风雪路。沿途散落着尸体、枪支和各种随身物品。

□ 83　浮冰上　日

他们踏上海里的浮冰，不时上演惊险的一幕。

浮冰互相撞击晃动，不时将人晃到海里，被激流冲走。

几头饥饿的北极熊爬上浮冰，将手无寸铁的士兵拖入水里。

一群巨鲸晃动着一大块浮冰，将冰上的人悉数晃入水里，一个个囫囵吞下。

高登扶着父亲在几个士兵的帮助下，艰难地从一块浮冰登上一块大的浮冰，一个士兵不慎掉入水中被激流卷走。

他们坐在浮冰上喘息着，高木："我实在坚持不下去了，把我放在这浮冰上，你们走吧，带着我会拖累你们的，我们几万大军只剩这些人了，你一定替我把他们领回去。儿子，爸这一生干错了不少事，也看错了不少事，但是这次我一定没有看错，我的儿子一定在干一件伟大的事。我已经一无所有了，有这么一个好儿子也能瞑目了，去干你想干的事吧，爸会永远为你祝福。"

高登："爸，你说什么呀，你可不能想不开呀，妈在家等着我们呢，咱们再苦再难也要回家呀。"

将军："到了家替我好好安慰你妈，她跟了我几十年，整日担惊受怕从没享过福，我，我真的对不起她。"

他颤抖着站起身："弟兄们，你们跟了我几十年，我却让你们落到了这般下场，高木给你们赔罪了！"

他深深地弯下腰，然后挣脱高登的搀扶，几步冲入冰海！高登狂喊着："爸，爸！"

高登欲跃入海里，被士兵们死死拉住，几只虎鲸冲过去，海面翻起了一片血水……

啊……音乐声起，凄楚哀婉，令人断肠。高登跪在浮冰边上捶打着自己，撕扯着头发："爸，爸，是我害了你啊，我罪该万死啊……"

插曲《忏悔之路》，啊……忏悔的路长长……

曾几时幻想日不落，
只可惜镜中花，水中月，
苦酒一杯为何。
大江东流去，
太阳已然红，
踌躇满志，一生戎马，
只落得遗恨祭江河。

一枕黄粱梦，
偷得半宵空乐，
自欺欺人为何。
觉醒路漫漫，
忏悔路长长，
苍天易老，红颜不再，
只剩半阕长恨歌。

同时一组镜头：飞蝗一般的战斗机群，浩浩荡荡的航母编队群，漫山遍野的坦克、战车。

士兵们向军机上泼汽油，向军车里塞炸弹，众多的武器燃烧爆炸。

飞艇里的泰勒举起戴手铐的双手，高木将军和士兵们向着威武之师举起了双手。

□ 现实

几十个不成人形的士兵终于从浮冰上登上陆地，艰难地在冰原上向前挪着，远处响起了汽车喇叭声，他们高兴得欢呼起来。

□ 84　反盟基地　日

巨大的火山口里烟雾弥漫，岩浆翻滚。

馋猫拥着淑娅坐在角落的条椅上，淑娅眼含着泪："他都多少天联系不上了，他一定出事了。"

馋猫："不会有事的，你没听席少尉说吗，他福大命大，几次难都躲过了，这一次也不会有事的。"

手表响起来，淑娅点出空间显示屏，现出满脸疲惫的高登："美女在干什么呢？"淑娅一下泪如泉涌，她两手捂着脸，泪从指缝里滴滴落下。馋猫拉着淑娅，开着空间显示屏一起跑向办公室，馋猫："高登回来了！"

大家一起围过来欢呼，高登："让大家记挂了，我还在老地方。"

席少尉："快快，把飞艇送出去。"

大门打开，飞艇化作一团雾气驶出大门。

飞艇飞了回来，高登走下来："看我给你们带来多少好吃的！"

大家一齐将高登围住拥抱着，欢呼着。淑娅在旁边流着泪笑着，馋猫扯扯大家衣服，大家知趣地离开，到飞艇旁去卸货。淑娅、高登二人相拥着坐在条椅上，高登闭着眼抱着淑娅："别说话，就这样。"

高登搂着淑娅昏昏睡去，淑娅将他放倒在条椅上，拿来被褥盖好，轻吻着，又端来水替他擦脸洗脚，看着高登身上片片淤青她眼泪又流了出来。她拿过小凳坐在高登面前，拿起他一只手吻着，默默地流着泪。

办公室的大型显示屏前，摆着放满美味的桌子，大家分坐在三边，席少尉举杯："今天我们边吃边看边聊。来，为庆祝高登兄弟平安归来干杯！"

大家一饮而尽，席少尉："看你瘦的，这一阵子一定很艰难，和我们说说经历吧！"

高登泪眼蒙眬："不堪回首，不说了吧，还是说说和平号的战况吧。"

席少尉："和平号在世界许多地方也取得了节节胜利。"

他打开了大屏幕，屏幕上显示出立体图形：一个战场的硝烟已经散去，许多大型工程机械正在清理着坦克、军车的残骸。

一些总统模样的人在签署协议，互相握手。

难民营的难民在享受着医疗、食物，有的国家在领回难民，拆除帐篷。

□ 现实

席少尉："战争，这个吃人的怪物就要成为历史了，可是还有不好的消息要告诉大家，大家看一下我们情报人员截获的情报，这是在总统府里。"

大家前面的空间显示出一组镜头：总统府前的街道，冷冷清清，垃圾遍地。总统办公室里地下桌子上散落着文件、辞呈，总统及另外二人在密谋着。

□ 现实

席少尉："上面这三个人分别是总统，国防部长，总理，他们不常在一起，只要碰面必有重大事情发生，各种迹象表明，他们有可能发动一场核战争，以挽回各方面的败势，我们还是早做提防为好。"

□ 85　控制室　日

高登率众人走向门厅里的一道密封门，按动密码打开，里边是一个更大的大厅，厅中间有一架巨大的挂满各种电线管道的机器，他们跑入旁边的控制室，这是一间类似于火箭发射控制室的房间，只是规模小些，高登坐入主控位置，插入钥匙，点亮了大屏幕及各种设备，各个电脑前的人员相继报告着：显示系统正常，能源系统正常，天线系统正常……

高登："所有系统正常，所有人员一级警戒，随时准备进入拦截状态！"

各人员在自己的岗位上检查着。

□ 86　淑娅家门前　日

一团雾气落在一片贫民窟前，淑娅从虚无中走出，招了招手，那团雾气远去，一个行人困惑地看着她。她快步走进家门："妈，妈！"

母亲和女儿紧紧拥抱。

□ 87　总统办公室　地下控制室　日

总统、防长、总理三人走向电梯，升到楼顶。楼顶停着一架飞艇，三人登上飞艇，悄悄地离去。

飞艇飞到一片小山包，直接飞进了山石。

山洞里有持枪的士兵守卫，三人走下飞艇，来到一个电梯门前做了指纹检测，进了电梯，向下落去。

他们到了一扇小门前，再次用指纹开门进去，这是一个很小的房间，里边只有三个按钮，三人做了指纹检测，又做了视网膜检测，同时按下了各自面前的按钮。

□ 88　反盟基地　北萨国各地　日

反盟基地里，警报声大作，办公室里，在条椅上休息的人员一跃而起，跑向控制室，坐在各自的岗位，大型显示屏点亮，一盏大大的红灯显示数字"7"。

大厅里巨大的力场发生器发出幽幽的红光，周身的管道烧得发红。

导弹发射井里，核导弹在加注燃料，导弹周围的管路结着白霜。

火山口的外壁岩石滚落，现出几个洞口，里边伸出了巨型天线。

数字5，沙漠里黄沙下伸出了巨型天线。峭壁的山洞里伸出了巨型天线。

数字3，核导弹撤去周身的管线支持物。导弹发射井口的伪装物房屋、草地等一个个移开。

数字2，力场发生器加速，发出低沉可怖的嗡嗡声，红光转变为耀眼的蓝光，周围景物变形。

数字0，导弹发射井里传出隆隆的响声，一个个核导弹拖着长长的火舌飞出发射井。

火山口外侧的巨型天线，突然爆发出强大的力场，周围景物变形，天空电闪雷鸣，力场挟起一片飞沙走石，带着如闷雷滚过天空的巨响，向远方飞去。

沙漠里的巨型天线扬起漫天黄沙。

峭壁山洞里的巨型天线劈山裂石。

控制室里，茶杯、资料震落在地，人员在紧张地看着大屏幕，许多核弹在向上飞升，力场也挟着飞沙、树木、杂物飞来，撞上核弹，核爆炸在天上形成一朵朵绚丽的蘑菇云。

大家一齐击掌相庆，可是远方正在经历着世界末日。巨大的核爆炸炸碎了高山，劈开了大地，强大的冲击波瞬间就将一个个大城市荡为平地，楼房、汽车、大树、飞机残骸在天上狂乱地飞舞，狂暴的气浪将湖水吹到天上，又砸在四散奔逃的人身上，在地上形成滔天大浪，涤荡着地面的一切。

冲击波挟着大树、汽车、杂物飞到反盟所在的火山口，撞到山崖上纷纷落下，狂风吹得乱石漫天飞舞，震动波也传来，将山崖一片片震塌，无数巨石向山下滚落。

反盟室内众人正在拼力拉着来回乱窜的小飞艇，有人拿来绳索将它拴牢在其他器物上，室内桌椅板凳器物一切东西都乱了套，墙体裂开，不时落下碎石，众人惊叫着四散躲避。

席少尉在立体显示屏前看着屏上显示的周围情况，巨石在滚落着，山崖在崩塌着，忽然停了电，他打开备用灯，又从大门的观察孔向外看着，外面上演着更加惊恐的一幕，熔岩湖正在迅速扩大，山体正在可怕地裂开。席少尉大喊着：快走，火山要爆发了！

高登：“快解开绳索，女士优先！”

席少尉拿刀将绳索砍断，高登将馋猫和女乙拉到飞艇前。.

馋猫：“我不走，我死也要和你们死在一起！”

高登：“混话！能跑一个是一个，见了娅娅替我好好安慰她！”

高登不由分说将二人推上飞艇，推上舷窗，二人和众人挥泪相别。

席少尉打开大门，一股浓烟混着热浪将众人吹得连连后退，大家还是拼力将飞艇推出大门，又关上门。高登看着面前的空间显示屏，屏上显示着飞艇被吹得歪歪斜斜，里边的两个女士挤在仅有的一个座位上也是前摇后晃。他努力操纵着飞艇左躲右闪，避让着迎面而来的各种杂物。飞艇终于飞到一个小山岗上的山洞旁边，高登将飞艇落下，松了一口气，坐在地上喘息着。

一声震地撼天的巨响，火山爆发了！山体颤抖着，整个山头裂开，火红的岩浆从裂口中四下奔流，火山弹、岩浆和滚滚浓烟冲向高空，门厅的一面墙体裂开，碎石熔岩涌进来，人们赶紧撤到力场发生器厅里，关上通门厅的门。

高登领众人到一个小门前，打开，小门里堆满了碎石，高登：“这里是通发射天线的，天线又通外界，我们只有把碎石清理掉才能到达外界，这就是我们唯一逃生的路了。”

室内乌烟瘴气，众人排成一线，向外传着碎石，不少人手指磨出了血，还是在不停地搬着。

大家终将通道打通，爬着到了外界，一齐击掌庆祝。

□ 89　火山口外侧　附近的小山洞外　日

外边天昏地暗，到处是厚厚的火山灰和冒烟的火山弹，山头只剩一半，浓烟直冲天际。

席少尉：“趁着火山喷发间隙，把飞艇唤过来吧！”

高登按动遥控器，不大会儿飞艇飞过来，落在倾斜的山坡上，几人拉住靠山体的翅膀，高登：“年长的先上！”

两位长者甲：“我们老了，没用了，还是你们年轻人先上吧！”

地下传出隆隆的响声，山体颤抖着，高登：“我们年轻还能再坚持一会，你们快走！”

他将二位长者推了上去，操纵着飞艇飞去。他们躲到天线洞里，看着通红的火山弹纷纷落下，熔岩在大地上横流。高登：“我们冒险也要走了，要不然全都要葬身这里了！”

高登按动手表。男甲：“你和席少尉先走吧，你们是领导，基地还要靠你们！”

高登：“你们要还认我这个领导，就要服从领导的安排！”

飞艇歪歪斜斜飞了过来，浑身烟熏火燎，顶上也瘪了几块，高登将男乙推上飞艇，男甲将高登向上推，推不动，他又去推席少尉，席少尉：“我们兄弟生死是要在一起的！”

男甲只好挥泪和二人拥抱相别。飞艇左右躲着火山弹飞向远处。

他们回到天线洞里，高登：“这下倒觉得心里安宁了，听天由命吧！”

席少尉：“你应该先走的，我是光棍一条，无所谓了，娅娅九死一生才见到了你，你又要让他经历生离死别了。”

高登：“娅娅如果在这里，她一定会同意我这么做的，起码我们兄弟还能在一起。”一声天崩地裂的巨响，火山再次喷发，熔浆逐渐上涌，从他们藏身的天线洞中涌出，他们只好来到一块空地，左躲右闪逃避着火山弹的袭击。

熔岩逐渐吞蚀着他们所站的地方。最后只剩下了一小块，他们身上衣服多处被烤焦，手脸被烤得通红，滚着大滴的汗珠。

火山灰倾泻下来，在他们身上燃起了一些小火苗，他们不再拍打，不再躲避，搂在一起，静等着最后时刻的到来。

主题歌《火凤凰之歌》苍凉悲壮

啊……火凤凰，火凤凰。
你从远古走来，
一路跌跌撞撞，
或许少年轻狂，
只落得山河破碎，
为何手足相残，
只落得两败俱伤。

你从苦难中走来，
浑身满是创伤，
火焰烤焦了你的羽毛，
狂风吹折了你的翅膀，
你在迷途中彷徨，
不知路在何方
啊，火凤凰，火凤凰
去吧，快去吧，
烈焰才能让你永生，

大火才能医治你创伤。

啊，火凤凰，火凤凰，火凤凰。

歌曲声中小飞艇终于歪歪斜斜飞来，可是四周熔岩横流，飞艇已经没有落脚的地方，高登操纵着飞艇尽量飞低，席少尉跃起身打开舷窗，高登将他托入飞艇内，他回身将高登拉入飞艇，飞艇飞了起来。一股熔岩涌来，将他们之前落脚的地方淹没。

兄弟二人挤在一个座位上，席少尉看着天上，指挥高登左右避让着火山弹，不时有小的火山弹落在飞艇上，将艇身砸瘪多处，大地上熔岩横流，树木在燃烧，山崖，房屋在倒塌，河水在蒸腾。

反盟的几个人在小山坡上不顾纷纷落下的火山弹翘首以望，飞艇终于在烟火中现了身，大家哭着，笑着，欢呼着。

大地在轰鸣着，颤抖着，更多更大的火山爆发了，一座高耸的火山彻底炸光，狂涛一般的岩浆顷刻间便吞没了一个军事基地，岩浆中的军机、坦克、战车相继爆炸，绽放出了一片片壮观的火雨。

岩浆在一座城市废墟堆满瓦砾的街道上纵横驰骋，将一座座大楼废墟孤立起来。

岩浆在已被核爆炸洗劫过的原野上恣意流淌，将原野变成了活地狱。

一座大海中的巨型火山将海水炸出一个无底深渊，海水蜂拥而入，激起滔天狂浪，如山的狂涛一路奔袭，将军舰、航母、巨轮卷入海底。狂涛冲向陆地，将惊慌逃命的人群，将各种建筑，将一切涤荡一空，却将巨轮送到岸上。

□ 90　熔岩荒原上　日

一座大城市的废墟，条条街道已被还在冒着烟的熔岩塞满，摇摇欲坠的楼顶上，有些人在呼救，他们衣衫褴褛，脚下不少人已倒毙。运输机空投下大批物资，箱子上有中国、俄罗斯及各国国徽，楼上的人哭着笑着大口吃着食品。

一艘标有中国国旗的巨型飞艇垂直降落在熔原荒原上，从里边开出了多辆军用救护车。

猎猎的五星红旗叠印出救护车攀上陡坡，跃下悬崖，在荒原上跳跃奔驰，一往无前。

无人机在黑云翻滚的天空盘旋着，寻找着。

救护车停在一个山洞前，车上下来穿着防化服的军人和搜救犬，浑身溃烂的人群冲出山洞欢呼着。救护人员将他们一个个扶上救护车，将一个个伤员抬出山洞。

救护车停在小山坡上，反盟人员欢呼着跑了过去。

标有俄罗斯及许多国家国旗的救护车在荒原上奔驰，在城市的废墟中搜寻着。

□ 91　北萨国的首都　日

洪水在街道上乱窜，狂风席卷着家具、轿车、活人、杂物满天飞舞，疯狂的人群东奔西窜。淑娅拼命护着两位妈妈被人流推挤着左冲右突，她们终于随人流到了一个小山脚，上边全是人，再也上不去了，大水涌来，推倒楼房涤荡着一切，将山脚下的人悉数冲走，山上的人狂叫着，惨呼着，呻吟着，简直就是世界末日。

淑娅和二老站在一块巨石下，淑娅浑身湿透，大水已没了她的小腿，两个被水冲走的人将她的衣服扯烂，她拼力坚持着。

淑娅在包里翻来翻去，只翻出了一块面包，她递给高登妈，高登妈又递给淑娅妈，最后两位老人一人一半吃了下去，她们一边一个搂着这唯一的女儿听着旁边的人说闲话："警察正在寻找着一个叫淑娅的女人，听说就是这个人造出了那种流传全国的毒菌，得了这种病的人就会发狂，砸坏武器，再也不愿打仗，把我们国家都给亡了，这人真是丧尽天良，罪该万死呀！"

淑娅妈惊恐地："你你，你不就是淑娅吗，你给我说老实话，那个事是不是你干的，你整天偷偷摸摸都在干什么，你快说！"

淑娅呆若木鸡，怔怔地看着妈说不出话来，妈妈举起手："你快说，不说我打死你！"

她手高高举起，轻轻落在女儿枯瘦的脸上，又心疼地擦去她脸上的手指印，突然高喊着："不是的，不是的，我家世代清白，怎么会有人去干那丧尽天良的事，不是我女儿啊！"

淑娅突然狂喊着："妈，是我干的，都是我干的，我就是那个该千刀万剐的亡国贼，你打死我吧，打死我吧！"

妈妈高举起手，却突然停在半空，她圆睁着眼，大张着嘴却再也没能合上。

淑娅抱着妈摇撼着，狂喊着："妈，妈！"

可是妈再也无法答应她了，她放下妈，一头向巨石上撞去。高登妈拼力拉住她，她将额头在墙上急剧地摩擦着，将额头擦得一片血肉模糊。她挣开高登妈的手，疯狂地向山脚下跑去。

洪水席卷着人体什物远去，天上乌云翻滚，电闪雷鸣，地上到处墙倒屋塌，尸体烂肉，淑娅在断垣残墙中疯跑着。她在一片片水洼中疯跑着。她在残缺不全的尸体中疯跑着，天际响彻着一个惨绝人寰的声音："天哪，我害了国家，害了你们，我就是那个该千刀万剐的亡国贼啊！"

雷鸣震撼天地，闪电如万千条火蛇，暴雨倾泻下来，血水从每一片碎瓦，每一个残肢断臂中冲出来，组成道道血河。一道劈裂天地的闪电定格出：在一片残缺不全的尸体中，一个浑身血红的女鬼，十指滴血伸向苍天，天地间回荡着："天啊，你灭了我吧！雷啊，你劈了我吧！"

雷更响，风更狂，雨更猛……

□ 92　北萨国破败的机场　路上

一架军用飞机从坑坑洼洼一片破败的机场歪歪斜斜地起飞。飞过城市的废墟，飞过焦黑的熔岩荒原，飞过乱石遍地的山区，飞过漂浮着浮冰的大洋，在一个大都市上空降低了高度，下方高楼林立，车水马龙，绿树成行。

军机降落在一个大型机场，戴着手铐的淑娅、高登走出机舱门，他们贪婪地四下看着，候机楼上中英文写着的大字：北京大兴国际机场。

淑娅热泪盈眶："这就是我从小梦中的那个美丽的国度吗？"

□ 93　大会堂的临时国际会议中心　日

大会堂的侧厅，上有"国际临时减灾会议，国际临时法庭"等字样。淑娅、高登一行人走入室内，中国法警将他们领到前排。中国法警："请为他们打开手铐。"

北萨国法警犹豫着。

中国法警："请注意这是中国。"

北萨国法警为二人打开了手铐。

室内座无虚席，不少的记者拿着摄像机。

国务院发言人："由于许多国家在这次灾变中受到彻底的破坏，所以选择中国作为国际会议中心，感谢各国对中国的信任。这次核爆炸不但给某些国家造成了毁灭性的打击，引发的次生灾害更是波及了所有国家。核爆炸产生的强大粒子流，摧毁了导航通信卫星，导致交通、通信瘫痪，电网停电，世界大部分地区几乎倒退到了史前时代，但是中国基本没受影响，原因是，当卫星被摧毁的瞬间，中国的一套量子通信定位系统立即接替了卫星的工作，中国政府从没有强迫、欺骗任何一个公民参军打仗。所以，中国国民在感染了和平号之后，从没发生破坏武器的行为。中国政府借国际法庭审判两位当事人的机会，邀请他们参加本次减灾大会，旨在声明中国政府的态度。这次灾变，完全是某些国家一手造成，这笔账早晚要算的，但这不是本次会议的议题。我们不应迁怒于当事人，以逃避自己的罪责。应该看到，当事人的作为，必将会改写人类历史，一个没有战争、永久和平的新人类世界就要诞生了。在这新旧更替的时刻，我们应该对当事人有更多的理解和包容，我们愿为当事人提供一切人道主义的帮助。

全场爆发出热烈的掌声。

□ 94　国际法庭内　日

主审法官（总统）在宣读着罪状："二位罪犯研制、生产、并传播了毒菌，导致世界蒙受了巨大的灾难，尤以我国严重，这份材料和图片，请当事人过目。"

二人来到桌前，淑娅翻看着图片：爆发的火山，大地上恣意流淌的熔岩，被毁灭的城市，河水泛滥，大地一片洪荒。

高登翻看着资料，资料上叠印出：

士兵们在疯狂地砸着坦克、军车、飞机。

航母编队撞上了冰山，天摇地动，飞起漫天冰块。

核爆炸的风暴涤荡着军事基地、军机、坦克、战车、城市。

阵阵号角之中，那个无限深情的声音在声声唤着：和平号，和平号……

法官："二位当事人对以上罪行有何异议？"

二人："没有异议。"

法官："那么现在开始法庭提问，请大家发言。"

某人："请问当事人，生生死死乃是万物发展的规律，如果人类因为战争而自取灭亡，那只能说是自然规律使然，人类应该平静地去面对。你们这种企图改变自然规律的做法是否正确？请回答。"

高登："我不知道我们的做法是否正确，但我想，既然上苍创造了这么伟大的人类，她一定希望人类永存于世上而不是自我毁灭。"

一阵热烈的掌声，又一提问："不管是现代人还是未来人，人人都有享受生命的权力，未来人的生死应该由未来人决定，你们这样牺牲无数条生命去赌未来，对现代人是否公平？请回答。"

二人无法回答。淑娅痛心疾首："我是个灾星，给无数人带去了毁灭，我感到他们索命来了！"

高登也是泪流满面，他过去拥着淑娅："娅娅，娅娅，别难过，中国有句话，叫作杀人不过头点地，不就是一条命吗，生生死死我都陪着你！"

淑娅："可我不想死啊，我多想陪着你过上哪怕是一天的好日子，可还没看到新世纪的曙光一切就要结束了，我是多么不甘心哪！"

高登："可是，可是那些亡灵是不会放过我们的，他们还在这世上徘徊，我已经听到了地狱里的召唤！"

淑娅痛哭着，依依不舍地看着高登，手颤抖着抚摸着他的面庞："我又要把你害了，我害死了无数人，最后又要把自己最最亲爱的人害了，我的心会在地狱的毒焰中永受煎熬，永世不得安宁！"

高登："能跟着你成就这样的伟业，我感到无上荣光，生命，会因为死亡而更加绚丽！"

法官再次督促："请当事人回答。"

淑娅："明天，世界永久停战协议就要签订了，我愿意同旧世界一同逝去，不给未来留下一丝阴影，明天，将会因为没有我们而更加美好！"

法官："请当事人高登回答。"

高登："从第一眼见到我的爱人起，我就立下誓言，这个人我会跟定一辈子，天堂地狱，生死相随！岁月，永远不能改变我的初衷！"

淑娅："人们，我爱你们，我们不属于未来，我们属于无数个为了未来而倒下的人，我们将去会同那些人鼎力托起未来，未来，属于你们！”

高登：“人们，我爱你们，明天，将没有眼泪，没有哀伤，只有幸福和欢笑，我们将去会同无数个为了那一天而逝去的人，永远为你们祝福，幸福，属于你们！”

□ 95　长城　天安门　晨

长城上，二人在指指点点。

二人在天安门城楼上观看升旗仪式，流着泪跟唱着国歌。雄浑庄严的国歌声，猎猎飘扬的五星红旗，漫天飞舞的七彩云霞，如诗如画的天安门广场……

□ 96　集市　日

一个市场的入口，中国士兵将一叠人民币塞给高登，二人手拉手高兴地走入市场。在一个卖鸟的摊主前，淑娅看中了一对鸽子，她将几张人民币递给摊主，摊主挑了一张最小面值的，把鸽子交给淑娅，淑娅放开鸽子，鸽子拍着翅膀飞向蓝天。淑娅：“飞吧飞吧，你自由了。”

在一个服装店里，他们挑了一件婚纱，一件银灰色的西装。

一个首饰店里，高登看着一个个戒指，轻轻地摇着头。他注意到一个玻璃罩里有一枚戒指：“这枚戒指很旧了，应该不贵吧，怎么没有标价呢？”

从里间走出一位长发飘逸的老者：“它可是无价之宝，无缘的，金山银山都换不去，有缘的，一分钱不要奉送。小伙子，伸手试试运气。”

高登将手伸到玻璃罩上。老者：“可惜了，你没有缘分。”

淑娅：“我也来试试手气。”

她将手伸到玻璃罩上，戒指突然放射出夺目的光彩，映得满店熠熠生辉。老者喜泪涟涟：“唉呀，祖上遗训果然是真，能遇此奇事，我也不枉此生了！”

众人纷纷围过来看稀罕，老者：“听我给你们讲一个故事吧。几百年前我的一个祖上在皇宫里当差，一日无意中碰到了娘娘的手，这在平常是要杀头的，可是娘娘手上的戒指却突然放出了奇丽的光芒，我的那位先人因此升了官，从此以后天下太平，五谷丰登。娘娘仙逝后，皇上将此宝物赏给了那位先人，留下遗旨，能让此物生辉者，便是上苍定下的继承人。可是几百年来，再也无人能让她生辉。姑娘，你明白了吧，这枚戒指二百年来一直等着自己的主人。”

淑娅：“我哪敢收这样贵重的东西。”

老者决绝地：“不收下这枚戒指，你是走不掉的，天意所在，不可违抗！”

高登：“既然是天意，那我们就收下吧，我们谢谢您了，老人家。”

二人共同托着戒指给老者深深地鞠了躬，老者扶起二人：“我也要谢谢你们，戒指生辉，天下太平，姑娘，你会给所有人带来好运啊。”

老者郑重地给淑娅戴上戒指，满堂五彩缤纷，姹紫嫣红。

□ 97　泰山玉皇顶　日

玉皇顶上，二人和许多人一起翘首以望。东方海天一线，漫天飞舞的彩霞之中，一轮红日冉冉升起，万道金光撒向了天地，万山红遍，丛林尽染，人群欢呼跳跃，沐浴在霞光之中。

游人已散去，高登：“你还真是个奇人，怪不得那么多人都死心塌地的为你送命呢。听我讲一个故事吧。许多年前一群外星人来到地球，他们的后裔往往还有特异功能，他们抱着感恩的心，一心一意地呵护着地球。”

淑娅：“你说我是外星人，也许是，我在冥冥之中总感到地球是我的第二故乡，为了报答地球接纳我们之恩，我就是死上千次也心甘情愿。”

淑娅拿出同学们的照片：“我的同学们，这就是那个美丽的国度，你们魂牵梦萦的地方。你们活着的时候无缘到这里来，死后就魂归你们心目中的天堂吧！”

她拿出打火机将照片点燃抛向空中，燃烧的照片化作一张张同学的笑脸。灰尘洋洋洒洒飘落在山头上，开出了一片野花，花中传出同学们的窃窃私语。

淑娅蹲下捧起一株花丛：“我的姐姐，我的妹妹，这就是你们和同学们吗？”

莫莉和娜莎叽叽叽喳喳:“是的是的,就是我们,别哭啊,娅娅,我们高兴得很呢！”

周围的花朵都向她围来，抚摸着她的面庞。

景渐远，千山万壑，云海激荡，玉皇顶上笼罩着一片祥光。

□ 98　熔岩荒原　黄昏

一片还在冒烟的熔岩荒原，淑娅和高登相拥着站在一个熔岩包上。淑娅着一件缀着水晶的婚纱，端庄典雅，流光溢彩，一如身披祥云的圣母。高登手提一只卡宾枪，身着银灰色的西装，英姿勃勃，风流倜傥。他们四周是被熔岩掩埋半截的坦克、战车。不远处是被军警阻拦着的涌动高呼的人群。更远处群山逶迤，峰峦叠障。天际，云蒸霞蔚之中，一轮傲然下坠的落日，将大地，将天空，将一切染得一片火红。

高登单腿跪在淑娅身前，打开放戒指的锦盒，戒指放射出幽幽的蓝光："淑娅小姐，你愿意嫁给我吗？"

疾风劲吹，淑娅理了一把散乱的头发，热泪盈眶，四周一片洪荒，天地苍茫。

高登还跪在那里："淑娅小姐，你愿意嫁给我吗？"

音乐声起，苍凉悲壮。淑娅："我是灾星，大半个世界都毁在我的手里，我的灵魂要在地狱的烈火毒焰里永受炙烤，你愿意和我共同承受吗？"

高登："我愿意！"

淑娅："我是死神，亿万条生命都葬送在我的手里，我要为偿还无数条生命，在地狱的刀锋中永受穿心之疼，你愿意和我共同承受吗？"

高登："我愿意！"

淑娅热泪涌流："我愿意嫁给你，让我们在地狱的煎熬中，永远偿还欠下的债务！"

淑娅伸出手，高登郑重地将戒指戴在淑娅手指上，戒指突然放射出绚丽夺目的光彩，照耀着一对视死如归的脸，照耀着焦黑的荒原。

荒原上高登妈跌跌撞撞跑来，二人将妈妈扶到熔岩包上，高登跪在妈妈的脚下痛哭流涕："妈，儿子不孝，儿子没给你带来半点幸福，却要你经历这样的生离死别。"

淑娅也跪到地上："妈，儿媳不孝，儿媳害了那么多人，害了你的儿子，害了爸，儿媳就要到爸的面前长跪不起。"

妈妈扶起二人："女儿快别这么说，高登自从见了你，好像是变了一个人，你爸做梦都想着光宗耀祖，可最后丢人现眼，再也没有脸活在世上，你会让咱们家流芳千古的，妈都为你骄傲。你爸不在了，我来给你们证婚。"

她将两人的手放在一起："老头子，我们的儿子，儿媳是这么优秀，我给他们证婚了，你听见了吗？"

二人紧抱着妈，泪流满面。

警察过来架走了妈妈，二人哭喊着：“妈，妈！”

淑娅从高登衣袋里摸出笔记本，咬破手指，在上边写下淑娅 11，高登 12，她将纸片撕下用打火机点燃，抛向空中。纸片燃烧着幻化成血字，飘飘荡荡，飞过群山，飞过大海，飞到壁立千仞的大雪山上空。

淑娅激昂的话外音：“涅槃计划行动组长淑娅向你们报告，我领来了第 12 号组员高登，是他将和平号撒遍了世界。和平的种子已经飞到亿万人心田，全世界的各种战争机器，核武器，都被捣毁，人类再也无仗可打，明天，世界永久停战协定就要签订，世界就要永久和平了，人间将再也没有眼泪和悲伤，只有鲜花和欢笑，咱们心中那个宏伟的目标就要实现了。同学们，你们听到了吗？”

战鼓声声，有如千军万马掠过大地，

号角阵阵，有如狂风暴雨震撼长空，

鼓号齐鸣，所有乐器给出最强音，排山倒海，摧枯拉朽！

狂怒的士兵，疯狂地破坏着坦克、战车、飞机及一切战争机器。

如山的狂涛，将航母、军舰、炮艇悉数卷入海底。

汹涌的熔岩，吞没了军车、坦克、战机和军事基地的残骸。

雪山在回应：听到了，听到了。

冰原在回应：听到了，听到了。

残阳如血。淑娅：“高登快看，多壮观哪，太阳就要下山了。”

高登：“那就是说，它将更加辉煌灿烂地升起！”

高登举起枪，淑娅摆摆手，举起戴戒指的手，跑向人群，戒指放射出绚丽的光彩，映得淑娅周身飞红流碧，映得荒原落英缤纷。

淑娅来到人群近前，将戒指放入盒内，郑重地交到等着的官员手里。

妈妈在哭喊着：“女儿，女儿！”

高登也跑过来，他们一齐向妈妈伸出双手，可是重重警察拦着，他们的手怎么也碰不到一起。高登挥泪抱起淑娅走向荒原，雄浑庄严的婚礼进行曲响起。

□ 闪回

新郎新娘手牵手走向婚礼台。

□ 现实

高登抱着淑娅，越过一片熔岩包，妈妈的哭喊声传来，二人热泪横流。

□ 闪回

主婚人在给新人证婚。

□ 现实

妈妈跪在官员前，手捧着老将军的一捧勋章苦苦哀求。

□ 闪回

盛大的婚宴上主宾频频举杯。

□ 现实

妈妈跪在官员前磕头，直磕得头破血流。

最后一步，高登放下淑娅，四手相握，难舍难分，最后一眼，生死相依。高登一眨不眨地看着她：笑靥如花，一如绚丽的晚霞；眼波盈盈，一如闪亮的星辰！

一抹残阳映得他们周身飞红流碧，高登拿起枪："娅娅，我们，上路！父亲，等着我，我们，来了！"

淑娅："我们，上路！同学们，慢点走，我们，来了！"

高登："害怕吗？"

淑娅："不！"

高登："后悔吗？"

淑娅："不！"

高登："再来一次？"

淑娅："依旧！"

高登举起枪高呼："为我们送行，请高呼和平万岁！"

淑娅高呼："为我们送行，请高呼和平万岁！"

二人齐呼："为我们送行，请高呼和平万岁！"

枪响了！血，从他们胸口汩汩流出，和平万岁，和平万岁……这声音震撼山岳，飞越大洋，响彻环宇。

淑娅拥着高登踉跄几步，极力站稳，侧耳细听：和平万岁，和平万岁……

为他们送行的高呼声一浪高过一浪，她灿烂地笑了，缓缓合上双眼，两行热泪，潸然落下……

啊……啊……

妈妈眼睁睁地看着儿子儿媳中枪倒下，儿子用颤抖的手为儿媳擦去脸上的血污，脸贴在儿媳的脸上合上眼，妈妈的心碎了，她掏出小手枪指向额角……

绚丽的光环中，老伴、儿子儿媳向她招手，她灿烂地笑着，张开双臂扑向亲人……

一个警察痛哭着将枪摔碎在地下，警察组成的人墙崩溃了，人潮哭着喊着冲到他们身旁，许多双手托起他们走向了暮色。血，滴滴渗入焦黑的荒原，大地上幻化出一对祥光四射的凤凰，凤凰飞舞着盘旋着，撒下漫天金光闪闪的小精灵。精灵们扑向焦黑的大地，大地幻化出无边的花海；精灵们扑向光秃的群山，群峰之上铺绿叠翠，天地间那个无限深情的声音声声唤着，和平号，和平号……

凤凰身披祥云，播撒着美轮美奂的精灵，在无边的花海中飞向未来。

未来，姹紫嫣红，五彩斑斓！

□尾　声

斗转星移，寒暑春秋。

波涛汹涌的海面上，一幅激光打出的山岳般高大的三维动画上，淑娅和高登相拥着，他们脚下烈焰在升腾，一些坦克、军车被涌动的岩浆埋了半截，一些人从烈焰中伸出手振臂呐喊。淑娅一手拥着高登一手指着远方，远方云蒸霞蔚，生机盎然。

大河入海处一座繁华的大都市，河口处矗立着高大的自由女神像，海面上一座宏伟的大厦，门旁的牌子上写：世界大公国。室内入门大厅的正中，站立着淑娅端庄典雅的大型白玉雕像，她正在将光影形成的一只只精灵向外播撒。精灵们在大厅里翩翩起舞，飞到人们身上窃窃私语，美轮美奂。

淑娅雕像前的水晶盒内放着她的戒指，参观者排着队一个个试验着。解说员正在给一群参观者讲解：“她就是我们的和平女神淑娅，是上苍派来解救人类的，她将和平的种子撒向了人们的心田，将人类从战争的深渊中解救出来，我们会永远纪念她。”

离开了战争的威胁，人类的创造力得到了空前的发展，一座座超前的新型城市从废墟中拔地而起，人们改造沙漠，绿化荒山，地球上再也没有风沙洪水肆虐，到处花红柳绿，生机盎然。

随着她的讲解，室内出现了真实的画面：设计新颖的现代化都市，各种车辆在悬空飞行，造型奇特的建筑立地拔天。

沙漠里，山岳一般高大的巨型挖掘机挖出河道，海水涌入，天上降下甘露，荒漠披上了绿装，河水荡漾，动物成群。

讲解大厅前的广场，许多人翘首以望，天空有一个耀眼的亮点，泪流满面的讲解员遥望着天上：“我们的淑娅女神，你留下的戒指多少年来从没有人能点亮，将你们救活的计划已经启动了，人们盼望着你们醒来，点亮你的戒指，照耀这个世界。”

熔岩荒原上，淑娅高举着手，她周身散发出万道霞光，荒原化成无边的花海，荒山披上了崭新的绿装。

天空，一个带着巨大反射镜的人造卫星，卫星里的水晶棺里，淑娅和高登相拥着，脸上带着永恒的微笑。

海洋，高原，天安门，长城，绿野，群山。

大地翠绿，天空蔚蓝。

景渐远：地球，太阳，太阳系，银河系。

群星璀璨，宇宙浩瀚。

（剧　终）

琴声永恒

04

科幻电影剧本（为使脉络清晰，有些场标题后尝试标出段落标题，也可跳过不看）

主要人物

诗雅琴 钢琴天才，漂亮温柔又热爱生活，因此赢得了两位恋人的深爱，在他们鼎力相助下，终于登上了世界钢琴女神的宝座。

杨柔 雅琴的恋人，虽说后来记忆换成了王冬妮的，可他还是继续深爱着雅琴，放弃了学业，靠打工供养雅琴学琴。

王冬妮 雅琴的好友，虽说后来换成了杨柔的记忆，雅琴再也无法认出她了，可她（他）还是一如既往地爱着雅琴，为了雅琴献出了一切直至生命。

□1 音乐学院外 内 日（一见钟情）

大门口，挂有 ×× 音乐学院的牌子，院内，干净整洁，绿草如茵，荡漾着悠扬悦耳的钢琴声。

□2 音乐教室内 日

教室内，一个十多岁的女孩诗雅琴，在专心致志地弹着贝多芬的致爱丽丝，她是一个如天使般漂亮雅致的女孩。钢琴旁站着一个与诗雅琴年纪相仿的男孩杨柔，也长得眉清目秀。稍远处围着同学们。曲毕，大家报以掌声。雅琴这才注意到钢琴旁的杨柔，骄傲地：“咦，你新来的吧，听我弹得怎么样啊？”

杨柔："不怎么地，没有神韵，弹琴不是只用手，还要用心灵，你不懂爱情，怎么能弹好爱情曲子呢？"

雅琴不高兴道："你懂爱情，你还没有狗大年纪呢。"

杨柔："我当然懂了，比如说我刚见到了你就一见钟情，这就是爱情！"

同学们哈哈大笑，雅琴面红筋涨，她啪一声关了琴盖，两步冲到杨柔面前举起巴掌："你，你这个臭流氓。"

一只手抓住了她的手，是音乐教师李老师："哎，雅琴，不许动粗，看起来你们都不懂爱情，我来介绍一下，这是新来的杨柔同学，听说你的琴弹得很好，给大家露一手。"

杨柔弹起琴，大家听直了耳朵，曲毕，爆发出一阵热烈的掌声。雅琴还陶醉在音乐中，眯缝着眼用手在腿上弹着。她的好友王冬妮用手在她眼前试着："走火入魔了，想着白马王子呢。"

雅琴："去去，你别看这臭小子花心，琴弹得真好。"

李老师："杨柔说得对，弹琴不光要用手指，还要用心灵，才能弹出神韵。"

□3　上述音乐教室内　外　两年后　傍晚（名落孙山，恼羞成怒）

李老师在讲台上宣布："这次学校的钢琴比赛男生组第一名的是……"

获奖的同学站起骄傲地向大家招手致意，大家鼓掌相庆。

下课了，大家围着获奖的同学拥抱祝贺。咱们的女主已经出落成如花似玉的大姑娘了，男主也长成了英俊潇洒的小伙子，可是他们此刻正坐在后排生闷气。女生甲挖苦地："咱们的钢琴王子和公主不是第一名吗，怎么嘴上还能挂油瓶啊？"

女生乙："是第一名，不过要倒过来数，哈哈！"

王冬妮见好友受了奚落打起抱不平："你们这帮家伙简直是落井下石。"

女生甲："哟，给你什么好处啊，怕是连个腥气也落不着吧。"

冬妮扑过来抱住女生甲："看我不撕你嘴！"

几个女孩笑闹在一起，诗雅琴直气得鼻塌眼歪，她呼地站起向外走去，经过女生甲时，狠狠蹭了她一下。女生甲揉着肩膀："哎哟，拿我出什么气，有劲向正地方使啊！"

雅琴噔噔噔走下楼梯，杨柔从后边追上来："别走啊，琴琴，我有话跟你说。"

雅琴：“跟着我干什么，滚！害人精。”

□4　公园一个僻静的角落　黄昏（公园憧憬）

杨、琴二人坐在条椅上，杨柔向雅琴身边凑着，雅琴避让着：“离我远点！我一个这么纯洁的女孩，这两年都让你玷污了，哪还有心思练琴，到现在一点进步没有，父母省吃俭用供我上学，我哪还有脸见他们，都怪你！”

杨柔：“我原来是天真无邪的童男子，现在弄得六根不净，弹琴的感觉早不知去了哪里，我怪谁啊。你看你简直就是一个荡妇……呸呸，掌嘴。”

他自觉失口，用手向嘴上拍着。雅琴：“打，狠狠打！”

杨柔果真向脸上狠狠打去，雅琴跳过去抓住他的手，抚摸着他脸上的手印心疼得泪花闪闪：“混账，拍两下也就是了，怎么还当真了。”

杨柔嬉皮笑脸地：“活该！对你怎么能用那样的词呢。能看到你为我流泪，再狠揍些也值得。”

雅琴：“看到你这副奴颜婢膝的熊样我就腻透了，你妈怎么就生了你这副德性。”

杨柔：“这这，还不都是因为你长得太漂亮了，我也是因为长得漂亮你才看上了我。爱美之心人皆有之嘛。“

雅琴摸着脸蛋气消了不少：“这说的还像句人话，那帮臭丫头片子一个个猪八戒二姨似的，都嫉妒我，我明天非要好好证明给她们看。”

王冬妮款款而来，她如今也是婀娜多姿的大姑娘了。她边将带的食物摊开边说着：“就知道你们在这里生闷气呢，看给你们带的辣面。你们啊，老是拿第一，还让不让别人活了，也让别人拿两回第一。依我看这琴弹得再好又有什么用，也就是在学校里当个音乐教师，饿不死也撑不着，进乐团出人头地的能有几人。”

美食终于扫去了杨、琴脸上的阴霾，雅琴又恢复了她不饶人的嘴巴：“真好吃，下次多买些。就你那手臭琴，只怕连学校也进不了，要不就在街头酒吧卖个艺，讨个赏钱。”

冬妮：“那还不饿死，我倒想去当个演员呢。”

雅琴：“就你，还当演员。现在演员一棍子都能打倒一大片。”

冬妮：“那你说我能干什么，总不会饿死吧。”

杨柔："别灰心，能干的活多了，像这送个外卖，刷盘子洗碗什么的，工资高着呢！"

三个少男少女兴高采烈地神吹海侃着，不觉天色已晚，雅琴打了个哈欠，杨、王二人也伸着懒腰昏昏欲睡。

□5　从公园到宿舍　夜（美女遭辱，帅哥挨揍）

雅琴醒来，她摇着二人："坏了，怎么睡着了，过了宿舍熄灯时间了，明天又要挨骂了，你们快醒醒。"

二人醒来，三人向回走去。他们偷偷翻过学校的矮墙，溜回各自熄了灯的宿舍。

□6　男生宿舍　次日晨

冬妮躺在床上睡得正香，她还真是个睡美人，双颊像熟透的苹果娇艳欲滴，打着轻柔均匀的鼾声，嘴角还流着一丝哈喇子。几个男同学围在四周色眯眯地看直了眼。冬妮醒来，不解地看着大家。男生甲："妮妮，你自动送上门来，给我们亲亲吧，这可不怪我们调戏民女吧。"

冬妮："亲就亲，来哥们！"她搂着一个个男生热吻着，浪里浪气地笑着，动手动脚，活脱成了一个荡妇。

又有男生围过来："妮妮，让我们也开开荤啊。"

冬妮："你们怎么都叫我妮子呢，我不是杨柔吗，奇怪，我的声音怎么像娘娘腔呢？"

床头柜上有一面镜子，她拿过照了一下，瘫到了一个男生的怀里。

□7　女生宿舍内　晨

这边更热闹了。杨柔躺在床上鼾声如雷，有些睡着的女孩烦躁地用手或是衣物堵耳朵。鼾声终于惊醒了女生甲的春梦，她穿着裤头背心来到杨柔床前惊叫起来："杨柔这个流氓怎么会睡到我们室内！"

室内乱成一团，穿着裤头背心的女生们纷纷找衣服向身上套，有人甚至将裤子套到了头上，洋相百出。

杨柔醒来困惑地："姐妹们，这是怎么啦！"

女生甲："还问我们呢，姐妹们，揍这个不要脸的！"

女孩们胡乱穿着各种衣服，女生丙还将裤头套在脖子上背着，她们一齐抄起拖把笤帚等家什，不由分说，将杨柔好一顿臭揍，杨柔将被子顶在身上，可女生打得更使劲。

邻近宿舍的诗雅琴和几个女生跑过来，雅琴："怎么回事？"

一女生："听说一男生睡到了女生宿舍里。"

雅琴："这还得了，光天化日下要流氓，揍死他！"

她抄起一把笤帚，挤过围着的人："打死……"

她的嘴再也没合上，那个像癞皮狗一样瘫在床上、浑身发抖、从被子里伸头向外看的男孩正是她的心肝宝贝杨柔。她拼命扯开围着的人扑过去揭开被子："天哪，这是怎么啦？"

女生甲："大家听到了没有，连杨柔的老婆都让我们狠打，打！"

各种家什又一起落下来，雅琴伏在杨柔身上替他挡着。床头柜上有一把水果刀她抓过来："你们谁再敢打一下我就捅了她！"

女生们吓得纷纷后退，女生乙："吆喝，敢情别的男人干了坏事就该狠揍，你家男人犯了事就得护着，这是哪门子道理！"

雅琴："这这这……柔柔从来没干过出格的事，今天的事必有隐情，你们先弄清再说好吗？"

女生丙："还有脸说，自从这个杨柔来到咱们学校，害得大家都开了窍，哪还有心思练琴，你们看这个诗雅琴，跟杨柔鬼混两年，还是那手狗屎琴。就该打死这个害人精，也算为民除害。"

雅琴："你以为你是什么东西，跟人家当小老婆让人当破鞋扔了出来，还有脸再回来满嘴喷粪。"

雅琴顺手摸起床头柜上的茶缸扔了过去，刚好打到女生丙的脑门上，她背着裤头尖叫着逃到室外："救命啊，出人命啦！"

女生甲："还挺横哪，咱们一起上，今天非要给这对狗男女点颜色瞧瞧。"

女生们举起家什，雅琴举起水果刀，一时剑拔弩张。

李老师边系着衣服扣子边跑来："反了反了，也不看看这是你们撒野的地方吗？都把东西给我放下！"

李老师将女生乙脖子上的裤头摘下，女生乙接过擦了一把泪，这才发现是裤头，晦气地一把扔掉。

杨柔从床上滚到地下，跪在李老师的脚前抱着她的腿，丧家犬般痛哭着："老师快救救我，她们非要打死我不可了！"

李老师受宠若惊，不胜唏嘘："有老师在，别怕。还有没有王法，哼哼，打人！看谁敢再动他一指头，你，你！"

女孩们吓得丢了家什，纷纷后退。

李老师蹲下身替杨柔擦着眼泪："柔柔，你怎么会睡在这里，是不是梦到了漂亮女孩，梦游啊？"

杨柔："老师，你也叫我柔柔，我是冬妮啊，我不上女生宿舍还能上哪呢？"

女生们窃笑着，一个女生递过一面镜子，杨柔照了一下，眼一翻晕了过去。

雅琴呼喊着："柔柔，柔柔……"

雅琴去抱瘫在地上的杨柔，怎么也抱不起来，李老师去抱，还是抱不起，从后边女生中过来一个傻大个，她不满地一把便将拦路的女生甲拨个趔趄。

女生甲："哟嗬，好大的劲啊，刚才干什么去了。"

傻大个："刚才，刚才他不够我一人打的，打死人要偿命的你懂不懂。"

傻大个老鹰抓鸡一般抓起杨柔甩在背上走了出去。

□ 8　路上　上午（累坏保安，难坏医生）

救护车呼啸而过。

□ 9　医院里　CT室　上午

CT 室内，杨柔和冬妮在做着 CT 检查。

□ 10　X光室　上午

雅琴、李老师在 X 光室外。雅琴："李老师，谢谢你了，你还要给学生上课，就先回去吧，我在这里就行了。"

李老师边说边走了回去："那好，有什么问题给我打电话。"

□ 11 门诊室 上午

医院办公室里，医生在认真地询问着。杨柔："头天晚上，我们在公园里闲扯，不觉睡着了，这在过去也有过，所以也没当回事，我溜回关了灯的宿舍就睡了，谁知怎么就睡在了女生宿舍里，要知道借给我一个胆也不敢上女生宿舍睡觉啊。结果让一帮丫头片子把我好一顿揍，我现在浑身上下都疼。"

他说着又想哭。冬妮："我也一样回到宿舍，早上我怎么就中了邪一样觉得自己是男孩杨柔，都是哥们儿还有什么，让一帮男人把我浑身摸个遍，还弄我一脸口水，这才知道我是冬妮，这下我，我是跳到黄河都洗不清了。"

看样子医生们是一头雾水，一个医生在冬妮眼前伸出两根手指："几根？"

冬妮不耐烦地："五根。"

医生摇摇头把雅琴拉到一边指指脑袋："问题严重了，他们问题在这里，我给你个精神病院的电话。"

三人晕头转向走出医办室。

□ 12 入门大厅的厕所前 上午

厕所前，杨柔晕晕乎乎走进女厕所，冬妮走进男厕所。

雅琴："哎哎……嘴说不及，女厕所里传出打骂声：打死这个臭流氓！"

杨柔慌慌张张跑出来，一头撞在墙角上。

男厕所里传出几个男人的淫笑声，冬妮的呼喊声："放开我，放开我！"

雅琴在男厕所门前急得乱转，又不好进去，她忽然大喊："诈尸啦！"

医院里顿时大乱，冬妮乘机跑了出来。一帮警察保安跑过来大呼小叫总算稳住了阵脚，有人指了指雅琴，一个保安问雅琴："丫头，怎么回事？"

雅琴："哎哎，有几个裹着白布的死尸从太平间里蹦出来，吓死人啦，我就喊，诈尸啦！"

保安不由得笑起来："胡说八道，跟我走一趟。"

雅琴着急地指指杨、王二人，二人浑浑噩噩，又指指自己脑袋，又摇摇手。

保安："那就快走吧，下次再扰乱秩序，非把你抓起来不可。"

雅琴："是是，保安大叔，下次再也不敢了。"

她拉起二人，逃难似的跑出医院。

□ 13　街心公园里　上午（灵魂互换，男女易容）

三人停下喘息着，雅琴笑弯了腰："你看看你俩都折腾的什么事，这下可是大露脸了，妮妮，男孩子的口水在脸上的味道一定不错吧，哈哈哈……"

冬妮追打着雅琴："你非要气死我不可，臭丫头，我们都惨到什么样子了，你还幸灾乐祸。"

雅琴："哎哟，别打了，我挨打的地方现在开始痛了，柔柔，赶紧让我看看伤到了没有，这帮臭丫头等着瞧。"

杨柔摸着雅琴被打的地方又想哭："没事，我顶着被子呢，你为我受苦了！"

雅琴气冲冲地："你就该狠揍！你是中邪了还是犯贱了，怎么会跑到女生宿舍去睡觉？"

杨柔："哎哟，我到现在还以为我是冬妮，冬妮的家、父母、同学，身份证号码，一切都记得清清楚楚，身体是杨柔的，可是有关杨柔的记忆一点点也没有，这到底怎么回事呢，我真是昏了头了。"

冬妮比画着："我也一样，满脑子都是杨柔的记忆，要不是顶着妮妮这副臭皮囊，我一定以为自己是杨柔了。我好端端一个男孩子，怎么就会变成了一个臭妮子？"

杨柔饶有兴趣地看着冬妮在发神经，他突然惊恐地退两步。冬妮身上分明叠印着杨柔的虚影，杨柔："你知道我看到了什么吗，我看到你身上有我的影子，那就应该是我原来的灵魂了，你再认真看看我。"

冬妮专注地看着杨柔，他身上也叠加着自己的身影，冬妮："我是想明白了，柔柔，咱俩的记忆是整个调换了，夜里又没注意到这种改变，昨天夜里我一定是换成了你的记忆，所以鬼领一般跑到了你的男生宿舍里，可是身体却还是我冬妮的，我现在还一脸口水臭烘烘的，唉，丢死人了。你呢，我的记忆又跑到你脑袋里，所以你中了邪一样跑向女生宿舍，白白挨了一顿臭揍，我们肯定是上世造了孽了。"

雅琴左右看着两个人，又像挑西瓜一样拍着冬妮的脑袋听着："你说得也太神奇了吧，我怎么就看不见听不出这里边换成了柔柔的花花肠子呢，这脑壳又不是尿壶，记忆怎么能说换就换，说装就装呢，哈哈！"

杨柔："你可别闹了，我们都愁死了，你怎么老拿我们寻开心。"

雅琴："按说你们的话也有道理，要不然妮妮一个清清白白的大姑娘，怎么会跑到男生宿舍里去丢人现眼呢，你杨柔也不会贱到去女生宿舍找揍呀，量你也没有那个胆。可是要说记忆还能交换也未免太神奇了，哎哟是你们疯了还是我疯了？"

雅琴抱着脑袋蹲在地下昏了头。

叠印着冬妮虚影的杨柔坐在冬妮身旁："看来这只能是我们二人的秘密了，咱们慢慢琢磨怎么应对吧，别再把其他人扯进来，要不然别人准以为我们发了疯，咱们的学业肯定会因为这件事给耽误了。琴琴正在准备毕业考试，我们这个样子会把她吓坏的，那会把她的艺术生涯也给耽误了。哎呀，我，当然是你原来的记忆，看着你和雅琴在一起卿卿我我，你知道我有多嫉妒，我就想我要是个男孩子多好，我一定要和雅琴这么漂亮温柔的女孩成一对，这真是天助我啊！"

叠印着杨柔虚影的妮子："我明白了，你是想弄假成真，不行不行，雅琴就是我的命，你霸占了我的身体，还要霸占我的爱人，你这不是要我的命吗！"

杨柔："那又能怎么办呢，你再是原来那个杨柔的记忆，雅琴能认你吗，你现在是个女孩子了，和琴琴在一起搞同性恋？既然你深爱着雅琴，就应该知道爱是要做出牺牲的，就这样吧，妮子哥，对不起了！"

杨柔故意大声地："你的戏演够了没有，总该收场了吧，你吓着琴琴了。"

杨柔来到雅琴面前扶起她："琴琴别怕，我们在演戏哪，你不知道那臭妮子整天要当演员吗，她这两天看科幻小说走火入魔，非要我帮她演一段记忆转移的短剧，你没注意吧，还有人帮她拍视频呢，在网上一播，她就要大红大紫了，哈哈。妮妮，是不是这样？"

杨柔挤眉弄眼地对妮子做着暗示，妮子这回只好打碎牙向肚里咽了："是的是的，我们演得太逼真了，把你也骗住了，哪有什么记忆转移，都是骗人的鬼话。"

雅琴捧着杨柔的脸仔细端详着："这次不会再骗我了吧，我一听说你的魂没了，我的魂也没了，可别再吓唬我了。"

叠印着冬妮虚影的杨柔抱着雅琴的脸意醉神迷地亲吻着，又得意地偷眼看着懊丧的妮子，妮子无可奈何地转着圈搓着手，最后绝望地捂着脸哭了起来。

雅琴来到她身旁："哭什么呀，你的表演不是很成功吗，成功地我和柔柔差点让人揍死，这视频一播，你大概也要嫁不出去了。”

妮子这才叫哑巴吃黄连，直憋得热泪涌流，她欲去抱雅琴，雅琴害怕地后退着：“你你，你不会再演戏吧？”

叠印着杨柔虚影的妮子哭着：“不会了不会了，我犯贱我中邪了还不行吗，琴琴，你饶了我吧。”

雅琴做个过来的手势，妮妮迫不及待地抱住雅琴亲着，哭着笑着，个中滋味，恐怕只有她自己才知晓了。

雅琴：“可别再演戏了，我胆子小你不知道吗，你再演一场就把我和柔柔的小命演没了。”

□ 14　厕所旁　街道上　下午

两人谈论着走到厕所旁，杨柔难为情地：“妮妮，你说我该进男厕所还是女厕所呢？”

冬妮：“这还用问，你现在是男人，自然该进男厕所。”

杨柔：“这我知道，可你知道，我现在是你的脑子，有着一个女孩的记忆向男厕所里钻有多难吗。”

冬妮：“有办法了，进厕所前你先向屁股上摸一把，如果有尾巴，你就说，我有尾巴，该进男厕所，一咬牙就进去了。”

男厕所门前，叠印着冬妮虚影的杨柔念叨着：我有一条大尾巴，要进男厕所。他一咬牙，一闭眼，果真钻进了男厕所。

女厕所门前，叠印着杨柔虚影的冬妮拿小镜子照着自己，口中念念有词：我是杨柔，尾巴让假妮妮拐跑了，只好上女厕所。她一咬牙也钻到了女厕所里。

□ 15　精神病院大门口　下午

冬妮走进大门内。

□ 16　生命科学研究所大门口　下午

杨柔走进大门内。

□ 17 音乐学院的教室里 下午

雅琴在弹着贝多芬的命运交响曲，琴声时而凄楚哀婉，时而雄浑激越。

□ 18 公园里假山上的小亭子 上午（不屈不挠，极力抗争）

杨柔和冬妮在亭子里说着话，命运交响曲时有时无。

冬妮："精神病院里医生说咱们得的是什么妄想型精神病，我感觉再纠缠下去，非要把我绑到疯人椅上灌醒脑汤不可，我吓得赶紧跑了出来。"

杨柔："研究所的人说咱们想上新闻头条，看来咱们是永远也弄不清真相了，更别说各人记忆再回到自己身上。"

叠印着杨柔虚影的冬妮："我都想过了，就是弄清真相也没有用，我们要认真想想怎么面对这场变故了。现在情况是，我拥有冬妮一个女孩子的身体，记忆却全都是你杨柔的，你杨柔的家在哪里，父母长得什么样，我都记得清清楚楚。我冬妮的家在哪里，父母的相貌倒是一点印象没有，我相信你的情况和我一样。可是人在社会上定位是靠长相的，我现在虽然是杨柔的灵魂，冬妮只剩了一个外壳，可人们只认这个外壳，想要不被人们当成白痴或是疯子，就只有老老实实承认自己是冬妮，把属于冬妮的一切记忆找回来，包括冬妮的家、朋友、一切个人资料。甚至父母都要重新认识，我要把记忆中杨柔父母的相貌彻底淡化，重新把我不认识的冬妮的父母作为自己的父母，而这是多么残酷的事。"

冬妮的眼泪流出来，她捂住脸，叠印着冬妮虚影的杨柔："别哭啊，也许这就是命，认命吧，好在我们各自拥有对方的记忆，找回自我并不困难。给你讲一个故事吧，有一个女孩，父亲是一个建筑工，特别喜欢自己的女儿。他积劳成疾，去世时将唯一的一套房产遗留给了女儿……"

冬妮热泪涌流："你说的是我，我的记忆都在你那里。"

杨柔："这个女孩劝母亲改了嫁，可是继父对女孩并不好，所以女孩很少回家，母亲只好偷偷地给女孩寄点钱。母亲去世的时候将所有的十几万元存款都给了她，她很看重这笔钱，因为那是母亲给她的唯一遗产也是自己所有的钱财。她把银行卡藏在衣柜后边一个夹缝里，密码是母亲的生日。"

杨柔掏出纸笔，唰唰写着："这是你重要的个人信息，你也要把你的记忆也就是我原来的记忆，拣最重要的写给我，很快我们就会找回自我了。”

妮妮感动地：“谢谢你，谢谢你，你帮我找回了自我。”

叠印着冬妮虚影的杨柔：“我现在的记忆，原来就是你的，我怎么能不关心你呢。我看着你，不知有多珍爱，因为那就是我原来的身体啊。说实话我和雅琴只是好友，从没想到会爱上她。其实咱们才是天生一对，你有我的记忆，我也有你的记忆，这是天意啊，妮妮，我，我爱你，让我们永远在一起吧！”

二人情不自禁地抱在一起，泪流满面。许久，冬妮轻轻推开杨柔，冬妮：“照你说的办法，咱们是能找回原来的自己，可是灵魂深处的东西，却再也无法改变了，比如，我的灵魂就是原来的杨柔，我深爱着雅琴，即便是现在我变身成了女儿身。我只要还有一丝记忆，一息尚存，都会至死不渝地爱着雅琴。你现在虽然只剩了一副杨柔的躯壳，可是雅琴是不会相信的，她还是会一如既往地爱着你，咱们要在一起你就必须离开雅琴，她是把爱情看得比命还重的人，你要离开她简直是要了她的命，我是不会干任何伤害琴琴的事的，不管你是不是爱他我都不会占据她的位置，柔柔，咱们，今生是不可能了，来生，我一定答应你！”

小亭四周风起云涌，冬妮抚平乱发，远山含黛，天地苍茫。

□ 19　音乐学院的教室里　上午

雅琴还在全神贯注地弹着钢琴，她在用心灵和手指所有的力量奏出命运交响曲的最强音，雄浑激越，摧枯拉朽！

□ 20　音乐学校院内　周末　上午（帅哥易情，美女哀伤）

校园里稀稀拉拉有几人，杨柔漫无目的地走着，雅琴可怜巴巴地跟在后边。

雅琴：“你这几天是怎么啦，丢三落四，好像掉了魂似的，今天周六，咱们到哪儿去散散心好不好？”

杨柔不耐烦地：“别叫我柔柔，我的魂就是没了，已经换成妮妮的了，我正愁着呢，哪有工夫跟你闲逛。”

花园台边，雅琴拉杨柔坐下：“坐一会嘛，你的魂怕是让妮子勾去了吧，你们整天鬼鬼祟祟在一起干什么哪？”

杨柔："对了，我就是要和妮子在一起，妮妮多好啊，哪像你整天跟屁虫似的。"

雅琴有些生气地："你，你早干什么呢，你让我怎么办哪？"

杨柔："你不是整天标榜你有一打追随者吗？"

雅琴："你当我是什么人，见异思迁，水性杨花？"

杨柔的手机响起，一个怒气冲冲的声音："是柔儿吗，你给我到校门口来。"

杨柔按了一个键。

妮子正在卫生间洗衣服听手机响赶紧擦擦手掏出手机："噢，是我爸和我姐，我这副模样，爸妈也不认我了，你替我尽尽孝吧。我妈卧病在床，爸急火，脾气不太好，你可要有耐心啊。"

杨柔："你放心，我知道怎么做。"转头向琴琴说："琴琴，我爸找我呢，我和你闹着玩的，别生气，有话改天再说吧。"

杨柔向校门走去，雅琴远远跟着。

□ 22　学校大门旁，上午

大门旁有一辆电动三轮车，杨柔爸和姐姐靠在车边，杨柔走来，鼓起勇气："爸，姐，让你们久等了。"

杨柔爸："你还知道有这个爸，你妈病着，整天都想着你，你也不回家看看，连个电话都不打，你心里到底还有没有这个家？"

叠印着冬妮虚影的杨柔含着泪："爸，对不起，我这些天准备毕业考试，让你们担心了。"

雅琴来到大门内旁偷听着。

杨柔爸怒不可遏："狗屁！连你老子都哄着，你同学都给我说了，你让一个妖精迷住了，再也无心学习，成绩大退步。这是谁家的丫头，家里就没有大人了吗，这么没羞没臊，不好好学本事，怎么就专门勾引男孩子。你看看这个家里你能对得起谁 你妈长期病着你姐为了这个家到现在连对象都不找 家里就这样还是省吃俭用供你上学，你还有脸在这里跟哪里的野孩子鬼混！"

大门内旁的雅琴靠着墙泪流满面。

杨柔："爸，你别生气，都怪我，我错了，我以后再不惹你生气了。"

杨柔姐："爸你看现在弟弟多懂事，他知道错了，你别再生气了，别伤了身子。"

杨柔爸消了些气："知错就好，过去事就不提了。说点正经事，你李大爷，我的老友，这些年承包土地发了，他有一个女儿，淑玉，现在外地上学，这些你都知道。你李大爷认为你诚实可靠，早就想把女儿许给你，我怕耽误你学习一直没给你说，没料想你就在这里鬼混。现在人家女儿要出国留学，你李大爷不放心让女儿一人出去，想把这门亲事赶紧定下来，他供你们两人一起到国外深造。你看这是多好的机会，你赶紧跟我回去许下这门亲事，以后前程无量，跟这狐狸精瞎混能有什么出息。"

杨柔犹豫着，姐姐："多好的机会啊，姐真羡慕你，快答应啊！"

杨柔："好好，我去我去。"

杨柔和父亲上了三轮，姐姐开起三轮远去。

大门内侧的雅琴靠着墙滑坐在地上。

□ 23　女生宿舍，上午

雅琴趴在床上哭着，冬妮端着脸盆进来：哎呀，这又是怎么啦，谈对象真是个太累。（冬妮坐在雅琴身边）："你倒是说话呀。"

雅琴抽泣着："你不知道杨柔爸骂我什么，他骂我是妖精，狐狸精，还骂我是有人生无人管，我当时怎么就像钉住了一样一动不能动，我真后悔没冲上去骂那个老东西一顿。"

叠印着杨柔虚影的冬妮："这个老混蛋，呸呸呸 是老糊涂咱又不跟他过日子，和他搬什么见识。"

雅琴："你不知他爸来干什么的，他爸替他找好了对象带他去相亲哪，他对象家急着要送两个孩子出国，他不会再来了。前天我还挖苦一个追着我的男孩子，说他找不到对象急火了来抢人家老婆 我，我真是报应。我怎么办哪，我的脸往哪里放哪。"

冬妮拿起手机："是吗，这问题严重了，我来问问看。"

路上三轮车还在开着，杨柔拿出手机，杨柔爸伸手夺过关掉："一定又是那个狐狸精来勾你魂了，你就不理她试试还能不能活。"

冬妮失望地放下手机："你放心，柔柔不是那号人，追求他的女孩也不少吧，他和谁瞎扯过，还不都是死心塌地的爱着你啊。"

雅琴点点头。

□ 24　杨柔家　午前

车子开进院子，这是一个普通而又简朴的农家院落。杨柔和爸跳下车，姐姐将车倒好。爸爸：快去看看你妈，她早就想你了。

杨柔茫然地在院子里转着。爸爸："你真是昏了头，你妈在那间屋里。"

杨柔："对对，我知道，我在看这院子里太乱了，我怎么收拾一下。"

妈在叫着："柔儿，柔儿。"

杨柔走向妈的房间，隔着窗户，他看见妈躺在床上，他停下脚步，热泪盈眶，叠印出冬妮虚影的杨柔："从今以后，这个人就是我妈了，我的亲妈再也不会认我了，但愿继父能永远对妈妈好，但愿妮妮能知道孝顺妈妈。"

妈在叫着："柔儿，柔儿。"

杨柔快步走入室内，伏在妈床边："妈，妈，孩儿不孝，这么长时间也没能来看看你。"

妈妈含着泪捧起杨柔的脸："这一阵还好吗，都在学什么说来给妈听听。"

杨柔："妈，我没做出什么成绩，辜负了全家对我的希望，我对不起家里，妈。"

妈妈抹着泪："他爸，快来听听，柔儿这次回来有多懂事，孩子长大了，你别再老骂他了。是妈对不起你们，妈有这个病，治不好又死不了，虽说现在有医疗保险，可也不能事事都靠国家。妈没照顾好你们，拖累了你爸，你们只要能平平安安，有碗饭吃妈也就知足了。淑玉的事你爸都和你说了吧，她是个好姑娘，家里又是大款 明天趁着家里都有人去和淑玉见见面，把亲事定下来。你能出国留学，你姐也能安心地找个好人家嫁了，妈就是死了也能合眼了。"

院内，杨柔灰头土脸，在卖力地打扫着。爸爸束着围裙从室内走出：柔儿，吃饭了。

爸爸揉着眼角走进厨房："孩子真是长大了。"

妈卧室，妈妈拿着馒头，杨柔给妈喂着汤。

□ 25　女生宿舍　中午

雅琴脸上挂着泪痕，失神地在床边坐着，冬妮端着饭进来："吃饭吃饭，怎么着也要先吃饭再说。"

雅琴："他的电话一直打不通，一定是和女孩家商量出国的事呢，他不会再理我了。"

冬妮拿起手机，她脸上叠印出杨柔的面孔。

□ 26　杨柔家厨房　中午

杨柔爸拿起手机，手机里传出冬妮的声音："爸。"

□ 27　女生宿舍　中午　晚上

手机里传出杨柔爸的声音："谁是你爸，我家柔儿正在准备和他对象一起出国留学，你别再缠着我们了好不好？"

两个女孩抱在一起默默地流泪。桌子上凉了的饭菜。

晚上桌子上放了许多好吃的，雅琴趴在桌子上哭着，冬妮在一边劝慰着："你老不吃饭怎么行呢，不管怎么着也要先见见柔柔再说嘛，退一万步，追求你的好男孩多着呢，天下又不只是他杨柔一个好男人。"

雅琴："我，我感觉我都有了，谁还会再要我呢，你说我的命怎么这样苦啊。我爸妈都很传统，他们知道了我在外边这样丢人现眼，伤风败俗，一定会打死我的。我，我真的不想活了！"

叠印着杨柔虚影的冬妮捧着雅琴的脸端详着泪眼蒙眬："是吗，你怎么这样不小心呢。你放心，柔柔不会抛弃你的，我太了解他了。你要是饿坏了，他回来见了你该多心痛啊，快看给你买了多少好吃的，快吃一点吧。"

雅琴："你怎么知道我喜欢吃这些东西？"

音乐声起，悠远深情。叠印着杨柔虚影的冬妮热泪涌流："我当然知道，我还知道你爱撒娇，你喜欢到哪儿去玩儿，我还知道柔柔许你这次考试考好了带你到云南去旅游，我还知道你们在大海边上的海誓山盟，在泰山顶上的指天为誓，我还知道柔柔定会回来的，咱们吃好饭等着他，他一定会来的。"

雅琴诧异地看着冬妮，端起饭吃下去。

夜里，冬妮搂着雅琴睡在一张床上。

宿舍门口，传出雅琴压抑的哭声。

次日晨，冬妮醒来，室内不见了雅琴，桌上有一个字条："我想一人静静，别找我，我不会有事的。”

冬妮赶忙走出门。

□ 28　淑玉家内外　次日早饭后

姐姐带着打扮得英俊潇洒的杨柔，来到一处气派的门楼前按动门铃。淑玉打开门，这是一个很有大家闺秀气质的漂亮姑娘，显得典雅而娴静，他们走进院子，一座华丽的小楼前，点缀着奇石花草、假山流水。

气派的客厅内，杨柔恭恭敬敬地给淑玉父母鞠躬：“大爷大妈好。”

淑玉父：“好好，我这两年只顾做生意，一没留意 小毛头就长成这么漂亮的大小伙子了，小玉你看，爸的眼光还不错吧？”

淑玉娇羞恬静地笑着。

杨柔：“大爷大妈，爸经常提起你们，爸妈让我代问你们好。”

小玉妈：“好好，别看这个老杨头整天闷声闷气，你们看教育的孩子多懂道理。”

室内有一架钢琴，杨柔姐：“我弟就学钢琴，小玉也会弹琴？”

小玉父：“她呀，什么都学不成，原来喜欢古筝，这又爱上了钢琴，反正家里也不缺钱，喜欢什么就给她买什么。柔柔，给大家来一首。”

杨柔：“我也弹不好，献丑了。”

杨柔弹一曲，欢快而流畅，小玉带头鼓起掌，来到钢琴前：“你弹得真好，我也喜欢钢琴，就是弹不好，你以后要好好教教我。”

小玉父：“看到没有，我们现在就多余了，快退居二线吧。”

几人走出客厅。小玉：“上小学的时候你的座位就离我不远。”

杨柔装模作样地：“对对，你那时还是黄毛丫头，就爱哭鼻子。”

小玉：“是你爱哭鼻子，你那次让女同学欺负哭了还是我解的围呢，哈哈！”

杨柔尴尬地：“对对，还真有这回事。”

小玉眉飞色舞地：“咱们出国以后，我专攻我的国际关系，你专攻你的钢琴，咱们再买一架钢琴 你有空就教我，等你学成了到世界各地演出，咱们就周游世界，那多好啊！”

□ 29　池塘边　日

雅琴脸上挂着泪痕来到池塘边回忆着。

闪回：杨柔拥着她坐在池塘边："我要辜负了你让雷劈了我，掉到水里……"

雅琴捂住他的嘴，幸福地靠在他身上。

□ 30　村子里　上午

杨柔和小玉在村前走着，神采飞扬地谈论着。一排排整齐的楼房，设备齐全的健身场地，鲜花盛开的公园。有人在后边议论着："这两个老家伙的孩子都出息了，俩孩子在一起真是金童玉女。"

□ 31　中午　村子里豪华的酒店　上午

店内，杨柔、小玉两家人围坐在酒席旁，杨柔父悄悄将手机塞给杨柔。小玉父："为咱们两家喜结连理举杯！"

大家共同举杯一饮而尽。

□ 32　拆迁中的城中村　下午

到处墙倒屋塌，荒草丛生，只有雅琴一人在无目的闲逛。她回忆着。

□ 闪回

昔日，这里是一大片烧烤摊摊主的吆喝声不绝于耳，食客满街，热闹非凡，一个摊位上，雅琴和杨柔吃得满嘴流油。杨柔："你这么喜欢美食，我要让你吃遍全国。"

□ 33　小河边　傍晚

杨柔独自一人笑眯眯地做着黄粱梦，一组镜头：他和小玉在国外旅游。他和小玉在一起弹着钢琴。他在金碧辉煌的音乐厅内演奏。

□ 现实

他身上的手机响起，是冬妮焦急的声音："你怎么也不接电话，你和你爸昨天在校门口的谈话琴琴都听到了，她昨天哭了一天，今天就不见了，你赶快回来！"他转身向家里跑去。

□ 34　杨柔妈卧室　傍晚

爸正在给妈按摩，杨柔急急忙忙走进，吞吞吐吐地："爸，妈，我的朋友走丢了，我要回去找。"

爸马上来了气："你还没离开那妖精两天，魂又没了，你以为答应的亲事是闹着玩的？"

杨柔："我找了人马上就回来，人家出了事和咱们有责任。"

爸大发雷霆："她丢了和你有什么关系，你欠了人家的？你今天要走出这个门就别再回来！"

妈："孩子大了，随他去吧，路上要小心，找到人快回来！"

杨柔抹着泪冲出室内，骑上一辆电动车驶出院子。

□ 35　路上　晚间

阵风呼啸，杨柔骑着车急急赶路，一辆货车迎面驶来，他躲避不及，摔下路沟，他爬起来拼力将车推上路，继续骑行。

□ 36　女生宿舍　夜（妮妮大义，桃代李僵）

冬妮在室内焦急地乱转，杨柔一瘸一拐地走进，脸上擦破一块，冬妮："你怎么现在才来，手机也打不通了，你摔着了，这可怎么办。"

冬妮找出药水给杨柔涂上。杨柔："我没事，我的手机让爸收去了，报警了没有？"

冬妮："报了，人家说还不到接警时间，要我们先找找看，星期天又找不到同学，我们就是找到她给她说什么呢，你真是相好了对象准备出国吗？"

杨柔默默地点点头。冬妮："你你，你不知道雅琴死心塌地地爱着你吗？你怎么能脚踩两只船呢？"

叠印着冬妮虚影的杨柔：“我和雅琴原来只是好友，从没有爱情，我真正喜欢的是你，你又不愿意，你让我怎么办呢？”

叠杨柔虚影的冬妮：“你现在是杨柔了 不管你换了谁的灵魂 都要对杨柔负责任这你难道不懂吗？”杨柔犹豫着，叠杨柔虚影的冬妮跪倒在杨柔身前：“你知道吗，琴琴怀孩子了，她是那么传统，你抛弃了她会要了她的命的，我现在这副模样，她已经认不出我了，就是能认出，我又能给她带来什么呢，只有你能救她，我求求你延续我对她的爱，琴琴是个好女孩，她不会让你失望的！”

杨柔跪在冬妮的对面，扶着她的肩膀，一组镜头：小玉眉飞色舞的脸两家人在酒桌上共同举杯他在金碧辉煌的音乐厅里弹着钢琴，悲痛欲绝的雅琴。

现实：叠杨柔虚影的冬妮：“不管你的灵魂是谁的，孩子都是你们杨家的骨血。看在我们原来就是同一个身体的份上，求你别离开雅琴，你喜欢我，这份情义我领了，但是我不会做伤害雅琴的事。我会报答你的，为了你们的幸福，我甘愿舍弃我的一切，假如有来生，我一定和你在一起，你原来是心肠那么好的一个姑娘，一定会答应我的。”

叠冬妮虚影的杨柔：“妮妮，妮妮，别这样，看你这么伤心，我的心都碎了，我原来就是你身体的一部分，你说什么我都听你的，我下定决心了，从明天起，我就要爱上雅琴了，不管是我爸要打死我还是永远不让我进家门我都会义无反顾！我会把你对她的爱永远延续下去，我会把她当作掌上明珠，视为自己的生命！让我抱抱你吧，从明天起我就属于琴琴了，没有权力抱别的女孩了。我们就像一对接力赛跑的运动员，你为了琴琴已经做到了能做的一切，我现在接过了爱的接力棒，我会永远不余其力地跑下去，为了我们的爱人，我向你发誓！”

两个彼此拥有对方灵魂（虚影）的人跪在地上忘情地抱在一起，冬妮紧闭着眼热泪涌流：“我谢谢你，永远地感谢你，我梦中的情人。雅琴和所有人都不会想到，一个叫杨柔的身体里曾有过两副灵魂，都爱着唯一的爱人。让我们为共同的爱人撑起她远航的风帆，让我们用生命的全部力量托起心中的女神！”

冬妮查看着杨柔头上的伤：“你还能走吗，我又想起一个地方，琴琴一定会在那里的。”

杨柔：“我没事，我就是爬也要爬去，咱们走吧，见了琴琴我知道该怎么说。”

□ 37　路上　夜

杨柔骑车带着冬妮远去。

杨、妮二人打着手电登着山，呼喊着："琴琴，雅琴！"

□ 38　断崖边　晨

雅琴坐在崖边，头脸结着冰霜，冻得浑身发抖。杨、妮疲惫地找来，冬妮快步向前，脱下外衣，包住雅琴抱着她，叠杨柔虚影的冬妮泪流满面："琴琴，琴琴，你真的在这里，你受苦了！"

杨柔一瘸一拐地走来，雅琴："你别过来，你不是相亲去了吗，还来干什么？"冬妮："你误会他了，你看他为了找你，都摔成什么样了？"

杨柔靠在树上喘息着，说着编好的鬼话："哎哎，本来我姐早几天就给我打电话让我去相亲，我怎么会离开你呢，我妈还病着，我怕惹家里生气，在想着怎么对付呢，你就这么不让我省心。哎哎，这不是，我爸就来了，我回去干脆就让我爸给女孩家说，我对象怀了我的孩子了，我爸要打死我，我推车就跑了出来，就就，就摔成这样。"

雅琴脱离了冬妮的拥抱，来到杨柔身边："是吗，这都是为了我？伤到哪了？我真是昏头，你这么深爱着我，怎么会离开我呢，我也是让你爸给骂糊涂了。"

雅琴有些难为情地看了一眼冬妮，冬妮："真是过河拆桥，刚给你们调停好，就嫌我多余了。好好，我回避。"

叠杨柔虚影的冬妮来到雅琴身前，抱着她热热地吻了一下，转身走去，一任热泪在脸上恣意横流。雅琴搂着杨柔傻傻地诉说着："你不会离开我的，对吗？你一定会来找我的，对吗？我怀了你的孩子，你要离开我，我还哪有脸活在这个世上，我真想一头栽下去一了百了，可我总感觉你一定会来找我的，你要来了，看见我摔死在山崖下让你怎么活啊。再说我也不能把咱们的孩子带走啊，再说你就是离开我，我还是希望你好啊，我要一死不就是扰了你的好事了吗。"

叠冬妮虚影的杨柔动情地："琴琴，我真的没看错你。"

躲在树后的冬妮回忆着：

闪回：就在此处，雅琴笑着跳着采着野花，追赶着蝴蝶。杨柔：“你小心点，别掉下去。”

雅琴：“你要敢离开我，我就跳下去给你看。”

雅琴向崖下伸着头险些滑下，杨柔一把将她拉倒在自己身上，二人在野花中翻滚着。

□ 现实

雅琴：“你为了我放弃了这么好的机会，我不会让你为今天的选择后悔的，我会让你，让你爸，让所有人都知道，我诗雅琴不会比任何女孩差！”

叠冬妮虚影的杨柔抚摸着雅琴的面庞：“琴琴，我爱你，我会永远永远地爱着你。”

山间回荡着杨柔的呼喊：“雅琴，我爱你我爱你……”

树后叠杨柔虚影的冬妮泪流满面，杨柔的画外音：“琴琴，我的琴琴，我对你的爱终于有了延续，但愿假杨柔会永远爱着你，但愿你们的生活永远充满幸福和欢笑。”

天边彩云飞舞，太阳出来了，万道金光将太阳所有的爱洒向天地，杨柔，雅琴拥抱在一起，紧闭着眼一动不动，尽情地享受着大自然的赠予。冬妮走出树后，打着哈欠，伸个懒腰，一抹霞光将她照得周身飞红流碧！

□ 40　冬妮的家　日（美女神伤，帅哥立誓）

一幢漂亮的小洋楼。院内干净整洁，点缀着假山和各种花草。

室内装潢考究，杨柔，冬妮二人在室内查看着。冬妮骄傲地：“这房子是我爸的骄傲。他是建筑工，什么材料都要用最好的，施工要亲自动手，怎么样，现在还不过时吧？”

杨柔：“真漂亮，我和琴琴能混上这样的房子，也算没有白活。”

冬妮：“你们现在就可以住啊。”

二人坐在客厅里，冬妮：“我也给你讲一个男孩的故事，一个男孩很有音乐天赋，他是家里的希望，父母努力挣钱供他上了学费高昂的音乐学校，他却早早恋上了一个女孩，耽误了自己的学业。”

叠印着杨柔虚影的冬妮忘情地说着，一任热泪在脸上恣意横流：“也许是上苍对那个叫杨柔的男孩放纵的惩罚，某日男孩的记忆或者说是灵魂和女孩冬妮的记忆发生了交换，男孩的记忆被换到了冬妮的脑子里，恋人琴琴再也认不出他了，可是拥有男孩记忆的冬妮却永远记得自己的恋人，他愿意为曾经的爱人继续奉献出一切，直至生命！”

叠印着冬妮虚影的杨柔双手捂着脸：“请那个男孩的灵魂放心，我会记住他所有对琴琴的思念，我哪怕是打工也要帮她完成学业！”

妮妮：“那个男孩虽然只剩下了记忆，可是他还永远记住和恋人的幸福时光，他们在蓝天白云下的嘻嬉追逐，在绿野花海中的共诉衷肠。那个女孩刁钻蛮横却又炽热如火，大胆泼辣却又柔情似水，她丢三落四，常需男孩替她打理生活。女孩最爱吃久盛砂锅居的蟹黄面，虽然价格不菲，男孩还是会经常买给她吃，自己却舍不得吃上一口。男孩总是推说自己吃过了，可事实上他只吃过女孩吃剩的几口……”

□ 41　音乐厅内　晚

舞台上，获奖的学生站成一排，李老师骄傲地举着雅琴一只手向观众致意。

台下观众席上，评委和音乐学院的学生们鼓掌祝贺。

□ 42　冬妮家客厅　晚

杨柔还在客厅里认真地听着手机录下的冬妮的说话声：“这个叫雅琴的女孩爱撒娇，喜欢吃辣，家在安徽淮北，家境一般，父亲叫诗玉龙……”

外边传来风风火火的脚步声和雅琴的叫声：“柔柔，柔柔。”

杨柔赶紧关上手机，雅琴扑过来抱住他：“我钢琴比赛得第一名了！”

二人紧紧拥抱，杨柔：“祝贺你，我们的钢琴女神。”

雅琴：“妮妮呢，快告诉她，我还有奖金呢，明天我们要好好庆贺一下。”

杨柔：“她刚才还在呢。”

雅琴：“我们要跳个舞，多少天忙着练琴，真该放松一下了。”

她打开音响，调到《蓝色多瑙河》，搂着杨柔跳起来，二人的舞姿都不错，他们随着那华丽宽广的音乐声旋转着，舞动着。

□ 43　冬妮家杂物间　晚

音乐声传进来，叠杨柔虚影的冬妮泪流满面看着日记，杨柔的画外音：“我和琴琴在草地上跳着舞，蝴蝶在周围飞舞，野花在脚下盛开，琴琴美丽纯洁得像一个天使，我感到我们是在天国。"

冬妮抹一把眼泪，把日记一页页撕下，放入火盆，飞舞的火星中，幻化出了与杨柔的画外音对应的画面。

主题音乐声起，爱如海洋，凄凉伤感

第一乐章，远去的云烟：远去了，昔日的辉煌。小桥亭台，一笑红颜，已同过眼云烟，飘向远方。只剩下一缕情丝，无尽惆怅……

□ 44　冬妮家卧室　晚

卧室里柔、琴二人在床上趴着，琴："这回该交公粮了吧。"

杨柔："现在哪还有公粮啊都是卖粮。"

雅琴卡住杨柔的脖子在床上翻滚着："装糊涂啊，还装不装，装不装？"

杨柔："你的孩子呢，怎么没有动静了呢？"

雅琴吞吞吐吐地："猫狗还有假孕呢，人大概也有吧，你那公粮也太次了吧，哈哈。"

杨柔："好哇，合着你和那个臭妮子一起骗我，你今天要不给我生个儿子出来我和你没完，你生不生，生不生？"

二人抱在一起在床上翻滚着，雅琴尖叫着："妮妮快救我，杨柔要杀鸡取卵啦！"

□ 45　冬妮家杂物间　晚

柔、琴的嬉笑声传进，叠杨柔虚影的冬妮捧着雅琴的单人照亲吻着，滚滚泪水将照片浸得模糊不清，她傻了一般将许多二人的照片撕碎了投到火中，最后一张是雅琴和杨柔的合影，她撕成几片实在舍不得投到火里，又用胶带从背后粘好。她翻看着裂成几块的面孔，默默地垂泪。

□ 46　冬妮家卧室内　各房间内　晚

雅琴躺在床上打着哈欠。杨柔："天天练琴累坏了，好好睡一觉吧，我去找找妮妮，对了，她说去看同学。"

雅琴："别忘了交公粮。你是我的私有财产，不是公共资源，可不准偷腥啊。"

杨柔："混账，对咱们妮妮怎么能胡扯呢。"

雅琴已呼呼睡去。

杨柔一间间室内寻找着。

□ 47　冬妮家杂物间　晚

杨柔推门进来，妮妮满脸泪痕，失神地坐在那里，旁边放着那张有几条裂纹的照片。

杨柔："妮子，你在这里做什么，你怎么哭了。"

妮妮扑过来抱住杨柔捶打着："我恨你恨你。你霸占了我的身体，又霸占了我的爱人，还要在我身边跳舞唱歌，寻欢作乐，你简直是在拿锥子扎我的心。"

杨柔替妮妮擦着泪："我现在的灵魂就是你的，你就是我原来的身体啊，你这样子会让我很伤感的，你说过，咱们要合力让我们共同的爱人永远充满幸福和欢笑，别再像咱们这样尝遍人间的酸甜苦辣，妮妮，你让我怎么办呢？"

妮妮热泪涌流："我让你永远对雅琴好，你要欺负了她我不会放过你的，她爱吃蟹黄面，你要常替她买；她除了弹琴什么都不会，你要照料她的生活，她爱撒娇，你知道吗，看着她向我撒娇，就是我最大的享受了。她再向你撒娇的时候，不能让我偷听一回吗，我……我再也没有那个福分了。千万别再对她说你只剩了一副躯壳，真正杨柔的灵魂其实在我这里，艺术家的感情其实很脆弱，她们的思想必须很纯净，才能感受到音乐的精华，才能奏出曼妙的歌曲，我们琴琴是个音乐天才，她会辉煌的，为了她，我再苦再累，心中再受煎熬我也会撑下去的。我要你永远替我爱着雅琴，我要你发誓！"

互相叠印着对方虚影的杨柔和冬妮面对着泪流满面，杨柔："我向你发誓！我会永远永远地爱着琴琴，再不会三心二意。我担负着对琴琴的责任，又担负着一个赤诚灵魂的重托，为了我们唯一的爱人，为了一个赤诚的灵魂，我会永不停歇地走下去，再苦再难都不会再回头，宁可献出自己的生命！我向苍天发誓！"

啊……无题歌声起，苍凉悲壮，无限深情。

□ 48　豪华的大酒店　内　日（众人发奋，冬妮割爱）

酒店豪华的大门。

室内台上有人在弹钢琴，几个评委模样的人在认真听着 观众席上坐着一些待试的人，杨柔、冬妮坐在一起。冬妮：“靠自己挣钱糊口的时候才知道生活的艰辛，就这一个酒店的琴师，我都看不上眼的位子，如今多少人来争。”

杨柔：“这总还是个高雅的活计吧。这次毕业考试，成绩好的，学校保送，成绩差的自谋职业。我们因为记忆互换弄得焦头烂额，哪还有心思备考，都考砸了，只好自谋生路。前天姐还要再给我钱，我哪还有脸再要家里钱，不来争这个位子，只好刷盘子送外卖了。”

冬妮：“琴琴真给我们争气，各科成绩名列前茅，留校继续深造，咱们没白疼她，就是再苦些累些也是高兴的。”

评委中有人叫：“王冬妮。”

冬妮走到钢琴前，可她心神不定，老是弹错，曲子没弹完便自动走下台，有人议论着：“琴不怎么的，胆子可不小，就这手琴还敢来试。”

冬妮捂着脸跑了出去。

杨柔弹着琴，琴声欢快流畅，评委们赞许地议论着，曲毕，一评委：“我们招的琴师已经定了，不试了。”

待试人中有人激愤道：“这也太不公平了吧。”

一评委：“这好办，谁要认为自己的琴能超过刚才这位先生就上来试，否则就不必了。”

待试者默默地走了出去。

□ 49　一组镜头

杨柔在不同的酒店、舞厅里弹着琴。

雅琴在宿舍、饭厅、练琴室三点一线地生活着。

冬妮做着洗碗工，送水、送外卖，艰苦地生活着。

□ 50　排演厅内　日

音乐学校的排演厅，手持各种乐器的人员在座，雅琴在钢琴前，李老师在讲话:“同学们知道钢琴协奏曲《黄河》是我国音乐走向世界的代表曲目，当年殷承宗在美国弹了几千场，场场爆满，有一位先生从年轻时听到老年，场场不落，可见此曲的魅力。但是此曲的演奏难度极高，经领导反复研究决定，本次这个参赛曲目由诗雅琴同学担任主奏，希望雅琴同学不负众望，为我们学校赢得荣誉，现在开始排练。”

随着指挥手臂的切下，气势磅礴的黄河协奏曲如狂风暴雨一般奏响。

□ 51　音乐厅内　晚

音乐厅内座无虚席，杨柔、冬妮也在座。音乐厅内回荡着黄河大合唱雄浑激越的乐曲声。

台上，雅琴和乐团成员在用全部的身心力量演奏着，冬妮入神地看着。

□ 闪回

她自己的脸化成了当年的杨柔，台上的雅琴也化作了当年天使一般的女孩，二人在边弹边唱。

曲毕，全场爆发出热烈的掌声，泪流满面的冬妮回过神，和杨柔及不少人一起上台为雅琴和乐团成员献花。

□ 52　冬妮家的餐厅　晚

冬妮的餐厅，三人共同举杯，杨柔：“为我们钢琴女神拿到了全省的钢琴大赛第一名举杯！”

冬妮：“今天还要和你们商量一个事情，琴琴已经是国内小有名气的钢琴演奏家了，可要想走向世界还要进一步深造。欧洲的维也纳是世界音乐之都，所有享誉世界的钢琴大师都在那里深造过。那里有一个世界顶级的钢琴教育家卡洛斯基教授。他有一套独特的教育方式，世界过半数的顶级钢琴家都出自他的门下，我早就把琴琴的演奏作品发给了他，可是他的学生已经排到了几年之后，到那时琴琴早已过了最佳学琴年龄了。最近教授的一个学生因故辍学，虽然有不少学生巴望着这个名额，教授还是把这个名额给了琴琴，这对琴琴是一个千载难逢的好机会，我们一定要把握住。”

杨柔：“我也想过，雅琴一人出去还不行，她离了我魂就没了，两人除去各种费用连学费少说也得一二百万，我们上哪弄这么多钱呢？”

雅琴："去不成拉倒，背了太多的债也没心思学琴。"

冬妮："再想办法吧。"

□ 53 冬妮家 内 外 日

白天，冬妮在房子里外依依不舍地四下看着，打扫着。

晚上，她跪在父亲遗像前痛哭流涕："爸，女儿不孝，女儿要把你一生的心血给败了。"

次日，冬妮领着几个买房人在看着房子，冬妮默默地流着泪，一位买房的老先生："闺女，别哭了，我知道你很喜欢自己的房子，又等着用钱，这样吧，我就按你要的价钱给你二百二十万，马上打给你，不再压你的房价了，要不然住在你的房子里，我的心会永不安宁的。"

冬妮深深地给老先生鞠了躬："老伯伯，谢谢你，谢谢你！"

□ 54 冬妮家客厅 日

杨柔坐在沙发上，懊恼地抱着头。冬妮进来拿出银行卡："这是二百二十万，快拿去办手续吧，卡洛斯基教授那里我已联系好了。"

杨柔惊诧地站起："你哪来这么多钱？"

冬妮双手捂着脸，颓然跌坐在沙发里："别问了，快去吧。"

杨柔："你，你一定是把这房子卖了，不然你哪来这么多钱呢，这是你父亲一生的心血，你怎么能卖了呢，我们不会用这钱，要不然我的心会永不安宁的。"

冬妮失声痛哭："怎么，你是她的爱人了，我不是，你别忘了我是他曾经的爱人，我的心永远系在她身上，你连我爱她的权力都不给了吗？"

杨柔也热泪盈眶："就是我同意，琴琴也不会同意，她哪会接受你这么贵重的礼品呢？"

"那你就说是借的，先办着手续，能哄到哪天是哪天。"

□ 55 行政服务大厅里 日

杨柔、雅琴二人在办着手续，杨柔："咱们出国的手续全办好了，等批下来就可以走了。”

雅琴得意忘形地：“太好了，太好了，帮我谢谢你那帮穷朋友，走之前我一定要好好给他们弹几首曲子，想不到我们傻瓜阿柔还有这么一帮好哥们。对了，妮妮呢，怎么也不接我电话了，我要去看看她。”

□ 56　冬妮原家门前不远处　日

冬妮倚在一棵树上，泪眼蒙眬地看着家门，雅琴走来：“妮妮，你怎么在这里站着不进家，你怎么哭了？”

雅琴掏出钥匙欲去开门，冬妮眼泪夺眶而出：“那，那已经不是咱们家了。”

冬妮拿过钥匙，走到大门前把钥匙扔到院子里。

雅琴抱着冬妮痛哭着摇撼着：“天哪，你把房子卖了给我做出国的钱！什么柔柔借的钱都是骗我的鬼话，我就说柔柔一个穷弹琴的，朋友见了都躲得远远的，怕沾了穷气，怎么能借到这么多的钱。你让我于心何忍哪，我用着你这样的钱哪还有心思弹琴啊。我不用，我不用你的钱……”

冬妮流着泪却劝着雅琴：“别哭了琴琴，我想开了，房子是人挣的，等你出息了再替我买一套更大更好的房子，我一定高高兴兴地接受，我要对父亲说，爸，你看女儿替你买了一套更好的房子。”

雅琴：“你把房子卖了住在哪呢，你真让我担心死了，领我去看看你的住处吧。”

冬妮站着不动，雅琴：“你不领我去，我就跟着你。”

冬妮只好领着冬妮走去。

□ 57　一个杂乱不堪的筒子楼　外　内　日

二人走进一小套房间，室内陈旧，放着几样简单的家具，雅琴：“你把卖房子的钱都给了我们，自己为了省钱就住这样的房子？”

雅琴坐在床边，默默地流泪，冬妮：“别哭了，等你买了大房子，咱们永远住在一起，我要天天听你弹琴，好不好？”

雅琴：“我问你一个问题你要如实回答我。咱们非亲非故，你为什么待我这么好，你不给我说清楚，我怎么敢承受你这么重的情分呢。”

冬妮沉思一下："你相信有前世姻缘吗？"

雅琴："好像有。"

啊……无题歌声起，无限深情。

叠杨柔虚影的冬妮："绝大部分人记不得自己的前世姻缘了，只有极少一部分人才能记得，这些人哪怕隔着万水千山也要找到自己前世的情人，哪怕因为转世改变了性别甚至变成了牛马，还会至死不渝地爱着自己的前世情人！我就是这样一个能记住前世的人，你就是我前世的妻子，我虽然因为转世变成了女儿身，但是却记得我们在一起所有美好的时光，我们花前月下共诉衷肠，我们深情依依海誓山盟。琴琴，我费尽千辛万苦，找遍每一个角落才找到了你，你忍心拒绝我的帮助吗？"

雅琴扳着冬妮的肩膀审视着："你真的是我前世的爱人吗？"

泪水在雅琴脸上恣意横流，冬妮的脸渐渐模糊。

□ 58　风雨飘摇中的城市　冬妮的租房　夜

一组台风过境的镜头：风大雨狂，大树连根拔起，路牌、广告牌漫天飞舞，滔天巨浪冲上陆地。

冬妮租房的楼门外，一道道撕裂天地的闪电伴着滚滚沉雷，电光火石之中，惊现出牛头马面二鬼。他们来到楼房大门前，大门自动打开，他们走向楼房内，冬妮的住房门也自动打开。牛头鬼走向客厅，冬妮在沙发上睡着，牛头鬼招招手，冬妮身上杨柔的灵魂离开了躯体，浑浑噩噩地跟着牛头鬼走去。

马面鬼走向卧室，杨柔和雅琴抱在一起睡着，冬妮的灵魂也走出了杨柔的身体，跟着马面鬼晃晃悠悠地走去。

杨柔、雅琴和二鬼经过层层地狱。沿途阴森恐怖，群魔乱舞。十八层地狱里乌烟瘴气，铁链皮鞭火盆老虎凳一应俱全，阎王小鬼们奸笑着将二人绑在柱子上。阎王："不知道天意让你们结为夫妻吗？"

杨柔："不管是谁的意愿，都不能伤害我的妻子雅琴。"

阎王大怒："反了反了，竟敢顶撞我，来人哪，我让你尝尝十八层地狱的厉害！"小鬼们拿着烧红的烙铁向二人伸来！

冬妮满头大汗惨叫着从沙发上坐起身，摸着肩膀上一块紫红的烙印。

杨柔也是大汗淋漓惊叫着坐起。雅琴："怎么啦怎么啦，做噩梦啦？"

杨柔摸着胸前一块紫红的印记，我总感觉在我们身上有什么阴谋，要来的都来吧。

雅琴："什么阴谋，谁有阴谋？"

杨柔："没事，睡觉，我在说梦里事呢。"

雷更响，风更大，雨更猛。

□ 59　生命科学研究所　外　内　日

街上，雅琴走进一个标有生命科学研究所的建筑内，所长室内，所长递给雅琴一本书，上写《神秘现象研究》。所长："送你一本书，好好看一下。你说的这两种情况，记忆的转移，甚至是隔时空的交换，还有人的前世，历史上都有记载，但是在科学上却无法给以严格的证明，因为现在还无法读出人脑的记忆，只能听当事人的介绍，谁也无法证明这些介绍的真伪，就象你遇到的事一个样。我看你不必纠结这些事的来龙去脉，有一点可以肯定，这两个人都深爱着你，姑娘你好福气。我祝你早日学成回国，让咱们的音乐走向世界。"他站起身和雅琴握手。

□ 60　飞机场候机楼　日

飞机场登机楼的一个角落里，三人坐在条椅上，杨柔、冬妮二人坐在雅琴两边拥着她，杨柔："妮妮，我们就要走了，你一个人怎么办呢，找一个爱你的男孩吧，别让我们担心啊。"

冬妮默默地点点头。雅琴将二人的脸一一捧起仔细看着："所长的话是对的，我无须弄清真相，我只知道有两个深爱着我的爱人，我诗雅琴怎么会有这么好的命。"

三张沾满泪水的脸贴在一起，三个人紧紧拥抱在一起。

登机的铃声响了，冬妮站起身，雅琴抱住她痛哭着："妮妮，妮妮……"

眼泪顺着冬妮的面颊滴落："别这样，别人会笑话的，我会想你们，有时间我会去看你们。"

冬妮和二人互相招着手依依惜别，目送着二人消失在登机楼中，她扑到玻璃窗上，目送着飞机滑向跑道，消失在天空。

音乐声起，主题歌《爱如海洋》第一乐章《远飞的鸿雁》

高飞吧，梦中的新娘。
你像一只鸿雁，
带走了我的思念，承载着我的希望。
愿你一路走好，幸福与你长伴；
愿你搏击长空，迎接未来的风浪。
飞吧飞吧，太阳为你指路，星光为你导航；
飞吧飞吧，携着亲人的嘱托，为了那不灭的向往；
飞吧飞吧，我魂牵梦萦所在，我梦中的新娘。

□ 61　奥地利　维也纳的国际机场出口　日（异国拼搏）

杨柔、雅琴拉着行李走出机场，打量着这个异国风情的城市。

□ 62　二人的租房外　内　日

他们走进一个欧式的小院落，院内幽静典雅，鲜花盛开，雅琴：“太漂亮了，租金也便宜，我们回国后就买一套这样的房子，和妮妮永远住在一起。”

室内干净整齐，各种家具一应俱全，二人在各室内查看着。

□ 63　卡洛斯基教授的音乐学校　日

在一架华丽的大三角钢琴前，二人向教授鞠躬：“教授您好。”

教授：“你们好，雅琴同学，我早就等着你来了，我研究了你的资料，知道你有很好的音乐素养，你一定会成为世界一流的钢琴大师的，我为能教你这样的学生而自豪。你看，这就是给你准备的学习用的琴。”

杨柔抚摸着钢琴，不由得赞叹："呀，教授教学用的琴都这么好。"

教授骄傲地："是的，我的学生将来都是国际顶级的琴师，他们学习必须用好琴，普通的琴会干扰他们的听觉。"

教授摸起杨柔的手看了一下："我的孩子，你也会弹琴，并且弹得不错，弹一首给我听听。"

杨柔："那我就献丑了！"

杨柔弹了一曲，致爱丽丝，曲毕，教授鼓起掌："很好，这首曲子你弹得特别有神韵。"

杨柔："谢谢教授夸奖，这是我献给我妻子定情的曲子。"

教授："太好了，你也很有前途，你们应该有一架这样的琴，练习起来方便，只是这样的琴太昂贵了。咱们现在开始学习吧。"

教授递给雅琴一本琴谱，雅琴弹起来。

教学楼里荡漾着悦耳的琴声。

□ 64　钢琴专营店里　日

杨柔和雅琴在巡视着，一架华丽的大三角钢琴的价目表上，一个数字带着好些个零。雅琴："妈呀，吓死我了，快走。"

□ 65　豪华的大酒店　内　日

杨柔走进大酒店内，和大堂经理谈着话。经理："看样子你是新来的，不知这里规矩，这个城市因为是音乐之都，有许多音乐爱好者在街头、酒店免费演出，收入只能靠客人打赏，而这是挣不到几个钱的。"

杨柔失望地转身走去，经理又叫住他："对了，先生，这里还有一个洗餐具的工作，因为这活没有几个人愿干了，所以待遇很丰厚，你愿不愿干？"

杨柔犹豫着，经理："你不干我就另找人了。"

杨柔："愿意，愿意！"

洗刷间内，杨柔苦笑着，卖力地洗着碗筷。

□ 66　路上　学校　日

雅琴风雨无阻地走在路上。

雅琴在学校里苦练着钢琴。

□ 67　中国　一家旅店里　日（冬妮寻友，不欢而散）

冬妮在做着保洁员，她脱去外衣，捶打着腰背。

□ 68　冬妮的租房　内　日

破败的家里，她拿着裂成几块的和雅琴的合照翻看着。杨柔的画外音："找一个爱你的男孩吧，别让我们担心。"

□ 69　街道上　晚

冬妮和女友并肩走在街道上。女友："谈朋友要一心一意，别人都说你是不食人间烟火的冷美人，像这样怎么能谈成朋友呢？"

冬妮："这次一定注意。"

□ 70　酒吧　晚

她们拐进一间酒吧，里边一个男孩在等着，冬妮女友向男孩介绍："这就是冬妮，我们班上的美人坯子，她最近心情不太好，你要多原谅些。你们说话，我在门口等着。"

冬妮心不在焉地和男孩搭讪着，男孩："美女，你有心事吗？"

冬妮："没有没有，我就这个样子。"

男孩起身到门口问冬妮女友："你的朋友有抑郁症吗？"

冬妮女友："没有啊。"

男孩："那就是你有。"

男孩扬长而去。

□ 71　冬妮的租房内　日

室内，冬妮在整理行装，那张裂成几块的杨柔和雅琴的合影照已装进一个小相框，她拿起擦了又擦，看了又看，最后装进拉杆箱。

□ 72 欧洲 维也纳机场出口 上午（冬妮寻友，不欢而散）

冬妮拉着行李走出，一直等着的雅琴扑过去，二人紧紧拥抱。

□ 73 出租车内 上午

出租车内，二人搂坐在后排，雅琴兴奋的眉色飞舞：“本来柔柔要来接你，我学校还有课程。可是我太想你了，我就来了，不见到你我干什么都没有心思。等你的探亲签证办好了，可以一直住到我学成回国的时候，再也不要整日受思念之苦了，哈哈！”

冬妮：“看你高兴的，得意忘形了，琴学得怎么样了。”

雅琴：“卡洛斯基教授说我进步飞快，前几天爱乐乐团还请我做临时演出呢，就是维也纳那个世界顶级的乐团呀。”

假妮惊喜地：“太好了，咱们琴琴要腾飞了。”

□ 74 柔 琴住处 上午

杨柔迎出来和冬妮紧紧拥抱，冬妮推开杨柔：“好了，琴琴马上要吃醋了。”

雅琴：“你们说话，我还有一点课程要赶完，中午回来我带点好吃的回来，咱们好好庆祝一下。”

雅琴走出家门，杨柔捧着冬妮的脸仔细看着，心疼地：“你瘦了，你面容怎么这样憔悴。”

冬妮：“别这样，让琴看见她会误会的。”

杨柔：“没关系，她要到中午才来呢。”

冬妮犹豫着，终于紧紧抱着杨柔哭起来：“柔柔，柔柔……”

杨柔将冬妮紧搂在怀里，热泪盈眶：“哭吧，哭吧，你心里太苦了。”

□ 75 街道上 上午

雅琴走着忽然停住脚步，自言自语：“看我高兴的，钱呢，包呢？”她又回头走来。

□76 柔 琴住处 上午

杨柔还抱着痛哭着的冬妮，冬妮：“我成天成夜地想你们，想你，我现在的记忆就是你原来的记忆，和琴琴那些难忘的岁月就像在昨天一样，她的琴声一直在我耳边回响，她像过去一样在我面前撒娇。你现在的记忆也就是我原来的记忆啊，我总在想琴琴是不是察觉到你已经换了一副灵魂，你们还能合得来吗。我这辈子是过不去这道坎了。这个世界上谁又能相信咱们的遭遇呢，只有你了，柔柔你说我怎么能不想你呢，我多想和你在一起啊，可是你和琴琴这么恩爱，你是属于她的，我怎么能对不起她呢，我就是想你想到死，也不会伤害她的。我无数次对自己说，都过去了，重新开始吧，可是我放不下过去，带着这些负担，怎么谈朋友呢，人家说我是冷美人、抑郁症，三心二意，没人愿意要我，你说我怎么办呢？”

杨柔在冬妮脸上热吻着，热泪纵横：“妮妮，你放心吧，我们在一起生活得很融洽，我们彼此都深爱着对方，爱能填平一切鸿沟啊。她还像过去一样像个天使无忧无虑地生活着，她一心要做世界级的钢琴大师，盼望着挣了钱替你买更大更好的房子，你的琴琴，咱们的琴琴，她会扬名天下的。只是，你过得太苦了，别难过，你的心这么善良，会有人喜欢你的。”

雅琴站在门口呆呆地向室内看着，冬妮忽然瞟见雅琴，失声地：“雅琴！”

雅琴双手捂着脸跑开去。冬妮懊悔地：“这怎么办哪，来以前我就预感要出事，我担心我控制不了我自己，可是我还是不由自主地跑来，看到你们生活得很好，我也就放心了。我走了，我不能在你身边，我会控制不了我自己的，我会做出对不起琴琴的事。替我转告琴琴，对不起，我干扰了属于她的世界，我谢谢你，柔柔，今天给了我这么多的温暖，我，知足了。我会永远记住今天，它将伴着我的余生。我走了，不会再来干扰你们生活了，替我爱着琴琴，我会永远为你们祝福的。”

她抱住杨柔，将脸贴在他的胸脯上，肩膀微微颤抖。她在杨柔脸上热热地吻了一下，然后毅然推开他向外走去。杨柔冲过来拉住她的手痛哭着：“你别走，我不让你走。”

冬妮甩开他的手：“你别拉我，你留不住我的。快去找琴琴吧，对她说我不会再来了，别了，柔柔，咱们，来生，相会……”

冬妮大步向外走去，一任泪如泉涌，再也没有回头！杨柔手扶着门边目送她消失在茫茫人海中，热泪横流。

□ 77　公园的角落　下午

雅琴失神地坐在公园一个破败的角落里，杨柔找来，雅琴："你们商量好了吧，打算什么时间让我走，我不会装孬。"

杨柔："你胡扯些什么呀。雅琴。"

雅琴："我什么都明白了，她一直在暗恋着你，她把卖房子钱都给了我就是我的卖身费，她现在要来领你的人了，我花了人家的钱我还能说什么呢，只是，只是我实在离不开你，除了弹琴我什么都不会做，你就是我全部生命，离开你我怎么活呢！"

杨柔："妮妮让我转告你，她干扰了你的生活，对不起。她不会再来了，她大老远跑来看我们，一口水没喝就走了，她没有冒犯你的意思，她太孤独了，太苦了，想寻找一丝温暖，结果就这样走了……"

二人抱在一起眼泪流在一起，雅琴："是吗，我是错怪她了，我太怕失去你了，结果昏了头，现在怎么办呢，还能找到她吗？"

□ 78　一组镜头

杨柔在卖力地洗刷着餐具。

雅琴在学校和家里来回跑着学着琴。

□ 79　柔、琴二人客厅日（二人得琴，如虎添翼）

雅琴失神地望着窗外，画外音："妮妮，你在哪里？"

茶几上的手机响起，雅琴拿起，手机里是杨柔妈的声音："闺女，我是你妈，给你们买琴的钱终于凑齐了，给柔柔说我们要买一架最好的琴。"

雅琴忘乎所以地："柔柔，柔柔，妈说给我们买琴的钱凑齐了！"

杨柔带着围裙擦着手从厨房跑出，抱着雅琴转起来："太好了，太好了！"

二人在客厅里拆着一架大钢琴的包装，琴身豪华气派，二人流着喜泪抚摸着，亲吻着，雅琴："我们终于有了自己的琴了，再也不用黑夜白天地向学校跑了，你也能练练琴，咱们同台演出。妮妮知道了她该多高兴啊！"

二人在钢琴上四手联奏，欢快的琴声充满了客厅。

白天，雅琴在弹奏着。

晚间，杨柔在弹奏着。

□ 80　金碧辉煌的大酒店内　晚

爱乐乐团的团员在举行宴会，团长拉身边的雅琴站起身："今天是我们誉满全球的爱乐乐团周年庆典，借此机会，我还要向大家宣布我们的一位新团员，诗雅琴女士，她会给我们带来新的惊喜和荣誉。"

全场热烈鼓掌。餐毕，团员们一对对在舞池里跳舞，一位穿着入时的绅士在雅琴前邀请："诗雅琴女士，能请你跳舞吗？"

雅琴站起来躬身致歉："对不起，我只会和我的丈夫跳舞，和别人跳老是踩掉人家的鞋。"

周围响起一片掌声。

那位绅士："诗女士，你这样彬彬有礼，说话又是这样幽默机智，你的丈夫一定是一位很高贵的绅士。"

雅琴抬眼忽然看到一个身影，是杨柔，穿着工作服，身上几片油渍，脸上两道黑，他在收餐具。雅琴跑到他身边："你，你怎么会在这里？"

杨柔尴尬地："我，我一直在这里，忘了对你说，嘿嘿。"

雅琴转过身抹着眼角尽力克制着，她拉起杨柔走向舞池，杨柔："你要干什么，你非要我丢人是不是。"

二人来到舞池，雅琴："这就是我的丈夫杨柔，他靠打工挣钱养我，供我学琴，我才有今天。柔柔，你不知道我今天在这里吗，你真替我丢人，罚你给大家弹首曲子。"

杨柔走向琴台："我的妻子已是白天鹅了，可我还是丑小鸭，但我相信妻子还一如既往地爱着我，我把我和妻子定情的一首曲子，《致爱丽丝》献给大家，希望朋友们喜欢。"

琴声深情依依，二人热泪涌流。

□ 81　柔、琴二人客厅　日

雅琴在琴前心情烦躁地胡乱弹了几下便停下来。杨柔："怎么了，你现在大红大紫了应该高兴才是。"

雅琴："我现在特别想妮妮，没有她哪有我们今天呢，你到底找得怎么样了？"

杨柔："找不到，这人海茫茫到哪找去，奇怪，我总感到她离我们不远。"

杨柔突然站起："你看我真糊涂，我们本来就应该是有心灵感应的人啊，我带你去刚打听到的一个地方。"

□ 82　路上　研究基地　日

杨柔开着车在公路上急驶。

山脚下，一处隐藏在绿树丛中的建筑，门旁标有神秘现象研究所的牌子，柔、琴二人走了进去。摆着各种仪器的室内一研究员在给他们介绍："现在有一种最新技术，可以让人看到隐藏在脑子里最深处的，连过去催眠方法也无法探查到的秘密，但是这往往会让你知道最不堪回首的往事，你们愿意做这项测试吗，柔、琴二人点点头。"研究员给他们带上测试头盔，雅琴的耳机里响起了提示音："想象你越过一片无边的虚空，天地间一片混沌，你回到了孩提时代……"

□ 83　一组镜头

雅琴的脑海里时空在飞速地移动，出现了当年的那个晚上，杨柔、雅琴、冬妮三个伙伴在公园里高兴地谈天，他们头顶上出现了一团光影，三人打起哈欠，昏昏欲睡，雅琴拼命想说话，想动却动不了。飞船现出原形，这是一艘银灰色的，有波浪形外表的飞船。三人的灵魂（虚影）飘了起来，被外星人领进飞船内。

雅琴的灵魂归入了自己的身体，可是她眼睁睁地看着杨柔的灵魂被领入了冬妮的身体，冬妮的灵魂却被领入了杨柔的身体。

草地上，雅琴困惑地回忆着，她推醒二人，三人夜色中溜回各自的宿舍。

次日晨，杨柔在女生宿舍里睡着，冬妮在男生宿舍里睡着。

现实，柔、琴二人带着头盔激烈地挣扎，研究员为他们去掉头盔，雅琴满头是汗："我什么都明白了。我的丈夫和我女友的灵魂调换了。"

研究员：“那么可以做下一步测定了，凡是记忆有交换的人，因为自己的记忆全部或部分在对方，所以会和对方有很强的心理感应，有的人可以直接感受到，这在世界各地都有记录，但是大部分要靠仪器测量。”

研究员给杨柔戴上一顶头盔。

杨柔眼前显示出了密密麻麻的城市街道，研究员：这个头盔里显示的就是本市的地图，你转一下看。

杨柔慢慢地转着身，出现了一条红线。

研究员：“那条红线指的就是你朋友的方向，你循着这条线开车，有提示的时候，就是你朋友的位置。”

二人跑出研究所，登上汽车，杨柔戴着头盔开着车驶去。

□ 84　城外的一个难民营　日

空地上搭着一些帐篷，其中的一个帐篷里，几个难民躺在简陋的床上，另一张床上，躺着病重的冬妮。叠印着杨柔虚影的冬妮抱着那张裂成几片的合影照傻傻地诉说着：“你是琴琴吗，你不认识我了，我不怪你，谁让我变成这付模样呢，可我认识你，我变成了一粒砂子也还认识你，你是我的妻子，我怎么会不认识你呢，你现在辉煌了，周围都是鲜花和掌声，我也很骄傲，因为我为你付出了一切。你一定更记不起我了，那也好，我这个样子会让你很难受的，我不愿看到你有半丝哀伤，就让我变成一粒灰尘悄悄离去吧……”

杨柔和雅琴停下车跑出，来到冬妮处，冬妮昏睡着，抱着那张合照，雅琴翻过来，那是她自己和杨柔的合照，雅琴失声痛哭：“妮妮，我是雅琴，我来看你了。”

冬妮睁开眼，目光迷离地看着雅琴。她眼中一片模糊：“你是谁，我不认识你。”

雅琴拿过照片流着泪指点着：“这个就是当年的你，你那时还是一个漂亮的小伙子，外星人把你的灵魂换进了妮妮的身体，你变成了妮妮的模样。这个就是我，你的妻子雅琴。你虽然改变了外表，可是你的灵魂还是当年的柔柔，我还是你的妻子，我永远是你妻子，柔柔你再看看我，看看我……”

雅琴抱着冬妮的脸痛哭着，抚摸着，亲吻着，滚滚泪水打湿了冬妮的脸，唤醒了她麻木的心智：“你是琴琴，真是我的琴琴，你终于认出我了，我，死而无憾了……”

杨柔在工作人员那里签好字走回，背起冬妮向外走去。冬妮的眼泪贴着杨柔的面颊流下，和杨柔的泪水混在一起滴滴落入地下，雅琴一手扶着冬妮一手替他们和自己擦着泪。

□ 85　轿车里　日

杨柔开车，雅琴拥着冬妮坐在后排流着泪："我误解了你，对不起，你原谅了我的刁钻蛮横，包容了我的一切，就不能再原谅我一次吗，咱们回家吧。咱家什么都有了，还有大钢琴，是最好的钢琴，我们要永远住在一起，弹琴，唱歌，跳舞。"

杨柔："我们要先去医院，再回家弹琴。"

冬妮："我要弹琴。"

雅琴："好好，咱们先弹琴，后去医院。"

□ 86，柔、琴住处，日

冬妮抚摸着钢琴，脸贴在琴盖上流着泪："我从来没弹过这么好的琴，我要弹琴。"

雅琴扶着她坐在琴前，她拼力弹奏起来。

插曲：梦中新娘。柔、琴二人合唱："啊……梦中新娘，鲜花是你的笑脸，彩虹是你的衣裳……"

闪回：时光回到了当年，冬妮化成了杨柔在弹着琴，雅琴拥着冬妮合唱："梦中新娘，你播下了爱的种子，你绽放着青春的力量……"

现实：曲毕，冬妮晕倒在钢琴上，雅琴："妮妮……"

杨柔抱起冬妮向外跑去。

□ 87　医院里　日

冬妮在做着 CT、X 光检查，医办室里，医生看着冬妮的片子介绍着："病人情况不好，病人少了一个肾，又劳累过度，所以失去的这个肾对她的健康造成致命的影响，根据我们的经验，失去的肾可能是被卖掉的。"

雅琴惊诧地："卖掉的！她怎么能用得着这么大一笔钱呢？"

杨柔忽然如五雷击顶，热泪狂泻："我知道了，她用卖肾的钱替我们买了那架钢琴，你没看到她看看着咱们钢琴的神情，就像在看自己的孩子，那就是她的命啊……”

闪回：冬妮扑到钢琴上流着泪抚摸着，亲吻着。

二人拥抱着失声痛哭。杨柔：“她一定是把卖肾的钱交到了家里，又动员家里替我们凑钱，我早就寻思，像我们这样的穷家哪里能凑到这么一大笔钱。”

二人跑向病房，病房门关着，他们呼喊着：“妮妮，妮妮！”

护士过来：“病人在做着透析，你们不能进去。”

二人跑向监护室，冲过医生的阻拦，趴在玻璃窗上痛哭着，病房里的冬妮戴着氧气面罩昏昏沉沉，脸色焦黄，泪水浸湿了玻璃窗，冬妮的脸渐渐模糊……

主题音乐起，《爱如海洋》第二乐章《烛光》，苍凉悲壮

啊……春蚕到死丝方尽，蜡炬成灰泪始干。
我愿做一支蜡烛，化一线光明，领我的爱人走向辉煌。
我愿做一只春蚕，化一缕丝线，为爱人织出云的衣裳。
我愿做一颗砂粒，化一块路石，为爱人铺出康庄大道。
我愿做一片花瓣，织一片锦绣，为爱人绘出花的海洋。
假如你面前有一阵清风，那是我和你相见的舞姿，
假如你耳边有一声蝉鸣，那是共诉别离的衷肠。啊，
魂归长天，肉作泥土，唯有不变的，是对爱人永远的念想。

歌曲声中的一组镜头：冬妮做着保洁员，辛苦地工作着。

雅琴走出家门，冬妮躲在树后面呆呆地注视着。

钢琴专卖店外，雅琴隔着窗户眼巴巴地向里望着，冬妮在不远处看着。

手术室里，她在做着手术。

病房里，她躺在病床上和病人家属转着款。

她和杨柔妈通着电话，杨柔妈老泪纵横。

她扶着墙走入出租房，无助地倒在床上，房东大骂着将她的衣物扔出来。

柔、琴二人兴高采烈地合弹着钢琴。

她漫无目的在街上走着，昏昏沉沉倒在街边。

救助队的护士扶起她，喂着她水和食物。

现实，医生为冬妮撤去各种管子，一医生到二人身边：“你们可以进去看看了，病人的许多器官功能已经衰竭，你们要有思想准备啊。”

二人跑入病房，跪在冬妮的病床前，拉着她的手吻着，抱着她的脸抚摸着亲吻着。

冬妮缓缓睁开眼：“你们，这是怎么啦？”

雅琴捧着冬妮的脸：“你醒了，你跟我说实话，你是不是把肾卖了为我们买了那架钢琴？”

冬妮：“没，没有啊。”

杨柔：“你骗不了我的，我能查出来，你说是不是！”

冬妮只好默默点点头。

雅琴：“你，你，你是用命给我们换一架钢琴啊，你还不如杀了我们，你让我们下半生怎么活啊。”

雅琴伏在冬妮身上手抓着床单哭得说不出话，叠印着杨柔虚影的冬妮泪流满面地抚摸着雅琴的秀发：“你已经知道了，我的灵魂就是那个当年和你说咱们一见钟情的杨柔，就是那个和你海誓山盟的杨柔，你是我的妻子，我为你做的一切都是应该的，我虽然化成了女儿身，可我最大的愿望还是能叫你一声妻子，能听你叫我一声丈夫，我没想到今生还能看到这一天，我，能瞑目了。还记得我们在一起的岁月吗？”

雅琴点点头，冬妮指着照片上的雅琴和杨柔：你现在还是这么年轻漂亮，可当年的杨柔只剩下一阵清风了。

冬妮将叠印着冬妮虚影的杨柔和雅琴的手拉到一起：“他现在是真正的杨柔了，他是我生命的延续，他会永远爱着你的，把我忘了吧，你就当我是你们生命旅途中的一个过客，你们爱情海洋中的一朵浪花。”

雅琴痛哭着：“我做不到，做不到……”

杨柔：“你要坚持住，我们要为你找最好的医院，请最好的医生。我们现在有钱了，琴琴在世界各地的演出日程已经排到了一年以后，我们要买最好的房子，我们永远在一起弹琴，唱歌，跳舞。”

冬妮：“咱们的鸿雁终于飞起来了。咱们用全部的力量，前仆后继终于把我们共同的爱人托向了世界。柔柔，你继续为咱们的爱人扬帆引航吧，我已做了我能做的一切，我太累了，要好好歇歇了。”

雅琴捧着冬妮的脸热泪涌流，难分难舍：“你别离开我，我不让你离开我。”

冬妮：“我不会离开你的，我怎么舍得离开你们呢。知道我为什么叫杨柔吗？”

□ 闪回

小杨柔抱着一只白猫亲吻着，小杨柔的小姐姐撇着嘴：“一个男孩子，怎么喜欢女孩子的东西。”

□ 现实

冬妮：“就这样，我上小学的时候，家里就给我起了一个女孩子的名字，杨柔。去替我买一只猫咪吧，是那种纯白的长毛猫。”

雅琴抹着泪走出门，杨柔：“你不能走，我们不能没有你，花多少钱我也要把你治好。”

冬妮：“没有用了，我已是病入膏肓，无药可治了，我要回家，回到生我养我的地方，回到父母的身旁，抱抱我吧。”

杨柔坐在床上，将冬妮扶靠在自己身上，热泪滚滚：“你是我生命的一部分，我也爱着你啊，你不能……”

冬妮替杨柔擦着泪：“哟，你也爱着我，那你和琴琴分手吧，咱们重新开始。”

杨柔：“不，不……”

冬妮：“你好大胃口啊，我可没有你这么博爱，我一生只会爱上一个人，生死相依，不离不弃，看样子咱们今生是没有缘分了，柔柔，你说有来生吗？”

杨柔：“有，一定有，人间有这么多的情，这么多的爱。”

冬妮：“那你答应我，来生，咱们一定要在一起，还是那样的晚上，还是公园的那个角落，我们的情缘，我们的酸甜苦辣开始的地方，来生，我在那里等着你，永远，永远地，等着你……”

□ 88　宠物市场　日

雅琴来到一个关在笼子里的白猫前，白猫见了雅琴在笼子里叫着窜跳着，卖主："哟，看样子你们有缘，给你个好价钱。"

猫咪安静地趴在雅琴身上，雅琴泪花闪闪："咪咪，咱们真的有缘啊。"

□ 89　医院病房　日

冬妮握着杨柔的手，四目相视，难舍难分，冬妮："每年的今天，让雅琴为我弹那首《致爱丽丝》，你要领雅琴到那个我们常去的公园为我唱《梦中新娘》。我把琴琴交给你了，我会永远地为你们祝福的。"

雅琴抱着猫进来，递给冬妮，猫趴在冬妮肩上凄惨地叫着。

叠印着杨柔虚影的冬妮："咪咪，你认识我，咱们前世有缘啊。也许我的前世就是一只猫，本该托生成女孩，可是却转错了世成了男儿身，上苍又把我打回了原形。我不后悔，毕竟我轰轰烈烈爱了一场，我用生命读懂了爱情这本厚书，我为我的爱人贡献了自己的一切直至生命，我，不枉此生……"

冬妮缓缓合上眼，眼角落下一串晶莹的泪珠，监护仪上的曲线都变成了直线。那张四分五裂的照片滑落在地上……杨柔的灵魂（虚影）飞出了冬妮的身体，飞出了窗外。

雅琴声嘶力竭地呼喊着，摇晃着冬妮："妮妮，柔柔……"

护士拿着白被单过来，雅琴将她们推出门外，锁上门，杨柔抓着冬妮的手亲吻着，痛哭着，雅琴抱着冬妮的脸抚摸着，亲吻着，哭喊着……

走廊长长，护士推着盖着白被单的冬妮缓缓驶去，杨柔扶着雅琴跟在后边，她挣脱了杨柔的搀扶追上来，倒在地上，向前伸着一只手哭喊着："妮妮，柔柔。"

□ 90　火葬场　日

冬妮身边放着她那张裂成几块的合影照被推进了熊熊炉火，杨柔和几人拉着拼命挣扎哭喊的雅琴。

熊熊燃烧的炉火充满了整个画面。雅琴痛彻肺腑的画外音：妮妮，柔柔……

浩瀚的宇宙，杨柔的灵魂飞入了外星飞船。外星人带着金属感的声音："原谅我们没能帮你，因为我们对外星考察的原则是不能干扰被考察的星球，但是我们会把你的精神传遍整个宇宙。请问你现在何去何从呢，愿意去你们传说中的天堂吗？"

□ 91　中国　一处漂亮的别墅外　内

杨柔扶着精神恍惚抱着骨灰盒的雅琴走进，冬妮妈、继父走出。

雅琴跪在二老面前："妈，继父，你们的两个女儿回家了。"

四人紧紧相拥。

室内。大桌上放着骨灰盒、冬妮和父亲的遗像，柔、琴、妈、继父在前，雅琴抱着骨灰盒痛哭着："妮妮，你看看，这是我给你和爸买的房子，以后我们一家人再不分离。"

卧室，雅琴失神地靠在床上，杨柔陪在身边抚慰着劝说着："我和妮妮都做过一个同样的怪梦，我们在地狱里受刑（杨柔扯开胸前衣服，皮肤上有隐约的痕迹）你看现在还没完全消退呢，现在想来，那其实是外星人在测试地球人如何应对变故，杨柔真正的灵魂是那么眷恋着咱们，外星人是不会让那个赤诚的灵魂走远的，他一定还在附近。"

雅琴："你放心，我不会死的，你不也是半个柔柔吗，我怎么能舍下你呢，让我一个人静一会儿吧。"

杨柔默默地走出去，雅琴不时抹一把眼泪，白猫跳到她耳边哀鸣着。

雅琴突然惊奇地把猫咪抱到眼前："咪咪，你在和我说话是吗？"

猫咪答应一声，雅琴抱着猫咪亲吻着喜泪涌流："柔柔，柔柔，你在跟我说你舍不得离开我，你情愿托生成一只猫也要永远和我们在一起是吗，阿柔快来，咪咪和我们说话呢。"

杨柔抱过猫咪放在肩上："让我来听听咪咪说些什么，噢，咪咪在说，你是属于世界的，你要让我们的音乐走向世界，咪咪在说，你要每次演出都带着她，她要永远听着你的琴声，直到，永恒！"

猫咪跳下床，来到衣柜前拉开柜门，里边是一幅崭新的大幅杨柔、雅琴、冬妮三人合影照！

□ 92　音乐厅前　日

一组镜头：几个风格各异的音乐厅前，挂着雅琴抱着猫咪的大幅海报，上面用不同的文字写着：猫咪钢琴女神诗雅琴演奏音乐会。

一个音乐厅前，聚集了不少手捧鲜花的粉丝，几辆轿车开来，猫咪从车窗伸出头和人们招爪致意。雅琴抱着猫咪和杨柔一起下车，粉丝们一拥而上。

□ 93　音乐厅内　晚

灯火辉煌的演出厅内的舞台上，雅琴抱着猫咪和观众见面。

台上的雅琴在独奏，杨柔抱着猫咪坐在观众席上。猫咪兴奋得乱叫着和杨柔交流。

杨柔："我知道我知道，公共场合要保持安静你懂不懂。"

猫咪叫了半声便被杨柔捂住了嘴。

钢琴协奏曲《黄河》演奏到了高潮，雅琴和乐团成员用身心的全部力量奏出了乐曲的最强音，排山倒海，气吞山河！

雅琴在谢幕，观众们狂热地鼓着掌，高呼着，向上扔着鲜花和帽子。雅琴：感谢大家的厚爱，再为大家献上一首我创作的歌曲《琴声永恒》！

雅琴弹着钢琴，泪流满面，琴声深情依依，如泣如诉。

片尾曲《爱如海洋》

我化作大地，为你展开驰骋的疆场；
我化作蓝天，为你插上翱翔的翅膀；
我化作江河，为你滋润一路芬芳；
我化作高山，为你把凛冽的寒风阻挡；
我化作大海，载你去广阔的天地远航；
啊……爱如海洋，爱如海洋……

歌声中一幕幕滑过主人公们传奇、拼搏的经历。

初次相见时，雅琴跳到杨柔面前，高高举起了巴掌。

晚上，雅琴、杨柔、冬妮在公园的草坪上神吹海侃，外星飞船飞来，三人昏睡过去，飘下三个外星人，将三人的虚影（灵魂）牵入飞船。

外星人牵着三人的虚影下来，却将杨柔的虚影送入了冬妮的身体，冬妮的虚影送入了杨柔的身体。

冬妮睡在男生宿舍里，周围几个男孩色眯眯地看着她。

杨柔在女生宿舍里顶着被，几个穿着裤头背心的女孩围着他使劲打着。

冬妮流着泪在烧照片和日记。

杨柔在豪华酒店里打着工。

杨柔、雅琴在刚买的大钢琴前高兴地弹奏着。

杨柔、雅琴围着病床上的冬妮哭喊着。

□ 现实

全神贯注弹琴的雅琴，抱着猫咪泪流满面的杨柔，情绪高涨的观众，金碧辉煌的歌舞厅。

□ 尾　声

充满未来气息的大都市，各种造型奇特的摩天大楼，空中飞行的各种车辆……

公园里的一个条椅上，坐着一个女孩（冬妮）。春夏秋冬，严寒酷暑，女孩一直在痴痴地等待着。

女孩身上落满了雪花，可她还是塑像一般坐在那里。冬去春来，公园里百花盛开，一个男孩（杨柔）领着一只白猫走过来，猫咪大叫起来，跳到女孩身上，女孩惊喜地抱住白猫："咪咪，你认识我。"

猫咪呜里哇啦地说着猫语，女孩喜泪涌流："咪咪，你说你就是雅琴，是吗，你说你情愿变成一只猫也要和我们在一起，是吗？"

男孩在仔细打量着女孩，女孩："小伙子，你做过一个梦吗，你和一个叫冬妮的女孩前生有一个约定？"

男孩：“你就是冬妮，是的，我和你前世，有一个约定！”

天空闪过一片白光，一艘外星飞船在高空现身，一束红玫瑰飘飘荡荡落在男孩怀里，众人围上来，一齐鼓掌相庆，女孩热泪纵横：“知道要怎么做吗？”

男孩单腿跪在女孩面前：“妮妮，你愿意嫁给我吗？”

天空祥光四射，彩云飞舞，漫天花瓣洋洋洒洒飘落下来。五彩缤纷，如梦如幻。

（剧　终）

永恒之梦

05

主要人物

江东：小时被警察救下，因而警察成了心中的偶像，找了警察对象白鸽并用全部生命的力量去呵护着她。

白鸽：江东妻子，一个美丽聪慧，大胆泼辣，忠于职守的女警察。

杨惠：白鸽同事，她和白鸽同时结婚却非常失败，作为白鸽美好婚姻的反衬。

刘队长：刑警队长。

李涛：白鸽搭档，为了不受歹徒控制伤害白鸽，毅然自尽。

鬼才：嫌疑犯罪分子，最后被江东刺死。

序　幕

□ 1　一片废墟内外　日

一间拆了一半的破房子窗口，一名歹徒手握枪小心地向外张望着，室内传出孩子的哭声，对面不远的树丛中，有警察和小江东的父母等人与歹徒对峙着，江东的父母哭喊着："东东，东东！"

一名女警察和邢警队长耳语了几句什么，站起身，队员们和江东父母拉住她，她毅然挣脱了大家的手，扔掉了手枪和匕首，高举起手，向着歹徒处走去。

室内，歹徒用枪指着女警察，又不时向窗外看着。女警察抱起浑身发抖的小江东："你听，妈妈在叫你呢，快去吧！"

外面传进“东东，东东”的呼唤声，小江东向室外跑去。江东父母迎过来，抱住孩子，痛哭不已。

刑警队长突然大喊一声歹徒的名字，歹徒下意识地一转头，女警察乘机一脚踢掉了歹徒的手枪，二人展开了殊死的搏斗，刑警队长率众人扑过来，制服了歹徒。

江东的父母跪在临上警车的女警察面前，女警察扶起他们，抱起小江东替他擦着眼泪，亲了又亲。

警车渐渐远去，只剩下小江东的哭喊声：“阿姨，阿姨……”

十八年后

□2　郊区的警察训练基地　夏天上午

一大片围栏围起来的几幢楼房和训练场地，训练场外绿树成荫，鸟鸣啁啾。树荫下，二十出头英俊洒脱的江东正站在围栏外出神地看着警察们训练。

警察们在列队操练，嚓、嚓、嚓，那是警靴踏出的律动。

警察们在练站姿，烈日当头，他们浑身已被汗水浸透，可还是像钉子一般定在那里纹丝不动。

下午，江东手扶栏杆还在出神地向里望着，训练场上一对对警察在练习散打，二十出头的白鸽正在和搭档李涛对练，李涛有些缩手缩脚，白鸽可不领情，一个凶狠的过肩摔将李涛摔在地上再也爬不起来。

五大三粗的大个子抱起不平：“不算不算，人家怜香惜玉，你怎么不识抬举！”

白鸽：“吆喝，还有不服气的，过来试试，大个子。”

几个人围过来观阵，大个子拉开架势：“来就来，你小心点，我可没有李涛那个菩萨心肠。”

大个子出招又快又狠，可是白鸽闪跳腾挪灵巧得像个猴子，她虚晃一招，一记飞脚将大个子踢翻在地，大个子面红筋涨地爬起又扑过来。

白鸽不可一世地：“还有脸再来，死去吧，再上一个不要命的！”

稍远一些的刘队长拧着眉看着白鸽："鸽子，你敢和我过几招吗，我让你一只胳膊。"

白鸽直向后躲："不行不行，我这点能耐对付你手下的那几个草包还差不多，哪能和你比。"

男警们一齐起哄："小鸽子，认怂了……"

白鸽只好硬着头皮应战。刘队长虽是铁塔般的身躯，动作却异常灵活，几招过后白鸽便乱了章法，刘队长轻轻一拨她便失了重心向后跌去，刘队长伸手将她接到怀里，嗷……男警们一齐幸灾乐祸地怪叫。

白鸽满脸通红，拉出拼命的架势，女警杨惠忙拉住她："算了算了，别上了火，就算让他们一回，来日方长嘛。"

刘队赞许地看着白鸽，却又板起面孔训斥道："习武的人讲究心平气和，藏而不露，哪像你咋咋呼呼，尽出风头，以后注意点。"

下不了台的白鸽一眼瞅见围栏外正在鼓掌的江东，似乎找到了出气筒，她噔噔登走过去，恶声恶气地："你是什么人，整天鬼鬼祟祟在这里干什么，当心我把你抓起来！"

江东忍住笑："受人欺负的滋味真不好受，我感到我们男同胞真是扬眉吐气。"

白鸽怒火中烧："你信不信，我会以你妨碍警察执行公务罪拘留你，还不快走！"

江东赶紧向外走："是是是，小鸽子，这就走，这就走。"

白鸽："咦，你怎么知道我叫小鸽子，这小鸽子也是你叫的？"

江东："我不光知道你叫小鸽子，还知道小鸽子丢了面子想找一个出气筒。"

白鸽忍不住笑出了声："这人真逗，你不是好人，整天鬼头鬼脑在这里想刺探军情吧？"

江东指了一下胸前的校徽，憨厚地："我在东北上大学，不是坏人，是老师和同学眼里的好孩子。暑假里回家喜欢在这里看书，看你们训练，没有不良动机。"

白鸽松弛下来，高兴地："噢，你也喜欢我们警察，莫不是想在这里找个对象吧。"

江东不假思索地："想。"

白鸽："嗬，太阳打西边出来了，干警察又苦又累又危险，这年头有你这想法的人可不多了。"

江东望着远方，似乎回到了遥远的过去："我小时候就是被一个女警舍命救下的，从那时起警察就成了我心中的偶像，我虽然没能干上警察，但是我愿为心中的女神燃烧自己的生命！”

久久无语，白鸽动情地看着江东，她看了看天，天上乌云翻滚：“那你就在这里站着，明天早上就会有一位仙女来到你面前。”

江东：“一言为定。”

□ 3　上述地方　暴风雨之夜

暴雨倾盆，狂风摧枯拉朽，吹折树木，刮倒路牌，到处乒乓乱响，围栏外一个人影如塑像般站在那里一动不动。

□ 4　上述地方　次日晨

江东浑身湿透，还虔诚地站在那里，一眼不眨地看着远处走来的白鸽，她身着笔挺的警服，英姿勃勃，光彩照人。白鸽来到江东近前：“哎呀呆子，你疯了，不要命了！我，我昨天逗你玩的，你还能当真了。”

江东：“女警官，你不必抱歉，我是自愿的，跟你没有关系，我在做一个美丽的梦。”

白鸽：“你还真的想找一个警察对象啊，明日我给你介绍一个？”

江东：“我家在农村，家里很穷。”

白鸽热辣辣地看着江东：“那要是有人不在乎呢。”

江东诧异地：“你……”

江东勇敢地迎向白鸽那热烈的目光，二人良久无语。

□ 5　夏日里的　一组镜头

公园里，江东和白鸽坐在长椅上在眉飞色舞地高谈阔论。

小河边，他们在戏水游玩。

小树林里，白鸽在教江东摔跤，白鸽一只胳膊便将江东仰面八叉摔倒在草地上，她笑弯了腰。

训练场上，江东煞有介事地进行各种训练，弄得灰头土脸，白鸽心痛地为他拍去灰尘，擦干脸。

□6 火车站 日

角落里，白鸽将江东一把搂住哽咽着：“东东，别忘了我。”

二人紧紧相拥。

站台上，江东从车窗里向着白鸽频频招手，白鸽跟车跑着挥着手。

江东画外音：“小鸽子，等着我，一年。”

白鸽画外音：“东东，我记下了，一年。”

□7 气派的博物馆内 下午

展厅内摆放着各种文物。观众围在一尊青铜鼎前，听女讲解员介绍着：“这是不久前出土的一件战国时代的青铜鼎，制作精美，保存完好，鼎身上的古文过去从来没出现过，至今无人能破译。”

人群中的鬼才闪着一双阴险的眼睛。

黄昏，五十来岁的博物馆李馆长锁好展厅带着网格的大型防盗门，按动门旁的防盗器密码，然后又隔着防盗门上的网孔看了一眼展厅中央的铜鼎。

展厅旁边的值班室内，保安队长正在和几个保安训话：“这次国宝铜鼎到咱们这里展出，咱们一定要提高警惕，不能出任何问题。”

夜，保安们在展厅四周警惕地巡视着，保安队长来到大门前，一阵隐约的恐怖之声传来，他痛苦地抱住头，但还是坚持住四处察看着，四周幻影闪动。

夜空里突然划过一声凄厉的惊呼：“啊……”

警报声大作，保安们纷纷跑来。

□8 公安局等一组画面 夜

监控室内，大型显示屏上显示着许多监控画面，红光闪闪，警报声声，显示博物馆展厅的画面在不停闪动着。值班员赶紧拿起电话。

刘队长卧室。刘队长正在睡觉，床头柜上的手机响了起来，他迅速起身，穿上警服。

刘妻：“小心点，唉……”

白鸽、李涛、杨惠等人扣着扣子跑出家门。

公安局院内，一辆警车已闪着警灯停在那里，一行人跑来，刘队长：“快！快！”

街道上，警车呼啸而过。

□9 博物馆院内 夜

警车闪着红灯停在院内，刘队长一行人跳下车。李院长及几个保安围住一个趴在地上的人，刘队长等人跑到近前，将那人翻过身，呀！是保安队长，他双目圆睁，大张着口，面孔扭曲。法医蹲在地下，拿着手电筒仔细检查着地上的人："此人还有救，快打120电话。他一定是受到极大的惊吓，导致冠心病发作，心肌缺血，造成昏厥。"

刘队长："杨惠你在这里守着，等着120，我们赶紧到展厅看看，少了什么东西没有。"

大家来到展厅门前，李馆长眼都直了，语无伦次地："铜鼎，没，没，没有了……"

室内，原来放着铜顶的展台上已空空如也。

刘队长："大家先在门口仔细检查，李馆长快开门。"

大家戴好手套脚套在门口仔细观察着，李馆长看着开门面板上的数字，又一次惊呆了："门，门夜里已经开过一次，我清楚地记得，我关门的时候是20号，现在是21号，说明已经开过一次门了。"

白鸽："李馆长，别慌，慢慢来，你放心，任何罪犯都逃脱不了法律的制裁。"

李馆长定了定神，定睛看着开门面板，又按动开门密码，终于打开门，检查、拍照各司其职，刘队长和白鸽在室内仔细巡视着。

监控室内，刘队长等人在看着监控画面，屏上正显示着保安队长走来，他突然惊慌地睁大眼向前看着，前方却是一片雪花。他伸出手似乎和什么东西拼命搏斗着，最后圆睁双眼，面孔扭曲扑倒在地上。

救护车开来，众人将保安队长抬上车，车子鸣着笛远去。

行驶的警车内。保安队长躺在担架上面孔抽搐着，嘴角流着沫，女医生给他做着心脏体外复苏，保安队长突然睁大眼，坐起身，一把掐住了女医生的脖子：鬼啊……

救护车开到了人行道上，行人四下逃散。

车内乱成一团。被掐的女医生晕了过去，另两名医生跌坐在车上，司机用氧气袋使劲捶打着保安队长脑袋，两个医生拼力去掰他掐住女医生脖子的双手，救护车内外响彻保安队长令人胆寒的狂叫："鬼，鬼……"

□ 10　公安局会议室　日

刘队长、白鸽等人在座。刘队长："国宝铜鼎刚到我市展出就遇到这样的事，这是我们刑警的耻辱。这个案件代号为幽灵，市里限令我们尽快破案，大家都说说看法。"

大家交头接耳，面面相觑，白鸽两眼放光："那我就先说说。这么神奇的案子，我相信不但是我，就是咱们警界也从没碰到过，按说这么大的铜鼎几个人才能搬动，要弄走总要留下些蛛丝马迹，可是现在博物馆、全市大街小巷的监控都没有任何可疑记录，地面也没有任何足迹，车印，还有那个保安队长，恐怕也不是等闲之辈，什么东西会把他吓成那个样子，真是奇了怪了。"

李涛："会不会是监守自盗呢，博物馆展厅的门禁系统是最先进的，要用视网膜扫描和密码才能打开，也就是说，只有馆长本人才能打开门，夜里开的那次门不是馆长本人又是谁呢？"

白鸽："我查了李馆长的档案，此人是考古界的重量级人物，为了中国的考古事业，一辈子出生入死，兢兢业业，我看不像是犯事的人，咱们这次真是碰到硬骨头了。"

队员们在热烈地讨论着。

□ 11　哈尔滨某大学学生宿舍　日

江东坐在床边失神地摆弄着手机，手机上显示的都是鸽子，鸽子……几个靓丽的女学生进来，女生甲："大作家，又在构思什么大作啊，星期天放松一下吗，走去跳跳舞。"

江东不耐烦地："你们去吧，我不会。" [3]

女生甲："我们教你嘛。"

女生乙将女生甲向外拖："他不食人间烟火，你就死了心吧。"

江东拿起书又烦躁地放下，他走出宿舍，一群鸽子带着哨音从天空飞过。

□ 12　哈尔滨索菲亚教堂前的广场　日

广场上游人如织，洁白的鸽子在人群中旁若无人地走来走去，广场一角娇小玲珑的养鸽姑娘正在用玉米喂一大群鸽子。江东用面包渣喂着鸽子，顺手抓起一只抚摸着。

养鸽姑娘："喂，这里的鸽子不准捉，快放开！"

江东放了鸽子："对不起，我不知道，姑娘，我以后常来帮你喂鸽子行吗？"

养鸽姑娘警惕道："你是什么人？"

江东："噢，是这样，我，我从小就喜欢养鸽子，大学里养不上鸽子挺难受的，这是我的学生证，我是好学生，不会给你惹麻烦的。"

养鸽姑娘看着江东的学生证，江东的质朴沉稳显然引起了她的好感："那好吧，你随时都可以来，要听话，就是没有工资。"

江东高兴地说："太好了，太好了，谢谢你，谢谢你。"

江东蹲在地上喂着鸽子，任鸽子飞到他头上、肩上，他抱起一只鸽子忘情地亲着，轻唤着："小鸽子，小鸽子。"

大学生们在尽情地跳着舞。

□ 13　训练基地旁的小树林里　日

白鸽抚摸着他们曾坐过的长椅，拿出手机看着，江东画外音："周围有一群小天使陪伴着我，寂寞的时候，它们会为我跳上一段舞，思乡的时候，它们会为我唱上一首歌。它们是那样的美丽纯洁，我拥有了它们，就拥有了力量和财富，我拥有了它们，就拥有了幸福和欢乐。同学们说我清高孤傲，我认了，我是这样的富有，我有资格骄傲，有了它们，我永远都不会寂寞，有了它们，我心中的太阳永远都不会落！"

白鸽将手机贴在胸口上，眼泪无声地流着。

□ 14　随着江东的画外音闪过的一组镜头：

烈日当头，汗流浃背的江东手拿大扫帚在扫着广场，鸽子在他周围盘旋，一只鸽子落在他肩上。

女大学生们在跳着舞。

白鸽和警察们在热烈地讨论着。

白鸽和警察们跳下警车，扭住犯人。

□15　索菲亚教堂前的广场　日

阳光明媚，几个官员陪着一个外国代表团参观教堂。代表甲将一个空烟盒随手丢在地上，江东上前扫到簸箕里。

代表甲用中文费力地："对不起，请……请……"

江东（英语）："没关系，你可以用英语。"

代表甲注意到江东胸前的校徽，（英语）："请问你是……"

江东（英语）："我是大学生，叫江东，星期天在这里义务劳动。"

代表甲（英语）："你们国家现在还有这样的人，真是不可思议。"

江东（英语）："有啊，我们国家有许多乐于奉献的人，我喜欢喂鸽子，我喜欢它们的美丽纯洁，咕咕咕，妞妞，白白，快来欢迎客人。"

鸽子们飞过来，落在江东身上、周围地上，江东伸出手，妞妞和白白飞到他的手背上。

代表甲赞叹地（英语）："这简直太神奇了，我可以摸摸它们吗。"

江东（英语）："当然可以。"

江东将鸽子递给代表甲，鸽子站在代表甲手上咕咕咕地叫着，代表们围过来，代表乙（英语）："太美了，想不到这些小精灵也这么好客，这简直就是在天堂里。"

江东（英语）："我们国家是个文明古国，我们的人民和一切生灵都特别好客，欢迎客人到全国各地参观。"

代表们赞叹着，代表甲（英语）："小伙子，我可以和你还有你的鸽子合个影吗？"

江东（英语）："我非常荣幸。"

翻译为身上落着鸽子的江东和代表们按下相机快门。

□16　局长室　日

王局长在座，养鸽姑娘推门入内："王局长，你找我有事吗？"

王局长拿出一份报纸，指着上边江东和外国代表团的合影："这个小伙子你认识？"

养鸽姑娘："噢，他叫江东，是个大学生，星期天喜欢义务在教堂喂鸽子，也干其他活。"

王局长："这人给外国友人留下了非常好的印象，市里都表扬我们工作做得好，局里也表扬你为我们单位争得了荣誉。你去替他领一份临时工资，再对他说毕业后我邀请他到我们局里工作。(狡黠地)晓寒，你这么漂亮，应该能拴住他的心啊。"

养鸽姑娘羞涩地："太好了，我替江东谢谢局长。"

□ 17　一组镜头

江东用自来水冲洗着广场。

江东和养鸽姑娘在教堂顶部清理着鸽舍。

白鸽和杨惠等人在医院里看望面容呆滞的保安队长。

白鸽和李涛等人在追逃犯。

□ 18　索菲亚教堂内的展厅　下午

游人在观看墙壁上的各种照片。

黄昏，参观者已走尽，江东在拖着地，养鸽姑娘依在门旁含情脉脉地看着江东。

江东不自然地："晓寒，你怎么老这样看着我啊。"

养鸽姑娘幽幽地："你大学毕业了，要走了是吗？"

江东艰涩地点点头："快一年了，你的鸽子真的给我带来不少欢乐，我真不知道怎么感谢你。"

养鸽姑娘深情依依地："我们局长给我说几次了，要我转达你，要给你最优厚的工资，请你留下来。"

江东深情地："我会记住你和你的鸽子，我会永远记住这个美好的地方。"

养鸽姑娘泪眼蒙眬："局长说了，他说，他说，你一个这么漂亮的姑娘，怎么就拴不住小伙子的心呢。"

她扑过来抱住江东："东东，你别走，别走啊，哈尔滨是座美丽的城市，哈尔滨的姑娘也一样漂亮热情。"

江东轻轻推开养鸽姑娘，热泪盈眶：小妹妹，你这样美丽善良，一定会幸福的，我在心里会永远地祝福你。

□ 19　索菲亚教堂内的展厅　黄昏

养鸽姑娘双手捂着脸跑了出去，江东："晓寒，晓寒。"

养鸽姑娘红着眼圈，提着装着两只白鸽子的鸽笼进来：我知道我留不住你，你的心中早就有了一只美丽的鸽子。这是我送给你们的礼物，愿你们的爱情永远像鸽子一样纯洁无瑕。

江东惊喜地接过鸽子："是我的妞妞和白白，我以为再也见不上你们了呢，晓寒，谢谢你，谢谢你，送给我了这么珍贵的礼物。我看到它们，就像看到你一样。"

□ 20　一组镜头　日

列车穿过逶迤的群山。

列车驶向高高的江桥。

列车行驶在广袤的平原。

蓝天，一大群鸽子跟着列车翱翔，养鸽姑娘画外音："祝福你，远方的姑娘，祝你们幸福美满，地老天荒。"

□ 21　警察训练基地　日

白鸽、杨惠、李涛等人在练习射击，白鸽不时向场外看着，将子弹都打在靶子边上。

江东的身影出现在围栏外。

白鸽的手颤抖着，枪响了靶子上却什么也没有。

刘队长训斥地："怎么回事，丢魂儿了？"

他转身看了看："噢，是那个傻大学生，把魂给勾去了，快去吧。"

白鸽忘形地："谢谢队长。"

她跑到围栏边纵身越过，一把抱起江东轻盈地旋转起来。

江东："快放下我，你把事情弄倒了。"

白鸽放下江东，二人紧紧相拥，白鸽："我就喜欢这样，想死我了，你再不来就见不上我了。"

江东上上下下仔细打量着，抚摸着白鸽："你更壮实了，功夫一定大有长进，可不准欺负我啊。快看看我给你带的好东西，咕咕咕，妞妞，白白，快来见见大姐姐。"

鸽子们从树上飞下来，落在江东手臂上，他将白白递给白鸽："我给她起的名字叫白白，我唤着它，就是在叫你啊。"

白鸽接过鸽子亲着："太神奇了，小天使，你是上苍送我的礼物，对不对。"

江东："我见到它，就和见到你一样，要不然，我，我可真的没法活了。"

白鸽酸酸地："你不是还有养鸽姑娘吗，她心肠好，人又漂亮，多般配啊。"

江东脸色凝重起来："这鸽子就是她送的，她祝我们天长地久，白头偕老，我们能送她一个祝福吗？你能让我在心中给她留一点点位置吗？"

白鸽感动地："那就让我们在心中都给她留一点位置吧。"

江东向着天空大喊："晓寒，你听到了吗，我们祝你万事如意，幸福永远。"

白鸽也大喊着："好姐妹，祝你幸福永远。"

天空回荡着："幸福永远，幸福永远……"

□ 22　精神病院内　病房内　日

大院内，病人们有的面容呆滞地坐在椅子上一动不动，有的手舞足蹈，胡言乱语，还有的不停地磕头如捣蒜。白鸽、李涛、杨惠从门外进来。杨惠：妈呀，我要在这里待上几天，非疯掉不可，真不知道这里边的医生是怎么活的。

大楼内，一个医生迎上来："白警官，保安队长现在比过去好了些，只是你们千万不能和他提过去的敏感问题。"

病房内，一地都是乱七八糟的涂鸦，保安队长一边画着画，一边嘿嘿地傻笑着，白鸽一行进来，放下礼物，白鸽："你好，张队长，我们来看你了。"

保安队长费力地回忆着，口齿不清地："你们是，是警，警官，一定有，有公事。"

白鸽："没有没有，我们就是看看你，祝你早日恢复健康。你画的画真好，能送我几张吗？"

保安队长："当，当然可以，你们，一定是来，来查上次的案，案子，我想，想起一点，那天晚上，我听，听到些动静，就到展厅门口去看，看，是，是……怪，怪，啊……"

保安队长的脸突然恐怖地扭曲，他凄厉地尖叫着，疯狂地向白鸽等人身上扔着东西，医护们赶紧跑进来，按住保安队长，给他打了一针，他慢慢平静下来，昏昏睡去。医生："这次发作又不知什么时间才能恢复，你们可别再来看他，要问什么情况，我们瞅机会问他再向你们转达，奇怪，他到底遇到了什么东西？”

□ 23　公安局会议室　日

刘队长、白鸽等警察在座，刘队长：“现在几个月过去了，公安部都为这个案子忙活着，甚至连几百里路之外的监控都调取了，就是没有任何线索，我也没招了，大家再想想办法。”

白鸽出神地嚅动着嘴唇（闪回，保安队长嚅动的嘴唇），她突然惊讶地站起身：“保安队长说的，是，是后面没说出的字一定是管，管事，管用，馆长，对！他一定在夜里见到了李馆长！最后一个字是怪，就是这个字让他失魂落魄。”

怪了，怪事，半夜里馆长出现在那里他觉得很奇怪，可是这怎么又能吓掉魂呢？

白鸽从包里拿出保安队长画的画，那是一个青面獠牙的魔鬼：“你们看他的画，对，他要说的是，馆长是怪物，这样推论才合理，可是即便馆长带了一个魔鬼头套，他又怎么能看出那是馆长呢，我也糊涂了。”

李涛：“凭直觉我感到李馆长肯定和案子有关。”

刘队长：“我也相信直觉这个东西，可是办案不能只靠直觉呀，我看下一步还要从李馆长身上打开突破口。”

□ 24　一组镜头　日

李馆长在街上走着，穿着便衣的白鸽和李涛在后边远远地跟着。

公园里，白鸽在教江东打拳。

一个普通的农家小院。客厅里江东及父母，陪着白鸽观看着墙上的照片：女警察替小江东擦着眼泪，女警察押着罪犯走出废墟。江东妈幸福地轮番看着照片上的女警和白鸽。

白鸽家客厅。白鸽及父母和江东坐在沙发上侃侃而谈。

□ 25　湖边　日

杨柳摆枝，绿草茵茵，条椅上坐着江东和白鸽，妞妞和白白在他们脚下嬉戏，好一个世外桃源。白鸽显得有些闷闷不乐，江东：“不高兴了，又在想案子？”

白鸽："案子总破不了，局里上上下下都憋着一口气。"

江东："那没日没夜的想着也不是办法，人总是要生活的嘛，笑一个，保不准就会有新发现呢。"

白鸽苦笑一下，似乎比哭还难看："好好，换换脑子。和你商量一件大事，我们局里新盖了一幢住宅楼，准备低价售给有家室的人，错过这次不知猴年马月才能等到下次机会。杨惠已经审请了，她的对象是一个公司的经理，她劝我也申请，这样我们就能住上门对门的房子，就冲着能和惠惠住在一起，我就想，想……可是我们相处的时间这么短，你说怎么办呢？"

江东："随你便，我永远给你选择的机会。"

白鸽："我知道你是我终身可以相托的人，我只是想，我们的恋爱就这样结束了吗，我真的非常留恋我们初恋的时光。"

江东："那还不容易，咱们来个假结婚，我，我保证不碰你。"

白鸽羞涩地："那我可不敢保证不碰你啊，就是咱们谁也不碰谁，那在外人眼里还不都一样。"

江东："这可难了，不过在我看来，对于相爱的人来说，结婚只是一种形式，只要有了爱，生活永远都是新鲜的，我们系里有个老教授就是先结婚后恋爱，一直谈了一辈子恋爱。"

白鸽："那倒也挺浪漫的，咱们就是结了婚，也要每天还是卿卿我我，永远都是初恋。可是买房子咱们哪来那么多钱呢，咱们家里都不富裕。"

江东拿出一个存折交给白鸽，白鸽看了看，吻了几下："呀！你哪来这么多钱？"

江东："我养鸽子挣的，还有稿费，我都舍不得花，都交给你，你买什么我都高兴。"

白鸽："东东，你太累了。"

江东从贴身的衣袋里掏出白鸽的塑封彩照，身穿警服的白鸽亭亭玉立，笑意正浓，江东："有一只美丽的鸽子伴着我，我永远都不知道什么叫累。"

白鸽情不自禁地抱住江东："东东，东东。"

江东："妈让我对你说，一切都随你的心意，妈说我家前世积德，上苍才把这么好的姑娘送到我们家里，她说过些时候就要来看看我是不是欺负你了，可是我怎么会欺负你呢，辜负了你我会下地狱的。"

白鸽抱紧江东热吻着："你们这样待我，让我怎么能承受得起呢。东东，咱们，结婚，可是，你欠我一个初恋，你要用一生来偿还！"

□ 26　一组镜头　日

白鸽在办公室里和队友们讨论着案情。

江东在打扫着房间。

江东白鸽在商场里挑选着婚庆用品。

江东和白鸽、杨惠和王嘉新两对新人在婚礼进行曲中走过红地毯。

□ 27　一幢住宅楼外　内　晚

楼内一个单元两个相对着的门上都贴着大红喜字。

白鸽家，室内一派婚庆气氛，妞妞和白白在阳台上咕咕叫着。沙发上坐着两对新人，还有刘队长、李涛、大个子等一帮队友，白鸽："刘队长这次我们两家的房子多亏你帮忙，太谢谢你了！"

刘队长："谢我什么，我图的是以后到你们这里撮一顿方便，嘉新啊，你又升迁了，这可是双喜临门，我们以后来了可不能翻白眼啊。"

王嘉新："哪能呢，就是这地方太小，咱们以后到大酒店，那才叫气派。"

杨惠："嘉新，江东大学毕业回来还没找到工作呢，好狗护三邻啊，他就交给你了。"

众笑，王嘉新："江东学中文吧，专业不对口啊。"

杨惠："看看看看，刚开头就装孬，不对口不能学吗，告诉你江东可是个人才，他要不是恋着鸽子，早就让人家机关留了去，是不是，鸽子？"

白鸽甜甜地点点头。

王嘉新："好了好了，江东的事包在我身上，我要是不答应啊，这位警姐还不把我吃了。"

李涛拉着大个子和江东、王嘉新套近乎："我叫李涛，和白鸽是搭档，这是大个子，我们可是把全局最好的警姐奉献给了你们，以后可要多关照我们这些光棍啊。"

刘队长："我早就对你们说别让肥水流到外人田里，你小子就是不争气，现在穷嘀咕还顶个屁用。”

洞房里，江东和白鸽紧紧拥抱在一起。

杨惠家，装潢、家具考究豪华，和白鸽家的普通家具形成鲜明对比，洞房里，杨惠和王嘉新相拥着。

□ 28　王嘉新的公司　日

江东、王嘉新一同走进业务厅，王嘉新：“介绍一下，这位是江东先生，名牌大学的高才生，从今天起他就是本公司的员工了，大家欢迎。”

众人起身欢迎。王嘉新：“这位是罗秘书，让她给你安排一下工作，我就不奉陪了。”

美艳性感的罗秘书大方地伸出手：“欢迎你江先生。”

江东拘束地握着罗秘书的手：“我对这里工作一窍不通，这样吧，你先给我安排点杂活干，我闲不住，以后再慢慢熟悉业务。”

一女职员小声地：“傻老冒。”

□ 29　公安局值班室　日

白鸽在翻阅资料，一保安模样的人走进：“白警官你好。”

白鸽：“你是博物馆的新任保安许队长，找我有事吗？”

许队长：“是这样，博物馆的后院有一片小树林，白天那里都很少有人，昨天夜里我巡视走到那里的时候……”

□ 30　一组镜头　夜

博物馆大院里，有几个保安在巡视着。许队长提着警棍，走到一片阴森森的小树林边，里面传出压抑的哭声。

他赶紧躲到楼角处仔细听着，那声音悲悲切切，若有若无。许队长快步走回监控室，查看监控，可是那地点的画面灰蒙蒙一片，什么都看不到，他拉住又一个保安，两人一同走进小树林，似有人影晃动。乌云遮月，漆黑一片，二人打开手电查看着，可什么人也没有。

二人只得返身回走："谁！"

夜幕中传出一声轻喝，许队长一激灵，警棍也掉在了地上，他用手电照了一下："噢，原来是李馆长，半夜里你到这里做什么，吓我一跳。"

李馆长："我不放心，出来看看，你们也要提高警惕，可不能再出事了。"

许队长："是是，我们注意着呢，我听到树林里好像有哭声，就来看看，你听到没有？"

李馆长："没有没有，怎么会有人到这里来哭，你听走耳朵了吧。"

□ 31　现实

许队长："我认为那个哭的人一定是李馆长，这院里只住他一人，外人又进不来，不是他又是谁呢。"

白鸽："现在下结论还为时过早，你知道他是考古界的权威，有许多重要的事情，可别惊扰了他的工作，谢谢你提供了这么重要的情况。以后要多暗中观察，发现情况及时和我们汇报。"

许队长："谢什么，这是我们应该做的。"

□ 32　江东家　晚

厨房里，江东在做饭，画外传来撞开门、踢倒板凳、倒在沙发上的声音，江东边叫边从厨房里走出："小鸽子，小鸽子。"

两只鸽子摇摇摆摆从阳台走进来，江东："去去，谁让你们来添乱。大鸽子，谁欺负咱们啦，说出来我去找他算账。"

仰面八叉躺在沙发上的白鸽没好气地："去去，别烦我！"

江东："哎，你拿我出什么气啊，是不是明天星期天又泡汤了！"

白鸽："知道了还问。"

江东脸拉下来，又安慰地："算了，不就是一个星期天吗，来日方长嘛。"

白鸽气呼呼地说："你少拍马屁，你说连婚假都没正儿八经休过，从结婚到现在一天都没闲着，说好的明天休息，偏偏那李馆长非要在这个时候哭丧，就这样干局长还骂我们办案不力，这活儿实在是没法干了。"

江东："算了算了，别动不动就上火，快吃饭吧，吃了饭气就消了。"

白鸽："不吃不吃，气死我了。"

江东将白鸽抱到饭桌前："乖孩子，要听话，快吃吧，这是你最爱吃的鸡蛋羹。"

白鸽："我说过不吃，你烦不烦哪。"

白鸽伸手一扒拉，将汤洒了一桌子，江东："这才是活祖宗，烫到没有？"

江东拿来抹布,擦净白鸽的手和桌子,又舀起一勺汤递到白鸽嘴边："来来尝一口。"

白鸽品了品味道，端起盆来一气喝个精光，又抓起馒头吃着。江东向她嘴里夹着菜："慢点慢点，没人和你抢食。"

白鸽扫完最后一点饭，将碗筷扔到桌子上，又栽到沙发里：累死了，睡觉。

江东端来水："小祖宗哎，洗脸洗脚再睡。"

白鸽将脚伸出来："好哇，给你一个表现的机会，别不好意思。"

江东："别撒娇了，自个洗吧。"

白鸽蛮横地："你不给我洗我就这样上床睡，臭死你。"

江东扭捏作态，终于拉下架子替白鸽擦了脸又洗脚，白鸽伏在江东肩上意醉神迷地："东东洗的脚真舒服，你的话特正确，结了婚爱情才叫完美，许多男人想给我洗脚他还捞不到呢。"

江东苦笑着将白鸽抱向卧室，白鸽："我就讨厌有些臭男人，低三下四，贱里贱气。"

江东将她扔到床上："真是把你惯坏了，自己睡吧。"

白鸽娇嗔地："哎哎，快回来，还没宽衣呢。"

江东只好又回来，帮她脱去衣服，看着她刁钻蛮横又如花似玉的脸，色眯眯地看直了眼，又叹了一口气："唉，为了这张脸蛋，代价也太大了。"

白鸽："动心了吧，别整天像吃了多大亏似的，告诉你能捞到伺候我是你小子的福分，追过我的人一个班也不止，我压根都没正眼看过谁一眼，算你小子走运，我刚看你第一眼我，我的魂就没了。"

江东："知道我刚见你是什么感觉吗，我就像那只想吃天鹅肉的癞蛤蟆。对了，天上有个天蓬元帅，他想什么来着？"

白鸽："他老想好事，被贬到下界，还被赏了一副猪脸。"

江东："那以后呢？"

白鸽："他到高老庄背人家媳妇去了。"

江东："对对，背了媳妇就怎么着？"

白鸽："他让观音菩萨给吊到树上了。"

江东："哎，我说你这人怎么就不开窍呢，我让你不开窍，让你不开窍，咦……"

江东掐住了白鸽的脖子，白鸽大惊小怪地叫着："救命啊，江东强暴民女啦！"

江东赶紧捂住白鸽的嘴，白鸽忍住笑低声地："没看我今天累了吗，改天吧。"

江东失望地："白忙活了一晚上，连个屁也没闻到。"

白鸽："赏你一个香喷喷，够本了吧。"

白鸽给了江东一个热吻，然后搂着他甜甜地睡去。江东轻轻移去她的胳膊，盖好被，依依不舍地看了一眼。江东叹了一口气，然后走向厨房，刷起锅碗。

□ 33　杨惠家　晚上

两家之间，门上的大红喜字还在。

杨惠家里，杨惠在拖地，洗衣服，收拾东西，然后又拿起一件毛衣织着，王嘉新醉醺醺推门进来。墙上挂钟已指十二点，杨惠："你怎么到现在才回来，饭早都凉了。"

王嘉新倒在沙发上："忙啊，我吃过饭了，给你说别等我。"

杨惠来到餐桌前，胡乱吃了几口饭，又坐到王嘉新身边搂住他。王嘉新不耐烦地将杨惠的手拿开："去去，别缠着我。"

杨惠可怜巴巴地："嘉新，我累了。"

王嘉新："我也累了。"

杨惠戚然地坐在沙发上泪眼蒙眬。

次日晨，杨惠摸黑起床，将衣服拿到外间穿好，开始烧饭。

□ 34　公园里　晨

白鸽在跑步，浑身散发着青春的气息。

白鸽在打拳，拳路遒劲洒脱。

□ 35　白鸽家

江东在烧饭，喂鸽子，为白鸽烫着警服。

楼梯处，白鸽汗津津地走上楼，杨惠拿着菜篮走出自家门，白鸽："小惠，你怎么老不锻炼？"

杨惠叹口气："我哪有你那福分啊。"

白鸽推门走进自家："累死我了，快开饭。"

白鸽坐在餐桌前一阵风卷残云，然后大大咧咧将饭碗一扔，穿上警服，江东帮她扣好风纪扣，扶正警帽，白鸽调皮地行了一个礼："后勤部长，再见。"

□ 36　公安局局长室　日

公安局周局长和刘队长在座。刘队长："周局长，案子老是破不了我非常内疚，我请求辞职，听候组织处理。"

周局长："什么什么，你想得倒美，你吃了这么多年国家的俸禄，有点成绩就向脸上贴金，遇到不顺就想拍拍屁股走人，哪有这么好的事。告诉你这个案子不破，谁也跑不了，咱们一起到市里去负荆请罪，免职开除咱们谁也别装孬。案子破了大家论功行赏，我这个局长都让给你了，我老早就该退休了，不破案我能退得了。"

□ 37　公安局会议室　日

刘队长、白鸽、李涛、杨惠等人在召开案情分析会，杨惠："我们和部里的专家又把原来的监控认真梳理了一遍，我们怀疑在案发时间段，监控上有些画面中的一部分被删除了，注意，不是删除某段时间的整个画面。这种作案手法非常难发现，所以迷惑了我们很长时间。但是这需要很高超的电脑技术，不是一般人能做到的。这里复原出一个模糊的身影，大家看看像谁。"

杨惠起身打开显示屏，屏上显示出一个模糊的身影，大家仔细看着，李涛惊讶地："我怎么看这个人特像博物馆的李馆长呢。"

白鸽："我把了解到的李馆长的情况给大家说一下。馆长年轻时和他的妻子同在一个考古队里工作，一次在发掘一个古墓时，墓室神秘地坍塌了，将他妻子和另一个人埋在里边，众人拼死将他们救出，他妻子终因伤重不治。馆长和妻子感情至深，在经过一阵醉生梦死之后，他好像是变了一个人，再不食人间烟火，把所有的精力都放到了考古研究上，他精通各种古文和文物鉴定，简直就是考古界的活字典。他要求住在博物馆院内，这样研究和看管展品都很方便。他除了吃饭睡觉都在研究古物，这样的人打死我都不相信会犯事。”

刘队长：“上级文物机构多次为他担保，我也不信他会涉案，所以并没有将他做为重点调查对象。可是在他身上确实有些疑点，我们要相信人，更要相信证据，把疑问弄清总是好事。白鸽你们明天去办一件事，别忘了带上通地眼。”

□ 38　公墓内　日

白鸽、李涛二人手捧鲜花来到一座墓碑前，上有“关雅琴之墓”等字，此碑显得比周围的墓碑更气派。二人献上花，鞠了躬。李涛：真气派，死了能住上这样的地方，也算没有白活。

白鸽：“她是因公牺牲，国家替她修的，你要想捞上这样的地方，要先为国捐躯才行。干活吧。”

李涛取出背包里的仪器，带上探视眼镜：“这探地雷达真是好东西，寻找地下的文物和埋着的东西太方便了。”

李涛带着眼镜在墓碑前向下看着，(眼镜里显示什么也没有)，他又去看附近的几个墓，（眼镜里都显示出模糊的骨灰盒），李涛惊讶地：“墓穴里边是空的，真让刘队长这个老狐狸猜对了。”

白鸽仔细检查着墓室盖板：“这密封得好好的，不像有人动过啊。”

□ 39　住宅楼下面的健身场　晨

江东、白鸽二人手挽手走下楼，江东身着运动服，英俊潇洒，神采飞扬，白鸽身着紫红色的连衣裙，亭亭玉立，飘飘欲仙。白鸽眉飞色舞地：“从结婚到现在连一天也没好好玩过，今天咱们要去游乐场，坐过山车，好好玩上一天。”

江东：“这么高兴，案子有眉目了。”

白鸽：“总算是有了一点线索，换换脑子，赶明儿一鼓作气拿下来。咦，你打听这个干什么，想刺探军情？”

江东：“我也巴望着你们尽早破案嘛。”

他们来到健身场，不少人在健身器材上练习，还有人在打拳，白鸽眼馋地看着。江东：“身上痒痒了吧，练一套！”

白鸽：“练就练。”

她拉开架式，闪跳腾挪上下翻飞，身上猩红色的连衣裙旋转飞舞，像火红的玫瑰在绿树中洋洋洒洒。

江东看得入了迷，情不自禁地鼓起掌来，白鸽收了式：“一个人练多没劲，来陪我练几招。”

江东：“不行不行，我刚学着比画几下，哪能和你过招，自个儿练吧。”

白鸽娇嗔地：“来嘛，我要你陪我练。”

江东只好跟着瞎比画，他盯着楚楚动人的白鸽看直了眼，哪还有心思练拳，白鸽生气地一掌劈到江东肩上，江东一手捂着肩膀哎哟着蹲了下去。白鸽：“你老瞪着我干什么，不给你点教训永远也学不出名堂。”

江东痛得龇牙咧嘴：“你你，你真不是个东西！”

太阳已经升起老高，江东还在生气，白鸽一边替他活动着膀子一边开导着：“谁知道你这么没用，还男人呢，人家说要得会跟师傅睡，你跟师傅睡了这么长时间怎么就一点不长进呢，心思都用到哪去了，是不是见了老婆就拴不住心猿意马了，你整天搂着老婆看还看不够啊，整天这么沉溺美色能有什么出息呢。别生气了，高兴一点嘛！”

江东：“你说什么事不都依着你，整天把你当祖宗供着，你还要把我当活靶子打，我这半边膀子都木了，你让我怎么能高兴起来？”

白鸽懊恼地：“本来好好的事，怎么弄成这个样子，我真混蛋！”

她夸张地向自己脸上扇着耳光，两手捂住脸拼命想挤出几滴眼泪，又从手指缝里偷看着江东。江东把她捂着脸的双手移开，仔细审视着她脸上被打的地方：“你甭给我来苦肉计，我不吃你这一套。”

白鸽哭丧着脸：“那你说怎么办呢，只要你能高兴任你发落还不行吗。”

江东：“此话当真。”

白鸽："一言为定。"

江东从白鸽的包里拿出手铐，左右看了看又换成塑料袋，将白鸽推到一棵小树前，用塑料袋将她双手反绑好。江东："你站着不准动，我要报这一掌之仇。对，咱们今天新账老账一起算。你仗着两手毛拳整天欺负我，那天你赶着我当驴骑，有没有这事？"

白鸽："那那，那是你说要变驴变马伺候我，怎么倒怪起我来了。"

江东："还有一次你硬逼我钻你裤裆，有这事吧？"

白鸽："那那不是你说能受胯下之辱才能成大器吗，你整天吊儿郎当一招都没学成，就癞狗钻裆这招武林绝学还上点路，你怎么恩将仇报呢？"

江东："你别嘴硬，我今天非收拾好你不可。"

白鸽："你可不能打死我啊，我们局里除了我都是酒囊饭袋，你打死了我谁还能破案啊。"

江东装模作样地运足气，然后一掌劈在白鸽肩上，谁知他自己一手捂着胳膊又哎哟哎哟叫起来，白鸽拼命忍住笑，大惊小怪地叫起来："打死人啦救命啊。"

江东："你别以为我治不了你，我有的是办法。"

江东拿出矿泉水，从白鸽头上浇下去，江东："过去剥皮就用这办法，先用水银从头上浇下去，然后开始扒皮。"

他用手在白鸽脸上开始扒皮，白鸽脸在江东手上摩挲着，作陶醉状，江东又把面包上的奶油抹在白鸽脸上，江东："有一种刑罚先把蜂蜜涂在犯人的脚心里腋窝里，然后牵山羊去舔，犯人非笑死不可。"

江东意醉神迷地在白鸽脸上轻舔着。白鸽半闭着眼喃喃地："今天没化妆，奶油的味道好着呢。"

江东抱着白鸽的脸不管鼻子眼一阵乱啃，白鸽挣脱了被绑着的手，搂着江东一阵热吻，二人脸上沾满了奶油。

白鸽将江东扳倒在草地上搂着："哈哈，呆子又高兴了……"

杨惠家。杨惠在拖地、洗衣，外边江东和白鸽的嬉闹声传进，她走近窗户前羡慕地向外看着。

江东和白鸽搂在一起在草坪上翻滚着，涂着奶油的脸上又沾了不少草屑，二人尽兴地笑闹着。

窗前的杨惠眼泪汪汪地看着，长叹了一口气。

江东和白鸽坐在半空中呼啸飞驰、上下翻滚的过山车上，江东惊慌失措地惊叫连连，白鸽兴高采烈地高声呐喊。

□ 40　博物馆李馆长的工作室　内　日

博物馆后院的小树林内，白鸽和李涛在观察着，白鸽戴着观地镜仔细看着一处有烧纸灰烬的地面，她困惑地摇摇头。

一间硕大的房间内陈列着各种文物，李馆长正拿着一件文物仔细端详着，有人敲门，他将来访的白鸽和李涛迎进门。白鸽：“李馆长你好，有些疑问需要找你澄清一下。”

李馆长：“白警官请讲。”

白鸽：“你是个忙人，咱们说话开门见山，别耽误你工作。你是一个德高望重的学者，我们都不否认你对考古做出的贡献和对国家的忠诚，但是有些疑点也需要弄清，这对你和破案都有好处。比如那天夜里有人在这院子里哭泣，那一定是你，可你为什么就是不愿意承认呢？”

李馆长：“我原来以为，这纯属我个人私事，说出来会给大家添麻烦，我自己也实在不愿意回忆那些尘封多年、令人心碎的往事。现在我认为有必要把这一切解释清楚。”

李馆长将脸转向墙壁，沉思良久，终于缓缓开口：“这是多少年前的事了，那还是我年轻的时候，我和妻子都是考古专业的研究生，共同的理想使我们结为夫妻，同在一个考古队走遍了祖国的南北，直到不堪回首的那一次……

“你们知道明朝起义军张献忠的一段历史吗。张献忠和首领李自成争权夺利，自立大西国，吃了败仗之后，将搜刮来的财富黄金白银等凿船沉入江底，还有一些藏到了深山古洞里，我的妻子，我的灵魂就埋葬在了那个神秘的山洞中。”

李馆长捂住脸不能自已，肩膀在微微抽动，泪水顺着双手滴滴落下……

□ 41　一组回忆镜头　日

考古挖掘现场，李馆长趴在地上仔细清理着文物，妻子替他擦去满头汗水。

深山里，考古队披荆斩棘艰难前行，夫妻二人互相擦着汗，甜甜地对笑着。

在一处山窝怪异的山洞前阴风阵阵，怪声连连，队员们还是勇敢地走入洞内。

洞里各种暗器机关动作着，队员们躲闪着向前走。

妻子："我怎么感觉情况不对，咱们快撤吧。"

李馆长："再坚持一会吧。"

话说之间山洞坍塌了，轰鸣声震耳欲聋，巨石纷纷滚落。"快跑，快跑"，队员们大喊着向外跑去。

妻子扭伤了脚，李馆长搀扶着她走在最后，山洞里响起了妻子的吼叫声："你快跑，我不能拖累你。"

李馆长："怎么会呢，咱们要死也死在一起！"

他们终于来到洞口，可是又一次塌方，将洞口堵得只剩一条窄狭的缝隙，夫妻互相推让着，妻子拼力将他推到前边："你先走，我跟着你！"

李馆长只好向外挤去，他刚到外边，洞口再次塌方，将妻子堵在洞里，李馆长返身疯狂地掀着石头，狂喊着："雅琴，雅琴……"

洞里传出野兽恐怖的吼叫和妻子最后的呼喊："强子，好好活着，为了我，为了咱们的事业，好好活着！"

野兽的吼叫声，撕咬声和妻子的惨叫声令人魂飞魄散，警察们赶来朝天放了几枪，一切归于寂静。

时间流逝，李馆长双手鲜血淋淋，趴在山洞前痛哭着，众人在他身边劝说着。他突然惊喜地："你们听，她没死，她还活着！"

众人认真听着，洞里果真传出微弱之声："强子，活着……"

大家奋力扒开山石，碎石在不断滚落，一救援队员将血肉模糊的妻子背出交给李馆长，他抱着妻子亲吻着，抚摸着，呼喊着："雅琴，雅琴……"

妻子缓缓睁开眼，手颤抖着抬起抚摸着他的脸："强子，好好，活着……"

妻子最后的绝唱在山谷里久久回荡："强子，好好，活着……"

一组镜头：下葬时刻，李馆长呆傻一般抱着骨灰盒，亲人欲接过，可是他死抱着不松手，亲人只好挥泪将妻子的几件衣服放入墓穴。

李馆长狂喝着酒，抱着妻子的骨灰盒痛哭着亲吻着。

博物馆的小树林里，他跪在地上，将妻子的骨灰盒埋在一棵小树下。

他站在妻子遇难的山洞前，洞口已经被水泥封死，山谷中还在回荡着：强子，好好，活着……

山崖下，他用地质锤敲打着岩石。他停下擦了一把汗，看了一眼锤把，那上面有妻子的名字：关雅琴。

现实　日

李馆长手捶打着墙面，哭成了泪人：“雅琴，雅琴……我想你啊，你让我跟你去吧，我听你的话，活到了现在，可你不知道我是怎么熬过来的……”

泪水顺着白鸽和李涛的面颊滴落，许久，白鸽擦一把泪：“对不起，老人家，我们让你伤感了。”

李馆长：“没关系，反正早晚要说的，这就给你们添麻烦了，还有什么问题你们只管提。”

白鸽吞吞吐吐地：“那……对不起，请问妻子的骨灰盒真是你亲自埋在小树林里的吗？”

李馆长：“是呀，这样的事怎么会忘呢，我清楚地记得，那一天是年三十儿，天上飘着雪花，我让所有人都回家过年，我独自守着妻子哭个够，然后就把她葬在那棵小松树下……其实，我抽斗里有一份遗嘱，等我死后，请人们把我和妻子的骨灰一同放到她的墓里，那是国家给她的荣誉呀。”

李馆长说着又流出了眼泪，李涛：“可是，可是，对不起老人家，我们没经你同意就用探地镜把那地方都看过了，没发现骨灰盒。”

李馆长惊恐地：“这，这怎么可能呢？”

他拿起铁锹跑了出去，白鸽和李涛也跟着跑了出去。

□ 42　小树林的一棵松树下

李馆长慌乱地挖着，可是只挖出了些烂砖瓦，他又拼命用手去搬，直划得手指鲜血直流，他向天惨呼着：“天哪，这是造的什么孽啊……”

白鸽将他扶起："老人家，千万别激动，咱们慢慢琢磨是怎么回事。"

李涛接过铁锹继续挖，他拾起一件东西，惊得倒退两步，手一抖，那东西落在地下。

一个魔鬼面具充斥了整个画面！血盆大口，青面獠牙，令人魂飞魄散！

一声凄厉的惨叫，天空在旋转着。

□ 43　江东家　日

江东在厨房里做着饭，客厅的电视机在响着，一则新闻引起了他的注意："这里是即时播报，在南江路上，有一名疑似精神病人的犯人持刀抢劫一名年轻女子，一名正在执勤的女警察赶来，制服了罪犯，这个场面刚好被路人用手机拍到。"

江东扔下菜刀，跑进客厅，拿起遥控器按了一下回放，电视上放出画面：罪犯和年轻女子在争夺一个挎包，白鸽跑进画面，她将包夺过交给女子，却不防罪犯突然亮出匕首向女子刺去，白鸽伸臂去挡，刀刺在她手臂上，她还是拼力将罪犯制服，用手铐将其铐住，交给赶来的杨惠。白鸽手臂血流如注，她一阵昏眩，一出租车司机将她扶上出租车驶去。

江东慌乱地拿起手机打开："鸽子，鸽子你怎么啦？"

手机里传出杨惠的声音："东东，你别紧张，鸽子她没事。"

江东吼叫着："喂喂，你们在哪里？"

江东急不择路地跑出家门，拦停一辆出租车跳上。

□ 44　医院内　日

江东冲过医院大门口保安的阻拦，风风火火跑向医院大楼，两个保安在后边叫着追着。

他跑到手术室门外，李涛杨惠等人在等候，江东拍打着门痛哭流涕："鸽子，鸽子，你怎么啦，快开门，我要看鸽子……"

保安赶到，众人一齐拉住江东，他夸张地挣扎着喊叫着："鸽子，鸽子！"

手术室内开门走出一医生，江东挣脱大家的手，扑通一声跪在医生脚下，抱着医生的腿痛哭着央求着："我求求你救救我妻子，我离不开她，我给你磕头了。"

医生严厉地："病人正在手术，需要安静，她没有生命危险，你别闹了行不行！"

江东稍稍安静了些，坐在椅子上手捂着脸哭着，围观的病人有的哭，有的窃笑着。

终于，手术室门打开，医护们走出，江东起身就向室内挤，护士们拦住他："你不能进去，病人需要休息。"

"你们让我进去，我就看一眼，就一眼。"

医生："让他去让他去，不然他会把医院闹翻天，哎哟，这年头还有这么痴情的人，真是不可思议。"

病房里：白鸽躺在床上脸色焦黄，紧闭着眼，江东拉住她的手，轻吻着她的面庞轻唤着："鸽子，鸽子。"

白鸽缓缓睁开眼，挣扎着抱住江东："东东，东东。"

江东毫无顾忌地流着泪："我以为再也见不到你了呢，你怎么这么不小心呢，现在还疼吗？"

白鸽替江东擦着泪，像是在哄自己的孩子："我没事，就一点小伤，你看你怎么就成了这个样子，你一个大男人不可以流泪的，男儿有泪不轻弹，这样子别人会笑话的。"

李涛、杨惠等人站在病房门里边，大家鼓起掌，李涛："这样的爱情太伟大了，简直惊天地而泣鬼神。"

白鸽难为情地："我家东东让你们见笑了。"

杨惠："我倒是觉得，一个女人能得到这份情意，一辈子也算活值了。"

□ 45　博物馆院内　日　夜

白天，伪装成博物馆保安的大个子在院内警惕地四下看着。

夜晚，大个子在巡视，楼上闪起亮光，出现一个人影，他快步走近观看。

□ 46　江东家　上午

楼梯处，杨惠搀扶着胳膊上缠着纱布的白鸽，江东提着生活用品在上楼。杨惠："你也等伤全好了再出院，非这么性急干什么。"

白鸽："在医院里没事干，案子还没破，心里实在是发急，到了家里多少干点活，给东东减轻点负担。"

他们来到室内，白鸽仰面朝天倒在沙发上，踢掉鞋子："真舒服，哪像医院里，牢笼似的。哎，惠惠，给我透露点案情，中午请你吃饭。"

杨惠："这个……大个子以保安的身份被安插到了博物馆警卫队里，我们总感觉李馆长是一个谜一样的人物，比如他会在半夜里突然……咦，你打听这干什么，没听刘队长说吗，任何人不准向你透露案情，什么时间伤好了才准上班。"

白鸽："快说，他半夜里在干什么？"

杨惠："你不要管饭吗，吃了饭再说。"

白鸽："哎哟，急死我了。"

江东在打扫卫生，他打开通向阳台的门，两只鸽子晃晃悠悠进来跳到白鸽身上轻啄着，咕咕叫着。白鸽抱起一只鸽子亲吻着："小乖乖知道欢迎妈妈呢，可不准在我身上拉屎啊，要不然我把你们炖汤喝。"

杨惠抱起另一只："小天使，我真羡慕你们受到公主般的待遇。我倒是情愿变成一只鸽子。"

白鸽在杨惠耳边说了一句什么，杨惠："行，这可是你乐意的，你再问东东愿不愿意，我情愿到你家当二奶奶。"

白鸽忙去捂她的嘴："鬼东西，真没羞。"

杨惠："我不怕你们笑话，自打结婚我家嘉新就没回几次家，就是回来也冷得像块冰，哎，东东，他整天都在忙活什么？"

江东扎着围裙从厨房出来："确实是忙，他是经理嘛，小惠，我总感到嘉新那个公司，做生意不太地道，我和他说了几次，他还怪我多嘴，你要常给他吹吹枕边风，现在到处都在严打，可别栽了进去，我可没有恶意啊。你们说着话，饭马上就好。"

杨惠："鸽子，你怎么这么好的命呢，东东多爱你啊，我哪怕能有一点点像你就是死也知足了。"

白鸽："(音乐声起，深情依依)其实，我哪里有那么大的魅力，我要感谢那个不知名的女警察，是她在江东心里播下了一个永恒的梦，我也在享受着这个美丽的梦，干我们这一行的总是缺乏安全感，也许因为如此，所以对爱情特别珍惜，我非常感谢东东，是他给了我这么浓浓的爱。当我走向岗位的时候，会感到特别充实，因为有人在全身心地爱着我，我很骄傲，因为我是一个警察！"

饭桌前，三人共同举杯，杨惠：“为了鸽子早日恢复健康，干杯。”

□ 47　江东客厅　晚

江东在拖地，白鸽坐在沙发上看着手机：“丢人哟，你看看你那天的光辉形象都拍成电影了，快来看。”

江东拿着拖把逃到另一间屋，白鸽追过来扭住他的耳朵：“我非要你看不可！”

手机上显示着：几个人架住又蹦又跳、又哭又闹的江东。白鸽：“这还配着解说呢，我念一段给你听听：‘白警官，你是怎么让一个男人对你痴情到这种地步的，教教我们，不胜感激。’再一段，‘这年头只有情人才有这份真情，夫妻哪还有。’这这这都是什么话，气死我了(将手机扔到床上)。我还没死呢，你就这样丢人现眼，连我都替你害臊，我要是真死了，你呀，哼哼。”

江东：“那我，我恐怕也活不成。(吞吞吐吐地)我，我想和你商量个事，要么咱们别干警察了，干什么不能混碗饭吃，你干这行我整天提心吊胆，觉也睡不好，时间长了非神经不可。”

白鸽：“其实，我也多了一份牵挂，原来出警天不怕地不怕，我自从认识了你就特别怕死，每一天都感到是新的，每件事都值得留恋，死太可怕了。那天歹徒用刀刚刺中我的时候，你不知我多恐惧，我想完了，再也见不上东东了，这可怎么办哪。要不这样，等我办结了这个案子，我就认真考虑这个问题好不好。”

江东：“太好了，咱们找个稳当差事，哪怕给人家端盘子扫厕所呢，也过个安稳日子，咱们恩恩爱爱一辈子该有多好啊。”

白鸽：“不过你想过没有，如果警察都有这种思想，哪还有安稳日子过呢，再说你爱我什么呢，不就是因为我是个警察吗，假如因为不当警察就失去了你的爱，那我宁可倒在警察这个位子上！”

没有回答，江东在看着白鸽的警察照，照片上的白鸽风华正茂，神采飞扬。白鸽骄傲地：“漂亮吧，我这照片可是上了杂志封面的。”

江东：“你都说了一百遍了，还再说。”

白鸽：“你都看了一百遍了，还再看，我就是要说，勾你的魂。”

□ 48　客厅　数日后

白鸽在客厅里穿着警服，胳膊还是不太利索，江东帮她穿着："你也等伤全好了再去啊，这样子多让人记挂。"

白鸽极力做出轻松自然的表情："在家里实在发急，我答应你不出警，只是出谋划策，那帮人全是饭桶，离了我哪行。"

楼下出口处，江东帮白鸽扶正警帽，白鸽郑重地行了一个举手礼，江东也认真地还了一个礼，白鸽转身向外走去，依依不舍，一步三回头。

鸽子在白鸽上方盘旋，江东向前紧跟几步，深情依依地挥着手。

音乐声起，主题歌第一乐章《心鸽》，悠远甜美

在我童年的心中，
有一只洁白的鸽子，
她像金色的太阳，
温暖着我的心扉。
小草祈盼着阳光，
童心渴求着抚慰，
梦中常见你圣洁的笑脸，
白日里常听见永远的教诲。
啊……洁白的鸽子，金太阳，
用我一生的发奋，
向你说今生无悔！

在我生命的旅途中，
有一只美丽的鸽子，

她像一朵玫瑰，
滋润着我的心扉。
心中贮满了光华，
目中存满了春水，
雨露中绽放着燃烧的红唇，
阳光下开放着爱情的蓓蕾。
啊……美丽的鸽子，红玫瑰，
用我一生的承诺，
换来你今生无悔！

歌曲声中依次闪过：

女警察抱着小江东亲吻着，替他擦着泪。

少年时代的江东站在女警察的照片前注视着，抚摸着。

学生时代的江东在学校里苦读。

他和白鸽在训练基地的围栏边初次相会。

他在手术室门前痛哭流涕。

□ 49　街道上　晨

白鸽阔步走在人行道上，不时有人向她招手致意，街道两旁，绿树成荫，花草争艳，街道上车水马龙，人流如织。江东目送着白鸽，消失在一片灿烂的光华中。

□ 50　博物馆　李馆长的工作室　日

李馆长显得苍老了许多，工作室里，他坐在躺椅上，呆呆地看着镶嵌在老式怀表里的妻子的照片痴痴地诉说着：“雅琴我真想你，你能托个梦给我吗？我真没用，把你的骨灰都给弄丢了，还怎么有脸去见你呢。”

他躺在躺椅上双目紧闭，两滴混浊的老泪顺着面颊落下。一阵怪诞的声音响起，一阵阴风吹开门，妻子轻飘飘地走来：“强子，强子。”

李馆长猛睁开眼，惊恐地跌坐在地上，他爬起来惊得连连后退，又不顾一切地扑上前："雅琴！你是雅琴！你一定是想我了来看我了对吗，你带我走吧，我简直是度日如年啊。"

妻子步步后退，李馆长步步进逼，妻子突然恐怖地笑着，满口血红，呲出尖牙！李馆长不顾一切地抱去，妻子化成了一缕青烟，他却抱住了一个骨灰盒，妻子呲着尖牙的照片向他恐怖地笑着，李馆长目瞪口呆地看着骨灰盒，又踉踉跄跄到了办公桌前按动了报警按钮。

公安局值班室，警报声大作，白鸽等人冲出大楼，跳上警车，警车呼啸开出大门。

白鸽等人跑进工作室，李馆长手捂胸口倒在地上，李涛将他扶起，李馆长手指骨灰盒惊恐地："那，那，鬼，鬼……"

李涛背起他向外跑去，将他抬上警车。

工作室内，白鸽等人在做着各种刑侦检测，白鸽看着骨灰盒，照片上的关雅琴灿烂地笑着。

□ 51　公安局会议室　日

刘队长、白鸽、李涛、杨惠等在座。李涛："奇怪，上次那个骨灰盒失踪后，我们把院子都找遍了也没找到，今天怎么会出现在李馆长的工作室里，老馆长看到的东西是幻觉呢还是真的，早时吓出毛病的保安队长还没好呢，这又来一个，难道这地方还真闹鬼不成。"

杨惠："我们到医院看了老馆长，他说看到的那个影子不像是幻觉或是做梦，如果说那是激光打出的幻影，可是那需要很复杂的光学设备，我们在现场并没有发现任何痕迹，再说动机呢。老馆长远比我们想象的要坚强得多，他说马上要回去工作，他巴望着能和妻子一样倒在工作岗位上。真是一位令人敬佩的老人。"

大个子："我在夜里巡逻的时候，似乎听到有人说话的声音，是老馆长自言自语呢还是另有人在说话，这地方到处都是监控，哪怕是一只狗都不可能不留痕迹地进来，可是监控上什么可疑情况也没有，真是奇了怪了。"

白鸽绘声绘色地说："我给你们讲一个惊险案件，有一对干间谍的夫妻，到处躲避着对手的追杀。他们带着一双儿女，逃到一个布满岗哨的住所，心说可要睡个好觉。第二天早上起床，儿子不见了，你们猜在哪里，他们儿子被大卸八块放在锅里煮着呢！他们又藏到一个地下室，搂着唯一的女儿浑身发抖，等他们睁开眼的时候，呀，女儿在头上吊着呢！他们又逃到一个边远的山区，将门窗全都关死，两人拥抱着不知怎么就睡了过去，等那男人再睁开眼的时候，天哪，他搂着妻子血淋淋的头颅！他当时就吓得一命呜呼。”

白鸽满脸惊恐，声音发颤，刘队长：“哎哎，这是案情分析会，不是你瞎扯的地方，不就是一个故事吗，就能吓成这个样子，还警察呢。”

白鸽几乎在喊：“你们难道还看不出来，我们现在就在这样的案子中间，有一张无形的网在向我们和老馆长罩来，不知哪天，谁就会成了第二个保安队长！”

刘队长：“大个子你领几个人把老馆长严密保护起来，可不能再出事了，白鸽你领人把老馆长的所有社会关系，包括早年的全部查一遍。早时感觉他是国家重点人才，对祖国忠心耿耿，不便也不需要详查，现在看来围绕他的疑点越来越多，非认真查查不可，我就不信这个世界还真有鬼。”

□ 52　江东家前的健身广场　晨

江东在打拳，已经打得有模有样，白鸽在观阵，江东：“来来，师傅，教两招。”

白鸽：“教你这样的徒弟也太委屈我了。”

白鸽与江东一来一往对练起来，白鸽有些缩手缩脚，只是点到为止，江东：“你倒是动真格的呀，像这样跟着你能学出什么名堂。”

白鸽：“就你还值得一打，哎哟你别难为我了，你是我什么人哪，我怎么能舍得下手呢。”

江东：“看来跟你是学不出真本事，我有地方学。”

□ 53　搏击场　日

江东在用手枪练射击。

江东汗流浃背在打沙袋。

江东在和拳击教练对练，江东一次次被打倒在地上，又一次次起来呐喊着向教练扑去，最后竟将教练打倒在地上。教练动了真格的，几记重拳将江东打倒在地上再也起不来。

白鸽跑过来，三拳两脚便将教练打趴下，怒气冲冲地：“你这样打他干什么，有种冲我来呀！”

教练委屈地：“是他让我动真格的。”

白鸽跑过去扶起江东，为他擦去汗水和嘴角的血沫，心疼得泪花闪闪：“你疯了，这么拼命干什么，咱们不练了，回家。”

□ 54　江东家　晚

白鸽含着泪替江东的伤口涂药水：“功夫不是三天两天能学成的，你这么着急干什么。”

江东：“我……我想赶快学成给你当保镖，我不允许你再受到任何伤害。”

白鸽的眼泪顺着面颊滚落，江东替她去擦泪：“哎哟哟，我最见不了这个，还警察呢，我答应你明天慢慢来行了吧。夫妻不言谢吗，你是我的生命我的一切，我真的很害怕你再出意外，答应我，千万要珍重自己，答应我。”

白鸽忘情地抱住江东：“那你今天也要答应我一件事，一定要答应我。”

江东：“行行，你说什么我都答应你，别哭了啊。”

白鸽：“我要你老老实实让我伺候一晚上，不准做任何家务。”

江东：“咳，我说什么事呢，你这不是要折煞我吗。”

白鸽：“怎么说来着？”

江东：“好好，答应你行了吧。”

白鸽扎起围裙去做饭，江东扫地，他打开阳台门，妮妮飞到江东肩上，白白落在脚旁轻啄着他的脚。

江东在客厅里琢磨着拳击套路，白鸽在厨房里做着饭。

白鸽将饭菜端上桌，她不时为江东喂着饭菜，二人情意绵绵地对望着。

白鸽打来洗脚水，为江东洗脚，摸着江东脚上青紫的地方，白鸽的眼泪滴滴落在脚盆里，她为江东擦干脚，轻盈地将他抱到卧室床上，手支着脸脉脉含情地看着，二人互相抚慰着渐入梦乡。

□ 55　江东家内外　中午

白鸽从楼下来到两门之间，杨惠家里传出吵嘴声，白鸽走入自己家里，江东扎着围裙走出来：“胳膊没事吧？”

白鸽甩甩胳膊：“你看没事了，你挨打的地方还痛吗？”

江东：“不痛了，我哪有那么不禁打。”

白鸽：“小惠他们吵什么呢？”

江东：“公司里偷税漏税还造假，这次非倒大霉不可，嘉新和我说了几次请你帮着说情呢。”

白鸽：“他也太高看我了，有那能耐我还混这碗饭吃。咱们也别去劝架了，保不准姓王的还会绕着弯骂我们不帮忙呢，当缩头乌龟吧。”

江东：“我在这里听着，什么时间打起来咱们再去拉架，别让小惠吃了亏。”

白鸽：“凭他王嘉新还能打得了小惠，我倒巴望着惠惠能揍姓王的一顿。”

□ 56　杨惠家　中午

杨惠：“不是我不愿意帮你去说情，我怎么会不愿意帮你呢，我一个小刑警算个什么，说话连屁都不顶，弄不好人家还说咱们行贿，罪加一等。”

王嘉新：“我看你们女人能量大着呢。”

杨惠：“你说这话什么意思？”

王嘉新：“必要时什么手段都要使。”

杨惠：“你……你也太过分了（极力克制着）好好，我是除了宁死都不会去陪人家睡觉以外，其他你要我干什么都行，去烧香磕头，屈膝下跪，只要能帮了你，哪怕是上边开除我我都不在乎，你看行不行？”

□ 57　天华公司　日

赵检察长领着几个人在查账，江东，王嘉新和员工们惶恐地站在一旁。赵检察长：“王经理，多有得罪了。”

王嘉新麻木地伸出双手，一个检察员将他铐住带了出去。

街道上警车呼啸而过。

□ 58　杨惠家　上午

杨惠翻箱倒柜地寻找着，将存折首饰都找了出来，一个柜子怎么也打不开，她拿了斧头将柜子劈开，将里边的存折拿了出来。

□ 59　江东家　上午

白鸽也在翻找，她从床下拖出一个破箱子，从里边拿出一个存单犹豫着，江东："还愣什么，快送去呀。"

白鸽："这是你上学时打工挣的几个钱，上边还有你和养鸽姑娘的美好回忆呢，我情愿借钱都舍不得花。"

江东接过翻看着："别酸了，钱是人挣的，救人要紧，快给小惠送去吧！"

□ 60　刘队长家中午

刘队长坐在客厅里扇着扇子："这个鬼天气怎么这样热。"

他去开大窗户，却一下怔住了，窗下杨惠可怜巴巴地站在太阳地里，刘妻："你愣在那里干什么，快吃饭吧。"

饭桌上，刘队长扒了两口饭便失神地呆在那里，刘妻："你怎么像掉了魂似的。"

刘队长："没，没什么，天太热了。"

刘队长在客厅里徘徊着，忍不住又来到窗前，杨惠满脸是汗，茫然无助，如待宰的羔羊。

刘队长跑下楼，拉住泪眼蒙眬的杨惠："小惠，咱们走，我陪你跑一趟。"

□ 61　检察院　下午

检察长办公室，赵检察长正在和检察员们谈着话，刘队长和杨惠走进办公室，杨惠默默地将包里的首饰存折等倒在桌子上。

赵检察长："老刘啊，你怎么连自己是干什么的都不知道了，这种事你怎么能来。"

刘队长艰涩地："你，你听我说，我也知道我不该来，可我没法不来，人家出了事有人说情，可谁给咱们说情呢，咱们也不是想贪赃枉法，只是想把窟窿补上，争取宽大处理。多好的年轻人啊，干起活来个个都不要命，我这个当队长的只知道使他们干活，啥时间关心过他们，出了事我要连一句话都不愿说我还算人吗，你就是不让我干了，我也要帮手下说几句话。”

杨惠将手指上的戒指退下，放在桌子上，清泪长流。赵检察长也抹了抹眼角：“好了好了，我就看不得你们这个。你们把这些东西交到财务清点一下，作为宽大处理的依据，杨惠啊，我们尽量在法律许可的范围内争取从宽处理，你千万放心啊。”

□ 62　看守所门前，日

王嘉新走出大门，和在门口等候的杨惠紧紧相拥。

出租车内，杨惠和王嘉新相拥着，王嘉新："这次躲过这一劫，我要好好谢谢你呀。”

杨惠：“谢我什么呀，只要咱们能恩恩爱爱过个安稳日子我就知足了。”

□ 63　江边　日

长江里货轮川流不息，江岸摩天大楼鳞次栉比。

一套单元房内，杯盘狼藉，垃圾遍地，一个约三十岁上下、已经醉醺醺的男子（李明发）在喝酒，他脚下已有不少空酒瓶。他拿出几片药片（毒品）吞下去，然后摇头晃脑，疯狂地扭动着。

门铃在不停地响着，男子终于不耐烦地起身打开门，门外是打扮成物管人员模样、手拿着欠费单的李涛：“你的各种费用已经欠了很长时间了，快交吧。”

欠费单上有李明发三字。李明发：“谁欠你们钱，要钱没有，要命有一条，快他妈滚！”（他咣当一声关上门）

□ 64　歌舞厅　晚

地下室内，有几台赌博机，不少人在试着手气，有人捶胸顿足，也有人沾沾自喜，白鸽打扮得花枝招展，和李涛装扮成一对情侣。在一台轮盘赌钱，浑浑噩噩的李明发大把大把地向机子里塞钱，直到最后兜里连一个子也拿不出来。失魂落魄的李明发又来到舞厅里转悠着，白鸽和李涛也跟了过来，李明发一眼看见靓丽的白鸽，立马凑上前来动手动脚：“妹子，陪哥哥我玩玩，哥哥有的是钱。”

白鸽握紧拳头，眼看就要揍人，李涛使劲拉她又拉不动，正好一保安经过扒拉着李明发："喂喂，你干什么的，放尊重点。"

白鸽嗲声嗲气地："保安大哥，这位先生要非礼我。"'

李涛乘机将白鸽拉到舞厅外，白鸽气呼呼地："你拉我干什么，我今天非要揍他一顿不可。"

李涛："姑奶奶，你可别再惹事了，要不然回去又吃不了兜着。"

□ 65　江边　晚

白鸽和李涛坐在江边的台阶上，江风习习，游人摩肩接踵，街道上车水马龙，城市灯光灿烂。白鸽："这些天收获不小，咱们把了解的案情再梳理一下。老馆长为人清高，即便是亲戚也很少来往，结婚后还没来得及要孩子妻子便为国捐躯，他弟弟想把儿子过继给他，但是老馆长似乎对这事不感兴趣，事虽没成，他与这个侄子也就是李明发，倒是多了一层联系。"

李涛："从这两天了解的情况看，这个李明发是个电脑怪才，就是不走正路，吃喝嫖赌吸无所不占，正式单位都不敢用他。老馆长妻子遇难时国家赔偿了一笔钱，老馆长因为有特殊贡献，国家奖励了几笔钱，他本人又一生节俭，存下些钱，所以老馆长应该存有不少钱，他欲在自己过世后，用这些钱成立一个基金会，奖励那些对考古有贡献的人。再说李明发，他结过几次婚，上次结婚时向老馆长要了两笔钱，再要老馆长就不愿给，这使李明发非常生气，赌博吸毒是个无底洞，他手里一没钱现任妻子又弃他而去，这使他情绪非常低落。"

白鸽："可是这些情况和咱们案子有什么联系呢？"

□ 66　杨惠家　日

室内一片混乱，桌子上杯盘狼藉，王嘉新在喝着闷酒。杨惠提着菜篮进来，拿下他手中的酒瓶："嘉新，你不能再喝了。"

王嘉新夺过酒瓶："你，你让我喝个痛快，公司完了，倾家荡产了，全他妈完了，我整天笑话别人是穷光蛋，报应啊，哈……"

杨惠摇晃着他："嘉新你醒醒，你这个样子能对得起谁呀，鸽子和江东连零用钱都拿了出来，队友们一起凑钱，才把税款罚金交齐，不然你会坐牢的呀。你能出来就是希望，咱们还年轻，还能从头来，你怎么能自暴自弃呢。”

王嘉新：“从头来，我他妈还能从头来吗，亏你还是个警察，早通通信儿也不会到这般地步。”

杨惠痛心疾首：“你，你怎么这样说话，我为了你恨不得把心扒出来，大家都在为你出钱出力，连刘队长那样铁面无私的人都去为你说情，你，你还有没有人性！”

王嘉新：“还有那个江东也是个丧门星，整天跟着说些不吉利的话，保不准就是他坏的事。”

杨惠气得脸色煞白：“你，你怎么说我都行，人家江东为了你跑里跑外，你怨人家干什么，你，你算个什么东西！”

王嘉新：“呦呵，他是你什么人你这么护着他？”

杨惠：“什么人都不是，你打我骂我都行，就是不能说他。”

王嘉新：“好你个臭婊子，我成全你。”

王嘉新几记重重的耳光打得杨惠鼻子出血，杨惠麻木地一动不动，只是浑身颤抖，一双眼睛似能喷出火来，王嘉新惊恐地向后退去，杨惠一声呐喊，一掌将桌子劈得四分五裂！王嘉新踉踉跄跄逃出门外，死狗一般倒在楼梯上。

杨惠傻了一般坐在椅子上，目光呆滞，面如死灰，王嘉新跪在她面前抱着她的腿摇撼着：“惠惠，惠惠，我心里难受，喝多了，我不是人，你千万别这样啊。”

白鸽和江东抱着花进来，白鸽扔掉花，将王嘉新扒拉开，抚摸着杨惠肿起的脸心痛不已，白鸽一把抓起王嘉新：“你，你竟能下手打她，我废了你！”

她扬起掌，被江东死死拉住，白鸽：“你放开我，揍死他我去偿命！”

江东：“鸽子，你冷静些，人家都这样了，你这不是添乱吗。”

白鸽稍稍平静了些，她指着王嘉新的鼻子：“姓王的，你真是丧尽天良！小惠和家里闹翻，不顾一切地追着你，才结婚几个月，你就这样对待她，她还不和你计较，到处去替你哀求，连刘队长那样不讲情面的人都被她感动得去替你说情，你，你还能下手打她，你这号男人她都能打一串，她动过你一指头吗，你他妈还算不算人！”

王嘉新扑通一声跪在杨惠面前打着自己的脸：“惠惠，你原谅我吧，你打我吧，我向你发誓，我一辈子都要好好待你。”

麻木的杨惠突然抱住王嘉新，捶打着他的脊背：“你杀了我吧，杀了我吧，你这样对我还不如杀了我。”

白鸽拉着江东跑回自己家里，扑到沙发上，将脸埋在沙发靠背上。

□ 67　天华公司　日

经理室内，职员们在业务室里无所适从，经理室内，王嘉新颓然歪在椅子里，江东："王经理，不是我说你，你曾是那样自信，怎么一个跟头就栽成这个样子，人一辈子哪能一帆风顺，跌倒了再爬起来就是。”

王嘉新：“咱们还能再站起来吗？”

江东：“能，一定能，我帮着你，咱们重新站起来。（他来到职员中间）同仁们，王经理也是为了公司，为了大家才跌了跤，咱们再给他一次机会，患难之中才见真朋友，咱们外面还有不少欠账，我这次拼上命也要把欠款追回来，咱们大家同舟共济，一定能重新站起来！”

职员们热烈鼓掌。

□ 68　一组短镜

经理室内，王嘉新在打起精神办公。

业务室内，职员们在各自的岗位上认真工作着。

银行里，打扮入时的罗秘书和工作人员交谈着。

又一间经理室内，江东坐在沙发上啃着方便面看着书，进来几个人对他一阵拳打脚踢，江东紧握双拳怒目而视。

□ 69　天华公司　日

衣衫褴褛的江东兴高采烈地举着支票跑进来：“欠账要回来了。”

职员们欣喜地围过来，王嘉新也从经理室跑过来，江东将支票交给他：“咱们公司有救了，我就向他们经理室里一坐，他们找几个人来打我，我说你们想逼着我还手好赖账，那行，你们打死我我都不还手，你们找不到岔子了吧，我和我们经理的妻子都是干警察的，饶不了你们。他们终于乖乖地把钱拿了出来。”

王嘉新一把抱住江东不能自已，职员们也不胜唏嘘。

□ 70 街道 早上

大街上人来人往，车如穿梭，杨惠骑着警用摩托在巡逻。她在一堆围观的人边上停下来，有人说：“警察来了，快让路。”

杨惠走到里边，原来是两个有些年纪的妇女在吵架，其中的一位环卫工人说：“把人民币的图样印成冥币去烧纸是犯法的你懂不懂，没治你罪算你侥幸，你怎么还没事找事。”

另一吵架的冥币主人：“那治罪也不该你来治啊，更不该你到我家去偷吧，我家昨天买好的这些冥钞放在院子里，今天早上大门开着，冥钞就跑到你这里，不是你偷的是谁偷的，你什么不好偷偷纸钱，真是穷疯了，我送给你，去给你家里人烧纸吧！”

两个人互相推搡着：“给你家烧纸，给你家烧纸！”

环卫工看见了杨惠：“警官同志你给评评理，她非说我是偷她的，今天早上……”

闪回：清晨，环卫工在扫大街，灌木丛里有一大包东西，她拿出看了一下是冥币，便顺手放在环卫车厢上。

现实：杨惠：“大妈，谁会去偷冥币呢，再说她就是偷了还会放在车子上边让你看到，可能是另有原因吧，你看这多不好，又影响交通还惹人笑话。”

围观者吃吃地笑着，冥币主人拿起冥币有些理屈地：“对不起，老姊妹，都像警官说话这么在理，怎么会吵起架来呢。”

□ 71 公安局 日

一对夫妻在接待室里向着白鸽等警察发难，老公：“我晚上把装有两万块钱的包放在桌子上，第二天早上包就不见了，就这点案子都多少天了你们还破不了，我等着用钱呢。”

白鸽：“你那个案子一点线索都没有，你晚上睡觉把门窗都关得好好的，又没发现任何外人的指纹足迹，警察也不是神仙，你说怎么破法，你再好好想想，尽量提供些线索，耐心等些时候。”

老婆：“再等钱早没了，你们赔不赔啊。”

警员甲走进："鸽子，上次的现金失窃案终于找到了案发时间段的监控，夜晚当时出现的几个人都有了着落，只有一个人还没找到。"

他一眼瞅见了旁边的老公，惊讶地："咦，不就是这个人吗，你们来看看监控视频。"

几人凑到电脑前，屏幕上的男子和眼下的这位老公相貌、衣着完全一样，只是背着一个包，梦游一样走着。老公傻了眼："就是我，他背的就是我装钱的包，这这这是怎么回事啊？"

白鸽严厉地："你自己还不清楚，你把钱藏了出去，好再到这里找碴，给我铐起来！"

老婆立马给了老公几记响亮的耳光："好你个臭不要脸的，你把钱偷了送给小三，还装神弄鬼，我打死你，打死你。"

老公昏了头，又赏了自己几个耳光："我混蛋，我不是人，我我，我一定是让鬼给迷住了。"

□72　江东家　晚

江东和白鸽躺在床上，白鸽拨弄着江东的鼻子耳朵情意绵绵，白鸽："你整天只顾忙别人的事，把我们自己的事都忘了。"

江东："我们能有什么事。"

白鸽风情万种："七仙女啊在天上思凡，飘啊飘啊飘到凡间找了董郎，那以后干什么事来着？"

江东："那就干活吃饭啊。"

白鸽："那吃过饭呢？"

江东："那再干活啊。"

白鸽："我说你这人怎么这样死心眼，想想看，除了吃饭干活，就不能再忙活点其他事情？"

江东："想不起来了。"

白鸽拧住江东的耳朵："我让你想不起来，嗯嗯嗯，想起来没有？"

江东："哎哟，想起来了，想起来了。"

两人抱在一起在床上翻滚嬉闹。

杨惠家　晚

桌子上放着几乎没动的饭菜，杨惠在卫生间里哇哇吐了一阵，擦擦嘴又去打扫房间，电话铃响起来，

她拿起电话。

某旅馆内，罗秘书正在打电话："杨女士吗？王经理正在风光酒店310室内，你不来分享一下吗？"

电话里已无了声音，杨惠走出家门。

□73　酒店310室　晚

杨惠推开310室虚掩着的门，王嘉新和罗秘书正在床上云雨着，杨惠扶着门框瘫了下去。

王嘉新跳下床抱起杨惠痛心疾首地："惠惠，惠惠。"

罗秘书在一旁冷笑着，王嘉新抬手赏了她两个耳光："你，你真毒！"

罗秘书捂着脸："你竟敢打我，你等着！"她跑了出去。

□74　杨惠家夜

杨惠躺在床上麻木地大睁着双眼，如死一般，王嘉新带着哭腔呼唤着："惠惠，你听我说，你再给我一次机会！"

杨惠："请回答一个问题，你真心爱过我吗？"

王嘉新思索着："有，在泰山上。"

杨惠："那么再请回答一个问题，你能再爱我一次吗，还在那个地方，就一天，我死了都心甘情愿。"

王嘉新默默地点点头。

□ 75　泰山　下午

泰山十八盘上，游人大都在下山。石阶上杨惠大口呕吐着，吐过又拼力向上爬，王嘉新："惠惠，你身体吃不消，别上了，人生就是一场梦，别太认真了。"

杨惠："你答应真心爱我一次的，就要遂我心愿，我要上，哪怕是倒在半山上！"

王嘉新流着泪背起杨惠，一步步向上爬，杨惠为他擦着泪，擦着汗："我哪怕只得到一天真爱，就是死都没有遗憾。你听到过一个故事吗，很久以前有一双美丽的水晶鞋，凡是穿上她的人就会永不停止地跳着一个残酷而疯狂的舞蹈，可是这双水晶鞋是那样地散发着永恒的魅力，以至所有的女孩都逃不出她的诱惑，不惜拿生命一试，她们穿上这双鞋不停地跳啊跳啊，直到筋疲力尽地倒下。"

泪水滴滴落在石阶上，杨惠凄楚哀婉的声音在山间久久回荡。

□ 76　山顶上　傍晚

王嘉新架着直淌虚汗、面色蜡黄的杨惠一步步向前挪。

舍身崖顶，杨惠泪眼蒙胧地望向那轮傲然下坠的落日，四周群山逶迤，脚下云海激荡。

杨惠："知道我为什么拼命要向这里来吗？"

王嘉新摇摇头。杨惠："知道这是什么地方吗？"

王嘉新又摇摇头，杨惠："三年前我们初恋的时候，你就站在这块石头上对着苍天大喊，杨惠我爱你，杨惠我要辜负了你就从这块石头上跳下去。从那一刻起，我就把我的少女情怀，我的一切都贡献给了你。扪心自问，我问心无愧，我做到了我能做的一切，但我不后悔，我毕竟得到了几天真爱，我不想向你乞求什么，我只想追忆一生中最美好的一瞬间，我只想寻回你那时的呼喊，嘉新，你能最后再对我说一遍，我爱你吗？"

王嘉新抱住杨惠热泪纵横："惠惠，我爱你。"

无题歌声起，凄凉悲壮，杨惠悠远的画外音："鸽子，我要到很远很远的地方去寻找我们的真爱。"

天地间回荡着白鸽深情的画外音："小惠，小惠，你的真爱在哪里，在哪里……"

山风呼啸，松涛阵阵，壁立千仞，天地苍茫。

□ 77　江东家　晚

江东从楼梯上来，拿出钥匙开门进了自家。

白鸽歪在沙发上正在生闷气，江东：“谁又惹咱们生气啦，吃过饭没有？”

白鸽：“吃个屁，好不容易烧点饭还没吃呢，就让你那小祖宗给蹬翻了。”

江东来到饭桌前，桌子上又是汤又是菜，一个倒扣的大汤盆下扑啦乱响，他伸手揭开，一只身上沾满菜汤的鸽子飞到他脸上，他吓得连连倒退，受惊的鸽子满屋乱飞，扑倒了花瓶摆设，弄得到处脏污不堪。江东边擦着脸上的菜汤边唤着：“咕咕咕……”

鸽子飞到江东手上安静下来，白鸽扑过来抢鸽子：“我非捏死它不可。”

江东躲闪着:“你和一只鸽子怄什么气,我就晚回家一天,你就把家里整成这样子，还倒有理了，在那歇着吧，消消气，咱们马上开饭。”

江东将鸽子擦净放回阳台，又麻利地将室内擦净整理好开始做饭。

白鸽靠在沙发上，将脚放在茶几上摇晃着看着电视。江东将饭菜烧好端上桌，白鸽看样子是消了气，大口吃着饭得意地：“这还差不多，不好好服务小心把你的鸽子炖汤喝。”

□ 78　杨惠家　晚

杨惠、王嘉新在茶几的两边坐着，形同陌路，杨惠平静而麻木地：“我用一个承诺换得了几天真爱，我知足了，现在我要实现我的诺言，拿来吧。”

王嘉新：“要么再等等吧。”

杨惠：“不必了，天下没有不散的宴席，早晚要走这一步。”

沉默,杨惠死灰般的脸上带着一丝希望,可是王嘉新却从包里拿出了离婚协议书，杨惠摇晃了一下，毅然签上了字。

王嘉新拿出一张支票：“惠惠，这是十万元钱，还有房子，家里一切都是你的。”

杨惠麻木地：“随便吧。”

王嘉新提着箱子走了出去。杨惠顺着沙发滑坐在地上。

她在洗手间里大口吐着。

起风了，窗户没关，风吹得室内织物飘忽不定，一扇窗户乒乓响着，玻璃震碎了散落一地，沉雷声声，闪电不时照亮坐在地上木雕泥塑般的杨惠。

□79　白鸽家　晚

二人睡在床上，白鸽拨弄着江东的鼻子脸："东东，你说这次杨惠他们寻爱之旅回来后能重归于好吗？"

江东："但愿吧，小惠是个能融化一切的女人。"

白鸽："人差别怎么就这样大呢，你和王嘉新简直就是两个世界的人。"

江东："我的心中有一轮永远不落的太阳！"

白鸽搂住江东甜蜜地睡去。

□80　杨惠家　夜

杨惠正在将一本日记一页页撕下放入火盆中，她看了一眼最后几页日记，画外音：一切都已化为乌有，灵魂似乎已飘然而去，可是一个男人却是这样令我魂牵梦绕，我不知道造物主如何创造了这样完美无缺的人，只知道我不允许任何人玷辱他亵渎他，我知道自己不配拥有，可是那却是我心中一抹永远的灵光。

"就像一场恶梦，我踏上了一辆疯狂的马车再也无法停止，我知道一切都已无法挽回，可还是幻想着奇迹能够发生，我固执地用每一滴血，每一个细胞的力量去呼唤他。站在舍身崖上，山川依旧，余音犹存，可身旁这个男人只剩了一副躯壳，任凭我千呼万唤也不会醒来。"

杨惠将最后几页丢到火中，火光不时照亮杨惠万念俱灰的脸，满屋纸灰乱飞，纸屑杂物遍地。

□81　白鸽家　夜

卧室内，白鸽和江东搂在一起熟睡着，室外电闪雷鸣，大雨倾盆，手机忽然响起来，白鸽一骨碌爬起，抓起手机："喂喂，知道了。"（她在江东脸上亲了一口）："有案子，我要走了。"

白鸽来到客厅，迅速穿上警服，江东已起身，帮她穿好雨衣："鸽子，保重。"

白鸽郑重地敬礼："东东，我记下了。"

白鸽转身拉开门向室外跑去。

□ 82　杨惠家　夜

杨惠呆傻一般靠墙在地上坐着，面如死灰，刺耳的手机铃声一直在响着，大雨顺着打开的窗户灌进室内，涤荡着地上的各种杂物，将那张支票和地上二人的结婚照浸得模糊不清，手机铃声终于不响了，杨惠却猛然醒悟，她起身穿上警服，向外跑去，室内风雨飘摇，没关的门不停地晃动着。

□ 83　住宅楼外　雨夜

风大雨狂，白鸽在楼下转过身，楼上阳台上江东向她挥着手，鸽子咕咕叫着和她道别，她缓缓举起手，毅然转身，消失在风雨中。

杨惠没穿雨衣跑下楼，浑身淋透。她转过身，自家的窗户大开，窗帘摆动不定，晃动的窗户反射的光影显得有些光怪陆离，她向脸上抹了一把，可已分不清那是泪水还是雨水，她转过身，奋力向前跑去。苍凉悲壮的音乐声起。

公安局大院内警车闪着警灯等待着，有人开着车，有人骑着电动车、自行车，还有人跑着步，齐向警车汇拢，杨惠踉踉跄跄最后跑到车前，队友将她拉上车。

风更大，雨更猛，雷更响，飞驰的警车，倒地的大树，折断的路牌，狂风暴雨之中，警察们跳下警车，奔赴现场。

一家超市内，几个罪犯正在打砸抢，警察们拥入，与罪犯展开激烈的搏斗。

□ 84　警车内　黎明

风雨小了些，路上不时有风刮断的树木、电线杆等挡路，警车不时避让着，车内多了两个被铐住的犯人，杨惠脸色煞白痛苦地呻吟着，她的裤角滴着血，脚下已有一摊血。

刘队长大吼：“快上医院！”

警车响着警笛在飞驰，驶入挂有妇产医院牌子的院内。

□ 85　某老旧社区　日

社区内小街道窄狭曲折，电线如蛛网，街道两旁是卖各种日用品的小商户、小饭店。几个有些流里流气的年轻人鬼鬼祟祟进了一个大铁门内，将门关死。

看太阳已经过了些时间，大铁门突然打开，那几个年轻人追打着跑了出来，他们抄起砖头瓦块，拿起商户的扫帚、棍子等什物，越打越凶，有人已倒在地下，有人身上出了不少血，直闹得天昏地黑，鸡飞狗跳。

远处响起了警笛声，几个人落荒而逃，警车好不容易才开进小街道，李涛和两个警员跳下车，只剩下混乱的现场，翻倒的桌子，柜台，遍地的蔬菜，水果，小商品，商家边整理边咒骂，警察们帮着整理。一大妈："警官同志，你们可要帮俺找到这伙遭天杀的赔偿损失啊。"

李涛："你放心大妈，跑不了他们，这是怎么回事呢？"

大妈："一家房东的房子租给了这些人，可是他们不常在这里，有时来一回整天关着门也不知在干些什么，平时倒也没闹过事，谁知今天都发了疯。"

李涛："请你和我们一起到公安局查一下监控，你指认一下那些人。"

□ 86　公安局监控大厅　日

大型显示屏上显示着复杂的街区图，李涛手在图上比画着："就是这条步行街，现在人早跑了，要倒着查人何时进来的。图侦人员回放着视频，屏幕上出现了几个骑电动车的年轻人，大妈："对，就是这几个小伙子。"

刘队长下达指令："所有人员立即检查各路口视频，逮这几个小毛贼还不是小菜一碟。"

一排电脑前的图侦人员在认真查看着，人员甲："这几个人进了朝阳小区。"

刘队长下令："出警。"

白鸽、李涛等人跑向警车。

警车呼啸行驶在大街上。

□ 87　朝阳小区　日

大门口，白鸽下车和门卫交涉着。

某单元房内，几个闹事的人惊魂未定，其中一个人正向伤口上抹药，警察们手举枪冲进来：“不准动！”

赌徒甲惊讶地：“这么快就找来了，我交代我交代。”

白鸽：“铐起来，到局里慢慢说。”

□ 88　公安局审讯室　日

白鸽、李涛在审赌徒甲，白鸽：“你不早就急着要宽大处理吗，先送你个大人情，说吧。”

赌徒甲：“我说我说。除了我们哥几个，其实还有一个人，他好像有花不完的钱，所以我们合伙算计他，他是每赌必输，越输越赌，越赌越输，我们都叫他输不够，今天……”

闪回：几个人在赌扑克牌，输不够又输钱了，他手机上显示存款为零，输不够：“咳，没钱了，今天就不玩了吧，要么就再欠几个。”

赌徒甲：“还再欠，你欠我们哥几个总有上百万了吧，今天要是不还清，哼哼！”

赌徒乙拔出匕首削着指甲。

输不够赶紧赔着笑脸：“有话好说，不就是几个钱吗，我让朋友给转几个过来总行吧，”操作手机，“你们稍等等。”

几个人不耐烦地等待着，赌徒甲向赌徒丙：“你老弟也欠我二十万吧，怎么就不提了呢？”

赌徒丙：“你放屁！我什么时间欠你钱？”

赌徒乙：“我怎么好像也记得你欠我大哥的钱呢，你想赖账。”

“你放屁！”“你才放屁！”几个撕扯着，接着便打了起来，从室内打到院子里，又打到街道上，到处弄得一团糟。

现实：赌徒甲：“现在想来挺后悔，怎么忽然就想起来老三欠我账，现在兄弟情分打没了，输不够也乘机溜了。真是不值得。”

李涛：“这个输不够叫什么名字？”

赌徒甲：“他不给我们说，对了，他特别精通电脑，那一次电脑坏了，他三下两下就鼓捣好了。”

白鸽思索着："电脑奇才，李明发！"（她从抽斗里找出李明发的照片）"是不是这个人？"

赌徒甲瞟了一眼："对，就是他。"

白鸽快步来到外间，刘队长等人在看现场视频，白鸽："快逮捕李明发，别让这小子跑了。"

刘队长拿起手机拨了号码："你是孙保安吗，请你关注的李明发他现在有什么情况？"

手机里声音："他提个大箱子匆匆忙忙刚出门。"

白鸽："坏了，让这小子溜了，这家伙鼻子比警犬还灵，看起来他除了赌博一塌糊涂，其他方面都聪明过人。"

刘队长："快寻找李明发的行踪监控，先抓住再说。"

一排电脑前的图侦人员紧张地看着各地监控。

警车开出公安局大门。

□ 89　杨惠家　日

白鸽架着虚弱不堪的杨惠，江东一手提着东西一手用钥匙打开门，室内遍地杂物，水渍，脏乱不堪。白鸽将杨惠扶到床上拥抱着，江东开始整理室内，杨惠："东东，放那里，我自己来。"

白鸽："你刚出院可不能再多动，你怀了孩子怎么也不说一声，下那么大的雨还出去不要命了，这算是拣了一条命，以后可要注意了。"

江东在外间整理着，他拿起那张字迹已经模糊的支票放在桌上压好，又将二人水迹斑斑的结婚照放进垃圾箱。

白鸽将做好的饭菜端上桌，将杨惠扶到桌前，室内已整理得干干净净，三人边吃边说，杨惠："可别再让队友来了，他们都看我几次了，我老让大家操心，真的过意不去。"

□ 90　白鸽家晚

白鸽怒气冲冲地在家里摔打着东西，她摸起一个花瓶看了看，放下，专拣摔不烂的坐垫，枕头使劲摔打。江东从内屋走出："哎哟姑奶奶，又怎么啦，多大的本事哟，案子又卡住了不是？"

白鸽："知道了还问。"

江东："说来我给你出出主意。"

白鸽："关你屁事，我这怎么都解不了套呢，这日子哪天才是头。"

江东边拣地上的东西边想主意："对了，今天有个海鲜店开业，大谢宾客三天，周末咱们去吃一顿，意下如何？"

白鸽："好哇，我成全你，这个马屁拍的正响，不过要带着杨惠，还有我们队友。"

江东："哎哟！这马屁拍的不打紧，可要大放血了！"

□ 91　白鸽　杨惠两家　晚

杨惠手扶墙失落地在室内转悠着，她打开门，对面白鸽家传出二人的嬉笑声，她蹒跚着来到白鸽家门前，靠着门坐在地下仔细听着。

白鸽家，江东在洗碗，白鸽在想着什么，她似乎听到什么，起身去打开门，杨惠在门口地上坐着，白鸽失声地："惠惠，你怎么会坐在这里！"

杨惠披头散发，满脸泪痕，白鸽将她抱到自家沙发上抚慰着，摇晃着："惠惠，你怎么啦，你倒是说话呀。"

杨惠凄惨地："孩子没了，家也没了，我……我……"

江东："惠惠，王嘉新是个人渣，不值得你这样待他。"

白鸽抱着杨惠，也已泪流满面："别难过，你还有父母，还有队友，还有我们，你就是我们的亲姐妹啊。"

多少辛酸，多少委屈一齐爆发出来，杨惠紧抱着白鸽尽情地痛哭着，白鸽替自已和杨惠擦眼泪，可怎么也擦不尽……

许久，杨惠："谢谢你们，给了我这么多温暖，我，知足了……"

杨惠轻推开白鸽，跑回自己家中，关上门，靠着门滑坐在地上。

白鸽跟到杨惠家门前拍着门："惠惠，你开开门，你可要想开啊。"

杨惠："你放心，我不会死的，我舍不下你们，我不会死的。"

江东拉着白鸽，失落地回到自家。

床上，白鸽搂着江东脉脉含情地看着，江东："你说惠惠坐在咱家门口干什么，会不会精神失常了。"

白鸽说着又想哭："不会吧，她在以前多次给我说过，她非常羡慕我们整天卿卿我我，她恐怕连一天我们这样的日子也没过，她用全部的力量和情感，想换来哪怕是一天的真爱，可是没有，她把心都掏了出来，可落得了这个下场……她是在分享哪怕是一点点我们的爱啊。（白鸽泪无声地流着）我们是生死姐妹啊，每逢有危险的时候，她总是抢在我前边，我现在真不知怎么才能帮她。咱们的爱今生今世都享受不尽，如果能分享，我真愿意分给她一些，可是，可是这毕竟是比生命还要珍贵的东西，（迟疑一下）东东，你抱她一下吧，那对她会是很大的安慰。她也是女人啊，多渴望爱人的拥抱啊，可我保证姓王的就从没真心待过她。你要当着我的面抱她，不许偷偷摸摸，小惠可是个能融化一切的女人。"

江东："她融化不了我，因为我的心中有一个永恒的梦，一抹灵光永远照耀着我！"

白鸽："你说东东，像我们这种爱情这年头还有吗？"

江东："有，一定有，永远都会有！追求纯洁美好的爱情是人类的天性，从古至今无数人为了追求真爱，舍生忘死，前仆后继，哪怕像飞蛾扑火，只有瞬间辉煌也心甘情愿，有了爱才有了世界。小惠是那么纯洁善良的一个好姑娘，她会有真爱的。"

白鸽拿过手机拨通："惠惠，你还好吗？"

杨惠："我很好，你们的爱也在温暖着我，我会挺过去的。"

白鸽抱紧江东亲了一口，闭上眼，江东却大睁着眼睡不着。

□92　天华公司　日

江东怒气冲冲走向经理室，罗秘书拦住他媚笑着："恭喜江先生荣升副经理。"

江东怒视着她，一把将她扒拉到旁边，撞进经理室："王经理你做事也太绝了！"

王嘉新陪着笑脸："怎么发这么大的火，有话坐下慢慢说。"

江东："你说你怎么骗的小惠，你说要陪着她玩一趟，结果就来这一手。"

王嘉新："这都是她要这么做的，我敢发誓。"

江东："她要做的，那你还有没有人味，她还怀着你的孩子，现在孩子也丢了，她也差点搭上命，你可以不顾别人死活，怎么连自己孩子都不在乎呢，你还算不算人，你就不怕天诛地灭？”

王嘉新挤出两滴鳄鱼的眼泪：“我去看她，她不愿见我，这可怪不得我了。唉，有些事一下也说不清楚，咱们别把家里的事在公司里扯，我们永远是好兄弟，你的副经理职务已经通过了。”

王嘉新递上一张表，江东缓了缓口气：“我干什么都无所谓，我只是替小惠难受，嘉新啊，我知道我的这种爱情观现在已不合潮流了，可不管什么年代，人总要讲点良心道德，小惠当初为了和你结合，和家里闹翻跑了出来，把生命把一切都押给了你，她巴望着你能给她幸福，巴望着能和你一起去给父母问声好，向父母证明她的选择是对的，可是你，你让她哪还有脸再去见父母，再去见人？嘉新啊嘉新，我不知道人心怎么会冷酷到这种地步。”

王嘉新痛哭着：“东东，你别说了，我不是人，我对不起惠惠。”

江东越说越激愤：“你应该清楚，小惠这样的女人为了所爱的人可以毫不犹豫地献出一切，你拥有了她就是拥有了毕生的幸福，你难道不清楚，她可以替你遮风挡雨替你受苦受难甚至为你舍命！你怎么会蠢到连到手里的幸福都扔了呢，你可以不要老婆不顾孩子总要自己吧，小惠为了你受了多少磨难才帮你站起来，这才几天，你就从此春风得意一帆风顺，就不怕再次失意的时候会无人问津抱憾终生，究竟什么东西让你混账到这种地步！”

王嘉新痛苦地捶打着脑袋：“我，我真悔啊，我的心一辈子都不会安宁，你不知道，那个毒女人把我的话都录了音，掌握着我的一切，我要不从她就要告我，我就得坐牢，我们……我们已经办了结婚登记，我已经是无法回头了呀。”

王嘉新捶胸顿足地号啕着，江东气得浑身发抖：“你你，你这个禽兽不如的东西！”

江东一拳将王嘉新打的鼻口流血栽倒在地，抓过那张登记表几把撕得粉碎，又疯狂地砸着室内的一切。

江东走出经理室，对着吓呆了的职员们：“大家不要怕，我一人做事一人当，我再次感谢大家对我的帮助，我祝大家前程无量。”

江东大步走出天华公司大门，再也没有回头！

□ 93　江东家　午

江东走进家，白鸽正在手忙脚乱地做饭："你怎么到现在才回来，我做的饭你吃不下去可别怪我啊。"

江东从白鸽的包里拿出手铐递给白鸽，双手伸出："我打了王嘉新，我好汉做事好汉当，不会让你说情。"

白鸽手中的手铐掉在地上，颤声问："厉害吗？"

江东轻轻摇摇头，白鸽松了口气："他活该，连我都想揍他，这样的事要有人告我们才受理，我看姓王的也没脸告你，可别再吓唬我了，我会受不了的。"

江东："我把那份工作扔了，我第一次做事没和你商量，因为不管你同意不同意，我都不会再替王嘉新干。"

白鸽："不干也好，再替他卖命，我们都会憋死的。"

□ 94　万全金店　日

金店门前人来人往，门上贴着"假日优惠欢迎光顾"的字样，豪华气派的店内不少顾客在挑选着首饰。顾客甲在挑选几样首饰，有人在他身边挤来挤去。小巧玲珑的小店员忽然叫起来，我们那条最粗的金项链不见了，刚才这个人还看呢，就是他偷的。

店里生意黄了，有向外跑的，还有围过来看热闹的，女店长大喊："快关门，一个也不准走，我们要搜查。"

保安们将店门关上，女店长拿出手机："喂110吗，我们万全金店失窃了，请快过来。"

顾客们怒不可遏，有人激愤地喊："谁偷你东西你扣谁，扣我们干什么？"

有两人在门口和保安撕扯着："我们就要走，看你们怎么着。"

110警车来到店门前，白鸽和杨惠跳下车来到店里，白鸽："大家静一静，我们绝对不会冤枉一个好人，马上就会让大家走，（向店长）你们丢的什么东西看仔细没有，随便扣人是犯法的你们知不知道？"

小店员向柜台内瞅一眼，眼都直了："那条链子没少，还在柜台里。

顾客们炸了锅，顾客甲愤怒地：你们要赔偿我名誉损失！"

顾客乙："对，咱们要告他们非法拘禁！"

白鸽："好了好了，好在大家也没有什么实际损失，别和店家计较了，他们也挺不容易。"

保安打开门让顾客们出去，一顾客余怒未息道："不是看这位警官的面子，今天饶不了他们。"

顾客散尽，保安关上门，小店员无助地哭着，店长："还有脸哭呢，你惹了这么大的乱子，不能算拉倒！"

白鸽："小姑娘，到底怎么回事啊？"

小店员抽泣着："我明明看见那个人趁乱把链子拿了塞给了身边的人，肯定是我看走眼了。"

白鸽将小店员拉到怀里替她擦着泪："别哭了，以后做事可要小心了。店长，给我一个面子，别再和她计较了，你看这么小就出来干活多不容易。"

店长："干活去吧，以后注意点，不是警官说情，我饶不了你！"

一店员急匆匆跑来："坏了坏了，你快去看看吧。"

店长等人来到一个角落的柜台前，里边摆首饰的地方空了一片，店长摇晃了一下靠在了柱子上。

金店的监控室，店长和白鸽在看监控视频：一个戴着口罩、穿着黑色风衣的人在打手机，接着响起了小店员的喊声，许多人跑向了出事地点，黑衣人趁乱在一个柜台里抓了两把金首饰装在包里，在关门前快步走出了金店。

白鸽拿起了手机。

□ 94　一组镜头

公安局监控大厅里，图侦人员在紧张地操作电脑，观察着屏幕，刘队长拿起手机："李涛吗，你现在是在万全金店附近巡逻是吧，你到万全金店带着白鸽，按我的指令去追一个盗窃犯。"

李涛骑着警用摩托来到金店前，已在等候的白鸽跨上车，警车飞驰而去。

李涛肩上的步话机不时响着提示声，警车跟上了一辆红色的摩托车。

二车驰到郊区，路上车辆渐稀，二车开始加速，上演了惊险的一幕幕。

□ 95　废弃的村庄内外　日

警车跟到了村口，不见了盗匪的踪影，村子里到处是断垣残墙，李涛、白鸽下车，拔出枪搜查着，李涛将白鸽拉到身后。突然怪诞之声响起，一头巨大的怪兽迎面扑来，二人赶紧躲到墙角，惊魂未定，更多怪兽张牙舞爪扑来，二人举枪连射，可是怪兽不买账，朝着二人张开了血盆大口！

画外音："怎么回事，快停！"

怪兽消失不见了，二人擦着虚汗，一人（导演）走入画面："噢，原来是警察同志，让你们受惊了。"

李涛总算还了魂，厉声地："谁让你们养这些怪物，不知道犯法吗。"

导演："哈……你们过来看一下。"

二人随导演到了一片空地，四周有几台机器，空地上有些演员模样的人，导演："把机子打开，让警官见识一下。"李涛，白鸽立时置身于一片荒漠中，远处雪峰高耸，身边巨兽成群，咆哮声声，怪兽从他们身上踏来踏去，甚至将他们囫囵吞下，只是奈何不了他们分毫。

画外一声停字，四周景物又还原成原来模样，导演："看到了吧，那些怪物都是用激光打出来的，我们在拍怪兽电影呢。"

白鸽："那你们也要注意警戒，吓坏人怎么办。"

导演："是是，以后注意。"

二人走回来，李涛："拍电影能做到这步，干脆连人物都用电脑合成算了，还要用演员花钱费事干什么？"

白鸽："孤陋寡闻了吧，人的表情非常细腻，电脑模仿不出来，现在也有全电脑合成的影片，但是电脑模仿的人物表演虚假，没人愿看。"

李涛拿出枪欲搜查，天空阴云密布，白鸽："算了吧，这么一折腾，盗贼还能在这里等着我们抓，这地方又没有监控，到哪追去，别活儿没干成，我们倒成了落汤鸡。回去给头说，不怪我们无能，都怪这帮拍片人捣蛋。"

李涛："这还真应了那个笑话，长官说，真是饭桶，几个人连个逃犯都捉不到，警察说，我们不是饭桶，我们把逃犯的指纹带回来了，在我们脸上呢，哈……"

白鸽："真要能捉住盗贼我倒情愿挨两巴掌，对了，我想起他是谁了，李明发！"

□ 96 风雨飘摇中的城市 夜

台风登陆，风大雨狂，树木被连根拔起，路牌散落在地上。电闪雷鸣中惊现一只怪兽，它踏瘪轿车，撞坏路灯，窜跳到一个社区内，跃向楼上的窗户，窗户无声地开了一个口子，怪兽侧身进入，阳台上笼子里两只鸽子惊恐地叫着，窜跳着，怪兽伸出爪，鸽笼四下飞散，怪兽抓过鸽子囫囵吞下。

白鸽听到了动静，她起身蹑手蹑脚走到阳台察看着，地上散落着鸽笼鸽毛和点点血迹，窗户上惊现一个大口子，风雨灌到室内。白鸽惊恐万状，猛转身，正好和怪兽打个照面，怪兽青面獠牙，张开血盆大口！在魂飞魄散的白鸽脸上舔出了条条血迹。床上的江东伸手向身旁抱去：鸽子，鸽子。

怪兽应声转身向江东扑去，一道划破长空的闪电，照亮了江东恐怖扭曲的脸，怪兽一口将江东的头颅咬住，鲜血四溅！沉雷滚滚！

白鸽声嘶力竭的惨叫声划破夜空："东东，东东……"

现实，江东打开灯，白鸽紧抱着江东，满脸虚汗，浑身发抖，江东摇晃着白鸽："鸽子，快醒醒，你做噩梦啦。"

白鸽终于清醒过来，惊恐地四下看着，室内完好如初，她战战兢兢走到阳台，鸽子在笼子里安静地趴着，窗户好好的，室外月光如水，树影婆娑，哪有一点下雨的影子，她回到床上，抱紧江东的脸哭着吻着抚摸着："那不是真的，不是真的，那只是一个梦。"

江东："你到底梦见什么啦，还警察呢。"

白鸽："不能说，永远都不能说。我不是好警察，我胆子小，干不了这活，我现在特怕死，实在舍不下你，这样提心吊胆要熬到什么时候，明天我就辞职，哪怕是扫大街掏厕所呢也不干这活了，我要再干我就是大王八。"

江东将白鸽拥到怀里："别怕，有我呢，我们在一起什么东西也奈何不了我们。我给你讲个故事吧，山神潘曾向女神雅典娜求爱，雅典娜避之不及，匆忙中变成了一株芦苇，潘失去了爱，也就失去了精神支柱，整日郁郁寡欢，形同枯槁，后来他有幸受到了风神的指引，以芦苇做笛，哀婉曼妙的旋律终于打动了雅典娜，他后来不但笛艺无与伦比，还得到了纯洁的爱情。”

江东沉稳的话语在幽邃的夜空中穿行。

白鸽伏在江东耳边羞羞答答地：“我尿裤子了。”

□ 97　一家公司的经理室内　日

江东正在和公司经理谈话，经理：“你的名字我听着怎么这样熟呢（他抽出一份报纸）对了，是不是这个打了老板，被炒了鱿鱼的江东啊。”

江东尴尬地：“是的，不过是我自己不愿干的。”

经理：“这说明你很有自知之明，怎么这样快就出来了？”

江东：“出来，从哪出来？”

经理：“你这人怎么非要自找难看不可呢，当然是从看守所里。”

江东：“我根本就没进去，我打他另有原因。”

经理：“你打人还有理不是，看来你能量不小啊，只可惜我就恨你们这些有能量的人，你打算什么时间把我也送到医院里去啊，我看全世界的人都死光了也不会用上你。”

江东气愤地：“请你放尊重些。”

经理：“对你还要尊重，你尊重过别人没有，你是自己走出去呢，还是我叫保安来请你出去？”

江东狼狈地走了出去，身后传来一阵嘲笑声。

□ 98　又一家公司　日

秘书小姐接待了江东，江东：“有件事我想还是先说明为好，我，我有劣迹。”

秘书显然对江东很有好感：“你这样的人还会有劣迹，我还真的不相信。”

江东：“真的，报纸上有，我打过我们经理。”

秘书：“你倒挺坦诚的，不过我们经理胆子特小，恐怕不会用你，我看你找工作挺难的，做管理工作都要有资历认证，还要服服帖帖，这点劣迹对你找工作可是很大的不利，你试试其他方面的工作可能要好找些，可别再对人说你有劣迹了啊。”

□ 99　职业介绍所　日

江东在门旁的公告上看着，上边有一则招收环卫工人的公告。

□ 100　一个办公室内　日

江东和坐在办公桌后边的负责人对面坐着，江东：“请问你们招收的环卫工人具体干什么工作。”

负责人：“环卫工人是个官称，说白了就是扫大街的。”

江东犹豫着，负责人：“你到底干不干，干就报名，不干就走人。”

江东：“干干，不过，我还是说了吧，我有劣迹，我打过经理，你们要吗？”

负责人：“那几年哪？”

江东：“我根本就没进去过。”

负责人：“那你给我说这些干什么，你这人有毛病不是，我早就想揍经理呢，就冲你打过经理，你这人我要定了。”

□ 101　街道上　日

一辆警车在街道上行驶，车里的白鸽看着外边：“停车停车！”

李涛将警车停在路边上，二人向外看着，江东身穿黄背心，很卖力地扫着大街，一下又一下，沉稳执着，李涛：“这人怎么像江东啊？”

白鸽苦笑着：“怎么，这才几天就不认识了。”

李涛：“不是不是，我是说他怎么会干这个活。”

白鸽手支着脸哭笑不得：“谁知道呢，也许是臭了名没人要了吧，他给我说在什么环卫公司找了一份高职，经理非常欣赏他的才华，我还说让姓王的看看，离了他我们能活得更好，谁知道还还……还是个臭扫大街的。”

李涛呆呆地向外看着，白鸽：“走啊，你还嫌我没丢够人！”

李涛：“我在想啊，这个人是那么清澈透明，又总让人捉摸不透，身上仿佛有一种让人永远无法理解的气质和魅力，怪不得啊。”

白鸽：“怪不得什么。”

李涛：“有些人一见就给迷住了。”

白鸽："去你的。"

□ 102　街道上　日

江东在将街旁花园里的垃圾向外扔，白鸽在他身后用扫帚将扔出的垃圾扫成一堆。

江东撅着屁股钻到灌木丛里向外扔垃圾，白鸽用脚尖将他点趴在地上，江东气恼地："谁，干什么的？"

白鸽："喝，一个臭扫大街的凶什么。"

灰头土脸的江东站起身，见是白鸽，尴尬地："咳，女警官，让你见笑了。"

白鸽愠怒地："江东啊江东，你说你干什么不好，非要在大街上给我丢人现眼。"

江东自嘲地："大丈夫能屈能伸，韩信还能受胯下之辱呢！"

白鸽："别给自己贴金了，人家韩信受胯下之辱成了千古名人，你好像也钻过什么人的裤裆吧，怎么越钻越不成气候呢。"

江东恼羞成怒："你污辱我的人格。我还不是为了你那帮狐朋狗友才落到这个地步，这才是里外不是人。"

白鸽缓了一口气："我算是明白了，这人啊千万别为情所困，可要活的潇洒些。东东你说，这真爱是不是都特残酷，小惠追呀追呀，追到这般地步，你又追呀追呀，追成了一个臭扫大街的。"

江东："扫大街又怎样，我看这活就不错，与世无争，不像有些人，整天提着脑袋过日子，还自命不凡。"

白鸽一下打了蔫："咳……说真的，我倒情愿和你在一起扫一辈子大街，夫唱妻和，平平安安。"

□ 103　公安局会议室内外　上午

刘队长、白鸽、李涛等人在开案情分析会。李涛："电影队拍片子这么扰民的事局里也没备案，让盗贼乘机跑了。"

刘队长："知道了，恶人先告状，猪八戒倒打一耙，都扯平了，说正事吧。"

白鸽："那个抢金店的盗贼我看就是李明发。案发现场小店员明明看到一个人将金链子交到另一个人手里，她说得很肯定，恐怕不会说假话，可是当时在众目睽睽之下，怎么会有人敢偷东西呢。还有那天的赌博斗殴案，据当事人讲，忽然就感到对方借了自己的钱，为此便打了起来，这都是很奇怪的事。这两个案子都有李明发参与，不知大家注意到一个细节没有，李明发当时都在打手机！这些怪事会不会和他打手机有关呢？”

杨惠：“对了，还有前些时候的失窃案，事实证明是失主自己把钱拿了出去，看样子失主也不是故意的，不然也不会蠢到来咱们这里找麻烦，这和李明发有没有关联呢？”

刘队长：“这个……对了，小惠，你去把李明发的照片让那个找碴的失主指认一下，看失主认不认识他。”

一警员领着一个面如土色、虚弱不堪的女人（李明发前妻）来到会议室门前：“刘队长，这个人要见领导，说有重要事说。”

刘队长：“进来吧，有事尽管说，这里都是靠得住的人。”

李前妻走进坐下，有气无力地：“我叫吴美芬，我的前夫叫李明发。”（众人惊讶地围坐过来）“你们可能奇怪我怎么是这个样子，其实我原来可是个大美人，学校的校花。”

李前妻淡淡地笑了，只有此刻她脸上才呈现出了一丝当年的风采。

闪回：学校里，光彩照人，花枝招展的她身边几个跟屁虫一样的男生献着媚。

现实，李前妻：“那时的李明发是学霸，精通电脑软件，还没毕业多家企业就争着要，他人长得漂亮，又会献媚，所以我在众多的追求者中选择了他，可这也就是噩梦的开始，他跟着一帮狐朋狗友学会了赌博吸毒，我也沾上了毒瘾。他虽能挣钱，可是多少钱也填不满我们的无底洞，我们很快就败光了家产，没有钱的日子真难过，我们三天一大吵，两天一小吵，终于离了婚，我把自己给毁了，多少好男人我不要，偏偏跟了这个人渣。”

刘队长：“你说的这些，我们也了解一部分。”

李前妻：“对了，我给你们说正事吧，昨天有人给我打电话，说他们劫持了李明发，要他还二百万的赌债，还说李明发交代，钱都在我这里，劫匪说要是不还钱，我们二人都没有好下场，我想了一夜，只有政府能救我们。我请求政府治我罪，无论判我多重的罪我都毫无怨言，我落到今天是活该。”

李前妻泪流满面，虔诚地举起双手，刘队长将她手按下："这就不必了，你放心，劫匪是不会得逞的，你先歇一会，我们讨论一下如何行动，如果劫匪打电话要钱，你就说在准备着呢。"

李前妻的毒瘾又犯了，浑身哆嗦，泪涕交流，一警员将她带了出去。

大家热烈地讨论着。刘队长："好了，时间紧迫，我来总结一下，我们还是老办法，用我们一个女警扮成吴美芬，就是李明发前妻，去和罪犯周旋，我们暗中跟踪，伺机解救人质，逮捕罪犯。"

刘队长将目光转向白鸽和杨惠。

白鸽："我去，老本行了，这活非我莫属。"

面色憔悴的杨惠向白鸽脸上摸了一把："你看你细皮嫩肉，鲜花似的，怎么能扮吴美芬那蔫茄子一样的女人，还是我去，我这个样子，恐怕也和吴美芬差不多，不用化妆了。"

白鸽："刘队，你不能让她去，她身体还没复原，去了会送命的。"

杨惠："我说过，自从我请了几天假上泰山之后，我的命就是队里的了，我去！"

白鸽狠狠拍了一下桌子，咬牙切齿地："我去！今天这活儿谁也争不去，逼急了什么事我都能干出来！"

刘队长："别争了，小惠，你身体还没好，就让鸽子去吧。"

杨惠还想说什么，刘队长狠狠瞪了她一眼，她只好把话咽了回去，双手抚摸着白鸽的面颊泪眼蒙胧："鸽子，你要保重啊，你不比我，我已是无牵无挂了，你还有人记挂着啊。"

白鸽郑重地点点头："我记下了。"

公安局院内，已扮成李明发前妻的白鸽和杨惠拥别，和刘队长、李涛等人握手告别，白鸽："别和遗体告别似的，我的命硬着呢。"

快到大门口她转过身，队员们还在向她挥着手，她依依不舍地挥着手，毅然转身向外走去。

□ 104　一组镜头　上午

出租车内，白鸽抱着提包坐在座位上，她拿出手机，绑匪声音："你到八号桥等候指示。你要敢耍花招小心你俩的狗命，我们看着你呢。”

一个桥头附近，白鸽下了车，坐在路边的条椅上焦急地等待着。

她又拿起手机，绑匪声音：“你拦一辆出租车，根据指示走。”

白鸽拦了一辆出租车上去。

一辆面包车内，李涛开车，刘队长、杨惠等在座，刘队长：“别跟太近，小心让绑匪察觉，你跟着白鸽身上的定位器走就行。”

显示街道的屏幕上，一个红点在移动着，面包车跟踪着。

出租车开出城，来到一小山前，白鸽下了车四处查看着，突然一个戴着头套、拿着匕首的黑衣人勒住白鸽的脖子：“别出声跟我走，不然一刀宰了你！”

树林深处，黑衣人一手用刀指着白鸽一手打开包：“怎么就带这点钱，不说好一百万吗？”

白鸽：“我要先见人，我们说好一个双方都安全的地点再把其余的钱都给你，现在把钱都给你们把我们杀了怎么办。”

黑衣人：“好你个臭婊子还真有心计，那好吧，先去见人，你在前面走，不老实我就一刀送你见阎王。”

□ 105　防空洞内外　下午

他们走进一个破旧的防空洞，黑衣人用钥匙打开了大门，刘队长领人到了洞外，忽然有人登翻了一块石头发出了响声，黑衣人转身向外看去，洞口有人影晃动，黑衣人大喊：“有警察！”

白鸽一脚踢掉黑衣人的匕首，夹住他脖子挡在身前，洞里射出一阵子弹将黑衣人浑身打得稀烂。几根照明棒照亮了山洞内，几个防暴警察手持盾牌向洞里推进，子弹打在盾牌上乒乓乱响，摄像员在盾牌的掩护下摄着像，一颗枪弹打中了摄像员的胳膊，杨惠接过机器继续拍摄。刘队长举着喊话器向洞内喊着：“绑匪听着，你们被包围了，赶快投降，争取宽大处理。”

山洞里忽然传出恐怖之声，阴风阵阵，鬼影晃动，众人头痛欲裂，随之各种声音都消失了，只剩下绝命的惨叫：“啊……鬼，鬼。”

刘队长大喊一声：“快，绑匪要跑。”

众人一齐向洞内冲去，脸上溅满血的白鸽扔掉死尸，捡起地上的匕首，也冲向洞内。防空洞尽头还有一个出口，一条杂草丛生的便道通向山下，刘队长一跺脚："让这帮家伙跑了，快通知指挥中心调人堵截。"

洞内"鬼，鬼"的惨叫声还在回荡着，众人循声音来到一个角落，一个人蜷曲在地上，手脚被绑住，簌簌发抖，双目圆睁，惊恐地狂叫着："鬼、鬼！"

白鸽："朱明发！"

□ 106　警车内　下午

几辆警车开出山路，车内，杨惠为白鸽擦着脸上的血迹，白鸽忽然僵住了，杨惠："怎么啦，鸽子？"

白鸽惊恐地抓住杨惠的双肩："那个梦难道会是真的！"

闪回：博物馆的惊魂之夜，保安队长恐怖地叫着："鬼！鬼。"

白鸽梦境：怪物伸出长舌，在她脸上留下了道道血迹。

白鸽梦境：一道闪电，照亮了江东扭曲变形的脸，怪物一口咬住了江东的头颅！

现实：囚车内，面容呆傻的朱明发狂叫着："鬼！鬼！"

□ 107　住宅楼　傍晚

沐浴在霞光里的住宅楼，江东在阳台上翘首以望。街道上出现了白鸽和杨惠的身影，江东放飞了手中的鸽子。

警容端庄的白鸽、杨惠信步走着，鸽子飞到她们面前，她们每人接住一只抱在怀里，霞光将鸽子，将她们灿烂的笑脸映的彤红彤红。

她们身后，城市华灯初上，宁静祥和，摩天大楼在血色晚霞中变幻着七彩光环。

□ 108　白鸽家　晚

白鸽将杨惠拉入自家，白鸽："今天在我家吃饭，看东东做什么好菜款待我们。"

餐桌上摆满了丰盛的饭菜，杨惠："今天是为哪桩啊？"

江东："不是说今天有行动吗，为你们洗尘啊，来，干。"

三人端起酒杯一饮而尽，白鸽迫不及待地向自己和杨惠嘴里塞着菜："快……

快吃，东东的厨艺可是大有长进。”

江东：“能给我提供一些创作素材吗。”

杨惠欲开口，白鸽在桌下用脚尖碰了一下杨惠的脚，眉飞色舞地：“今天真值得庆祝，案子终于有了重大突破，我们用一个罪犯带路，到了关人质的地方一拥而上，干净利索地解救了人质。”

江东：“那你们在干什么？”

白鸽：“我们，我们善后啊，这种场合哪能让我们女警上。”

饭毕，杨惠依依不舍地拉着白鸽的手走到门口：“谢谢你们这么丰盛的饭菜。”

白鸽关上门，来到饭桌前收拾碗筷，江东将她拥到沙发上：“你今天什么都不用干，我提供特级服务。”

门外，杨惠靠在白鸽家的门上，江东话外音：“我替你洗好脚，你就舒舒服服地躺在沙发上看电视。”

杨惠的眼泪无声地滚落，她快步走回自己家中，扑到床上，将脸埋到枕头里。

白鸽家内，江东替白鸽洗着脚，她将头倚在江东肩上微闭着眼享受着，江东轻嗅着她的秀发，皱了一下眉头，白鸽头发中有一块血迹，江东：“头发脏了，我替你洗一下头吧。”

洗手间，江东替白鸽洗着头。

卧室，江东斜靠在床上，目不转睛地盯着已躺下的白鸽，白鸽：“东东，你一定有心事。”

江东：“没有事啊，就是想这么看着你，快睡吧。”

时钟指向十二点，江东还是那样看着，白鸽淡淡地笑着，脸上一抹红霞，许是做什么好梦吧，她伸手搂住了江东，江东拿起她的手吻着。

星转斗移，月光如水银泻地，都市沉睡在安宁静谧之中。

时钟指两点，江东还是那样看着，白鸽翻身弄掉了身上的毯子，江东为她盖好，抹去她脸上的乱发，白鸽缓缓睁开眼，诧异地：“你怎么还没睡，你一定有心事，你骗不过我的。”

江东：“你也骗不过我的，给我说实话，白天都在干些什么？”

白鸽心虚地：“那那，不都是给你说了吗。”

江东打开手机："给你看看我录的视频。"

手机播放着白鸽勇救人质的画面，最后定格在白鸽满脸是血的画面上，江东："这个满脸是血的人是谁呀？"

白鸽尴尬地："是是……咳。"

江东："你编造了一个多么美丽的神话。"

白鸽理屈词穷："东东……可是我没有想出风头，也没有不珍重自己，我……我实在是没有办法，我不去小惠就得去，可她那个样子去了会送命的，你说我怎么能让她去送死呢……你倒是说话呀。"

江东："是的，要是我我也会去的，根本不爱别人的人哪有自己的爱情幸福可言呢。"

白鸽抱住江东泪眼婆娑："东东，东东，其实我没有你想象的那么高尚伟大，我只是一个普普通通的人，我怕死怕离开父母离开你，你失去我会痛不欲生，可是……可是我命大，不会有事的。"

江东："还说不会有事，这才多长时间就出了两回玄事，一生还早着呢。鸽子我不是不通大义的人，我知道这个社会要有奉献要有牺牲，可是如果这个牺牲的就是你，那我无论如何，无论如何都无法接受！哪怕是用整个世界来交换你，我都接受不了。我在视频上看到你浑身是血，还以为你真的死了，我也像死了一样，半天才清醒过来，鸽子，我自私我落后，我没有你那么高大完美，你怎么说我都不能失去你。"

江东抱着白鸽不能自已，白鸽抚摸着江东嘴上一道隐约的血痕眼泪夺眶而出："别难过，我的生命是属于你的，只要能和你在一起，干什么我都高兴，这还不行吗。"

江东："我想了一夜，我们都怕死，又太重感情，恐怕是一辈子也成不了英雄，那就让我们像普通人一样平平安安生活一辈子吧。"

白鸽："行我听你的，可是，我们能走到一起是因为你在追着一个梦，你爱警察那种刚柔相济的气质，爱警察那种英姿勃勃的外表，如果因为我不干警察你就失去了心中的梦想，那我情愿在这个岗位上干一辈子！"

江东："我提一个问题，你爱我什么呢？"

白鸽："你，纯情，有魅力，还是个美男子啊。"

江东：“那我要是破了相，没有魅力了，你就不爱我了吗？”

白鸽：“怎么会呢，我只记得你最美好的时刻。”

江东：“那我也只记得你最辉煌，最光彩的时候。”

白鸽：“那好，我情愿跟你扫一辈子大街！”

江东：“也没有那么惨吧，我有一个朋友是酒店的经理，他说可以让我干个副经理什么的，让你干个女保安，意下如何？”

白鸽欣喜地：“太好了，结了这个案子我就退下来，咱们一言为定！”

二人击掌为誓，晨光射进了室内，窗外朝霞正红。

□ 109　杨惠家　午

室内脏乱不堪，杨惠寥落地坐在沙发上，江东提着菜推门进来，整理着室内：“惠惠，你怎么又把屋里搞成这个样子。你要振作起来，人不能吊死在一棵树上。”

杨惠起身将江东向外推：“你快走，我用不着你怜悯，快走！”

江东顺势抱住杨惠：“小妹妹，让我看着你，你太苦了。”

杨惠也抱住江东，多少屈辱，多少压抑，化作滚滚泪水，怎么也流不尽……

江东：“惠惠，我，我爱你，让我们在一起吧，永不分离。”

杨惠：“我也爱你，我做梦都梦见你，我们远走高飞吧，找一个清静的地方，再也没有人间这么多烦恼。”

杨惠突然醒悟，推开江东：“你怎么这样说，你是属于鸽子的，她用全部生命爱着你，你怎么能背叛她！”

江东：“我……我也爱着你，如果让我重新选择，我宁可选择你。”

杨惠：“不，不，鸽子是我生死换命的姐妹，我不会做任何对不起她的事，哪怕是我想你想到死！我们来生相会吧，来生，我一定和你在一起！”

画外传出刘队长的声音：“够了，鸽子，出格了。”

以上画面淡出，现实：杨惠抱着热泪盈眶的李涛泪流满面，李涛替她擦着眼泪，队友们窃笑着，白鸽在摆弄手机。杨惠推开李涛，捶打着脑袋：“天哪，这是怎么回事啊。”

白鸽举着手机满脸坏笑：“看到没有，这是李明发的手机。”

杨惠突然醒悟："明白了，李明发用这部手机制造了幻觉，几个赌徒们因此打起了群架，李明发趁机逃脱，幻觉使小店员看到了并不存在的场面，制造了混乱，李明发又趁乱盗走了金首饰。你们今天又用它来捉弄我，哎呀我都干了些什么（捶了一下李涛）让你小子讨了个大便宜。我还说了些什么，丢死人了，好你个臭丫头，你让我哪还有脸见人。"

杨惠扑向白鸽一阵乱打："打死你，打死你。"

白鸽连连告饶："哎哟，打死我了，我这是乱点鸳鸯谱，要成就一段美好姻缘，你怎么狗咬吕洞宾哪。"

杨惠："快说我都说了哪些丢人的话。"

白鸽："没有啊，我只看到了一颗金子般的心。"

泪流满面的两姐妹紧紧拥抱在一起。

刘队长："别闹了，说正事吧"。（队员们围坐在会议桌边）"虽说罪犯死的死，逃的逃，傻的傻，但是他们遗留下的手机却留下了许多线索，通过白鸽的演示，我们看清了李明发的作案过程，还有一些补充，那个离奇的两万元钱失窃案也是李明发所为，李明发熟知失主的一切，于是潜到失主窗下，用手机操纵失主在梦游状态把钱乖乖送给了他。当然，这个办法不是总能得逞，比如那次，被操控的人却把冥币拿了出来，闹了一场笑话。"

吸毒和赌博使得李明发完全丧失了人性，他几次向他的叔叔，也就是李馆长要钱，再要遭到拒绝之后，便尝试用各种方法骗钱，以至偷偷移动他婶婶的骨灰盒，制造他婶婶变成了吸血鬼的幻象折磨叔叔李馆长，像他这样的电脑高手骗过博物馆监控是小菜一碟。

"我们从被打死的罪犯身上的手机也了解到，这次的李明发绑架案和上次博物馆的铜鼎失窃案是同一伙人作案，为首的叫鬼才，他们在敦煌一带活动，因为那里是文物的黑交易窝点，失窃的铜鼎就在那里，我们现在就是要派人去弄清鬼才的落脚点和铜鼎的具体位置，伙计们，收网的时候到了。"

□ 110　白鸽家　日

江东在洗警服，白鸽在收拾行装，眉飞色舞地："东东，我要到敦煌去办案子，几天就回来，这个案子就要结了，头儿许诺，结了案每人官升三级，我们刘头去干局长，让我干刑警队长，刑警队长，你知道多大的官吗，哈哈。”

江东急火攻心：“你你你，前天夜里还怎么说来着，什么人哪。”

白鸽：“噢，骗我去干保安扫大街，亏你能想得出，我那是哄你不哭的，一个大男人抱着老婆哭哭叽叽寻死觅活，连我都替你害臊，可怜你哪，等我干了刑警队长，就一脚把你这没出息的男人蹬了，扫大街干保安随你便吧。”

江东：“你你你，气死我了，好好，算我自作多情，哎，正好我有轮休，咱们一起去，等你办好案子好好玩一玩，这总行吧？”

白鸽：“我们是去办案，不是干部开会游山玩水，带个老公像什么话。”

江东：“不就是个小警察吗，拿着鸡毛当令箭。”

白鸽：“你烦不烦哪，我要赶路，没工夫和你闲扯，别忘了看看小惠，小心她吃了你！”

□ 111　机场，一架客机飞向高空。

□ 112　敦煌某宾馆客房　傍晚

白鸽在打电话（下为白鸽和刘队长的分割画面）：“刘队长吗，我们已经到敦煌了，下一步行动请指示。”

刘队长：“你们原地待命，等候兄弟局的通知。”

白鸽：“那……清闲着多急人哪。”

刘队长：“知道了，你那点小心眼还能瞒得住我，敦煌可是个好玩的地方，你们好好玩玩，养精蓄锐，一有通知就一鼓作气把案子拿下来。”

白鸽得意忘形：“耶，队长，你真好，你保证能再生个大胖儿子。”

晚，白鸽坐在床上百无聊赖地把包里东西倒出来一样样数着，拿出枪在头上比画着，又在室内转了几个圈，最后拿起手机犹豫着。

□ 113　江东家　晚

江东在床上睡着，伸手向身边摟去，空的，他猛然惊醒，摇摇头，在室内转了几个圈，来到书桌前拿出一摞稿纸写着，手机响起来，他惊喜地拿起手机，屏幕上现出白鸽的脸，他对着手机吻了一下，江东："鸽子，你没事吧，现在在哪里？"

（下为二人的分割画面）白鸽："我在敦煌的神州大酒店里，哎，东东，你在干什么，是不是在转圈哪，转了一圈又一圈。"

江东："转圈干什么，你说的是自己吧，我在写作呢，念一段给你听听，永远的初恋，冬一日，我坐在窗前看着纷纷扬扬的雪独享一份清静，中午兰还没回来，我猛醒，坏了，我知道兰去了哪里，今天是元月十五号，是我们商定永远要在那个小树林里约会的日子。我呼喊着兰一路跌跌撞撞，兰在小树林里虔诚地站着，已经化为一个雪人，唯有面庞一如玉石般冰清玉洁，唯有目中贮满一泓春水。我抱紧手脸冰凉的兰痛呼着，我该死我不是人，你恨我吧，兰满脸圣洁，不恨，但我会等到永远，因为，因为你说过，你欠我一个初恋，你要用一生来偿还！拥着兰，我已知道，我拥有了毕生的幸福；回眸多情的小林，我已知道天会荒，地会老，唯有不变的，是小树林里兰那如花的笑脸。"

白鸽："你写的是我们吧，还不如别念呢，哎哟，我……我真想你。"

江东："女警官，你又是教训人又是骂人还都是嘴硬啊，人说一日不见如隔三秋，你还没有一天呢。"

白鸽："谁稀罕你，只是，只是我睡不着觉，现在队长放我们假等任务，可是休息不好怎么干活呢。"

江东："太好了，我送货上门啊，保你满意。"

白鸽："不行不行，我们随时可能有任务，你来了算哪棵葱啊。"

白鸽扔下手机，倒在床上抱起枕头凶狠地咬着："咬死你咬死你。"

江东："喂喂喂。"可是手机里已没了声音，他叹了口气。

□ 114　敦煌　上午

白鸽和李涛从鸣沙山上飞速滑下，白鸽大惊小怪地叫着。

月牙泉边，二人由衷地赞叹着。

□ 115　莫高窟大门前　中午

白鸽和李涛化装成一对情侣手挽手来到检票口，李涛警惕地四下看着："我怎么感到有人在盯我们梢呢。"

白鸽看着拧起了眉："你站着别动，我去教训他。"

离检票口不远的旅游车站旁，江东正四下张望着，白鸽悄悄来到他身边，麻利地将他铐在一个灯柱上，江东转过身，高兴异常："鸽子，是你，别闹了，快放开我。"

白鸽："放了你，想得美，等着坐牢吧。"

游人围了过来，几个保安也跟了过来："闪开闪开，怎么回事？"

白鸽拿出警察证："我是警察，这个人是个流窜犯，调戏妇女，流氓成性，我们追到这里才抓住他，我们还有其他任务，先请你们帮看一下，他要是跑了我可要拿你们是问。"

江东气得鼻塌眼歪："白鸽，你你你个大混蛋，快放开我！"

保安甲拿着电棍在江东身上比画着："吼什么吼什么。"

白鸽赶紧将保安甲拉到一旁，悄声地："这个人可是有背景，别惹了麻烦，你们要虐待了他我可饶不了你们。"

保安甲满脸坏笑："是是，女警官，我们一定帮你照顾得好好的。"

白鸽白了保安甲一眼，将一包东西交给他，大声地："让他在这里丢尽脸，不老实就让他尝尝电棍的味道。"

白鸽像一只高傲的天鹅，昂首阔步扬长而去。江东又蹦又跳，又吼又叫："白鸽，姓白的，你不得好报，让你一辈子找不着男人。"

保安甲："别吼了，早走远了，我看你这个流氓也是一表人才，脑子怎么就不好使，你泡妞泡什么人不好，非要去泡个警察，你他妈不倒霉谁倒霉。"

保安乙用电棍在江东身上比试着："你他妈活腻歪了，敢泡我们女警察。"

一条癞皮狗在江东身边狂吠着，江东又羞又怕，围着被铐住的柱子乱转，恨不得找个地缝钻进去，围观者哈哈大笑。

白鸽来到李涛身边，李涛："我看那人怎么特像江东呢。"

白鸽："怎么会是他，是个盗窃犯，想打我们主意，让我抓起来交给保安了。"

李涛："东东在这里多好，他现在兴许正害着相思病呢。"

白鸽："可我感觉他正在跳着脚骂我呢。"

李涛："那为什么？"

白鸽："他，他是个醋坛子，总是对我不放心。"

李涛："咱们是不是应该离远一些。"

白鸽："他怎么会知道咱们在一起，今天是属于我们的，咱们进去。"

白鸽挽着李涛胳膊，趾高气扬地走进检票口。

他们勾肩搭背在石窟里的壁画前指指点点。

背了运的江东还被铐在那里，癞皮狗咬住他的裤角使劲扯着。

□ 116　卖纪念品的街道　傍晚

街道上游客如织，白鸽、李涛二人边走边看，身后响起了沙哑可怖的叫卖声："要一件要一件，避邪消灾啊。"

白鸽猛回首，和一个呲牙咧嘴的魔鬼面具打个照面！拿着面具的是一个骷髅般的老头，他有着一张皱皱巴巴，阴险而猥琐的脸。白鸽拉着李涛赶紧走开，白鸽："我怎么感到心惊肉跳呢。"

李涛："你办案子太投入了，好不容易放松一下，别神经兮兮的。"

破锣般的声音还在响着："买一件买一件啊，不买会有血光之灾啊。"

□ 117　酒店内　晚

白鸽和李涛走进，李涛："鸽子，谢谢你给了我这么美好的一天，我回房了。"

白鸽："彼此彼此，明天见。"

白鸽的房门前，她用房卡打开门，鞋柜上有一样东西，白鸽信手翻过来，呀！正是破锣嗓卖的那种魔鬼面具！恐怖之声大作，灯光转暗，房门带着瘆人的声音自动关闭，昏暗中魔鬼的眼睛闪着幽幽的磷光。白鸽手捂胸口四下看着，头碰到一个东西，是一个绞索！她惊得双目圆睁，手拼命捂住嘴靠着墙壁向门口凑去，门却怎么也打不开，她拔出手枪搜查着，昏暗中不时闪过魔鬼若有若无的鬼脸，她拿枪的手在剧烈地抖动着。

魔鬼那让人灵魂出窍的脸突现在白鸽面前，她举枪便打，枪却没响，她挥拳打去，那张脸却不见了，白鸽眼前金星飞舞，无数鬼脸围着她飞速乱转，一个大口袋从天而降将她套住，魔鬼将她扳倒在地，骑在她身上，伸出长长的爪子将袋口扎个结实，白鸽在袋子里拼命挣扎。魔鬼卡住了她的脖子，白鸽停止了挣扎，魔鬼抽出刀，在白鸽身上比画着，逆光中终于看清了那张眼睛闪着幽光，呲着毒牙，类似于猿的凶残可怖的脸。白鸽一声断喝："江东，放我出去！"

魔鬼一刀扎下去，却把扎口袋的绳子挑断，又打开灯，白鸽癞皮狗一般从口袋里爬出来，灰头土脸，狼狈不堪，她扑过去扯掉魔鬼的塑胶头套和手套，正是江东！他笑弯了腰，白鸽抓住他又捶又打。江东："快饶命，打死我了。"

白鸽："打死你我也不解恨，你说你怎么能开这种玩笑！"

江东："你还没折腾死我，咱们一比一扯平。"

白鸽："我们办案子，你跟着瞎掺和什么，跟着我们出了危险怎么办？不识好歹的东西，早知道我不把吃的和钥匙交给保安，让你吃尽苦头。"

江东："有你们那样办案子的，拉拉扯扯眉来眼去，我要不来啊，还不知会办出什么事情。我早就该把你扛了扔到公安局门口，让你丢尽脸。"

白鸽理屈词穷："你你……我们是办案需要，你能管得着。谁让你来的，赶快给我滚回去，别让我再看见你！"

江东："不是你说想我了吗，给你送上门来怎么还不领情呢。"

白鸽："我说想你了可没让你来。"

江东："我来了你能把我怎么样。"

白鸽："我刚才要是一枪把你崩了怎么办，哎，我的枪怎么回事。"

江东玩着弹夹吹着口哨，看着白鸽如视掌中之物。

白鸽气得脸都绿了："你你你……气死我了。"

江东笑得眉毛都弯了："哎哎，你老公能设这么高明的圈套，说明没有白跟你睡这么长时间，你应该高兴才是。"白鸽把江东扳倒在床上按住两只胳膊，眼泪汪汪地看着："你知道我在口袋里的时候在想什么吗，我想这下是完了，哪怕能让我再见一眼东东也好，你这家伙还这样没心没肺地捉弄我。"

江东有些内疚地："我还真的怕吓着你，我想啊，你只要一喊饶命什么的我就饶了你，你怎么不喊啊，我以为你胆子大着呢。”

白鸽：“饶命？哼！一个警察，哪怕是再蹩脚的警察，也不会沦落到喊饶命的地步！”（哭笑不得地）“我……我又尿裤子了。”

江东：“瞧你这警察干的，挣俩钱不够买裤子换的，以后再有案子穿个尿不湿得了。（内疚地）算我欠你的，冲个澡压压惊吧。”

洗澡间里传出了冲水声，嬉笑声。

二人走出洗澡间，白鸽摆弄着狰狞的乳胶头套手套：“你这招也真够绝的，能打一百分，你哪来的这个东西？”

江东：“街上买的，什么样的都有，现在人也是怪了，非要造这么吓人的东西干什么？”

白鸽幽幽地：“我老是感觉，幽灵就像影子一样跟着我们。”

江东：“走火入魔了。哎，你在口袋里怎么知道是我呢？”

白鸽：“我琢磨这魔鬼怎么不出声，动作还这么轻柔，你抱着我把我放在地下的时候，有一种似曾相识的感觉。”

她将江东扳倒在床上搂住：“你说什么叫一日不见如隔三秋啊，是不是心里就像猫抓似的，火烧火燎？”

江东：“没，没有啊，你说的是你自己吧？”

白鸽娇嗔地：“不是我，就是你就是你。”

江东：“是我是我，嘻嘻。”

白鸽噘着嘴：“不准笑话我，我昨晚一夜都没睡着觉，我们自打结婚还没分开过呢，你不说欠我的吗，怎么补偿啊？”

江东忍住笑：“你不是怕人笑话吗，你不是假正经吗。”

白鸽：“顾不上那么多了，先睡它一觉再说。哎，我铐你骂你生气了吧？”

江东：“我不是已经报过仇了吗。”

白鸽抱住江东的脸又亲又咬：“好你个大坏蛋，咬死你！”

江东：“哎哟你轻点，别把我的脸啃烂了。”（灯灭）

次日晨，天已大亮，白鸽和江东还懒猫似的睡着，外边有人敲门，江东去打开门，是李涛，白鸽赶紧用毯子把脑袋捂起来，李涛尴尬地：“是东东，我，我不知道你来，打扰你们的好梦了。”

江东酸酸地：“那看样子我来的也不是时候。”

李涛如芒在背：“这这……唉，你放心，东东，你不在，我会把你的女神伺候得好好的，绝不会动她一个指头，现在完整地交给你。昨天鸽子铐住的那人是你吧，警察生活体验得怎么样啊，哈哈……”

这次轮到江东张嘴结舌了，白鸽起了床，李涛看着窘迫的二人捉弄地说：“你们放心，我是不会对刘队长说的，他要是知道了说不准还要夸你们会劳逸结合呢，刘队长特别体谅下属，又特别袒护鸽子，哈哈……”

江东、白鸽乌眼鸡一样瞪着对方：“都是你，都是你。”

李涛：“说正事吧，鸽子，我们的任务都已经发到了手机上，你还没看吧，据线人说，鬼才的老巢在一个叫作便民旅社的小旅馆附近，鬼才最近要回来，刘队让我们去蹲守，一旦时机成熟，配合当地机关，将盗匪一网打尽。”

白鸽：“这个刘头，说好放我们假那就应当把好人做到底，这还没一天呢。”

江东：“我在这里等你们办好案，咱们一块儿回去行吧。”

白鸽：“案子不知要办到哪天，你在这里我怎么能放心呢，你先回去吧，等结了案，我一定陪你来好好玩上几天，好不好？”

江东嘟哝着：“好好，我就是一条狗，招之即来，挥之即去。”

白鸽去了洗手间，江东拿起她的手机按了几下，屏幕上显示：鬼才的模样。

白鸽和李涛走出酒店，拦下一辆出租车驶去。

江东也来到街道边，上了一辆出租车。

□ 118　便民旅店内　上午

城乡接合部，江东走进一个上写有便民旅社的客栈内。

店内，江东和一个约四十来岁的男接待员交涉着，江东：“请给我一套窗户向街道的房间。”

简朴的客房内，江东坐在窗户旁向外观察着。

□ 119　一处大院附近　上午

白鸽、李涛潜伏在不远处的树丛中向外观察着。

□ 120　便民旅店内外　上午

江东客房，江东还在窗口处观察着。

窗外，鬼才和另一同伙（盗匪乙）走入店内。

江东拿出手机："鸽子……"

白鸽和李涛还在小树丛中观察着，白鸽的手机响了，她接通，是江东声音："你们快来，鬼才就在便民旅店内。"

便民旅店，江东躲在墙角观察着接待室。

接待室内，接待员（盗匪丙）和鬼才正在密谈着，盗匪丙："这个人正好来自我们铜鼎所在的那个城市，他还要了靠街的客房，别是个探子。"

鬼才猛转头，江东的身影一闪，他不动声色地向江东走去。鬼才："你是什么人，盯着我们干什么？"

江东："我是住店的，盯你们干吗。"

鬼才猛出手，江东迅速挡过，可这正是试探，鬼才："你是早有防备，来者不善啊。"

江东和盗匪一来一往打了起来，力渐不支，盗匪丙手持木棍，将江东一棍打昏，

盗匪乙："干掉算了。"

鬼才："留活口。"

匪徒将五花大绑的江东塞到后备厢里，三人上了轿车狂奔而去。

白鸽、李涛赶来，店内只剩了混乱的现场和吓呆了的店员。白鸽问店员："这里发生了什么事？"

一店员："有人打昏了一个年轻人，抬上车向西跑了。"

白鸽一阵昏眩："东东。"（掏出手机）"喂公安局吗。"

李涛跑到门口一辆黄色出租车旁，掏出警察证向车主："我是警察，借你们车用一下，一切损失我们负责。"

白鸽跳上车，出租车驶去。

□ 121　荒野　下午

行驶的出租车内，白鸽捶打着自己的脑袋急火攻心：“我真该死，怎么就发昏给他打了一个电话，让他借机会跟了来，他要有个好歹，我……我一辈子都不会原谅自己。”

李涛：“你千万别着急，匪徒是把他当人质，不会这么快就加害于他的，这次发现匪徒也多亏了他。”

一红一黄两辆车在公路上追逐着。

□ 122　便民旅店门前　下午

本地警察跳下警车，冲入店内。

□ 123　大院内　下午

白鸽和李涛曾监视过的大院，警察们用切割机破门而入。

□ 124　戈壁沙漠　下午

红黄两车驶向了没有公路的戈壁，白鸽打开手机：“喂，公安局！没声音啊。”

李涛：“坏了，这地方没有信号，我们只能靠自己了。”

两辆车在广袤的戈壁滩上行驶，李涛开的黄车逐渐追上了红车，匪徒们用长枪向后射击，白鸽用手枪还击，暴躁地：“靠上去。”

李涛：“不行啊，他们人多又是长枪，太近了会吃亏的，只能这样咬着，见机行事。”

黄昏，两辆车在茫茫沙海中行驶，在一处古堡遗迹前，匪徒的车陷进沙子里再也走不动，黄车在不远处停下来，两车上的人对射着。

暮色降临，李涛从包里拿出夜视镜带上。

夜视镜所见较为清晰的画面：一个匪徒从车里出来欲开车后盖，被李涛一枪击毙，两个匪徒背着包拼命向古堡跑去。

白鸽、李涛跑到红车前，打开后厢盖，将昏过去的江东抬到车里，解去绳索，白鸽将江东搂在怀里摇晃着呼喊着。

车外。李涛警惕地注视着阴森恐怖的古堡。

车内，江东缓缓睁开眼，白鸽喜极而泣："东东，这是真的吗，我们还能再见面。"江东吃力地为白鸽擦去眼泪："我这不是好好的嘛，一个警察怎么老像孩子似的。"

白鸽为江东喂着矿泉水，白鸽："我太脆弱了，不是一个好警察。"

江东："我就喜欢脆弱的警察，我要帮着你平平安安地办好这个案子，我要让你有一个永远值得骄傲的警察生涯，可是我暴露了，不配做一个警察。"

白鸽哽咽着："东东，你会是个好警察，我一辈子都会为你骄傲。"

李涛打开车门："哥们儿，我说你命大，不会有事的，鸽子，我到古堡里去看看，到天明他们早就跑了。"

白鸽："不行不行，他们在暗处，你会吃亏的。"

李涛："没关系，我有夜视镜，他们看样子没有这东西，这儿会比白天还有利，我会小心的。"

李涛走向古堡，风沙吹打着断垣残墙，发出鬼哭狼嚎之声，处处显得危机四伏，李涛在石柱残墙中搜索着。

夜视镜所见较为清晰的画面。

□ 125　车厢里　夜

白鸽、江东还拥抱着，白鸽："我去看一下，你关上车灯闭死门，见有人来了就按喇叭，我就会回来的，千万别下去啊。"

江东抱紧白鸽："你不能去，我不让你去。"

白鸽："他是搭档，我怎么能让他一个人冒险呢，我向你保证，只在外边监视，不到里面去。"

白鸽掰开江东的手，关上车灯："千万别下去，听话。"

□ 126　古堡　夜

深沉的夜色中，白鸽在古堡的边缘吃力地向里望着，一阵怪诞之声响起，她捂住耳朵头痛欲裂（啊……）黑暗中响起了李涛那令人毛发倒竖的惨叫声，白鸽不顾一切地向古堡里摸去。

李涛语无伦次地狂喊着："魔鬼……别过来……鬼，鬼！"

一声刺耳的枪声划破夜空，李涛的喊声随之消失。

两个黑影狂奔而去。

地下一个什么东西绊了白鸽一下，她闪了一下小手电，那是一个戴夜视镜的人，她摘下夜视镜自己戴上，夜视镜所见：李涛胸口流着血，面孔痛苦地抽搐着，白鸽惊恐压抑地呼喊着："李涛，李涛。"

李涛拼力抬起一只手，抚摸着白鸽的脸："鸽……鸽……"

李涛的手无力地垂了下去，附近出现了一个身影，白鸽举起枪："谁！"

江东："是我，鸽子。"

江东来到近前，拿过小手电照了一下，抱起李涛："我的好兄弟……"

江东抱着李涛压抑地哭着，白鸽抹了一把泪："东东，快走吧，这里不能久留。"

江东拿过李涛的枪，两人走出古堡，白鸽向四周观察着，

夜视镜所见：远处有两个模糊的黑影，白鸽咬牙切齿地："王八蛋，我和你们拼了。"

二人快步向黑影追去。

□ 127　茫茫沙海　清晨

江东和白鸽疲惫不堪地沿着一溜脚印走着，白鸽："我就是弄不清楚，昨晚上李涛狂喊什么？看李涛的伤口是离得很近开的枪，他戴着夜视镜，怎么会让匪徒离那么近？"

江东思索着，突然打了一个激灵呆在那里："难道……难道……"

白鸽："你想说什么？"

江东："没，没什么，我是说这么好的小伙子真可惜。"

泪水顺着白鸽的面庞滚落："我们搭档几年，他是那么喜欢我又从不敢开口，危险的时候总是抢在前，前天他对我说，他把我当成心目中的偶像，看着你对我这么好，他真高兴，他就是打一辈子光棍都高兴……他说他永远都要为我们祝福，我……就……就陪他玩了一天。他说他回去就要向小惠求婚，要尽最大的力量安抚小惠受伤的心，我……怎么给惠惠说呀……"

□ 128 戈壁上 上午

警车在戈壁上行驶，车里刘队长和杨惠等在四处张望着。

□ 129 沙漠中 上午

太阳已经开始散发出热力，二人互相搀扶艰难地走着，江东举步维艰，一阵阵眩晕。

白鸽："东东，都是我连累了你。"

江东咬紧牙拼力向前走："我，没事，快走。"

他们走到一段风蚀地貌，地面上到处怪石嶙峋，白鸽："你在后边跟着，我走在前边。"

江东抓住她："鸽子……"

白鸽："我不碍事的，你没有经验，在后边掩护，听话，啊。"

白鸽贴着一个个石笋搜索着，匪徒乙突然闪出身向白鸽举起枪，白鸽一枪将他打倒，那种恐怖的声音又响了起来，白鸽捂着头惨叫着，江东痛呼着跑过来："鸽子，鸽子！"

白鸽转过脸，呀！那张漂亮的脸已扭曲变形，凶残可怖，她狂喊着："魔鬼！魔鬼！"

白鸽所见：天昏地暗，遍地骷髅血光，一个如骷髅般、令人魂飞魄散的鬼怪向她扑来，她开枪连连射击，可是不顶用，鬼怪来到近前，向她神出了魔爪！

江东躲在石柱后观察着，鬼才从岩石后伸出枪欲打白鸽，江东一枪击中他的胳膊，鬼才落荒而逃，江东连打几枪都没击中。

白鸽瞪着直勾勾地双眼梦游般走来，江东一脚踢掉她的枪，她却又拔出匕首凶狠地向江东扑来，一刀将江东的胸脯划出一道口子，血流如注，白鸽迟疑了一下，极力回忆着。江东："鸽子，你到底是怎么啦，如果只有我的血才能使你清醒，那你就动手吧！"

白鸽神智逐渐恢复常态，手中的刀落在地下，她抱住江东，江东胸口的血沾她一脸，白鸽惊恐地："这是我干的！"

江东替白鸽擦着脸上的血泪流满面：“鸽子，我的鸽子，你只要能清醒过来，我情愿死在你的刀下……”

白鸽捡起刀，刀尖朝向自己，江东死死抓住她的手：“你要是这样，那就先杀了我，让这无边的大漠把我们葬在一起吧。”

白鸽丢掉匕首，抱住江东：“你让我死吧，你为什么不让我死啊。”

二人拥抱着热泪长流，流不尽的酸甜苦辣……

白鸽：“天哪，怎么会是这样啊。”

江东：“今天不怪你，你难道没感觉到，那个幽灵，那个能主宰一切的幽灵，已经跟上了我们，开始施展它的淫威了，李涛就是死在它的魔爪之下！你知道吗，我昨天拿过李涛的枪时，枪是热的，可是昨晚只响了一枪，这就是说，李涛是自杀！”

白鸽摇着江东：“天哪，李涛到底是为什么，为什么呀？”

江东：“唯一合理的解释就是，昨天晚上，你一定感到一种怪异的声音，因为我们离得较远，那种邪恶的力量只控制了李涛，使得他不由自主地向着眼中的魔鬼，也就是你举起了枪，可是潜意识告诉他，那个魔鬼其实就是你。他为了不使自己在最后失去意识的时候伤到你，一股从灵魂深处爆发出来的力量使他突然掉转枪口，一枪打死了自己！”

白鸽痛不欲生地向着大漠呼喊着：“李涛，李涛。”

□ 130　一组镜头

古堡中李涛胸口的血已经干涸，脸上凝固着淡淡的笑意。

李涛在古堡中搜索着，恐怖之声响起，他捂着头惨叫着，李涛夜视镜所见：白鸽幻化成狰狞可怖的魔鬼，一切景物变得荒诞不可思议，他不由自主地举起枪，手剧烈地颤抖着，突然将枪口转向了自己，一声枪响，他缓缓倒了下去。

白鸽进入他的视线抱起他，他拼力抬起手抚摸着白鸽的脸：“鸽……鸽……（画面渐渐模糊）

现实：白鸽的呼唤：“李涛，李涛……”

江东的呼唤：“李涛，李涛……”

啊……茫茫沙海中，有一曲悲歌在呜咽……

白鸽用撕碎的衣服给江东包扎伤口，江东："这就是那个让人心惊胆寒的幽灵，我们终于没有逃脱它的魔爪，今天我早有预感，不然早就成了你的枪下之鬼。"

白鸽："要是那样，我断然不会再活在世上，我会让这无边的沙海，把我们永远地葬在一起！"

二人紧紧相拥，泪在狂泻，心在交流。（以下为二人内心独白）

江东："其实，邪恶不知哪一刻就会撕碎我们。"

白鸽："我们只有死路一条了，就是能够战胜邪恶，也走不出这无边的沙漠，我们的人不知什么时候才能找到这里，我们熬不到那时候了，我们编织的那个梦永远不能实现了，能和你死在一起，也算我没白活一回，可是，东东，你是这么纯朴善良，让你追着我一步步走向死亡之路，我会死不瞑目的！"

江东："可是，我却一步步走向辉煌，生命因为死亡才绚丽无比！醉生梦死一生有什么意义？哪怕是我们在一起一天，我都觉得活得值得，能够为你的事业贡献一点力量，能够和你在一起铲除邪恶，我，死而无憾，无怨无悔！"

白鸽："你这样待我，会让我的心永远不会安宁的。"

江东："这就是爱，爱能穿越时空，穿越永恒，因为有了爱，才有了世界，有了一切。因为有了爱，才使得无数人舍生忘死，前仆后继！鸽子，我，生为你生，死，为你死，但愿我能为你挡住射来的子弹，但愿我在那个世界还能为你祝福。"

白鸽："不，东东，我是一个警察，不会让你倒在我前边，请你在我倒下的时候抱紧我，呼唤着，小鸽子，爱你到永远，为我……送行……"

万籁静寂，微风轻拂，二人相拥着，天地为之动容！（二人内心独白止）

白鸽："你相信有来生吗？"

江东："有的，一定有的，人间有这么多的情，这么多的爱。"

白鸽："那么来生，你怎么打算呢。"

江东："我没想到，咱们的一生，将会是这样短暂，但我不遗憾，再从头来一万次，我还愿意给你当保镖，我还愿意陪着你去铲除邪恶，只是希望那时候人间会更美好，我们能平平安安过一辈子，只是希望能用我全部力量，使你不再有眼泪，不再有遗憾。"

白鸽："来生，我们还是夫妻，今生，我因为干了警察才遇到了你，那么来生，我还干警察，在老地方等着你，永远，永远的，等着你！"

江东："走，咱们，拼干最后一滴血！"

两张视死如归的面孔渐推成特写。

□ 131　古堡遗迹外　中午

几辆警车停在黄、红两辆轿车前，刘队长等人查看着。

刘队长和大个子含着泪将李涛的遗体抬上警车。

杨惠打开鸽笼，放飞了两只鸽子。

□ 132　沙漠　中午

骄阳似火，风沙肆虐，鬼才将背包埋在沙土里，然后一步步向前挪，向前爬。

江东和白鸽也已是油尽灯枯，他们皮肤上布满了水泡，江东伤口结成了黑痂，他摇摇晃晃，神智迷离，白鸽扶着他拼力一步步向前挪。经过鬼才埋背包处，怪诞之声又起，景物扭曲变形，不可思议，二人拥抱着，江东："鸽子，不怕，我们在一起，鬼神都奈何不了我们。"

白鸽："和你在一起，我什么都不怕。"

二人紧紧相拥的画面叠印出：

沙暴如高墙般涌来，飞沙走石，遮天蔽日。

大地倾斜裂开，火红的岩浆涌出地面，海啸狂涛，地动山摇。

整个世界一片洪荒，尸骨成堆，群魔乱舞。

世界末日的景象又还原成原画面。

二人对视着淡淡一笑，又蹒跚前行。

□ 133　午后

二人踉踉跄跄，不停地跌倒又爬起，终于追上了鬼才，双方对射着，却都打不准，白鸽拼力稳住颤抖的手打出一枪，鬼才手一抖将枪扔了出去，白鸽再开枪，已没有了子弹，她拿过江东的枪，也没了子弹。她抱住江东热热地吻了一下："记住我的话啊。"

白鸽拼尽最后的力量向鬼才挪去，江东倒在地上，挣扎着向前爬："鸽子，鸽子。"

倒在地上的鬼才突然又掏出一支枪向白鸽射击，白鸽腹部中弹缓缓倒了下去，江东惨呼着："鸽子，鸽子。"

一股疯狂的力量使江东又站了起来，拔出刀，跌跌撞撞扑向鬼才。鬼才又举起了枪，可已没了子弹，鬼才挣扎着站起，二人展开了最后的较量，狂暴的江东终于一刀将鬼才刺倒。

江东扑到白鸽面前将她抱起，白鸽神情恍惚地："抱，抱住我，唤……唤着我……"

江东痛呼着："小鸽子，小鸽子……"

在江东声声呼唤声中，白鸽带着圣洁的微笑，缓缓合上了眼，江东声嘶力竭地呼喊着："鸽子，鸽子……"

江东伏在白鸽胸口听了听，用手去捂她的伤口，可怎么也止不住血，他去撕衣服，可是已无力撕开衣服，他解开自己身上的布条为她包扎伤口，江东无助地抚摸着，呼唤着白鸽："鸽子，鸽子，你让我怎么办哪，我怎么才能救你啊！"

□ 134　沙漠里

大个子等人沿着一排足迹寻找着。

昏迷中的白鸽呻吟着，将脖子抓出条条血印："水，水。"

昏沉的江东清醒过来，他抓住白鸽的手四下看着，白鸽呻吟着挣扎着，江东紧咬的嘴唇渗出了血珠，他抹了一把，浑身一震，缓缓举起了刀。

江东胳膊上的血滴到白鸽脸上地上，可他的胳膊疼得直哆嗦，血怎么也流不到白鸽嘴里。江东抱着白鸽亲着泪流满面："我的小鸽子，让我最后再亲你一次，最后再看你一眼……我的小鸽子，我顾不上自己了，但愿你能活下去，但愿我在那个世界能长看着你……"

江东伸出胳膊，毅然用刀深深切下！血，涓涓流到白鸽干裂的嘴唇里，她贪婪地吮吸着，江东一阵阵昏眩，血顺着他咬破的嘴唇向下流，他拼尽生命最后的力量坚持着，坚持着……

主题歌声起，第二乐章《飞吧，鸽子》，哀婉悲壮

我愿用最后一滴热血，去滋润你生命之泉，
我愿用最后一次呼吸，去鼓起你生命之帆。
天上闪耀的群星，是我眷恋着你的眼睛，
窗前如水的月光，是我对你无尽的思念。
飞吧小鸽子，我的小鸽子
带上我的心，愿能与你长伴，
带上我的眼睛，愿能与天地长伴。

我愿化作一阵清风，为你展开搏击的双翼，
我愿化作一间小屋，为你充当旅途的驿站。
天上那片白云，是我为你挡住烈日，
途中那棵小树，是我为你遮去风寒
飞吧小鸽子，我的小鸽子。
清风为你开道，希望与你常伴
彩云为你梳妆，幸福与你常伴。

歌曲声中以次闪过：神智迷离的江东坐在地上，将白鸽搂在怀里，用颤抖的手为白鸽擦去嘴角的血，理顺散乱的头发，艰难地将身体调整到能为白鸽挡住太阳的方向，然后痴痴地看着白鸽的脸，不愿眨一下眼。

白鸽的脸叠印出：抱着小江东的女警察的脸，初恋时白鸽娇羞如花的脸，洞房里柔情似水的脸，蛮横刁钻的脸，惊恐万分、泪流满面的脸，警容端庄，庄严圣洁的脸，画面渐渐模糊，化为一片五彩斑斓……

□ 135　沙漠中　下午

沙海浩瀚，翱翔的直升机上，刘队长四下观察着，杨惠用望远镜巡视着，她惊喜地将望远镜递给刘队长，望远镜所见：远处的天空有两个黑点。直升机向着黑点飞去。

昏迷的江东、白鸽皮肤焦黑，衣衫褴褛，身上落满了沙子，两只鸽子落在他们身上咕咕叫着，轻啄着，直升机落下，刘队长和杨惠跑到二人身边，杨惠流着泪将二人互相抓着的衣服割烂，分开二人，将他们背上直升机，杨惠将鸽子放回鸽笼。

□ 136　医院　日

警报声声，医护们在紧张地跑动着，江东、白鸽二人被推向手术室。

刚苏醒的白鸽昏昏沉沉地一把扯掉氧气管：“东东，东东，你等着我……”

杨惠和医护们赶来，杨惠：“东东没死，他在那边呢。”

白鸽喘息着，挣扎着：“你们骗我，他，他在唤着我。”

张医生：“快把她和江东推到一起。你别急，让你去见见东东。”

众人将白鸽推到江东病床边，江东身上缠着绷带昏迷着。张医生将江东的一只手放在白鸽身旁，白鸽吃力地伸出手抚摸着安静下来，昏昏睡去。

□ 137　一月后　医院　　日

江东特护病房，白鸽捧住昏睡的江东的脸哭诉着：“我天天都在唤着你，念着你，心凉了，嗓子喊哑了，可你怎么还不醒来，你用自己的血救了我，可你也不为我想想，你让我怎么活下去，我觉得现在我的生命就要干涸了……你别走，别走，你走了我也就跟你去了……”

站在门口的杨惠抹了一把泪走过来扶起白鸽：“不哭，鸽子，医生说了，东东能感受到一切，你这个样子，会让他心疼的。”

杨惠替白鸽擦着泪，可自己的泪水却流了出来，白鸽：“可我真的不知道，离开东东，我怎么活下去。”

杨惠：“你知道吗，东东他……他曾经拥抱过我，我已是一无所有了……鸽子，你是这么富有，不会介意把你们的爱分享给我一点点吧，我真的不知道怎么感谢你们，我是这么不幸，又是这样幸运，我怎么会遇到你们这样的好人，你知道吗，在东东拥抱我的那一刻，我就感到，他把力量和意志传给了我，我就感到获得了新的生命！鸽子，不哭，让我们像东东那样做人，让我们像东东那样活着！”

姐妹俩拥抱着，泪在倾泻，白鸽突然想起什么。江东画外音：“鸽子，我这个抽斗怎么开不开了。”

白鸽画外音：“我来试试。”

江东画外音：“算了，反正也没有什么急用的东西。”

白鸽：“小惠，你去帮我办一件事，东东的桌子有一个打不开的抽斗，你把它撬开，那里边一定有东东留下的东西。”

□ 138　杨惠　白鸽家　日

杨惠家，室内干净整洁，杨惠打开一本新的日记写着。

白鸽家，杨惠在阳台喂鸽子，她抱起一只鸽子吻着。室内，杨惠在拖着地，她拿起江东、白鸽结婚照仔细擦着。她把江东书桌下面的一个抽斗撬开，里边有一封信。

□（137）　江东特护病房　日

白鸽看着信，泪水无声地倾泻，嘴角在抽动，江东画外音：“鸽子，吻你，不多，就一生！”

“你能看到这封信的时候，我已化作了星辰，这颗小小的星星，甘愿溶化在太阳的光辉里。

我爱你柔情似水又刚毅顽强，我爱你贞静贤淑又英姿飒爽，我不知道这些美好而又对立的品质，怎么会这样和谐地集中在你一个人的身上，你的话是对的，离开了这一切，我们的爱就成了无源之水，你是那样酷爱你的事业，而我又无法承受失去你的痛苦，那么道路只有一条，为了你我去燃烧自己的生命！我拼命苦练武术，射击，为了这一天我时刻准备着。

当你看到这些的时候，说明我成功了，我的灵魂在九泉之下都会笑，请将我的骨灰撒到我们初恋的地方，让我常能听到你的话语，看到你的身姿，大柳树上的泪痕，是我眷恋你的眼睛，小树林的低吟，是我在为你祈祷的歌声。

小惠，我们最好的朋友，但愿你的纯真善良，能为你换回一份真情，但愿你的热情真诚，能替我抚平鸽子心上的伤痛。

小鸽子，你是那样纯情，视爱为生命，我已溶入你的生命中，我会伴着你去铲除邪恶，我会伴着你走遍天涯海角，你痛苦，我也痛苦，你欢笑，我也欢笑。我的小鸽子，对我说："小鸽子在为了我活着，对我说，对我说……

江东画外音的同时，闪过如下画面：

大街上，白鸽和歹徒搏斗，英勇负伤。

化装独闯防空洞满脸沾满血的白鸽。

卧室里，他整夜都在深情依依地看着睡去的白鸽。

写字台前，他将写好的信放入下面一个抽斗，锁好，来到阳台上，将钥匙扔下楼，仰望星空，群星璀璨，一颗流星倏然划过。

他在拳击场上练着拳击，一次次被打倒又一次次顽强地爬起。

沙漠里，他划破胳膊，用自己的血抢救脱水的白鸽。（闪回和江东画外音止）

白鸽扑到江东身上悲恸地哭着，痛不欲生，杨惠抱起她摇晃着："鸽子，鸽子，千万别这样，东东在看着我们，你是那样的刚强，你是东东心中的女神，别让他失望。他要是真的不能醒来，你就让我在他身边，咱们共同面对，共同承受吧！现在，东东等着你回答，快对东东说！"

白鸽捧着江东的脸，泪水滚滚落到他焦黄的面庞："东东，我对你说，小鸽子，为了你活着，小鸽子，为了你活着……"

□ 139　一组镜头

杨惠哄着白鸽吃饭："你不吃，我也不吃啊，你就诚心让我也饿肚子。"

白鸽接过碗吃着，眼泪滴滴落在碗里。

她们为江东翻身擦洗。

晚，白鸽依在江东身边："东东，今天啊，我给你讲王子和小人鱼的故事。"

杨惠用轮椅推着昏睡的江东，白鸽身着红色连衣裙："东东，这是你最喜欢我穿的一件裙子，我要给你打一套你最喜欢的长拳。"

白鸽轻舒腰姿，拳路遒劲洒脱，长裙飘逸，热泪涌流。

□ 140　博物馆　日

展览大厅内，铜鼎披红戴绿放在中央，刘队长、白鸽、李馆长等人围在四周，白鸽抚摸着铜鼎泪眼蒙眬，内心独白："为了你我最亲密的战友血洒大漠，为了你我的爱人长眠不醒，多少人为你操碎了心，你终于回来了。"

李馆长伏在铜鼎上痛哭着："我的孩子，你终于回来了，雅琴，我终于能安心地去见你了。"

□ 141　总结大会　上午

会场内公安干警等在座，主席台上周局长等领导、刘队长、白鸽、杨惠、大个子等刑警在座，周局长："在广大公安干警的共同努力下，这个代号为"幽灵"的铜鼎失踪案终于成功告破，为了破案，李涛同志英勇牺牲，江东同志成了植物人，局里和市里号召，广大干警向他们学习，为维护我们社会治安更加努力的奋斗！"

"这次嫌犯的主要作案工具是一种高科技电子产品，它可以使人产生幻觉，甚至控制人的行动，摧毁人的精神，使人变得呆傻，轻易地便将铜鼎盗走。当然，对于整个犯罪过程我们还是有不太了解的地方，比如，那么重的铜鼎，嫌犯是如何将它不留任何痕迹运走的。所有这些，使得案件侦破变得异常艰难，但是，再狡猾的嫌犯，也逃不出我们的法网，弄清全部细节，是下一步我们的工作重点。"

周局长拆开了一个信封："刑警工作异常艰苦危险，许多刑警同志写下了遗书，这里念一下李涛同志的遗书。"（李涛的画外音）："自从干上了这份危险而崇高的工作，我就将生死看得很淡漠，请不要为我悲伤，能为祖国和人民的安康献上我的一切，是我无上的荣光！"

"小惠，我曾幻想能向你求婚，我爱你纯情善良，刚柔相济的气质，我愿用自己的一生，为你抚去心灵的创伤，可是，当你看到我的信的时候，我已永远没有这样的机会了，如果你愿意做我梦中情人，就请你把我的骨灰撒到训练场旁的小树林里，我要看着你和队友们在这里训练、工作，我要看着你们从这里出发，去惩恶扬善，去为民除害，去把正义的力量撒遍世界的每一个角落！"

□ 142　训练场旁的小树树林　上午

哀乐低回，苍天垂泪，在李涛悲壮的话外音中，刘队长和白鸽共同托着李涛的骨灰盒，盒子上照片里的李涛笑意正浓，队友们列队紧随其后，杨惠将一把把骨灰撒向天空，大地。

啊……大地春回，青山不老！无数警察呐喊着奋勇向前……

□ 143　公安局大楼前　日

白鸽和杨惠并肩走着，身边是生死与共的同仁，警靴踏出了铿锵之音，脸上带着钢铁般的执着。他们身后大楼上的国徽闪闪发光，五星红旗迎风飘扬。

雄浑激越的主题音乐声中，回响着白鸽庄严的心声："我的身体里流淌着爱人的血液，肩上承载着李涛生命的重托，也许我将倒在这个岗位上，但是，我已别无选择！"

警察和各兵种方阵正在越过天安门广场，警钟长鸣，铁流滚滚！

□ 144　医院江东病房　日

周局长、刘队长、白鸽、杨惠等一行人来到江东病房，白鸽坐在江东身旁抚摸着他的手和脸，泪光闪闪："东东，大家来看你了。"

干警们虔诚地举起了手。

白鸽："你能感受到大家对你的一片心吗？你能听到我在和你说话吗？我每天都在和你说啊说啊，讲纯情的美人鱼和英俊的王子，讲美丽的灰姑娘和她那双散发着无穷魅力的水晶鞋，讲我们永远的初恋。我们生活中的每一件事每一句话都让我回味不尽，诉说不尽。我和小惠都很好，我们不再痛苦，不再哀伤，因为你从没有痛苦哀伤过，因为你希望心中的太阳永远美丽，永远欢乐……东东，小鸽子为了你活着，小鸽子为了你活着……"

白鸽捧着江东的脸泪流满面，痴痴地诉说满腔情思。

江东手指动了一下，脑电监护仪上的曲线大幅度跳动起来，观察的护士惊喜地："张医生快来看。"

张医生走来观察着脑电曲线，他的声音在病房里，在大厅里回荡："噢，从波形图上分析，病人正在做梦，什么时候才能醒来目前还很难说，也许，这将会是一个永恒的梦！但是我相信，只要我们共同努力，江东，他一定会有梦醒时刻！"

欢快跳动的曲线化作了江东绚丽的梦境：

训练场边的初定终身。

洞房花烛夜的欢声笑语。

白鸽勇斗歹徒光荣负伤。

防空洞里的白鸽满脸血红。

大漠里二人共同追匪。

危难中江东用自己的血救白鸽。

长着翅膀、成为天使的白鸽在仙山琼阁中飞翔。

两只鸽子在蓝天白云，群山绿野中飞翔。

雄浑壮丽的主题音乐扣人心弦，披金戴银的两只鸽子展翅高飞，向着无限深邃的永恒，向着金光四射的太阳。

五彩斑斓的画面中推出片名《永恒之梦》。

（剧　终）

编辑手记

06

收到作者的科幻电影剧本集，有一种久违了的感觉，我早年也是科幻迷，读过不少科幻名著，虽说由于各种原因，无缘与科幻文艺结缘，但见了科幻作品，还像见了老友一样倍感亲切。我很快将文稿看完，感觉又像回到了当年看科幻小说那样，在科幻文艺所描绘的恢宏壮美的未来世界中纵横驰骋。中国电影出版社作为影视出版方面的专业出版社，出版了无数种影视方面的书籍，包括各种电影剧本，但很少出版科幻电影剧本，本书出版算是弥补了这一缺憾，作为编辑也免不了赘言几句，权作为中国的科幻影视摇旗呐喊。

我欣慰地了解到中国的科幻界人才辈出，科幻文艺有了长足的发展。代表作家有王晋康，其作品以哲理性强、苍凉深沉、冷峻峭拔著称，获得国内国际大奖无数，其代表作有《类人》《天火》《七重外壳》《生死平衡》等。刘慈欣，其作品以曲折奇丽、恢宏浩大著称，也获得包括国际上文学作品最高奖项的雨果奖等无数大奖，其代表作有《三体》《流浪地球》《时间移民》等。还有一大批科幻作家，如吴岩、韩松、何夕等，他们让中国的科幻文学事业五彩缤纷，欣欣向荣。一个国家科技的发展，科幻文学是重要的推动力，越是发达的国家，科幻文学，尤其是影视改编作品在所有文艺作品中占比越大。比如美国，每年出版的科幻小说都有几千种，最畅销的小说常是科幻小说，最卖座的前三部电影常是科幻电影，在美国的阿纳海姆市召开的世界科幻年会上，与会者达十万之众，可谓是盛况空前，任何其他文学样式都未造成过这样的轰动。美国的科幻大师阿西莫夫曾说过：“……为了引导人们去学习科学，必须要在很小的时候就阅读科幻小说，例如九岁、十岁，最多也不能超过十二岁。”鲁迅先生也领悟到：要改造中国人，必先改造中国人的梦。他奋笔疾书：“导中国人群以行进，必自科学小说始。科幻文艺之所以有这么大的魅力，我想是因为集文学、幻想、科学于一身的科幻文艺不但有引人入胜的文学描写、又顺应了这个想象飞扬、科技成果爆炸的年代，所以才能魅力四射！”

科幻影视因为其富有震撼力的视听效果而在科幻文艺中独树一帜，但中国的科幻影视起步较晚，发展也是曲曲折折。国内早期真正意义上的科幻电影是《珊瑚岛上的死光》及后来的《霹雳贝贝》等。近年的科幻大片《流浪地球》，以不俗的票房和极好的口碑为科幻电影树起了一面旗帜，说明中国科幻影视的制作水平和观众的欣赏水平都是不差的。可是《上海堡垒》又为科幻电影泼了一盆冷水，纵观这两个电影，制作水平和上映时间都差不多，可为什么观众的反应却相去甚远呢？推敲起来，恐怕主要问题在剧本上，《流浪地球》讲的是一个从没讲过的故事，而《上海堡垒》讲的却是一个讲滥了的外星人入侵的故事。新颖是文艺作品的生命，老生常谈是吸引不了人的。剧本剧本，一剧之本。可见剧本的重要，一个好剧本，不一定能拍出好电影，可一个坏剧本，却绝对拍不出好电影来。当然近年拟投拍的或已上映的科幻片如《独行月球》等，题材日趋广泛，其制作水平似乎也不比好莱坞的差，定会有不俗的表现。

我仔细审阅了此部剧本集，有几个感觉：

一是主题、题材深刻新颖。比如号召人们加强环保意识，并没有像一般写法那样说地球气候恶化，环境污染，而是说了地外文明毁灭，游子们返回家园的故事，尤其结尾处人们一路高呼着“妈妈，故乡”飞向地球，告诫人们只有一个地球家园，感人至深。描写人类消灭战争一般写法总是正义战胜非正义，且不说是正义消灭战争还是战争毁灭人类，都不是现代人所能预见的，只就文学性来说，千篇一律的写法是不会吸引人的。在《涅槃》中，人类是通过对自身进行基因改造，经过浴火重生的痛苦过程，从而产生了永不言战的新人类，这种消灭战争的方法就非常新奇。细菌病毒在一般作品中是十恶不赦，毁灭世界，而在《涅槃》中却是救世主，这些都是前所未有的新构思，自然更容易吸引读者。

二是科学性。有一种思想认为，科学性太强会使可读性变差，就像一些科技人员把科幻写成了科普，那只能怪火候不到。许多科幻大家，由以凡尔纳和克拉克为代表，其作品既吸引读者又有相当的科学性，这样才能谈得上引领时代。我不喜欢那种堆砌了几个科技名词，实为玄幻作品的所谓的科幻小说，与其如此，不如干脆去看玄幻小说得了。反观刘先生的作品，都有相当的科技含量。比如《涅槃》中采用的基因改造，采用病毒切割 DNA 的片段来实现，这是很有科学道理的。现代的基因工程，有一种就是用《涅槃》中的办法。人类、动植物的进化，也有病毒的功劳，病毒入侵细胞后，切割了 DNA，引起了宿主性状的改变，就是说进化了。再比如在《故乡》《太阳之子》中，对于各种天体的描写就比较符合实际，而这是需要相当的科普知识的。

再者就是文学性。如悬念的设置，情节的编排，细节的描写，人物的刻画等，再好的题材，没有好的文学创作，也不会引人入胜。刘先生的几个剧本，大部分涉及一些重大深刻的主题，如人类的未来，战争与和平等，而这些严肃的问题，更难写得引人入胜，所以大部分科幻电影都宁可去写怪兽等容易吸引眼球的题材，而作者却把这些严肃题材也写得有声有色。一个星球的爆炸，在一般科幻作品中就是轰隆一下全没了，可是在《故乡》中却是情景并茂。由精神支柱圣石神秘失踪这个悬念铺展开来，在逐步揭示毁灭峥嵘面孔的过程中，面对灾难，各种思潮的碰撞、各种人物的交织逐步将情节推向高潮。一般科幻作品，由于要兼顾科学和幻想，分散了笔力，而使人物较为苍白，所以科幻小说难使人物留下深刻印象。但此剧本集人物的刻画较为成功，如在《涅槃》里，主角有着钢铁般的意志，为着理想万死不辞。在《永恒之梦》里，女警柔情似水，却又刚柔相济，使得男主角为之倾倒并献身。在《故乡》 里，那些前仆后继的英雄群像和舍生忘死、有主有次的人物都让人印象深刻。文学即人学，所以一定要让人物活起来。

还有，依我看剧本集还是有些欠缺，比如，剧本由于涉及还要拍摄，所以要求有严格的剧本格式，作者似乎对此不太讲究。再有，既然是剧本，就要求文字都能用视觉表现出来，作者在个别地方似乎是洋洋洒洒，恣意发挥，忘记了无法拍摄的东西是不能写上剧本的。当然瑕不掩瑜，此剧本的优点还是主流。

20 世纪 80 年代以来，中国经济在飞速地发展，科技在飞速地发展，而中国的科幻文艺尤其是科幻影视也相应大量地创作出来，理所当然地应该有更高水平。这就需要更多的像刘一龙先生这样热心科幻创作的剧作家及影视制作人一起努力。早年曾拜读过王晋康先生的科幻小说，闻知王先生成了世界级的科幻小说大家，这本书能得到他的推荐，实为荣幸，也足见刘一龙先生的创作水平不低。所以希望有影视导演慧眼识珠，让此剧本早日成片。我想此剧本集凭借深刻感人的主题，新颖精妙的情节，恢宏浩大的气势，如能拍成电影，定能为中国的科幻大片添上浓墨重彩的一笔。最后祝愿中国科幻文艺更加多姿多彩，光耀世界！

2022.8.28